Atlantis Code

亚特兰蒂斯密码

佛动凡心 著

成都时代出版社
CHENGDU TIMES PRESS

图书在版编目（CIP）数据

亚特兰蒂斯密码 / 佛动凡心著. -- 成都：成都时代出版社, 2020.5
ISBN 978-7-5464-2569-6

Ⅰ.①亚… Ⅱ.①佛… Ⅲ.①长篇小说—中国—当代 Ⅳ.①I247.5

中国版本图书馆CIP数据核字(2020)第042718号

亚特兰蒂斯密码
YATELANDISI MIMA

佛动凡心　著

出 品 人	李若锋
责任编辑	唐莹莹
责任校对	张　露
装帧设计	百悦兰棠
责任印制	李茜蕾

出版发行　成都时代出版社
电　　话　（028）86621237（编辑部）
　　　　　（028）86615250（发行部）
网　　址　www.chengdusd.com
印　　刷　北京军迪印刷有限责任公司
规　　格　170mm×240mm
印　　张　18.25
字　　数　300千字
版　　次　2020年5月第1版
印　　次　2020年5月第1次印刷
书　　号　ISBN 978-7-5464-2569-6
定　　价　80.00元

著作权所有・违者必究
本书若出现印装质量问题，请与工厂联系。电话（022）69485801

引 子

  无数的工匠在忙碌着，他们要修建一座宏伟的高塔。可是他们却说着不同的语言，他们不能向对方表达自己的意思，根本无法沟通。聪明的工匠们却没有被这个难题难倒，他们发明了一种通用的语言，那就是数学。塔在每天升高，人们离心中的神越来越近。这就是巴比伦人修建的"通天塔"，他们坚信只有这个塔才能令他们回到神的身边。可是人们的梦想破灭了，它还是因为战争而停止了。人们没有找到那梦想之地，没有能回到神的身边。梦想破灭了，可是没有破灭的是人们的向往。人们向往着那心中的梦想之地，那个神居住的地方。

  大洋中的一个小岛上，岛民原始而平淡地生活着。打猎、打渔基本是他们生活的全部。可是战争破坏了小岛上的平静，在一个风雨交加的夜晚。其他岛上的岛民向他们发起了进攻。惨烈的战争开始了，面对众多的侵略者，岛民们寡不敌众，纷纷倒在了侵略者的屠刀之下。岛民们无计可施，只能对天膜拜，希望老天爷能够救他们于水火。突然一道金色的闪电划破了天空，阴暗的天空中出现一道金色的裂缝。岛上的人全部停下，抬头看着天空。突然一个巨大的头像从天而降，落到了小岛的海滩上。那头像十分高大，大鼻子、大耳朵，充满智慧的眼睛遥望着远方。岛民们激动地继续膜拜。这是神迹，是神来搭救他们了。果然那些侵略者退却了，他们也害怕受到神的报复。只是一夜之间，岛上出现了很多头像，就那样矗立在岛上，向远方深深地凝望。岛民就把这些巨大的石头头像当作神一样地膜拜，直到他们的民族消失，他们的神一样凝视着远方。

高原的罡风，吹痛人们的脸庞。探险队员都在艰难地爬行。他们已经两天没吃过东西了。所有的配给都没有了。他们没有别的路可以走，只能翻越眼前的山，不断地翻山，希望可以走出去。每个人都显得很憔悴。可是坚强的意志一直是他们的动力，也只有靠这唯一的动力坚持着。他们是纳粹德国的探险队，他们奉命在中国的西藏寻找一个地方，一个美丽的地方，一个去过了就不想离开的地方。终于所有的人都走不动了。大家围坐在一起，用最后的体温相互温暖。一个队员断断续续地说："队长，我们要找的那个地方在哪里？它是什么样子的？"被称作队长的人，翕动着干裂的嘴唇："那是一个美丽的地方，那里有超级发达的科技，有着黄金的殿堂，那里的人们富足而悠闲，过着无忧无虑的……"可是那声音没有了，也不会再有了。而听着的人们也听不到了，再也听不到了。

狂风卷着巨浪，在苍茫的大海上，一艘船被大海玩弄于股掌之上。忽而被高高抛起，忽而低低落下。船上的人们已经陷入了绝望，没人会去想刚才还平静的大海这会儿是怎么了。大胡子船长带着所有的人跪在了甲板上，向上帝祈祷着，祈祷着奇迹发生。突然，在狂风密雨的海面开了一道金黄色的口子，里面像演电影一样，出现了美丽的画面。高大的黄金宫殿，漫天飞舞的人们。美丽的女人躺在云端，喝着美酒。无数的奇花异草，无数的珍禽异兽。一时间船上所有的人都忘记了狂暴的怒海，忘记自己命悬一线的危险情况，都愣愣地看着那金色的画面。船被大海吞噬了。生还的人每次讲到那个画面还是充满了神往，可是没有什么人相信他们，但是所有人都知道那片海域——百慕大三角。

这些只是神迹的一小部分。各个时期，在地球的各个角落，不断有这样的事情发生。人们想弄清楚这些都意味着什么，于是不断有人加入到寻找的人群中，寻找那个失落的大陆，寻找那片人们心中的神圣之地。几百年来，那寻找从来没有停止过。然而，那个地方就好像一个海市蜃楼，不时地会出现在你的面前，可是却触摸不到，令无数的人痴迷。

目 录
contents

【第一卷】 南海沉船和金字塔 / 001

【第二卷】 大吴哥 / 111

【第三卷】 四川广汉三星堆 / 211

【第一卷】

南海沉船和金字塔

南海沉船和金字塔

一

　　蔚蓝的大海上，万里无云。一阵阵轻柔的海风吹过，让人觉得很是惬意。这里是中国南海的最南部，南沙群岛附近。远远地可以看见中国国土的最南部，曾母暗沙。一艘中国海上打捞船在海上作业。几个工作人员紧张地盯着海面，这气氛与现在的天气很不协调。其中一个工作人员对另一个说："马青，你看看气压表是不是有问题？怎么现在还没有动静？"那个叫马青的年轻工作人员也显得很焦急，回答道："老梅，你看住你的线缆就是了，我一直在查看气压表，一切都很正常，何况现在才四十多分钟，还没有到极限值。"老梅不说话了，又紧张地盯着海面。

　　可是海面还是很平静，好像什么都没有。一直站在船舷边的人说话了："不行我下去看看吧。"马青拦住了他："大海，再等等。我想应该快出来了。"他们正说着，突然水面泛出一团水花。一直紧盯着水面的老梅立刻发现了，高兴地大叫："快看，上来了，上来了。"果然在水花之后，一个身穿潜水服的人浮了上来，飞快地向船尾游过来。大海和马青赶紧跑到船尾，把那个穿着潜水服的人拉上了船。在他俩的帮助下，那人很快地脱掉潜水服。马青关切地问："怎么这么长时间？金强，有什么发现？"脱掉潜水服的金强显得很兴奋，大声地说道："好家伙，这次真的没有白来。下面有个大家伙，不过不像中国的船。快，快，老梅，赶紧拉线缆，我拴住了一个箱子。"老梅听到后，按了电钮，一阵电机声，伸在水里的线缆开始慢慢拉紧。金强走进船舱，换了一条沙滩裤，赤裸着上身，跑到船舷上，和马青、大海一起看着水面。终于线缆慢慢地从水中吊起一个箱子。大约一米见方，上面满是海里的藻类植物。看不清箱子原来的模样。马青问金强："这是什么啊？"金强摇摇头："我也不知道，是在那个沉船的主舱里找到的，我围着那艘船转了好大一圈，那艘船真大，真美，有着波斯风格。最有意思的是，那个船上似乎还有动力系统。"马青惊诧地说："什么，动力系统？那是一艘近代的沉船？"金强摇摇头："不是，看样子得有两千年以上。"马青更加莫名其妙了，问道："两千年以上，那是什么动力系统？"金强笑了："我也想知道，可是现在说什么都为时过早。"这时候，大海已经帮助老梅把那个箱子弄到船甲板上。金强和马青赶紧走过去。四个人把这个箱子围在了中间，老梅笑着说："这个家伙不大，分量可是够沉的。"金强心情很好，一挥手，说："走，回总部，回去开箱。"老梅和大海应了一声，马青在海图上标注着坐标，船起锚，掉头向北航行。

在蓝色的大海上，打捞船飞快地航行着，几个人有说有笑，看来今天的收获不错。金强是一个年轻的考古学家，是XX大学考古专业的博士，这次是来参加中科院考古所组织的一次海上考古行动的，是这一队的队长。金强身高一米八五，由于经常锻炼，身上的肌肉很发达。再加上这几天在海上作业，皮肤被晒成了古铜色，更加显得阳光、健康。加上他一张国字脸，带着英气的双眼和两道剑眉，只看外表，是很难看得出他是一位考古学博士的，更像一个运动健将。金强的父亲是一家上市公司的主席，可是金强却对做生意没什么兴趣，只醉心于考古事业，还好金强还有一个哥哥，帮助老父亲。金强一毕业就在父亲的支持下成立了自己的工作室。从那时候开始，马青和老梅就成了金强的助手。很快金强就在考古界崭露头角，他渊博的学识、独特的视角和精辟的分析，得到了中外学者的认可，经常受中科院考古研究所的邀请，参加考古研究所组织的联合行动。

本来这次可以给他多派几个人手，可是金强认为人不是越多越好，够用就行。有马青和老梅足够了。马青长得很瘦，而且是那种吃得很多，可是就是吃不胖的人。老梅常笑马青是猴子，马青也真对得起这个称呼，竟有猴子一样的本领。他擅长攀爬，尤其擅长攀岩，用老梅的话说，就没有马青爬不上去的地方。马青毕业以后就跟着金强，是金强的得力助手。老梅叫梅雅之，平时是一个大大咧咧的人，可是工作起来却是一丝不苟，极为细心。而且胆子出奇的大，开始的时候金强和马青都叫他"梅大胆"，可是这个"梅大胆"和"没大胆"读音一样，变成了没有胆子。于是他们又给老梅改了外号叫"梅小胆"。老梅不在乎，他们爱叫什么叫什么。这老梅没事的时候就喜欢喝两盅，不过也是因为这个，在考古队和人家打了一架，结果被开除了，就这样来到金强这里。老梅虽然没有研究成果，可是他在一线考古队干了二十几年，有丰富的考古经验，参加过很多大型的考古活动。金强常说，经验就是最宝贵的财富。有了这两个人的金强，如虎添翼。工作起来更加得心应手。至于那个大海，全名叫魏大海，是这次行动分派过来的临时队员，主要负责开船和装卸工作。他是退伍的特种兵。金强很喜欢这个人，虽然他没有什么专业知识，可是他对考古十分有热情，而且不懂就问，从不扭捏，是一个直性子，一直向往加入到考古的工作中，这次是他第一次参与行动。

这会儿大海的不懂就问的精神来了："金博士，你为什么不马上打开箱子，你不想知道里面是什么东西吗？"正在画画的金强放下手里的笔，对大海说："不行的，我们这里不具备开箱的条件。文物发掘的重点就是保护，开箱需要一定的温度和湿度才行。我们在船上是做不到的。你看，那箱子现在不是还泡在船上的水池里吗？"大海似懂非懂地点点头。马青走过来，给金强拿来一杯水。金强接过水，站了起来，走到甲板上，对着阳光直了直腰，身上那古铜色的皮肤在阳光下闪着光辉。马青拿起金强放下的画板。上面画着一条船，这条船两面都是弯的，像一个月牙，一看就不是中国的船。其实他们这次接受的考古任务是打捞中国明朝在南海的沉船，今天，金强的发现可以说是个意外。马青凝视着金强画的船，对金强说："金强，这船的桅杆应该是什么样子的？"金强没有回头，依然看着宽阔的海面说："那船没有桅杆。""没有桅杆？"马青说："没有桅杆，是怎么在这苍茫的大海上航行的，难道要人来划？"金强慢慢走回了船舱，坐了下来，说："我说了，那船有动力系统。"金强确实这样说过，可是马青并没有在意，因为一艘两千多年前的船只，它的动力来源除了风，只有人。马青感到有点好笑："你说他有动力系统，难道是内燃机？"金强少有地一脸严肃地说："可能还要先进。"看着金强的表情，马青知道金强不是在开玩笑。目光又回到了金强画的画上。

二

海上的太阳，还没有完全落下。金强这一队的打捞船已经开回到临时的港口。这里是考古研究所临时设立的大本营，在南海的一个小岛上。看到金强他们回来，有人迎了出来，帮助大海把船停靠到码头上。这次考古行动的总指挥张行风教授也出来了，张教授今年七十多岁了，看脸可是不止七十岁，但是看身体，就会感到张教授还不到五十岁。这和他长期参加野外的考古工作有关系。他满头的银发，可是腰板挺直，说话声若洪钟，底气很足。他和金强打招呼："金强，你们可是最后回来的一队，有什么收获吗？"金强跳下打捞船，手里拿着海图，向张教授走过去，指着海图对张教授说："我们在这里，有所发现。"张教授看着海图，皱了皱眉头："这已经出离了我们的搜索范围，不属于当年的海上丝绸之路的航线内了。你没有什么发现？"这时候，马青、老梅背着东西下了船。大海在和几个工人往下面卸箱子。金强看了看马青和老梅，拉起张教授说："走，我们到工作室里说去。"所谓工作室，只不过是一个在海边临时搭建的大帐篷，是大家开会的地方。他们走进工作室，马青拉亮了电灯。大家坐在一张桌子旁边。

金强对张教授说："确实，超出了我们的搜寻范围，而且，我找到的也不是明朝时期的沉船。"张教授扶了扶眼镜说："那是？"金强对这马青挥了挥手，马青把金强画的船拿了过来，金强把画摊在桌子上。张教授站了起来，仔细端详起金强的画来。好久，张教授的目光才离开画，对金强说："这船，好像是波斯的船，怎么会出现在这里？"金强笑了笑："我一开始也是这样认为的，可是还有几个发现。"张教授诧异地问："什么发现？"金强把身体靠在椅背上，笑着不说话。张教授看着金强的样子，气得乐了起来，说："臭小子，快说，别在这里卖关子。"金强笑了，他和张教授合作过多次，虽然年龄差很多，可是很投脾气，是忘年交。他们除了工作，还会经常开开玩笑。看着张教授着急的样子，金强清了清嗓子，慢悠悠地说道："我的发现就是，第一，这艘船有两千年以上的历史。"就这一句，张教授已经睁大了眼睛，不可思议地看着金强，等着他下面的话。金强又开口说："第二，这艘船有动力系统。"这第二句出来，张教授更加惊诧了，说："什么？动力系统，什么动力系统，不是风动的吗？"金强摇摇头说："当然不是。""那是？""我还不清楚，有可能是内燃机，也有可能是核动力。"张教授再也坐不住了，跳了起来。他想说金强是在胡说，是在做梦，可他是了解金强的，在学术问题上金强是很严谨的，他既然这样说，就一定有他的道理。

最终，张教授还是没有说出来什么，又重重地坐下了。金强看着张教授的样子，似乎看出了张教授的心理斗争。金强掏出了一支烟，慢慢地点上，深深地吸了一口，说："我知道，我这样说，是很难令人相信的。可是这是事实。我还带回来一个箱子，我感到这个箱子是金属的，而且密闭得很好。所以我希望有个恒温恒湿的工作间打开箱子。也许开了箱子我们就知道一切了。"已经恢复过来的张教授，有点兴奋了。他知道，如果真的像金强说的那样，这将是考古界的一个重大发现，可能会改变历史和人们很多固有的看法。张教授让自己平静了一下说道："好，我马上打电话，明天我们就回去，开箱。"说完，张教授走出了工作室，不知道是看箱子去了，还是打电话去了，只留下金强、马青和老梅三个人坐在工作室里。在黄色的灯光下，三个人被金强吐出的烟雾包围了起来。

第二天一大早，金强他们就被张教授叫醒了。金强揉着惺忪的睡眼，看着张教授，问："什么事啊？"张教授催促金强说："快起来，我们马上就坐船回去。去开箱，那边已经安排好了。"金强一骨碌地爬起来，叫醒了马青和老梅。三个人简单地洗漱后，来到简易码头，上了一艘快艇。快艇把他们三个和张教授一起送到了一艘大船上。在大船的水池中，那个箱子已经被泡在里面了。金强他们上了船，金强还是一副休闲的样子，找到一个大椅子，在甲板上晒太阳。马青坐在金强的身边和金强有一句没一句地聊着："金强，咱们这是要到哪里去？"金强闭着眼睛说："谁知道，你怎么不去问老张？"马青哼了一声:"不敢,张老爷子老是神神秘秘的,全身的正义感。我对他可是敬而远之。再说了,你是我们的老大,我和他不犯话。"金强还是没有睁开眼睛,却哈哈大笑着说:"什么老大,我们是搞考古的,不是黑社会,你可别乱说。其实张老爷子没什么,人啊,经历的事情多了,就会这样,苦大仇深似的,当年这老爷子也是遭了不少的罪。那些年基本都荒废了。现在,老了总是感到自己的时间不够用,想把那些逝去的时间找回来。我理解他。"马青听了,点了点头,眼中显出崇敬的神色。

老梅拿着一瓶啤酒从船尾走过来,也坐到了金强的身边。马青看见老梅来了,笑了起来,说:"梅小胆,你的胆子可真不小,还敢在这里喝酒?"老梅大大咧咧地笑了:"这个不容易,是张老爷子御准的,我问老爷子了,我们的船去三亚,那里准备了开箱的设施。明天一早上才到。老爷子让我随便喝呢!"金强一下子坐了起来说道:"那还不给我拿一瓶,就知道自己喝,没义气。"马青也随声附和道:"就是,该给你改名叫没义气,给我也拿一瓶。"老梅讪讪地走了,一会儿又拿了两瓶酒来。三个人坐在甲板上喝着啤酒,老梅问金强:"金强,你说这箱子里是什么?"金强摇摇头:"谁知道,可是我知道这个箱子是金属的,而且密封得很好。我直觉认为,这个箱子就好像飞机上的黑匣子,里面有着重要的信息。"老梅笑了笑:"黑匣子?黑匣子不会这么大吧?"马青潇洒地一甩手:"管他什么,到了三亚一开箱不就知道了,我们现在费那个脑筋干什么?"金强拍了一下马青,说:"好小子,跟了我几年,终于学会了我的洒脱,对,不想它,钓鱼。"

天蒙蒙亮的时候,船进了港口。这是特意安排的时间,这时候港口里人、车都很少,方便运送箱子。几辆负责警卫的警车、一辆拉海鲜的带水的大货车和一辆别克商务车已经等了好久了。看着工作人员把箱子卸到拉海鲜的大货车上,并且装上了海水。金强、老梅、马青和张教授才钻进商务车,商务车一溜烟地开走了。

三

　　三亚海洋博物馆的一个工作间，里面有几个清理工人和金强的工作小组，还有张教授。清理工人忙得不可开交，又不得不小心翼翼，在海水池里，用加压水枪和竹签做着清理工作。老梅和马青会不时地帮着弄一下，而金强和张教授则在一边紧张地指挥着。足足一上午，才把箱子的外部清理干净。清理出来的箱子，泛着灰白色的金属光泽。果然像金强所说的，这个箱子是金属的。他们围着箱子，研究了很长时间。金强突然很激动，甚至激动得有些结巴地说："张教授……这个……这个……箱子……是……是……合金的。而且是……是铝合金的。"张教授也异常激动地说："是啊，铝合金是近代出现的一种合金，可是这个箱子……"金强激动地说："不管它了，开箱子。"箱子确实是密闭的，不知道如何开启，又不能采用撬的办法。大家急得团团转。

　　金强带着橡胶手套，在箱子上仔细地摸着。终于在箱子上边往下两寸左右的地方摸到了缝隙，说是缝隙也只是能摸出来，甚至看都看不出来，连个刀片都插不进去。怎么办呢？马青也伸手摸了一下那条不易发现的缝隙。这个缝隙整整围绕着箱子一周。马青又轻轻地敲了敲箱子，箱子发出沉闷的声音。马青说："看来用人力是不可能打开这个箱子的。我们用工业卡钳，卡住箱子底部，再用机械力把箱子盖子打开？"张教授听得直摇头，说："不行，那样箱子会损坏的。"金强看了看马青说："你听说过马德堡半球实验吗？"马青点点头说："听说过，最后十六匹马才拉开被抽成真空的铁球。"金强点点头说："这个箱子和那个铁球一样，已经被抽成真空了。所以你那招根本就不好用。"张教授往上扶了扶眼镜说："你是说，我们应该让空气进去，也就是说要撬开一个缝隙？"金强笑了，说："张教授，您在开玩笑吗？那样不是破坏了箱子，您对这箱子这么重视，弄坏了哪行啊！"听了金强的话，张教授气哼哼地说："知道就快说，臭小子，老是喜欢卖关子。"金强一笑，说："它既然被抽成了真空，当然会有抽气的气门啊，我们找到气门，不就可以让空气进去了吗？"张教授看了看大伙儿，说："还愣着干什么，找气门啊！"大家仔细地在箱子上寻找起来。后来又让清理工人把箱子吊了起来。突然，老梅低声说："这里有个洞，应该是这里了。"大家围过去，果然在箱子的下角，有一个很小的洞，直径只有0.5厘米。金强高兴地说："对，就是这里，快去找一个大号的针头。"马青转身跑了出去，一会儿拿回来一个大号的针头。他把针头慢慢地插进那个小洞，"哧"的一声，一股空气顺着针头钻进箱子里面。马青赶紧拔出针头，放下箱子。轻轻一拎，箱子的上盖就被拎了起来。

　　箱子里面只有四样东西，马青立即被一个金属的盒子吸引了，他轻轻地把这个盒子拿了出来。突然，他发现这个小盒子有一个像镜头一样的东西。马青笑了，回头对金强说："这还有个照相机。"金强和张教授凑近了仔细看着，凭良心说，这个东西真的像一个照相机。尤其那个镜头，它很新，就好像是商场里摆着的样品，分量也不重。张教授觉得不可思议，说："金强，这个真的是在海底那个古沉船上发现的？"金强点点头，却没有说什么。他的大脑现在正在飞快地运转着，因为即使想象力极其丰富的他，也难以相信这个事实。马青把这个好像相机的盒子反转过来，这个盒子上面没有任何缝隙，只有一个红色的好像按钮一样的东西。马青把它轻轻地放到一边的桌子上，拿起下一样东西。这个东西也是金属的，是一个金属的卷轴，很重，有四十厘米长，放在那里就像一个望远镜。上面是密密麻麻的字，可是是什么字，没有人认识。马青也把这个东西放到了桌子上。马青又拿起里面的一样东西，是一个梯形柱体形状的东西，也是金属的，很重，有半米多长，似乎是实心的，上面只有些简单的花纹。马青看了看说："这个东西，怎么像个小棺材。"就把它也放到了桌子上。张教授仔细地看了这个东西，可是并没有什么发现。这时候最后一样东西也被马青拿了出来，这是一本两面都是金属皮的像书一样的东西，就好像是那种在暴发户家里摆在书架上的精装书。可是分量却是不轻，在侧面可以看见这"书"只有几页，但是每页都很厚。整个"书"更是有十厘米之厚。以致于马青一个人拿都有点费劲，老梅赶紧伸出手来，帮着马青把这本厚厚的"书"

放到了桌子上。现在箱子里面就空了。箱子里面没有一点灰尘，干净的箱壁上反射着金属的光芒。

张教授、金强、马青、老梅四个人，大眼瞪小眼，看着长条桌子上的四件东西，都啧啧称奇。这四件东西从外表来看都好像没有被使用过，上面没有一丝灰尘和污渍，甚至连个指纹都没有。张教授扶了扶眼镜又问了金强一遍："这个真的是在那艘沉船上打捞上来的？"金强用力地点点头："是的，我怎么会拿这个开玩笑。"张教授听出了金强话里的情绪，有点不好意思地说："我不是那个意思，我就是觉得太难以置信了，我搞考古快五十年了，接触的都是旧东西，这么新的东西我还是第一次看到。"金强听着张教授的话有点想笑。可是看着这四件东西，却怎么也笑不出来。马青最感兴趣的还是第一件东西，他轻轻地抚摸着那个像相机一样的东西，又翻了过来，看到那个红色的按钮，猛然间好奇占据了马青的头脑，一个声音在马青的大脑里大叫："按一下，按一下"。马青竟然真的鬼使神差地按动了那个红色的按钮。马青的动作被金强和张教授看见了，可是他们要阻止已经来不及了。红色的按钮被马青一按下来，一道强烈的光线从镜头中射了出来。马青猝不及防，吓了一跳，还好没有把那盒子扔到地上，马上又轻轻地把盒子放到了桌子上。

张教授板起脸来刚要训斥马青，突然，奇怪的事情出现了。在强光的尽头，出现了一个人。大家吓了一跳，仔细看去，那不是一个人，确切地说是一个人的影像。这个人和金强的个子差不多高，穿着一件棕色的长袍，就好像19世纪欧洲修道士穿的那种，腰间也系着一根绳子，看不见面孔，因为他的头上戴着风帽。四个人全惊呆了，都傻傻地看着这个影像。只见这个人，慢慢地摘掉了头上的风帽，这个人的脸孔看起来像欧洲人，有着金黄的短发和蓝色的眼睛。那人开口了："我是奥古德根，这是我们逃出来的第23天，我们已经没有淡水了，也没有食物，在逃离的时候我们的燃料几乎用尽了，我知道，我们就要葬身在这片大海里了。我希望看到我的影像的是我们的人，如果不是，也无所谓。我想我们的帝国已经消失了。我们做错了很多，我以为可以寻找到一片新的大陆，可是我没能做到。浓烟已经弥漫开来，我想不会有安全的地方了。也许以后看到这个影像的人可以回到我的故土，我留下的经卷和海图会帮助你的，如果真的找到我的故土，我希望您可以把我的灵魂，也就是这个影像仪，送到那里去。"说完，奥古德根向大家施了一个礼，影像就不见了。那道强烈的光也不见了，一切好像都没有发生。四个人面面相觑，就好像做了一个梦。

良久，还是马青先开口了："这，这是什么？为什么我能听懂他说的话，还是我家乡的口音？"马青这一开口，大家才好像灵魂回到身体里一样。金强和张教授对视了一眼，金强幽幽地说："这个应该是全息摄影技术，美国的应该最先进，可是也达不到这个水平。我听他说话也是我家乡的口音。"张教授也点点头："是很奇怪，我听到的也是我家乡的口音，刚开始听我吓了一跳，我是福建人，他居然说闽南话，我害怕你们听不懂呢！"所有人陷入了沉思。终于还是金强先开了口："这个技术恐怕更加先进，我看他不是在对我们说话，而是用什么在影响我们的脑电波，也就是我们自己在对自己说话。"张教授点点头说："那么说明我们找到的是一个古代的先进文明的遗存？"金强点点头说："对，而且是古代的超级文明遗存，比我们还要先进很多的文明。这样他们的船上有核动力系统也就不稀奇了。"张教授突然身体一晃，金强赶紧过来扶住张教授："您怎么了，张教授。没事吧？"张教授摆了摆手，说："没事，有点累了，今天的事情太意外了，我看我们还是休息一下，明天再说吧。"金强点了点头说："好吧，我让他们封存，明天再说。您真的不要紧？我找大夫给您看看吧？"张教授摇摇头说："没事的，我休息一下就好了。"金强他们赶紧叫人把东西封存起来，把张教授扶回宾馆的房间里休息。

金强回到自己的房间，马青和老梅跟着金强进了他的房间。其实时间还很早，现在根本不可能睡得着，金强坐在沙发上，掏出烟来，给马青和老梅一人扔过去一支，他自己点上了烟深深地吸了一口。还是马青先开口了："金强，你说这是真的吗？我怎么觉得晕乎乎的。"老梅轻笑了一下说："别说你了，连张教授不是也晕乎乎的，现在都跑去休息了。不过，其实发现一些古代的高于我们的文明也不是什么稀罕事，在我们的红山岩画里，就画有好像电视机一样的东西。在摩天洞的一个史前文明废墟中还发现过好像光盘一样的东西。还有美洲的玛雅文明，柬埔寨的吴哥文明……都有发现过高于我们现代文明的东西。还有……"一边的金强突然接过话头："还有就是大西洲，号称地球的第六大洲，它的文明在《圣经》上都有记载，说他们不管多远都可以找到自己的同伴。我看就和我们现在的移动电话一样，还有他们的人可以随便在天空中行走，在海洋里穿梭，等等。但是也只是存在于一个阶段人们的传说或者是图画，根本没有切实的证据，而我们今天看到的，绝对可以说是证据确凿，恐怕是人类历史上的一个大发现。"老梅幽幽地说:"就是不知道是哪一个文明的遗存。"金强悠闲地吐出一口烟,说:"会知道的,就在不久的将来。"此时的马青已经开始做梦了,双眼迷离,一副陶醉的表情,说:"我们会因为这个重大的发现名利双收,我就有了大把的美金和无数的美女追捧者。我找个什么样的好呢?还是一样找一个。"一旁的老梅踹了马青一脚说:"找个母猴子,再给你生个小猴子。还没睡呢,就做梦。"马青被老梅踹疼了,捂着被踹过的地方大声地抗议:"唉!你个死老梅,我想想也犯法了?君子动口不动手,我活动活动心眼儿也不行了?"金强笑着看着马青和老梅,说:"得了,别闹了。你还是活动活动心眼儿,想想吃什么吧!"一听这话马青又来了精神,说:"对啊,还没吃饭呢,不过这三亚有什么好吃的,我也不知道啊!"老梅大笑,说:"你个土老帽,当然不会知道,还是听我们金二少爷的吧。"金强是一个很会享受的人,他从来不放弃任何享受人生的机会。尽管他从事的工作在常人眼里的是最枯燥、最清苦的。可是金强是骨子里的那种享受派,一切在他看来都是一种人生经历。

这时候他当然也不会放过,一下子从椅子上弹了起来,对马青和老梅说:"还废什么话,在这里当然吃海鲜。在这里知名度最高的大排档当然是'春园',不过'春园'比较吵闹,油烟味很大,对面的'来是福'不错。走,我们马上出发。"三个人穿着背心、裤衩、拖鞋坐上了一辆出租车。一阵清凉的风,从车窗吹进来,三个人感觉很惬意。出租车沿着海边的大道飞快地奔驰,没一会儿就到了一个大排档聚集区,三个人走进"来是福",金强亲自点菜,什么富贵虾、鸡腿螺、芒果螺、基围虾、膏蟹、墨鱼、青衣、海胆蒸蛋、毛蚶、文蛤、三点蟹,还有当地的特产:文昌鸡、加积鸭、和乐蟹、东山羊等等,摆了满满一桌子。还要了不少的啤酒,老梅乐得嘴巴都歪了。也是这一阵子一直在海上作业,吃那些方便食品吃得嘴里都没了味道,肚子里的油水都没有了。此时三个人哪还有时间去想什么古代的文明遗存,一阵风卷残云,吃了个沟满壕平。

这一觉睡得真好,一直到了早上八点,金强才醒了过来,迷迷糊糊地看看表,坐了起来。这一阵子每天早上都很早起来,像今天都算是睡了一个大懒觉了。看来张教授也是真累了,要不然早就像周扒皮一样,把这些"长工"弄起来了。金强给马青和老梅的房间打了电话,这两个家伙也都起来了,在等着张教授来叫他们。三个人在张教授房间的门口会合了，马青笑嘻嘻地说："今天抓一抓老张的被窝。哈哈哈！"金强也觉得有意思，笑着按了张教授的门铃。可是按了很久都没有人来开门。这时候三个人觉得有点不对劲了，赶紧找来了服务员，拿着备用房卡打开了门。金强带头冲了进去，只见张教授躺在床上，金强摇动着张教授并且大声地呼喊着，这时张教授一动不动，已经不省人事了。金强沉着地对服务员说："快，快叫救护车。"接着金强摸了张教授的脉搏，老梅关切地问："怎么样？怎么回事？"金强低声说："可能是脑出血，不知道多长时间了。心脏还在跳，可是没有什么反应了。现在只能等待。"大约五分钟，救护车终于来了。

三个人站在医院的走廊里，抢救室的红灯依然亮着。现在的金强心里满是悔恨，昨天晚上要是来看看张教授就好了。可是现在想这些并没有什么用，只能希望老天保佑张教授。红灯灭了，一个穿着手术服的大夫走了出来。三个人马上把大夫围上了，马青焦急地问："怎么样了，大夫？"大夫慢慢地摘下口罩说："病人年纪大了，发病前又受到刺激，现在是大面积脑出血，我们已经做了开颅手术，正在冲洗大脑残留血块，不过病人还没有清醒，至于什么时候能够清醒，现在还不好说。"金强叹了一口气，重重地坐在走廊边的椅子上。

金强的房间里，三个人都不说话，闷头抽着烟。终于还是年轻的马青按捺不住了，说："金强，老梅，怎么办？现在张教授还没有醒过来，我们应该做什么？"金强抬头看看马青说："我也想知道，可是……"一阵电话铃声打断了金强的话。金强接起电话。一阵交谈以后，金强撂下电话，回到沙发上，对马青和老梅说："上面已经知道张教授的事了，海里那边又派过去一个领队，我对他们撒了个谎，说张教授在发病以前，已经委托我们来进一步研究这些东西。上面于是决定，按照张教授病前的意思，委托我们继续进行研究，不再参与海上考古队的活动。晚上会有人来做交接，我们等着吧。昨天晚上的事情需要保密，不能和来交接的人说，这事情太重要了。"马青和老梅点了点头，虽然金强说了谎话，可是马青和老梅都认为这没什么，这个发现不能因为张教授的倒下半途而废。而且现在他们的兴趣都被吊得很高，唯一可惜的就是张教授的病，不过现在他们也帮不上忙，希望张教授醒来的时候可以给出一个圆满的答案。

四

　　傍晚的时候，果然来了一个人，气宇轩昂地走进金强的房间。一进门就摆出一副领导的派头。他和金强、马青、老梅一一握过手以后，又挥手示意三个人都坐下，然后自己也坐下了。他清了清嗓子说道："我姓郑，叫郑万里。是上级领导派我来看望各位和进行交接事宜的。"他们三个有点搞不清楚，但很快金强就弄明白了，这家伙大概是搞行政的，不是搞业务的。大概是张教授没来得及写报告，所以没有得到重视。郑万里见三个人傻傻地看着他，有点窃喜，又继续说："哪位是金强同志？"金强站了起来。郑万里摆摆手，示意金强坐下，金强慢慢地坐下。郑万里说："上面已经决定，把这个项目交给你们小组，这也是尊重张教授的意见。希望你们不要辜负张教授的期望，张教授给上级的电话里面说了你们的发现好像和我们这次的任务不太搭界。所以允许你们单独行动，都是在海上，那边考古队的资源可以尽量配合你们调配，可是资金的问题……"说到这里，郑万里轻轻地咳嗽了一下，看了看他们三个的表情，继续说："资金的问题需要你们自己解决。"马青站起来要说什么，被金强一把拉住。金强随后站了起来对郑万里说："为了张教授的期望，我们会自己想办法的，请您和组织放心吧。"郑万里很满意，拍了拍金强的肩膀说："好，金强同志，很好。我们这就去登记做交接吧！"

　　马青还要说什么，又被金强拉了一下，气鼓鼓地闭嘴了。四个人来到工作间，郑万里拿着相机给所有的物品都照了相，然后登记在册，让金强签了字，心满意足地走了。马青看着离去的郑万里的身影，低声地说了一句："什么东西。"金强笑了："你跟他置什么气啊！"老梅也说："就是，就是一个官僚。和他废话有什么用？"金强接口说："重要的是这些东西还在我们手里，我们还能继续我们的研究。钱不是问题。"马青也消气了，苦笑了一下："真是官僚，得了，既然金二少都不在乎，我也不枉做小人了。"金强收起了笑容严肃地对马青说："你现在就给大本营打电话，让他们派船来接我们，要魏大海开的船。"又对老梅说："你赶紧叫工作人员把这里收拾一下，要看好，我们要带着这些东西走。魏大海一来，我们就出发。"马青和老梅点点头，分头工作去了。而金强一个人又回到医院，守护在张教授的身边。在走之前，他只能做这些了。金强静静地坐在张教授的身边，看着躺在床上的张教授。看着这个和他亦师亦友的老人，金强在心里默默地替张教授祈祷，希望他早点好起来。就这样，金强陪着张教授一夜，又一天，傍晚的时候，金强的电话响了起来，电话是马青打过来的。马青说："金强，魏大海已经来了，我们现在可以走了吗？"金强看了看躺在床上的张教授说："可以，你们等我一下，我马上过去。"金强收起电话，又坐到张教授的身边，拉起张教授的手说："老张，我撒了个谎，用你的名义。但我知道你不会怪我，是吗？要是怪，就等我回来，有了结果的时候再骂我。"说到这里金强有点哽咽，接着说道："老张，我要走了，你要保重，一定要醒过来。我会带着结果来找你的，再见。"金强擦掉脸上的泪水，毅然地走出了病房，走出了医院。

　　航行在大海上，海风猎猎地吹过，金强拿着望远镜向远处望去。后面是马青和魏大海的谈笑声。老梅则默默地坐在甲板上。金强回头对魏大海说："大海，我们什么时候能到达总部？"魏大海看了看手表，说道："还要四个多小时吧。"金强点了点头："为什么，你的船会比我们坐的大船快？"魏大海咧开嘴，笑了，露着两排洁白的牙齿说："嘿嘿，我们的船小，可以走近路，所以要快一点。"金强走进船舱，看着箱子里的东西。那个全息的摄像机，已经再也启动不了了。不管怎么按动那个红色的按钮，也没有反应。跟进来的马青撇了撇嘴说："看来不是没电了，就只是一次性的东西。"金强没有回头，只是看着影像机说："是啊，它不会再有影像出现了，可是根据奥古德根的说法，它还装着他的灵魂。他还说一个经卷和一个海图。"说着他放下了全息摄像机，又拿起了那个像望远镜一样的东西，说："这个看样子就应该是他所说的经卷。"

　　金强仔细地看着上面刻的花纹和文字，那些花纹很多都像海里的植物，而文字却没有办法认出来。看了好一阵也没有什么结论。金强轻轻地拉动了两边卷轴，没想到，竟然拉开了。原来和我们看的经卷差不多，只是上面的字更加难认。老梅坐了过来，和金强一起看着经卷上写的东西。老梅皱了皱眉头说："这字好像在哪里见过，很像！很像！"金强回头看了看老梅，问道："你见过？"老梅皱了皱眉头说："不敢确定，只是很像。"金强追问道："像什么啊？"老梅想了想说："我参加过一次在阿里地区的考古工作，这经卷上的文字，很像一种古藏文。"

金强已经把经卷拉到头，经卷并不长，只有四十厘米左右。上面一共三百二十个字。他对古藏文并不了解，可是可以找找朋友。金强拿出纸笔，学着经文上的样子，在纸上画了几个字。然后拿起卫星电话，拨了一个号码："喂，吴越吗？我是金强。我在南海考古基地呢，有几个字想让你帮我看看……好，我传真给你。"金强把纸塞到卫星电话附带的传真机里，把字传真了过去。老梅对金强说："是不是那个搞古文字研究的洪教授的助手吴越？"金强点点头。老梅继续说："为什么不直接找洪教授，而是找吴越，他行吗？"金强笑了，说："权威横行的社会，什么都要论资排辈。洪教授已经老了，他的研究基本都是吴越在做，吴越的造诣早就不在他之下了，可是就是这样被洪教授压制着。另外一个就是这个吴越是我的同学，对他我很了解的。"老梅点点头说："有道理。不过有结果才是真理。"金强又拿出相机，把经卷的各个角度都拍了一遍，才放下经卷。

金强又拿起那本厚厚的像书一样的东西，上上下下地端详着，又拍了几张照片，才对老梅说："这个大概就是那个奥古德根说的海图吧？可是怎么看也不像地图，倒像个字典。"老梅"嘿嘿"地干笑，并没有说话。金强把它轻轻地放到桌子上，慢慢地打开第一页。上面真的是一张地图，而且那地图竟然是立体的，并且绘着大海的地方，竟然水好像还在流动。金强惊讶得叫了出来。老梅凑了过来，一看，也啧啧称奇。更加令人称奇的是，这图是航拍地图，是高空俯瞰的情景。可是是哪里，就不得而知了。金强和老梅惊讶地看着，不知道说什么才好。老梅忍不住用手指在地图的一个小岛上轻轻地触碰了一下，小岛上的地形，立刻被放大了，清晰地展示在地图上。老梅惊讶地看着，憋了好久才说了一句话："真先进。"马青也被他俩的声音吸引过来。看着这个地图也是好半晌才说了一句："这又是什么技术？"金强最先回过神来，想想说道:"这个应该是比我们还要先进的3D触摸技术。"金强也在这个地图上面轻轻地触摸,这个地图上的任意一点都可随着触摸放大,并且可以随意设置两地自动进行路线设置。可是,上面一个字都没有。金强又翻开第二页,里面还是一张地图,不过这张地图上面画了一个大岛,有十二艘船,从岛的四周向大海里出发,而且,有一艘船是红色的。马青指着这艘红色的船问道:"为什么这只船是红色的?"老梅拍了马青一下:"你是十万个为什么啊?都是第一次看见这东西,你不会自己想。"马青被抢白得没话说了,对着老梅做了一个鬼脸。

金强却在思考马青的问题:"一共十二艘船,而只有这艘是红色的。这就意在强调,应该就是奥古德根的船。"马青听了金强的话思路一下被打开了,说道:"那就是说,当时出来的不是一艘船,而是十二艘,而奥古德根的船是其中的一艘。再看图上面,这十二艘船都围绕着这个岛,也就是说这个岛是他所谓的家乡。"金强听着马青的分析,看了看马青说:"好小子,有长进啊,分析得很有道理。"听了金强的夸奖,马青有点沾沾自喜,继续说:"看他们这么先进的技术,应该可以征服天空。但是他们为什么没有选择从空中逃跑呢?而是选择了大海。再一个就是他们所在的位置是哪里?又是怎么来到我们这里的呢?"金强想了想说:"你们还记得奥古德根说过,烟雾已经弥漫开来,没有什么安全的地方了。这就说明他们正经历着一场劫难,可能无法使用天上的交通工具,只能使用他们更加熟悉的船,这种水上的交通工具。至于他们这里是哪里?我们需要更多的佐证。至少需要知道他们所存在的时间。不过,一切都是猜测,我们还是赶紧到达沉船地点,再找找别的遗骸才是最重要的。"马青点点头:"我去看看,什么时候能到。"说完走出船舱,找魏大海去了。金强又翻了翻那本所谓的海图,剩下的两页里面,都是那个大岛上的地形情况。金强重重地合上海图。现在那四件东西里面,只剩下那个好像小棺材一样的东西了,可是这东西上面除了花纹以外,什么都没有。花纹也很简单,有点像海水,也有点像云彩。金强把玩了很久,也没有什么头绪。正想得出神的时候,老梅轻轻地拍了拍他说:"吃饭了,别想了,不是一天两天的事情。明天下午就能到达上次的沉船地点。"金强捏了捏鼻梁,站起来又伸了一个懒腰,上甲板上吃饭去了。

晚上,船在漆黑的大海上航行,让人有一种莫名的孤独感。金强和魏大海一起坐在驾驶室里。魏大海用崇敬的目光看着金强说:"金博士,我们的这次发现很重要吗?"金强笑了笑说:"别金博士、金博士的,叫我金强就行。这次发现确实很重要,如果我们可以研究明白,就会是一个历史性的突破。"金强的话让魏大海兴奋起来,他说:"是吗?要是也有我一份就好了。"金强看着魏大海纯朴的笑,说:"傻小子,怎么没有你一份,我们现在就是同事、战友啊!"魏大海更加高兴了,可是还是有点不自信地说:"可是我只是给考古队临时帮忙的啊!"金强拍了拍魏大海的肩膀:"现在不一样了,你不是在给考古队打工了。你现在是我们的战友、同志。我们的研究项目已经脱离了海上考古队,我们现在是一个专门的考古小分队,专门研究这个项目。我很喜欢你,点名把你要过来的。"魏大海感激地看着金强说:"谢谢你,金大哥。"金强哈哈一笑说:"好好干吧,只要你喜欢这行,愿意努力钻研,你会有前途的。"魏大海好像看到了自己的前途一片光芒,激动得脸都红了。本来就不擅言辞的他,现在更不知道说什么好。船,依然在漆黑的大海上航行着,金强和魏大海在开心地聊着,马青和老梅还在船舱里没心没肺地睡着。可是不管是睡着的,还是醒着的,都在盼望着明天,盼望着明天有新的发现。

五

下午，金强他们如期地来到上次发现沉船的地方。大家都很兴奋，只有魏大海看着天上的云彩有点担心。金强看出了魏大海的担心，推了魏大海一下说："大海，怎么了？"魏大海的眼睛没有离开天空，说："可能会有暴风雨啊！"马青看了看晴朗的天空说："不会吧，这天气多好啊！"魏大海却说："现在还可以，但是你看，北边的天边上已经有云彩开始聚集了，这是大风暴的前兆，我怕我们的小船承受不了。"大家都看着金强，等着他拿主意。金强想了想说："既来之，则安之，我们尽量快一点开始打捞，这边近陆，又不是风暴季节，应该不会有什么问题吧？"魏大海也知道，这是箭在弦上，不得不发了，点了点头说："是福不是祸，是祸躲不过。我们就是现在走，也不一定能躲得开，何况也看不出来会有多大的风暴，也许不是很大呢？"

金强快速地换上了潜水服，这次马青也换上了潜水服，他要和金强一起下水。而老梅和大海在一遍遍地检查设备，以确保万无一失。金强和马青先后跃入水中，在清冽的海水里，金强和马青一直向下潜去，大概几十米的地方，已经潜到底了，金强向马青做了一个手势，示意他跟着自己。果然，没游出去多远，就看见一个沉船的残骸，大部分被埋在沙子里。金强和马青靠近残骸，向船舱摸去，这艘沉船并不宽大，但是很长。一看就是那种速度型的船只。金强沿着他上回进去的舱门游了进去，马青紧紧地跟在后面。船舱里能见度很低，金强和马青都打开了潜水灯。雪白的光在水中形成两道光柱。金强指着一个操控台的下面，示意上次的箱子就是从这里面拿出来的。马青的灯光照在了操控台上，看了操控台以后马青才明白金强为什么说这艘船有动力系统。因为操控台上有几个颜色不同的按钮，还有一个不大的方向盘，在方向盘的旁边，还有一个推杆，和我们现在船上的操作系统差不多。而在操控台对面还有一个舱门，这个舱门紧闭，好像从里面锁着。

　　金强准备和马青打开这里，进到内部去看一看。金强和马青用力拉了拉门环，可是无论怎样都拉不动，也不知道是门锁着，还是已经锈死了。马青掏出太平斧，在舱门上面重重地砍了两下，可是斧子砍过的地方只有两道白印，并没有什么太大的损伤。金强向马青摆了摆手，示意马青不要再砍下去。马青停了手，金强仔细地在四处搜寻，并且按动操控台上每一个按钮。终于，在按动了左下方的一个按钮以后，舱门传来"喀"的一声，看来是里面的锁打开了。金强和马青对望一眼，一起向舱门游去，两个人一起推舱门，可是里面好像压力很大，很难推得开。两个人使足了力气，舱门才慢慢开始移动。舱门刚刚露了一道缝，一股巨大的吸力就产生了，海水被这股巨大的吸力吸了进去。突然，整个海底好像都震动起来，金强和马青带着的紧急呼叫器也叫了起来。这是上面有问题才发的信号，得到这个信号他们必须立即浮上水面，回到船上去。金强向马青做了个手势，他们两个准备浮上水面。可是这时候，舱门又开得大了一点，吸力更加强大了。

　　两个人要出去都很难，金强用双腿蹬住墙面抵抗着吸力。舱门又开大了一点，吸力更加强了，好像要把两个人都吸进去。马青有点着急，一下子手忙脚乱起来，整个人向舱门方向漂去。金强一把拉住马青。这时候，他俩手里的潜水灯都掉了，被那股吸力吸进了舱门里，两个光柱进入那个舱门后，就好像掉进一个无底深渊，一会儿就看不见了。看了这个情况，金强和马青都暗叫不好，被金强拉着的马青此时已经稳定下来。金强松开手，摘下了马青带的太平斧，又在自己的身上拿出保险绳。在太平斧的挂钩上拴了个绳结，奋力地向前掷去。太平斧挂在前舱门的上边，被门紧紧地挤住。金强和马青拉着绳子，抵抗着那巨大的吸力，慢慢地向前移动。海水打着旋地被吸进舱门后面，那力量是越来越大。金强和马青必须使出全身的力量，才能前进。幸好距离不远，好不容易才挨到前舱门那里，翻出舱门。

　　才一出去，舱门就重重地关上了，连卡在上面的太平斧的斧柄都被挤断了。紧接着，传来"喀嚓"一声，刚才挂着斧头的舱门被那强大的吸力吸得掉了下来，飞到了后面舱门里不见了。金强和马青用最快的速度摘掉身上的潜水装备，飞快地向水面上浮去。而后面的吸力在海底形成了一个漩涡，而且越来越大。此时马青有点筋疲力尽，这几十米的路程显得异常漫长。后面的金强也在奋力地向上游，超过了马青，在他超过马青的那一刻，他感到了马青的疲惫，一把抓住了马青的潜水服，用尽全力拉住马青向上面游去。明亮的光就在上面，可是这短短的距离就好像是生与死的距离。就差一点了，金强给自己打着气，可是胸口就好像要爆炸了一样。终于，在就要崩溃之前，金强和马青浮出水面。金强大口地喘着气，寻找着他们的打捞船，马青已经失去知觉，金强将手臂架在马青的下颌下，可是自己却一阵阵地迷糊，强打精神。金强看到打捞船就在离自己三十多米的地方，咬牙向打捞船游去。可是，他突然感到那股吸力又出现了，好像有无数人在向下拉着他的身体。金强被拉得又浸入水中，可是又硬挺着把头伸出水面，最后还是被拉了下去。此时金强已经没有力气把自己的头再抬出水面了。可是他还是用尽最后的力气，把马青托出水面。金强心里想：完了，金强我就要葬身大海了，可惜我还没弄明白这一切是怎么回事。接着，他的神志就开始模糊了。就在这个时候，一只强大的手臂拉住了金强，带着他和马青飞快地向前游去，一直游到船尾部，把他们托上船。

　　上了船的金强猛吸了几口空气，恢复了神志。定睛一看，是魏大海在他们最困难的时候，把他们拉住了。老梅正帮着大海抢救马青，看见金强起来了，魏大海对金强说："快起来，救马青。我得去开船，有风暴。"只是几句，简短而有力，却显示了军人的干练。金强爬了起来和老梅把马青脸朝下控水。马青吐了几口水以后也慢慢醒过来。这时候，船开始激烈地摇晃，大家都站不稳。马青对老梅和金强摆了摆手，表示自己没什么事儿。老梅扶着马青摇摇晃晃地进了船舱。金强跑到了驾驶室，只见大海在冷静地控制着船。见到金强进来，魏大海看着海上的变化对金强说："怎么样？没事吧？"金强摇摇头说："我没什么事，现在什么情况？"魏大海说："现在海上起风了，好像海底出现了一个漩涡，我们必须以最快的速度开出这个漩涡。"金强也站在驾驶室，紧张地看着外面的海面和天空。天空中阴云密布，隐隐的雷声和风声在海面上呼啸着。金强能够感到船在艰难地前行，下面的漩涡他是亲身感受到的，现在的漩涡更大了。

　　魏大海皱着眉头，用力地控制着舵盘。可是船好像并不听使唤，开始随着漩涡而旋转。金强也感到了不对头，焦急地对魏大海说："大海，我们的船怎么好像在随着漩涡走啊？"大海依然用力地扳着舵盘说："我也想脱离出去，可是这漩涡的力量太大，我们的船速达不到摆脱它的速度。"这时候，马青和老梅也从船舱里面出来了，看见马青出来了，大海和金强都放下心来。马青和老梅也感觉到船正在随着漩涡转。四个人八只眼睛，相互看着，有点慌乱。突然马青指着天上大叫："那，那是什么？"金强和魏大海一起回头，只见海面上到天边不知道什么时候竖起了一根大柱子，再细一看，是海水被吸上天空形成的水柱。魏大海沉声说："海龙卷，这是海龙卷，倒是难得一见，可是现在不是时候。"海龙卷还在向他们的船靠近，大家甚至能听见海水被卷起的声音。魏大海此时反倒平静下来，对金强说："金大哥，看来我们要搏一搏，置之死地而后生了。"魏大海的平静，让大家都震撼了。每个人的情绪也都平静下来。金强问道："怎么办？"魏大海说："我加速，跟着漩涡走，当我们的速度加到一定时候，我们就可以从漩涡的中心穿过去。"大家听了魏大海的话，对他刮目相看。没想到在这么危急的时刻，他还有这样大胆的韬略。金强对这大海点点头说："好，听你的，大不了一起葬身大海，到那边也有个伴。"金强伸出手，马青、老梅和大海也把手放到了金强伸出的手上，四只手用力地握了握。

后面的海龙卷继续靠近，下面的漩涡越来越有力。船现在像一支离弦的箭，随着漩涡做着回旋加速。马青和老梅都紧紧地抓着窗边，尽力地保持着身体的平衡，船在飞快地打着转，他们已经可以看见漩涡的中心了。那就像一个张开的恶魔的嘴，发着狞笑，等待着他们进去呢。此时的魏大海，抹了一把脸上的海水，计算着船的速度，低声对大伙儿说："速度可以了，大家站稳，我们要最后冲刺了。"大家抓紧了身边的东西，对着魏大海一点头。魏大海用力地扳动舵盘，船飞快地向漩涡中心冲去，由于船的速度快，飞快地冲过了漩涡的中心，一头扎进海水围成的水墙。海水淹没了他们的船，可是船依然保持着速度，向漩涡外冲去。大家屏住呼吸，紧紧地抓着手中的东西。船终于成功地穿出了漩涡的包围，又浮在大海上了，快速的驶离漩涡的范围。也就在这一刻，海龙卷和漩涡对接上了，两股吸力相冲，海龙卷和大漩涡都消失不见了。四个人湿淋淋地站在驾驶室里，都长长地出了一口气。

现在的海面上乌云全部都散了，阳光又出现了，热辣辣地照在海面上，海上好像什么都没有发生过，还是那么的平静，美丽。金强看了看老梅说："那些东西没事吧？"老梅笑了一下："刚才我和马青回到舱里已经收了起来，不会有事的。"金强放心地点点头，拍了魏大海一下："好小子，够沉着。救了大家一命啊！不过，现在你要把船开回去。"魏大海憨憨地笑了。马青一屁股坐在地上："我的天，就这一会儿，我连闯两次鬼门关。这大海发起威来，可真不是开玩笑的。"金强在马青的头上摸了一下说："你去休息休息吧。"自己却向设备舱走去。马青在后面喊着："你干什么去？"金强却头都没有回："我去设备舱，那里还有一套潜水设备。""潜水设备？要潜水设备干什么？"马青嘀咕着，马上又从地上爬起来说："你还要下海？"金强这时候已经走进设备舱了，根本没有听见马青最后的那句话。转眼，金强就穿着潜水服站在后甲板上了。魏大海向金强做了个手势，示意他已经到达刚才的地方。老梅站在金强身边，没说什么，默默地给金强系了一个保险绳。金强翻身跳进海里，三个人紧张地看着保险绳和金强一起慢慢地沉入海底。马青嘀咕着："金二少这胆子不是盖的，刚死里逃生，还敢往这里面下。"老梅嘿嘿地笑了笑说："有点我当年的影子。"马青哼了一声说："你就吹吧。"时间不长，金强浮了上来。马青和老梅七手八脚地把金强拉上来，一边帮他卸身上的设备，一边问："下面，怎么样？"金强叹了一口气："都没有了，什么都没有了。沉船已经不知道去哪里了。"大家面面相觑，过了好一会儿，魏大海才问金强："金大哥，我们去哪里？"金强想了想，果断地一挥手，回三亚，然后回北京。魏大海高兴地应了一声，调转方向，往三亚的方向开去。

六

经过一番周折,金强一行人终于回到北京。嘉华大厦,是金强父亲的产业,第三十六层就是金强在北京的工作室。魏大海是第一次来到北京,看什么都觉得稀奇。自从在海上魏大海把大家成功地带出漩涡,马青和老梅就对他刮目相看,一直管他叫恩公,弄得魏大海都不好意思了。金强把那些沉船上的东西都锁到了保险柜里,然后舒服地靠在大班椅上,对老梅他们说:"今天的工作到此为止,现在开始大家想想晚上吃什么?"马青高喊:"我终于有机会好好报答恩公了,今晚我邀请恩公吃顿好的。"魏大海不好意思地说:"我说马青,你别老是恩公恩公地叫了。算我求你行不行?"金强和老梅大笑,老梅指着马青说:"你小子,就是破瓶子长了个好嘴,今天可是你说的,别耍赖,咱们就全聚德吃烤鸭怎么样?"大伙儿一听,全都同意。魏大海还没吃过,更是开心得不得了。临走的时候,金强对楼上的秘书交代了几句,然后领着大家来到了全聚德。全聚德的人真多,多亏金强父亲的公司常年在这里招待客人,是老熟客。服务员很快给他们腾出了一间包房。看着吱吱冒油的鸭子,四个人食欲大动,狼吞虎咽起来。

一阵风卷残云过后,马青拿着茶杯说:"金强,沉船没有了,下一步我们怎么办?"金强剔着牙说道:"这四件东西已经是上天的恩赐了,他们的科技力量我们已经领教过了。恐怕很难在这些东西上断代。我们现在只能猜测。首先我们要猜测,他们来自哪里。"老梅说:"要猜倒也不是很难,第一,我们有它们的文字,如果破译了,我们就能知道他们来自哪里。第二,以他们的文明程度,不可能不在地球上留下点什么,至少是传说。我们可以查阅资料猜测他们是谁。"金强点点头道："说得好，其实也不难猜测。我们可以把这种人类的史前文明称作超级文明。具备这样条件的只有几个。一是玛雅文明，二是吴哥文明，三是古埃及文明。可是每一个都很牵强。那么，只剩下一个传说中的大西洲。而且我们是在海上发现的沉船，也只有大西洲最符合这个条件。"听金强这么一说，马青和老梅都有点兴奋。马青高兴地说："你是说，我们找到了传说中大西洲的文明依存？"金强点了点头："很可能。大西洲的文明都只是传说，并没有真正地发现什么。柏拉图曾经说过，大西洲大约在12000年前灭亡的，而他的老师苏格拉底也说过，好就好在它是事实，比那些虚构的故事强得多。看来这师徒两个都是认可大西洲的存在的。19世纪中期，美国考古学家德奈利经过毕生努力，出版了他的研究成果《亚特兰蒂斯——太古的世界》，他也因此被誉为'科学性的亚特兰蒂斯学之父'。德奈利一共提出了有关亚特兰蒂斯大陆的13个纲领。1．远古时代大西洋中确有大型岛屿，那是大西洋大陆的一部分；2．柏拉图所记述的亚特兰蒂斯故事的真实性不容怀疑；3．亚特兰蒂斯是人类脱离原始生活，形成文明的最初之地；4．随着时间的推移，亚特兰蒂斯人口渐增，于是那里的人们迁居到了世界各地；5．《圣经·创世纪》中所描述的"伊甸园"，指的就是亚特兰蒂斯；6．古代希腊及北欧传说中的"神"，就是亚特兰蒂斯的国王、女王及英雄；7．埃及和秘鲁的神话中，有亚特兰蒂斯崇拜太阳神的遗迹；8．亚特兰蒂斯人最古老的殖民地是埃及；9．欧洲的青铜器技术源自亚特兰蒂斯；10．欧洲文字中许多字母的原形，源自亚特兰蒂斯；11．亚特兰蒂斯是塞姆族、印度和欧洲各民族的祖先；12．12000年前，亚特兰蒂斯因巨大变动而沉没于海中；13．少数居民乘船逃离，留下了上古关于大洪水的传说。这些都很符合'奥古德根'的特征，还有我们看到的那个海图，应该就是当时逃离居民的路线图。而'奥古德根'就是其中的一支，'奥古德根'的船沉没了，可是很有可能有别的船逃了出去，我们手里有了那海图，很有可能我们可以找到那些船和逃出来的人的后裔，最后找到大西洲。"马青听了以后说道："在《海底两万里》这本科幻小说里曾经有过对于大西洲的描写，不过那都是作者杜撰的。就说当年纳粹德国也曾派人找过那个地方，可是无疾而终。难道我们现在也要这样做？"金强坚定地说："不一样，我们现在不一样，这四件东西，给我们提供了足够的佐证。我们的寻找并不盲目，我们首先要做的是，找到那十一艘船。"魏大海听着他们的谈话，有点黯然，说："唉！你说的我都不知道，怎么办呢？"金强拍了拍魏大海的肩膀说："不只是你，我们知道的也只是皮毛，我们都需要充电，出来的时候，我已经和秘书交代过了，等我们回去，就会有很多的资料了。不怕不懂，就怕不学。"魏大海听着金强的鼓励，对自己又恢复了信心，对着金强憨厚地笑了。这时候，金强的手机响了，金强对着手机说了几句话，然后放下电话对大伙儿说："走，我们得回去了。"大家起身，离开了全聚德。

电话是金强的同学、研究古文字的吴越打来的。他正好也在北京，金强让他来办公室详谈。四个人有说有笑地回到办公室，在桌子上已经放了好几本厚厚的书，马青耸了耸肩膀对老梅和魏大海说："来吧，兄弟们，做功课吧。"这些都是秘书找来的有关大西洲的资料，大家拿起来如饥似渴地看了起来。金强走进里面的房间，打开电脑，一边在网上查找着资料，一边等吴越。不知道过了多长时间，一个个子不高、戴着眼镜的人走进金强的办公室。这个人一脸的木讷，一看就是那种每天坐在办公室钻研什么的人。他扶了扶眼镜，坐在金强的面前说："我来了。"金强把眼睛从显示器上移开，看了看他说："废话，你在这里当然是来了。"那人被逗笑了，金强看着他笑了，自己也笑了，说："吴越啊，看见你笑一回可真是难啊！"这个就是吴越，他收起了笑容对金强说："你给我的那几个字，我看了。和我正在研究的古藏文很像，藏文是松赞干布时期一个叫作吞弥·桑布扎的人创造的，可是它并不是藏地最早的文字，在藏地深处有一个叫塞尔布的部族，所使用的文字和你给我的是很像的。不过，不知道还有没有？"金强想了想，从抽屉里拿出了经文的照片，递给了吴越，说："能破解它的意思吗？"吴越看了看，笑了说："你的运气真好，我们在俄罗斯的博物馆里找到一大部分敦煌的遗卷，其中有用这种文字写的经文。如果对照的话，应该可以破解了，不过需要点时间。"金强点点头说："那就要麻烦你了。对了，你所说的那个叫塞尔布的部族生活在什么地方？"吴越扶了扶眼镜说："应该是生活在喜马拉雅山脉南坡靠近尼泊尔的地方。现在那里好像还有他们的后人。"金强的眼睛亮了，一种想法在他的心中升起，既然用了同样的文字，会不会在大雪山里的部族就是从大西洲逃出的一支呢？看着金强在发呆，吴越站起来说："你忙吧，我走了。晚上我还要去洪教授那里！"金强听见吴越的话才如梦方醒，没有客套，目送着吴越走出了办公室。

送走了吴越，金强陷入沉思，如果那逃离的船上了大陆，就一定会留下些什么，毕竟他们的科技那么发达，只要他们落地生根，就会留下些线索，就可以帮助我们找到传说中的大西洲，传说中的亚特兰蒂斯。金强站起身打开保险箱，从里面拿出那本海图。翻到了十二艘船的那一页，仔细地看着。这个时候，他才可以静下心来思考这一切。金强伸出食指，轻轻地在其中的一条船上点了一下，图上的那条小船竟然移动起来，一直到海中的一个点才停了下来，显示出航行的线路。金强一下子坐直了，这个箱子里的东西带给他太多的惊喜了。也就是说，这里除了可以显示奥古德根这艘船的航行线路，也可以显示其他十一艘船的航行线路，和我们现在GPS的功能差不多。如果可以知道这些船的航行线路，想找这些船就容易得多了。接着金强把每艘小船都点了一下。没想到，这十二艘船最后都汇聚到海中的这个点上了。然后就再也没有了。刚有点起色，线索又中断了。金强靠在椅背上，静静地思考起来。既然他们有这么先进的技术，恐怕也会有类似于卫星的东西，而且这些地图很明显是航拍的。可是为什么这些船汇聚到这个点以后就再也没有了呢？也就是说，以后的路程不在他们所知道和描绘的地图范围内了。那海中间的这个点又是哪里呢？金强想了很久，可是还是没有什么结果，现在所有的希望就放在吴越身上，如果他真的可以破解那些文字，金强他们寻找的希望就会更大了。

一阵电话铃声把金强吵醒了。金强睁开眼睛看了看，自己竟然在办公室里睡着了。他晃了晃脑袋，揉了揉双眼，拿起电话。电话那头是吴越文质彬彬的声音："喂，金强吗？"

"对，是我。"

"怎么了，你的声音，是不是没睡醒啊？"

"呵呵，在办公室想事情就睡着了。"

"哦，我可是一夜都没睡，为了你这三百多个字，我可没少费力气，虽然没有全部解析明白，但是也弄了个大概，希望对你有帮助。"

"太谢谢你了老同学。大恩大德没齿难忘。说吧，你要我怎么谢你？"

"得了，别来那虚招子了，这上面的文字确实是塞尔布的文字，可是内容有点奇怪啊，不像是古代的。"

"嘿嘿，别管它是古代的还是现在的，你帮我传真过来吧。"

"行,马上给你传,我看你大概是要去那里吧,要是真去再帮我收集点他们的文字,我很有兴趣,就算是你谢谢我了。"

"好,我要是去的话,一定帮你办这件事。"

伴着传真机一阵"吱吱啦啦"的响声,一张写满字的纸从传真机里出来了。金强扑到传真机边上,迫不及待地扯下了纸,看着上面的内容。吴越很细心地用两种文字对照着写的,让人可以一目了然。上面的内容是这样的:

我的真神XXX,请宽恕我们的罪。如今我们只能从您的眼睛离开。希望您的眼睛可以为我们寻找更为广阔的空间。十二个勇士——您的仆人,带着您的信念,您的力量冲出这弥漫罪恶的我们的故乡。将跟着您的指示向十二个方向出发。真神XXX,我们带走关闭您眼睛的十二把钥匙,如果十二个勇士带着好消息回来,将会再次开启您的眼睛。希望您能拯救我们的家乡,为我们带来福音。我们将永世传颂您,赞美您。我们的罪恶毁灭了自己,我们再次向您忏悔,在我们繁荣时,我们忘乎所以,我们忘记了您的存在,以为自己就是这里的主宰。可是我们相信,您不会抛弃我们,请宽恕我们的罪恶吧,让我们救赎心灵,我们愿意用我们全部的肉体和灵魂救赎,改正我们的错,请您宽恕我们,饶恕我们,我们永远地赞美您。

金强看了好几遍,他知道中间打X的地方是那个他们的神的名字,到底叫什么,可能是无法破译的。但是整个所谓的经文还是很清楚的,它中间传出的信息和奥古德根的海图是一致的,也就是说,有十二艘船至少有十二个人逃出了,那个所谓的充满罪恶的城市,他们的灭绝大概是由于他们的高度发达,也很有可能是因为相互的战争。还有就是十二把钥匙,可是钥匙在哪里呢?金强想着奥古德根的遗物,如果钥匙是那么重要,一定在这些遗物里。金强很自然地想到了那个像小棺材一样的梯形体的东西,难道它就是钥匙?也就是说,只要找到十二把钥匙和那个XXX神的眼睛的所在,他们就可以进入到那个神秘的地方。想到这里金强有点激动,他点燃了一根烟,稳定了一下情绪。这时候,老梅、马青和大海推门进来了。马青一进来就大叫道:"这一晚上的恶补,我们可是看了不少的东西啊!哎!你怎么这么早就跑到这里了?"金强给他们每个人都丢了一支烟,笑了笑说:"我就没走,想着想着就睡着了。哎!吴越发了传真过来,那些经卷上的文字已经差不多被破译了。"老梅一听来了精神,说:"这吴越够有效率的。"金强笑了笑说:"那是,老吴也是一宿没睡才给我传过来的。我们的运气也好，现在他们正在研究这个塞尔布部族的文字，所以可以很快地破译。"金强把上面的内容大致和大家说了一下，又把传真件给大家看了。大家都很兴奋，有点跃跃欲试的感觉，可是兴奋过后，又都开始发起愁来。到底从何入手呢？

七

金强看着大家开始兴奋又气馁的过程,清了清嗓子,严肃地说:"根据这个经文,我们可以确定几点。一、当时是有十二艘船一起出来的,奥古德根的是其中的一艘。二、钥匙有十二把,很有可能就是那个像小棺材一样的东西。我们要寻找到那个XXX神的眼睛的位置,然后必须有十二把钥匙才能开启那个眼睛。三、塞尔布部族使用的文字和他们使用的文字是一样的,也就是说,塞尔布部族很有可能是他们的后裔。四、根据经文上的描写,结合我们知道的传说,这个地方极有可能就是大西洲,那个岛,就是亚特兰蒂斯大陆,大西洲文明的核心。"听了金强的总结,大家都点点头。魏大海小声地说:"金大哥,我有点看法不知道能不能说?"金强气得乐了,说:"怎么不能说?我们就是战友,不但要说,还要知无不言,言无不尽。快说,少废话。"魏大海不好意思地笑了,说:"一个是钥匙的问题,可能是那个像小棺材一样的东西,但是我想也可能是经卷本身也说不定。"金强点点头,但是没有打断大海。魏大海继续说:"我记得您说过,书上也讲过,亚特兰蒂斯都是塞姆族,塞姆和塞尔布的发音很相似,应该错不了,是他们的后裔。"金强等魏大海说完了,对着魏大海赞许地点点头:"不错,大海的功课做得很详细。"老梅在一边幽幽地提出自己的疑问:"可是我们从何入手呢?"金强对老梅笑了笑说:"你总是把刀扎在要害,呵呵,我是这样想的,如果大家都认为亚特兰蒂斯在大西洋,那么说明两点,一是它就在大西洋上,二是那个XXX神之眼在大西洋上。所以我们的任务之一就是查阅资料。查阅有关海上地理和所有有关大西洲的资料。第二个任务就是,我们要去塞尔布部族去看一看。也许会有发现。"老梅一拍大腿说："好，和我的想法一样，真是英雄所见略同啊！"马青笑嘻嘻地说："什么英雄啊，我看你是想你的藏族小相好了吧。"马青这么一说，金强和马青大笑起来。老梅则满脸通红，指着马青大声骂道："臭小子，赶紧闭上你的臭嘴。再多说话，我掐死你。"马青扮了一个鬼脸说："得了，老梅就你那点破事。"马青还要说下去，看着老梅的表情，赶紧说："好好，不说了。"金强还在笑着，可是魏大海却是一脸的茫然。马青一搂魏大海的肩膀说："别急，晚上哥们给你慢慢讲老梅的风流史。"

飞机头等舱中，金强在闭目养神，马青和老梅说着什么，魏大海则捧着一本书如饥似渴地看着。这是飞往拉萨的飞机，金强没有任何耽搁，也不想有任何的耽搁，领着自己的小分队就从北京出发了。他不用担心大家的身体，老梅多次进藏，对于西藏很多地方都熟悉，甚至可以担任向导。马青也没问题，最好的就是身体。魏大海更不用说了，当年当兵就在高原地带。至于他自己，这也是他最满意的一项，他的强健体魄，来源于他的过剩的肾上腺素的分泌，他是一个精力过剩的人，在学习之余，只有运动才能耗尽他过剩的精力。随着一阵震动，飞机降落在拉萨贡嘎机场。魏大海是第一次坐飞机，还茫然不知是怎么回事，马青推了推他说："别看了，到了。"魏大海赶紧打开身上的安全带，站了起来。金强和老梅已经走到出舱口了。魏大海和马青赶紧追了上来。他们没有行李，什么都没带。带了也没有用，这里是他们在西藏的起点，虽然走得匆忙，可是行程金强都安排好了。拉萨的一个科考队的队长钟德凯也是金强的同期同学，他负责帮助金强搞定下面的行程。金强他们一行四个人，刚一走下飞机，就看到一辆军用吉普停在机场上，两个人走下吉普车，一个穿着军装，一个穿着印有"中国"字样的科考队的队服。这两个人快速地走到金强他们面前，那个穿着"中国"字样科考队队服的人皮肤黝黑，两个脸蛋红扑扑的，一看就是长期在高原工作造成的，戴着眼镜，一脸的激动表情，他就是金强的同学钟德凯。他伸出拳头，在金强的肩膀上重重地捶了一下，爽朗地大笑起来说："哈哈，老同学，终于见到你了，你从大南边，跑到大西面，还真是神出鬼没啊！"金强也还了他一拳说："大钟，你也够专的，在这儿一待就是五年啊！"说完两个人紧紧地抱在一起。笑了一阵，两个人分开，钟德凯拉过旁边穿军装的人对金强说："金强，这是我们这里驻军的团参谋长多吉。"又对多吉说："这就是我的老同学，金强博士。"多吉伸出大手和金强紧紧地握在一起。金强握着多吉的大手，打量着这个藏族汉子，个头和自己差不多，一样的结实，黝黑的皮肤，浓眉大眼，根根竖起的头发。一看就是一个刚毅的高原汉子。金强高兴地说："我终于有个藏族朋友了。"多吉开始是一愣，接着是爽朗地大笑，说道："我也多了一个汉族朋友了。"金强赶紧一一把其他人向钟德凯和多吉做了介绍。当多吉握住魏大海的手的时候，笑了，说："你好，战友！"除了魏大海，其他人都惊讶地看着多吉，金强很感兴趣，问道："多吉，你怎么知道他是当兵的？"多吉笑着说："我不仅知道他是当兵的，而且知道他至少当了五年兵。"魏大海也用力地握了握多吉的手说："你好，战友。"多吉看着等待回答的金强说道："是气息，战士的气息，我感到了大海身上强烈的战士的气息。"大海和多吉又惺惺相惜地看了一眼，才分开了握着的手。几个人上车，驶离了机场。

多吉开着车。钟德凯坐在副驾驶的位置上，转过头来对金强说："金强，你这次来得太突然，不过还好，我们有中科院的文件，才能搭上多吉他们飞往普兰县的一辆军用飞机，要是开车的话，你们会多花很多时间。"金强在后面拍了拍多吉的肩膀说："谢谢你们了，谢谢人民解放军。"钟德凯没好气地对金强说："你少来虚招子了，我们现在去军用飞机场，我们一到，飞机就起飞了，我不能在这里招待你们了。"金强指了指钟德凯说："我看你才净是虚招子，现在不行，等我们回来。"开车的多吉说："你们在那边下飞机，我安排了当地驻军的一个连长叫张坤的接待你们，有一辆车，一个向导，还有两名藏族战士和你们一起进山。你们要去的地方在喜马拉雅山南坡而且要穿过两座大雪山，很难走。你们自己要小心。"金强点点头。钟德凯接着说道："我后天还有科考任务，也要进山，不过在西藏的北面。你们需要的大部分装备都在这车的后备厢里，其他补给到了普兰县再弄吧，应该没有问题。那边靠近尼泊尔，你们一定要小心，小心再小心。"金强还是没说话，只是点点头。

吉普车开进一个军用机场，一架军用飞机正在准备起飞。吉普车停了下来，大家走下车。两个士兵过来搬运吉普车后备厢里面的东西。刚一见面，又马上分别在即，金强和钟德凯相互凝望着。他们的情谊不是那种建立在金钱和物质上的情谊，而是那种由心而生、有共同追求、心灵相知相通的情谊。两个人的眼里已经有泪水浮现。金强抽了一下鼻子，憋回了将要流出的泪水对钟德凯说："大钟，你要保重啊，等我回来，我们在拉萨再聚。"钟德凯点着头说:"你也是,你那里更危险,我们在拉萨聚,不见不散。"多吉和魏大海相互敬了一个军礼,什么都没说。大家相互道别,才走上飞机。在隆隆声中,金强他们透过飞机的窗口向下看去,钟德凯和多吉一直站在飞机下面,直到飞机起飞,再也看不见了。

茫茫夜色中,飞机降落在普兰县的军用飞机场。金强他们四个人走下飞机。一个军人走了过来,看了看,对他们说:"请问哪位是金强博士?"金强迎了上去说:"你好,你是张坤,张连长吧?"张连长伸出手和金强握了一下说:"对,我就是,多吉参谋让我在这里接待您和您的科考小分队。请你们跟我来吧!"说完一挥手,两个当兵的跑向飞机,把飞机上带着的装备卸了下来。金强四人和张连长一起上了一辆吉普车离开了机场。张连长一边开车一边对金强说:"金博士,今天天色已晚,你们在我们的招待所住一宿,我已经安排好饭了,我们现在就去吃饭,然后你们休息,明天等向导一来,就可以出发了。"吉普车开进了一个规模不大的招待所,五个人下了车,走进食堂。一桌子的菜,大家坐好以后,张连长给每个人的碗里都倒上了酒说:"这是青稞酒,来高原上一定要喝,来,我先敬客人一杯。"大家都端起酒,一饮而尽。老梅咂了咂嘴说:"还是这高原的青稞酒好啊!"引来大家的一片笑声。金强对张连长说:"张连长,能不能把和我们一起进山的两个战士也叫来,我们也见见面,大家熟悉一下。"张连长转身出去,一会儿带着两个战士一起走了进来,张连长给大家介绍说:"这两个藏族战士一个叫贡布,一个叫洛桑。"金强赶紧热情地招呼两个小战士坐下,两个小战士行了个军礼,坐下了。都是年轻人,大家在一起很快都熟络了,没想到这两个小战士的汉语说得还不错,大家聊得很开心。金强着重打听了一下山里的情况,对这边的情况有了基本的了解。吃完了饭,大家各自回到自己的房间休息了。

第二天,大家都起来得很早。这里挨着军营,想睡懒觉也很难。大家早早地被军号声叫醒了。马青睡眼惺忪地走出房间,看见在走廊里的魏大海,已经穿着整齐地站在走廊里,看着山坡下的军营。马青过来拍了一下魏大海,魏大海好像从沉思中惊醒过来,回头看了看马青。马青说:"怎么,这么早就起来了?"魏大海点点头,马青向魏大海看的方向看去,是一队士兵在操练。马青明白魏大海为什么会这样了,一定是被这军营的气氛感染了,想起了自己当兵的日子。马青没有再打扰魏大海,去洗漱了。大伙儿又在楼下的餐厅会面了。

老梅在大口地喝着酥油茶，马青有点喝不惯，可是老梅却硬逼马青喝。魏大海对马青说："喝吧，开始有点喝不惯，不过这东西可以缓解高原反应，驱除疲劳，有好处的。"金强也说："对了，到什么地方就吃那里的东西，没坏处的。"马青只好乖乖地喝下去。张连长、贡布和洛桑也都来了。大家在一起边吃早饭边等向导。吃完了饭向导还没有来，马青、老梅和魏大海就去检查装备了。金强也站在院子里看着远处的群山，现在是西藏的夏天，远处的山坡上是一片郁郁葱葱，格桑花怒放着，显示着它倔强的生命力。高高的山体上面戴着雪白的帽子，在蓝天的掩映下，令人有高山仰止的感觉。马青走了过来对金强说："金强，装备都没问题了，不过每个人的负重有点多，大约40公斤。"金强点点头，表示知道了，可是什么都没说。这时候，张连长带着一个40多岁的藏民走了过来，对金强说："金博士，这位是这里最好的向导。他叫扎西，就由他带着你们进山。"金强亲切地和扎西握了握手。扎西个子不高，很敦实，一看就是那种很能干的人，脸上带着憨厚的笑容，对着金强笑了笑，可是什么都没说。看来他不是一个擅长言语的人。张连长对金强说："金博士，人齐了，我们是不是可以出发了？"金强点点头。张连长继续说："你们先坐车到山里，直到不能再往里面开的时候，你们就开始下车步行。"张连长把他们一行人送上了一辆大卡车。大家与张连长挥手告别，踏上了进山的征程。

八

卡车向大山深处开去，路不好走，可是沿途的风光很美丽，是那种纯自然的风光。连空气都带着草香味。终于，卡车停下了。大家跳下车，和卡车司机挥手告别。看着卡车远去，大家知道以后的路就要靠自己走了。个人整理完装备，开始向山里面进发。每个人的负重都很大，主要是食品、药品和寝具。每个人都有两把刀，一把开山刀和一把小刀。贡布和洛桑每个人还配了两把枪，一把54式手枪和一支81式自动步枪。金强和扎西走在最前面，金强和扎西攀谈起来："扎西大哥，你去过那里吗？"扎西点点头说："嗯，我和那里出来的人去过，那里有草原上最好的獒。"金强来了兴趣，问道："这么说你认识那里的人？"扎西还是点点头，说："认识一个，后来那人没有回去，他的狗卖了大价钱，他就留在拉萨了。"金强对狗懂得不多，但是也知道好藏獒已经炒到几百万一只了，就问扎西："那他们那里为什么会有好的藏獒呢？"这回扎西没有点头而是摇了摇头说："不知道，大概是他们的地方不好进，獒种比较纯吧？"金强又追问道："那里的人不出来吗？"扎西撇了撇嘴说："是啊，很少，他们的部族有规矩，不可以随便出来。"金强和扎西在前面边走边聊着，在后面，马青、贡布和洛桑也在聊着，老梅偶尔插上一句嘴，四个人也聊得很开心，魏大海只是笑呵呵地听着他们的谈话，并不参与。气氛越来越融洽，大家都混熟了。

中午的时候，太阳没遮没拦地照在山坡的草地上，伴着山风，气温不是很高，可是紫外线的强度却很高。那些长期生活在高原上的人都习惯了，可是马青和金强有点受不了，赶紧把裸露在外面的皮肤尽量遮挡起来。中午的时候，大家坐在一块大石头上休息，吃着干粮。马青在不停地抓着后脖颈儿，洛桑看着马青的样子，觉得有点好笑。老梅也看到了，对马青说："说你像个猴子，你还真争气，还学猴子抓痒的样子。"马青嘴里叼着干粮，另一只手紧着忙活，含糊不清地说："你少废话，我都痒死了。"魏大海走过来，对马青说："忍一忍吧，你这是紫外线中毒，别抓了，皮都掉了。"说完把水壶里的水倒在手里，轻轻地敷在马青的脖子上，马青立刻感到痒的感觉有所缓解，感激地对魏大海说："好多了，谢谢你啊，大海！"魏大海摇摇头说："这没什么，谢啥啊，不过这可治标不治本，你还是盖好了，别让太阳晒了。"马青点点头，赶紧把帽子后面的遮阳布弄好，咽下了嘴里的干粮，站在石头上伸了一个大懒腰。突然，马青的动作停止了，小声地对大伙儿说："那，那，是不是熊？"大伙儿一听，一下子都站了起来，顺着马青看的方向看去，一个高大的身影在不远的地方，也好像在向他们张望。贡布和洛桑的枪立刻上了膛。金强对他俩说："能不开枪，千万别开枪。"贡布和洛桑点了点头。那确实是一只熊，一只藏马熊。它也看见了他们，慢慢地向他们的位置靠近了点。马青是第一次在野外看见熊，又紧张又兴奋。可是那只大熊没有再靠近，而是晃了晃屁股跑开了。看着大熊远去的身影，马青还有点失望。扎西却说："这是个没成年的熊，只是好奇。现在是夏天，山里的猛兽更多。我们走吧，过了草甸子，就是树林子了，再往上是雪线，我们得在雪线之上绕过这座山，这山的后面更是连绵不断的山了。"很快小分队穿过了草甸子，来到一片大树林。

林子里的树密密层层，脚下根本没有路。扎西和金强在前面拿着开山刀，砍着挡着的树枝，开出一条小路。树上不时传来鸟鸣，也不知道是什么鸟，总之是很好听，显得树林里很是静谧。海拔越来越高，马青出现了呼吸困难的情况。这也是正常的，毕竟时间太紧，没有经过过渡，就直接上来了。老梅走了过来，往马青嘴里塞了一个药丸，魏大海、贡布和洛桑分担了马青的装备。马青卸下装备感到轻松不少，对老梅说："你给我吃的什么啊？"老梅干巴巴地说："红景天！你赶快适应吧，不然很麻烦。"马青没话可说了，默默地跟在老梅的后面。

天就要黑了，前面居然出现了一个小小的湖泊。金强对大家说："晚上就在这里宿营吧！"大家都点了点头，开始准备宿营。一向活泼的马青已经累得筋疲力尽了，可是看看其他人，什么事情都没有，自己又有点不好意思。天气很好，不用搭帐篷，展开睡袋就可以。大家在湖边的平地上找到一个宿营地。贡布和洛桑点燃了一堆篝火，架上行军锅，开始煮面。魏大海也在树林子里找到不少的野菜，放到面条里一起煮。天色暗了下来，大家围坐在篝火旁吃着就野菜的面条，虽然不是什么山珍海味，可是也别有一番风味。马青毕竟年轻，身体也好，又吃了老梅给的红景天，休息了一阵已经感到适应了。他慢慢地恢复了原来的样子，端着饭缸大口地吃着面条，还不住口地评论着。贡布和洛桑已经知道魏大海也是当过兵的，并且在退伍前是班长，他俩现在都叫魏大海"班长"。吃完了饭，魏大海排了个值班表，因为晚上不能大家全睡觉，必须有人值班。排了三个班，第一班岗是贡布和洛桑，第二班是魏大海和金强，最后一班是扎西和老梅，大家照顾马青，今天就没排他的岗。

这里的夜晚很美丽，满天的星星看得很清楚。西藏的天空是最纯净的，没有污染，夜晚的天空是透蓝透蓝的。四周很静谧，大家说了一会儿话，不轮岗的就睡了。该金强和魏大海的岗了，魏大海又进树林里拾了点柴火，然后和金强坐在火堆边上，金强在出神地看着吴越翻译的经文，魏大海则默默地坐在金强的身边，警惕地看着四周。夜是那样的沉静，只有老梅的呼噜声不协调。突然，一声很轻的树枝断裂的声音传到魏大海的耳朵里。这声音在这静谧的夜里分外刺耳，连在认真地看着经文的金强也抬起了头，和魏大海对视了一眼，向声音传来的地方望去。一双幽绿的眼睛出现在树林的黑暗中。是狼！金强第一个反应就是这样的。魏大海站了起来。金强也站了起来。那幽绿的眼睛似乎有点害怕，向后退了退。可是，又似乎打定了主意，快速地从黑暗处窜了出来，向他们扑来。这时他们借着火光才看清楚那东西是什么。一只浑身黑白花的像猫一样的动物，可是比猫大得太多了，应该是豹。可是没时间多想，这家伙来得太急，魏大海向前抢了一步，挡在了金强的前面。这时候豹子已经扑到了，魏大海两手抓住了豹子的前爪，硬生生地把豹子拉到了地上。那豹子被摔得在地上一滚，钢鞭一样的大尾巴，向魏大海扫来。魏大海向后一闪，躲开了。豹子调头又向魏大海扑来，魏大海又是快速地一闪，闪到了豹子的左边，一抬腿踢到了豹子的肚子上。这一脚可不轻，豹子甩出了老远。那家伙气哼哼地趴在地上看着魏大海，嘴里发出了咆哮声。这时候，大伙儿都被打斗声弄醒了，洛桑马上冲了过来，和魏大海站在了一起。贡布抄起枪向豹子瞄准。趴在地上的豹子，看了看这么多的人，又看了看枪，一转身，快速地消失在黑暗中。

看着豹子走远了，大家才松了一口气，坐回到篝火旁。马青说道："这是什么啊，是豹子吧？"扎西拿起树枝把火加旺，叹了口气，说道："那可不是一般的豹子，是我们的山神，雪豹。这雪豹可是生活在雪线上面的，很少下来，更是很少伤人，看来山神爷有点不高兴了。"扎西的口气，有点不安。金强知道藏民是很迷信的，就笑了笑说："呵呵，其实也很简单，现在的生态环境越来越差，雪线上的食物少了，它们就下到雪线以下来觅食了。想是饿极了，把我们当食物了。呵呵，大海可是够勇猛的，徒手就敢和豹子搏斗，嘿嘿，还没受伤。"金强的话成功地把扎西的不安引开了，大家又把注意力集中到魏大海的身上，都对魏大海称赞起来，连扎西都说："敢于徒手和雪豹搏斗的都是勇士。"贡布和洛桑的"班长"也叫得更亲，更服气了。魏大海却若无其事地说："别逗了，快睡吧，明天那还要赶路呢！老梅，扎西，该你俩值班了。精神点！"

　　早上大家起得很早，吃过早饭就继续向上进发。穿过树林，又爬过一段岩石路。扎西说："这在冬天的时候，这就是雪线了。不过现在是夏天，雪线还在上面。果然，再往上没走多远，就到达了雪线，这里已经是海拔将近五千米的地方，大家都换上了冬装。马青虽然还不能完全适应高原的生活，可是已经好了很多了。扎西指着上面对金强说："再往上走一段路，我们就可以穿过一个山谷，绕过这座雪山了。"踏着终年冰封的土地，金强不禁感叹："果然是一山分四季，十里不同天啊！"大家跟着扎西，往前走着，不时有小动物从雪地里跳出来，受惊跑掉。中午大家只做了短暂的休息，就继续上路了。天慢慢地黑了下来，扎西说："到了山谷再宿营吧。"金强默默地点点头。这里太冷，大家都不太愿意说话。眼看就要到山谷了，大家不觉加快了脚步。突然，在后面的马青大喊一声："洛桑！"下面的话就没有了，金强他们一回头，看见老梅用手捂着马青的嘴。而地面上有一个大窟窿，洛桑不见了。大家立即明白发生了什么，洛桑掉到冰缝里面了，马青想喊，可是被老梅把嘴捂住了，因为这里是雪山靠近山顶的地方，如果声音过大，很有可能引起雪崩。马青立刻明白怎么回事了，示意老梅放手，老梅才把手放开。

　　魏大海和金强已经趴在洛桑掉下去的冰缝边上，向里面看着。冰缝是由于夏天雪线以上的冰雪融化，地面温度升高，雪下的冰也开始融化，形成的冰缝。刚才洛桑就是不下心，掉到了冰缝里。这样的冰缝不能站在旁边，因为这样可能会引起再次塌落。所以金强和魏大海趴在边上向里面看着。这个冰缝很深，可是洛桑还算沉着。他用手脚支着两边的冰壁才没有掉到底下。可是这样撑在半空中很辛苦，必须马上施救。贡布快速地在自己的身上解下保险绳。一端系在自己的身上，另一端抛进冰缝。马青、老梅和贡布抱在一起，以增加分量。金强把绳子甩到洛桑的前面对他说："怎么样，洛桑？能不能抓住绳子？"下面的洛桑缓了一口气对上面说："不行，我不能腾出手来，我的装备和武器太重了，我一动就会掉得更深。"必须要有人下去，把绳子系在洛桑的身上才行。马青赶紧脱掉自己的装备和外衣，拿着另一条保险绳系在自己的身上。老梅把马青的保险绳的另一端系在自己的腰上，对马青说："小心！"马青笑了笑，做了一个胜利的手势。马青爬到冰缝边上，向下看了看。金强和魏大海都对马青点了点头，马青慢慢地向下滑去。这是马青最擅长的，虽然冰壁很滑，但是还是有地方落脚的。马青慢慢地向洛桑靠近，洛桑咬着牙不说话，看着马青。金强的心都提到嗓子眼儿了。虽然金强对马青的攀爬技术很放心，可是这里毕竟是冰壁，马青没爬过的。马青也是万分小心，还好距离不是很远。马青慢慢地靠近了洛桑。可是他也没有办法用一只手把保险绳系在洛桑的身上，不过马青很聪明，又向下爬了一点，采取和洛桑一样的姿势。洛桑下方的两个冰壁离得更近一些，这样马青就可以腾出手来，用脚和肩膀顶住身体，然后向上抛绳子，来绑住洛桑。可是马青运气不是很好，一连抛三次都没有抛中。金强看得冷汗直流。终于第四次抛中了。马青把保险绳系在洛桑的身上。上面的贡布赶紧向上拉，终于，把洛桑拉到了冰缝口。金强和魏大海一起伸手把洛桑拉了上来。下面的马青一见洛桑上去了，一阵轻松，不觉中放松了一点，身体立刻向下滑去。马青吓了一跳，赶紧稳住身体。老梅用力，把马青拉了上去。洛桑一上去，滚离了冰缝口，大口地喘着气，好半晌才缓了过来。那边马青也重新穿上了外衣，背起装备。大家扶起洛桑，继续向前走。

　　因为天就要黑了，必须要赶紧找到宿营地。一切到那里再说。又往前走了一大段，终于找到了一个不高的雪包。扎西选定了这里为宿营地。在背风处大家一起动手，挖了两个大雪窝子，支上了两个帐篷。老梅拿出固体燃料炉和行军锅，往锅里撮了些雪，开始煮东西。洛桑坐在帐篷边上，还心有余悸地对马青说："马哥，真是谢谢你。"马青倒是不好意思了，说："呵呵，没什么，举手之劳。"老梅笑嘻嘻地说道："就是，马猴子嘛，还不就是爬上爬下的。"马青没理老梅，和洛桑、贡布聊着。金强和扎西坐在另一个帐篷的前面，金强拿着一张纸准备画地图，和扎西聊着："扎西大哥，我们还要走多远？"扎西想了想说："大概还要五六天吧。"金强点点头："还有那么远呢！"扎西却摇摇头："路其实不是很远，只是会越来越难走。也就是现在，是夏天。要是冬天更去不了了。"扎西的话不多，金强也很难通过扎西的话推测到前面的路到底有多难走，想来不会很舒服。魏大海走了过来，递给金强一张纸，金强打开一看是魏大海画的地图，金强看了很高兴，魏大海的地图很有水平，他又省事了。

半夜的时候，起风了。尽管他们的前面有一个雪包，可是风向不知道为什么一直在变换。尽管有人值班，可是狂风还是把其中的一个帐篷刮飞了。看着帐篷消失在雪夜里，几个人只好摇摇脑袋，望帐兴叹。没办法，就几个人挤了挤，在一个帐篷里，凑合到早上。这回大伙儿对冰缝都心有余悸，于是用保险绳把每个人都连了起来，穿成了一串。昨天晚上还在怒号的狂风现在已经停了，太阳照在雪地上白晃晃的，很刺眼。大家带着雪镜，不然的话很容易得上雪盲症。到了谷口了，可以看见远处的景色，下面的山谷里郁郁葱葱是一派夏天的景色，可是金强发现在绿色和白色之间是一段很宽的青灰色。也就是说在雪线和下面的山谷之间有一段悬崖。扎西也在看着这段悬崖对金强说："这悬崖上只有一条路，而且只能侧身通过，要小心了。"

站在崖壁的入口，除了扎西大家都有点傻眼。悬崖上只有五六十厘米宽的一条小路，下面就是万丈深渊，还有一条奔腾的河流。一旦掉下去是必死无疑了。这条路是附在崖壁上蜿蜒向下的。扎西什么都没说，先踏上了这条路。金强看了看大家，也没说什么，学着扎西的样子把背包挪到前面，面朝外也踏上这条路。马青走在最后面，他天生对这样的地方就很喜欢，不时地向下看着，欣赏着风景。可是老梅有点害怕，只有他一个人，是面对着崖壁行走的。马青很想和老梅逗上两句，可是看着老梅的样子，马青还是忍住了。这时候生死命悬一线，看着老梅满头冷汗的样子，马青在心里为老梅捏了一把汗。山风在他们的身边刮过，每个人都很紧张。根本不可能太大步地走，只能一步一步地挪。慢慢地，大家都习惯了，紧张的气氛有所缓和，马青对老梅说："怎么样，老梅？"老梅腾出手来擦了擦自己头上的汗水，对马青说："这路可不是盖的，真吓人。"这时，一阵山风刮过，老梅赶紧把嘴闭上，专心地走他的路。金强在前面跟着扎西,他其实也很紧张,可是看着扎西自信的样子,他又觉得其实也没什么,毕竟还是有路。

突然,一阵阵的呼啸声吸引了大家,大家抬头看去,天上盘旋着两只大鸟。很大的大鸟。扎西大声对大家说:"这是金雕,一般不伤活人的,没事的。"大家听着扎西这样一说,觉得没什么,都抬头欣赏着这两只大鸟飞翔的雄姿。可是两只大鸟的叫声更加急促了。金强隐隐地觉得有点不对劲。突然,其中的一支金雕,向走在最前面的扎西俯冲而去。扎西也是一惊,这金雕一般不会袭击人,为什么会突然冲向自己?六个人全都暴露在悬崖之上,背靠着崖壁,根本就躲无可躲。眼看这金雕扑向了扎西,连金雕头上那根根的白毛都看得清清楚楚。扎西已经傻在那里,一动不动地看着扑向自己的金雕,扎西一旦遭到金雕的袭击,必然掉到悬崖下面,一命呜呼。就在这关键时刻,传来一声枪响。本来扑过来的金雕,被枪声惊到,一转弯,又飞到天上去。金强回头看看,枪是贡布开的。金强对大家说:"快,快走。"前面的扎西也加快了脚步,一边走还说着:"不对啊,这金雕不攻击人的,今天这是怎么了?"哪有时间考虑那么多,大家快步地沿着崖壁的路走着,那两只金雕就悬在头上,好像随时都会扑下来。可能是因为怕枪声,金雕不敢再扑下来,可是,却不肯离去。足足走了两个多小时,他们终于走下了这条小路。这时候大伙儿都躺在地上,大口地喘着。每个人的衣服都湿透了。老梅直在那里念叨:"阿弥陀佛,上帝保佑,我算是下来了。"马青在一边听得哈哈大笑,说:"真没出息,还大胆呢!就这,就吓成这样?哈哈哈。"只有扎西抬着头向悬崖上面看着,好一会儿才如释重负地坐下了。金强问道:"扎西大哥,你看什么呢?"扎西笑了笑:"我说为什么金雕会袭击我们呢?原来上面有一个金雕的窝。那两只金雕一定以为我们想掏它们的窝呢!"金强也抬头看了看,说道:"是啊,没有原因动物是不会攻击人的。不管是多么凶恶的动物,都是在被动的情况才会袭击人的。"

大家原地休息,每个人都吃了很多东西。想来是体力消耗太大了吧。这山谷里温度不低了,上面雪线化的雪水向下流着,在山谷里形成了一条河。不知道这条河是哪条河的上游,在这里的流量已经不小了,河面虽然不是很宽,可是好像挺深的。吃过了东西大家准备渡河,沿着河边向下游走了一段,寻找一个比较浅的地方。金强小声地叮嘱马青、老梅和魏大海:"我们注点意,藏族兄弟一般都不会游泳，小心点，别出什么问题。"大家点点头。河水不是很深，却是刺骨的寒冷，不仅仅是简单的一个冷字能说明白的。大家抓紧时间过河，突然走在前面的魏大海，一脚踩空了。原本举过头顶的装备，也掉到河里面。沉下去的魏大海，在水中一翻身，又一把抓住了装备。可是河底有一股暗流在涌动，带着魏大海向下漂去。魏大海是海边长大的孩子，什么样的水流没见过，惊吓过后，马上就清醒过来，托着装备，摆脱暗流快速地向对岸游去。大家本来有点担心，但是看着魏大海快速地游向对岸，又放心了。魏大海把装备甩到对岸，拿着保险绳又回到河里，把绳子抛向金强。金强拉着绳子对着大家一努嘴，扎西看了看绳子，马青接过他的装备，扎西拉着保险绳爬了过去。剩下的人也都快速地爬了过去，最后是金强，也过去了。可是这时候的金强和魏大海，已经冻得全身都僵硬了。两个人好不容易爬上岸边就不能动了。贡布和洛桑赶紧去找东西生火，马青、老梅和扎西，冲上来把湿透的衣裤从金强和大海身上扒了下来帮他们揉搓着身体。老梅又拿出身后背着的一个水壶，往金强和大海的嘴里灌。他俩一喝才知道，老梅的壶里装的是酒，是青稞酒。看来这是老梅的珍藏。这工夫那边的火也生起来了，他们赶紧把金强和大海挪到火边，把大家的衣裤都烤上。大家围在火边，轮流喝着老梅的珍藏。金强笑着对老梅说："多亏你啊，要不我们拿什么暖身？"老梅有点心疼地说："哎，没了，早知道就多留点了。"扎西看了看老梅说："下午，我们能经过一个寨子，嘿嘿，你可以补充点。"老梅这才高兴起来。大家烤干了身上的衣服和弄湿的装备，又上路了。按照扎西的说法，前面会有寨子，大家走起来都很带劲。

果然，在太阳就要落下去之前，一个寨子出现在大家的眼前。扎西介绍说："这个寨子很有些年头了，是当年一个土司的寨子，后来变成公用的。"他们走近寨子才看清楚，这是一个很有藏族特点的藏寨，四周有高高的碉楼，高大的木制围墙。扎西离着老远就向寨子那边挥手，显然他和这里的人很熟。一个骑着马的老人出了寨子，把几个人接了进去。

大家来到这个老人的家里，是一个典型的藏族民居。扎西向大家介绍，老人叫云丹平措，是原来这里土司的后代，也是扎西的好朋友。扎西把大家介绍给云丹平措。云丹平措老人很热情地和大家握手，请大家坐下，还倒上了酥油茶。马青喝了一大口说："这酥油茶真好喝！"大家都笑了。晚上的饭菜真是丰富，金强和平措老人打听了塞尔布部族的事情，原来这个平措老人也是去过那里的。平措老人说："那里的人并不像我们藏族人，很多老人的皮肤都很白。而且有的人是金色头发。"金强听了，有点兴奋。他对这一次的行动又多了几分把握。平措老人可是好酒量，老梅可算是找到对手了，来了个一醉方休。

第二天大家起来得有点晚，老梅慨叹道："头上有瓦，睡觉就是香啊。"大家恋恋不舍地离开在寨子，继续进发。沿着另一条河一直向下游走去，直到河水转了弯，他们又上了山。就这样晓行夜宿，终于在喜马拉雅山脉南坡的一个山中腹地，找到了塞尔布部族的聚居区。

九

　　这里比普通藏寨的规模大一些,更像是一个自然村,这里的人过着自给自足的生活。有一条小河穿过他们的小村子。金强他们一路向村子里面走去,沿途遇到的小孩好奇地跟在他们的后面。扎西对金强说:"这里有很多的规矩,我一时也说不清楚。我们必须到族长那里去,有什么事情和他说。"金强小声地问扎西:"他们的族长在哪里?"扎西笑了笑说:"一会儿就知道了。"正说着,几个拿着武器的男人挡在了他们的前面。扎西走了上去,用藏语和他们交谈一番。他们对着金强一挥手,大家跟着扎西走了。金强快走了两步,赶上了扎西小声地问扎西:"什么意思,扎西大哥?"扎西也小声地回答:"没什么,带我们去见他们的族长。"大家跟着扎西来到一个很大的房子里,一进门,就看见正对着门的厚毡地上坐着一个老人。老人虽然是坐着的,看不出来有多高,可是只看老人的上半身就知道老人的个子不会矮。更重要的是,金强看到老人,有一双蓝色的眼睛。这和当地的藏族人是完全不一样的。老人也说藏语,金强虽然听不明白,可是听老人的语气还是比较和气的。这时扎西就成了翻译。老人说一句,扎西就翻译一句。老人说:"欢迎你们,远方来的客人。我是这里的族长,我叫贡嘎。不知道你们为什么来到这里?"金强把随身带着的经文的照片拿出来,递给老人,说:"我想请您看一看,您是不是见过这个东西?"贡嘎族长接过照片看了看,摇了摇头说:"这个我没见过。"金强没想到老人回答得斩钉截铁,可是他从老人的眼中看出来,老人是见过这个东西的。可是老人好像不愿意提起。贡嘎族长又问道:"还有别的事情吗?"金强不知道怎么回答,只好尴尬地笑了笑。贡嘎族长也笑了笑说:"你们先住在我家吧。"

一个仆人模样的人把金强他们带到了后面的房间里。房间很漂亮，大家围坐在一起。马青问金强："那族长怎么说没见过这个，还说得那么痛快？"金强摇摇头："不知道，但是我感觉他是知道这个东西的。可是为什么说不知道，我就不知道了。"老梅有点灰心地说："那怎么办，他要不想说，我们也拿他没有办法，我们岂不是白来了？"金强笑了笑："他不说，我们可以试着和别人接触一下啊，别急。"大家正聊着，一个二十多岁的年轻人在门口好奇地向他们观望。扎西和这个年轻人打了个招呼，并对金强说："这个年轻人是贡嘎族长的儿子尕娃。"金强对着尕娃招了招手，尕娃有点羞怯，但是最终好奇心还是占了上风，他们很少和外面的人接触，对这些外来人有着强烈的好奇心。尕娃走了过来，贡布和洛桑给他腾出一个地方，毕竟都是年轻人，三个人很快亲热地聊了起来。他们都是用藏语在聊天，金强听不懂，不过金强看着他们这么快就混熟了，很高兴，并不失时机地把照片拿出来给了洛桑。洛桑立刻明白了金强的意图，拿着照片和尕娃聊了起来，尕娃看了照片和洛桑说了很多。洛桑对金强说："尕娃说他见过这个东西，不过也是照片，很老很老的照片，是他爷爷留下来的。"也是照片，金强有点纳闷了，这里这么偏僻怎么会有人拿相机照照片，还是在他爷爷那时候？金强又拿出了个像小棺材的东西的照片，递给洛桑，洛桑又拿给尕娃看。尕娃看了却摇摇头。他们又说了一阵，尕娃就出去了。金强刚想问问洛桑，洛桑先说了："我对尕娃说他的父亲告诉我们他没见过这个东西，尕娃说他的父亲不应该撒谎，去问问他的父亲是为什么要撒谎。"金强点点头，不再说什么。大家都陷入沉默中。

晚饭的时候，尕娃回来了，叫大家去吃饭。大家来到另一个房间，此时很多的菜已经摆在桌子上了。贡嘎族长屏退了仆人，只剩下他和尕娃还有金强的小分队。突然贡嘎说话了，而且是汉语："我的儿子刚才质问我，为什么说谎。我承认，我刚才是说谎了。"听了贡嘎的汉语，大家都很惊异。看着大家惊异的表情，贡嘎继续说："其实我年轻的时候走出过这里，在外面游荡了很久，我也是为了寻找你们给我看的这样东西。"贡嘎整理了一下思绪继续说："要从1939年的时候说起了，那时候，我们这里来了一群外国人，说是来寻找他们的族人，那时候我只有10岁，我的爸爸是这里的族长，来的那些人确实和我们长得很像，也是蓝眼睛，黄头发，而且很高大。他们也拿了这样的一张照片。"说着贡嘎拿出了一张发黄的老照片,递给金强。金强仔细地看着,照片虽然有点模糊了,可是还是能看出来是经卷的照片,和金强他们的经卷是一样的。

贡嘎喝了一口酥油茶接着说:"我们的部族也有这样的经卷,还有一个圆形的实心金属体。还有一本厚厚的金属书。我的爸爸真的以为他们就是我们的同族人,对他们热情地招待。可是后来他们把我们的经卷还有那个圆形的实心金属体都偷走了。那是我们族上祖传的宝贝,我的爸爸很生气,后来郁郁而终。我长大了就是为了寻找这些东西出了这里到外面去,可是我什么也没找到。你们是怎么得到这个东西的?"金强听了贡嘎的话,也竹筒倒豆子,把自己的发现全都说了出来。最后金强说:"这些东西一共十二套,我们这里是其中的一套,那些来的外国人手里是一套,您这里也是一套。只有找到全部的十二套,我们才能找到那个地方。您的部族确实是大有来头,我也想早日解开这个秘密。"贡嘎点点头,对金强说:"我有个事情想求你,能不能把尕娃带上,我希望他能跟着你们一起找到那个神秘的地方。"金强看着贡嘎诚恳的眼神,点了点头说:"好,我带上尕娃。"贡嘎族长笑了,说:"不说了,吃饭吧。几位别客气。"

吃过了饭,大家回到休息的地方。金强靠着墙,点了一根烟。老梅也从金强的烟盒里拿了一根烟,点着了,说:"看来这事情有点眉目哪,可是我们去哪里找那些1939年的人啊?"金强说道:"你知道那些人是谁吗?"老梅摇摇头。金强说:"他们是德国纳粹,很可能是当时德国纳粹的党卫军头子希姆莱。"老梅有点诧异:"什么?党卫军头子希姆莱?"金强点点头说:"据史料记载二十世纪三四十年代,以希特勒为核心的纳粹头子们,曾经一度醉心于日耳曼民族的优化改良,处心积虑地秘密研制过飞碟之类的奇幻武器,并幻想借助神秘的魔法力量,征服整个世界,造就一个永不消亡的德意志第三帝国。纳粹党卫队领袖希姆莱,是一个纯化种族政策坚定不移的推行者,他对古代北欧神话以及荒唐的玄学异常推崇、迷恋。1938年和1943年,希姆莱亲自组建了两支探险队,他们不远万里深入西藏,秘密寻找日耳曼民族的祖先——也就是所谓的'亚特兰蒂斯神族'存在的证据。"老梅来了兴趣,马青也凑了过来说道:"你是说亚特兰蒂斯人是日尔曼人的祖先?"金强点点头说:"很有这个可能,至少当时的纳粹是这样认为的。希姆莱设想,如果一旦找到地球轴心,便会不惜任何代价将其牢牢控制住，打造成一支刀枪不入的不死军团，同时利用地球轴心的神奇力量使时空倒流，回到二战爆发的1939年，修正德国在战争中所犯的一系列战略错误，彻底扭转德国的被动局面。希姆莱等纳粹将领对'亚特兰蒂斯'几乎达到了痴迷的程度。据说，在亚特兰蒂斯那次大灾害之后，有一部分人乘船逃离亚特兰蒂斯岛并隐藏于地下，他们期望在条件允许的时候重新返回到地面上，强迫一个上流社会或者主权国家生产出飞碟，承载着他们，通过武力行动，回归到他们的祖先曾经居住过而又被驱除出来的星球。希姆莱坚信德国一定还存在着纯正血统的'超级雅利安人'，他们有责任生产出飞碟，完成祖先返回太空的遗愿。"马青一脸的神往，说："难道真的可以让时光倒流？"金强点点头道："至少在理论上是可以的，我想他们也是得到和我们差不多的证据，才循着找到这里来的。现在我们没有办法上网和对外联系，回去以后，我会联系我在欧洲的朋友，争取找到当时纳粹留下的资料。那时候的德国如日中天，又对玄学有着狂热的热情。也许他们找到了很多。但可以肯定的是，他们一定没找到，因为根据经文，十二个聚不齐是没办法打开神之眼的。"听了金强的话，马青、老梅，还有魏大海都很兴奋，至少他们历尽艰难来到这里没有白跑一趟。

尕娃来了，他很喜欢这些人。自从他父亲提出让他们带着尕娃开始，尕娃就已经很向往外面的世界了。尕娃睡不着，来找金强他们聊天。可是尕娃的汉语不很灵光，马青开始教尕娃学汉语。小伙子们聊了一宿，天快亮的时候，才一个个倒头睡去。

早上金强起得很早，他和老梅没有参与那些年轻人的聊天。金强还想找贡嘎族长聊聊。他没惊动那些年轻人，和老梅蹑手蹑脚地走出房间，来到贡嘎族长的房间。贡嘎也早早地起来了，正坐在那里抽着筒子烟，看见金强和老梅过来，对着他俩招了招手。金强和老梅在贡嘎的身边坐下，贡嘎把自己的筒子烟递了过来，金强接过筒子烟，学着贡嘎的样子，用力地吸了一下。一股浓烈的烟草味道冲鼻而来，金强忍不住剧烈地咳嗽起来。贡嘎则在一边哈哈大笑，拍了拍金强的肩膀。金强把筒子烟递给老梅，显然老梅比金强有经验，美滋滋地吸了一口，慢慢地享受着烟草的美味。贡嘎问金强："你准备什么时候回去？"金强想了想说："明天吧。"金强又把那张照片拿了出来，对贡嘎说："贡嘎族长，你知道上面写的是什么吗？"贡嘎点点头说："我还记得点，其实我们的这种文字基本已经失传了。我们这里只有我和几个和我差不多年龄的老人还记得一些。这上面说，一共有十二个勇士，也是神的奴仆冲出了被诅咒的地方，他们希望可以借着神之眼的力量救赎自己和自己的族人，可以返回故乡。"贡嘎虽然没有逐字地翻译，可是和吴越说的大概意思还是差不多的。金强看着贡嘎又问道："你们这里有祭祀的地方吗？"贡嘎看了看金强："你说神庙？有啊！好奇？走，我领你去看看。"说着贡嘎起身向外面走去，金强和老梅赶紧跟在后面。

他们穿过了几排木头房子，在靠近山的一个石头洞前停下了。贡嘎指着石头洞说："这就是我们的神庙。"金强和老梅慢慢地走了进去，里面的光线不是很好，适应了一阵才看清楚。洞壁上画的是波浪汹涌的大海，在大海的前面，有一艘木头做的船。在船的周围是十二个木头人，这十二个木头人都穿着长袍，和奥古德根穿的那种带风帽的长袍是一样的。贡嘎对金强和老梅说："这就是十二勇士，不过我不知道这神庙是什么时候建的，反正有很长很长时间了。"这时候金强突然想起来吴越的嘱托，就问贡嘎："贡嘎族长，还有别的经文吗？"贡嘎想了想："好像还有吧。"说着在神桌下面的柜子里一阵翻找，找出了一本和西藏许多庙宇用的差不多一样厚的经本，递给金强。金强接过一看，果然有很多的字和自己经卷上的字差不多。金强可不敢把它留作己有，而是拿出照相机，一页一页地照了下来。可是贡嘎却说："拿走吧，我们留着也没什么用。"金强停下了，诧异地看着贡嘎。贡嘎冷笑了一声，转身坐在神坛前面的地上，又点起了那筒子烟，用力地吸了几口，才说道："现在不比从前了，现在的人都耐不住寂寞，人人都想往外跑，对我们以前的事情都不关心，我也管不住他们了。自从上回来的那个人带走了这里的藏獒卖了很多的钱，跟着他一起去的人回来以后，我们的族里像炸了锅。年轻人都向往外面的世界，我出去过，我想着我没权利去阻止我的孩子们看看外面的世界。不管我们的先人是什么人，我们现在也必须融入这个社会。只是我心里这一点遗憾，我希望尕娃能代替我找到我们被偷走的东西。"阳光照进了石洞里，金强回头看着贡嘎族长，贡嘎族长的身后闪着太阳的光辉，可是老人却显得如此的落寞。金强能体会到那种心情，那种在现实和历史对碰中，个人的无奈，没有谁可以阻挡历史的进程，当然眼前的这位老人也不能。所以他只能落寞地接受。

金强很想安慰他一下，可是又不知道说什么才好，只是默默地把那经卷收了起来。

金强和老梅在寨子里面溜达着，寨子里的人都知道他们是贡嘎族长的客人，所以对他们都很客气。金强发现这个寨子里有很多人都具有欧洲人的特征。金强一一给他们留了影，尽管寨子里的人不知道那是什么，可是都很配合。当然他们也见到了传说中的纯种的藏獒，这里的人家家养狗。这些狗看着主人对他们的态度很是热情，也跟它们的主人一样热情，并不像传说中的那样凶猛。金强和老梅这一上午的收获可不小，得到一本经书，还照了很多的照片。当两个人心满意足地回到休息地的时候，那几个小子还在睡觉呢。直到吃晚饭的时候，这几个年轻人才醒过来。金强对他们说："明天就要回去了，快起来。贡嘎族长给我们开欢送会呢！"几个年轻人不情愿地爬了起来。金强的心情很好，他觉得这一次绝对是不虚此行。

贡嘎族长真的给他们开欢送会。大家一起来到饭厅，美酒佳肴摆了满满一桌子，中间居然有一只猪。看不出来是用什么方法做熟的，发出臭臭的味道。还有很多年龄很大的族人也来参加这个送行会。又是贡嘎族长首先端起酒杯说："各位族人，今天，为我们的远方来的朋友送行。同时也为我的儿子尕娃送行，我希望他能完成我不能完成的事情。"贡嘎族长用藏语和汉语各说了一遍，金强一行人也都站了起来，尕娃眼含热泪，大家一起干了这杯酒。尕娃拿着刀在桌子中间的猪身上割了一块五花三层的肉，又割下来一小块，递给金强。金强闻着这臭臭的味道，不知道怎么办才好。尕娃又把肉递给别的人，贡嘎和洛桑高兴地接过肉，放到嘴里面大嚼起来。金强也学着他们的样子，把肉放到嘴里面，原本臭臭的味道，在嚼过几下以后，竟然很香。老梅笑着看着金强，金强对着老梅笑了笑说："这东西和臭豆腐差不多，闻着臭，吃着香。"老梅摇摇头说："那可大不一样，这个叫香猪，做起来很麻烦，要好长时间。可是这里的人招待贵客时候才吃的，他老人家拿我们当贵客了。"金强心里一阵温暖。吃过饭，贡嘎把金强和尕娃单独叫到了自己的房间。贡嘎摸着尕娃的头对金强说："金先生，我的儿子还小，没受过磨炼，这次和您一起出去，请您一定要照顾他。"金强点点头，贡嘎又在椅子下面拿出一个包袱，放在了尕娃和金强的面前。老人慢慢地打开了包袱，一阵光芒从包袱里发出。金强仔细一看，里面是几块黄金，有几块红红的，大概是珊瑚，还有绿松石，等等，很多的宝贝。贡嘎老人对金强说："我知道，在外面到哪里都需要钱。这些你们带着。"金强刚想推辞，可是看见贡嘎老人坚定的眼神，金强的话还是没有说出来，尕娃已静静地把包袱收起来，带在身上。

十

　　一早上，大家早早起来，迎着朝阳，踏上归途。回去的路比较顺利，几天后，他们又来到河边，对于这河水大家都心有余悸，决定在河边宿营。晚上，大家都休息了，扎西和老梅值班。渐渐地，扎西和老梅也觉得眼皮在打架，不知道怎么地，也睡着了。金强被一阵脚步声和哗啦哗啦的声音惊醒了，猛地坐起来，才发现宿营地已经被包围了。一群穿着迷彩服的人把他们包围了。他们大概有十几个人，每个人手里都拿着冲锋枪，黑洞洞的枪口对着大家。"把手举起来，慢慢站起来。"一个声音，用不是很纯正的汉语对着金强他们说。金强看了看魏大海，魏大海皱了皱眉头，又缓缓地点点头。现在这个情况，他们是没有办法反抗的，毕竟人身安全是最重要的。大家都举着双手，慢慢站起来。

　　几个人冲了过来，在他们的背囊里一阵乱翻。贡布和洛桑很不服气，可是看着魏大海的眼神，两个人也只好暂时忍下了。一个头戴战斗帽的高个子走了过来，他皮肤黝黑，金强一看就知道是那种长期在野外的人。他在所有人的面前转了一圈，说道："你们谁是领头的？"金强往前跨了一步道："我是。"那个人看了看金强，没有说话，可是脸上一副傲慢的表情。后面有人拿过在金强的背包里翻出来的东西，他看了看，里面有金强的一些证件，还有相机和照片什么的。他拿出金强那些照片，看了看，冷冷地对金强说："你们来这里的目的是什么？金博士。"金强也冷冷地回答："考察考察，你们是什么人？"战斗帽拿着相片问金强："这是什么？这个是不是你们此行的目的？"金强摇摇头道："我也不知道是什么。"战斗帽还要说些什么，后面上来一个人，拿着尕娃装着宝贝的小包袱，对战斗帽说："毒蛇，这些怎么办？"毒蛇撇了撇："你们分了吧。"那个人开心得跑了。尕娃气得大叫，却挨了一枪托，痛得跪在地上叫不出来了。看见尕娃挨了打，大家都往前冲，可是都被那些拿枪的挡住了。毒蛇对那个打尕娃的人说了几句什么，说的是藏语，金强听不懂。金强大声对毒蛇说："你们到底是什么人？有什么冲我来，别打那孩子。"毒蛇把金强的照片揣到了自己的口袋里，对金强说："别的人可以走。"指了指马青和尕娃："他们两个留下，你回去把照片上的那些东西取来，换回他们两个。"毒蛇的话让金强很是意外，看来毒蛇这伙人是有备而来的，就是要得到这些东西。金强的脑袋在飞快地转着，可是被毒蛇的话打断了："这是我的名片，东西找到了，联系我。"话音刚落，金强感到后脑遭到了一记重击，就人事不醒了。

金强迷迷糊糊中感到自己的脸上很凉，努力地睁开了眼睛，刚一坐起来，就感到脑袋钻心地痛，看了看是魏大海往自己的脸上喷的水。老梅、洛桑和贡布都蹲在他身边看着他。老梅关切地问："怎么样？没什么事吧？"金强揉了揉脑袋说："你们没有被打晕吗？"老梅也在揉脑袋："咋没被打晕呢。我是被打晕了，洛桑和贡布也晕了，还好，大海是挨了一下，可是没有被打晕。"金强看了看魏大海，魏大海说："在部队时候练的，他们这两下子还不能把我怎么样？他们刚刚沿着河向下游走去了，我们赶紧清点一下东西，追上去，想办法把马青和尕娃救回来。"事不宜迟，大家赶紧收拾东西。魏大海说："只带必要的装备，洛桑、贡布，你们枪里的子弹已经被卸走了，你们还是把枪就地藏起来吧。"贡布和洛桑拉开枪栓，撤下弹夹，里面真的没有子弹。他们只好找了两个塑料袋，把枪分解了，装在里面，埋在河边，又在上面压了一块大石，做了记号。不过还好，开山刀和匕首还在，也不算手无寸铁。大家轻装前进，这回是魏大海带路了，沿途追踪着毒蛇那伙人留下的痕迹。金强边走边和魏大海商量："我们是不是应该通知官方？"魏大海点点头说："是啊，我们先跟着走，别失去了方向，如果我们可以救得回来他们，就先救着，找到部队或者警察再说。"金强不再说什么了，不过他对自己把魏大海要过来这件事很是满意。洛桑和贡布感觉很窝囊，就这样让人家摸了老窝，还被打晕了，都憋着一口气，紧紧地跟着魏大海。一阵急行军，大约上午十点钟的时候，在河边的一个转弯处，走在前面的魏大海停住了脚步，蹲在地上。后面的人也停住了，跟着魏大海蹲在地上。

魏大海压低声音对大家说："他们就在拐过去的那边宿营。"老梅小声地问道："你怎么知道？"魏大海笑着对老梅说："你没看见有烟吗？这帮家伙在煮饭。"魏大海匍匐着到拐角处，向拐角那边望去。果然，毒蛇那帮人在那里，架着锅在煮鱼。毒蛇和另外一个人正在和尕娃说着什么，可是尕娃一脸的怒气就是不说话。魏大海向后面一挥手，洛桑爬了过来。魏大海小声地对洛桑说："我听不懂他们在说什么。"洛桑点点头，竖起耳朵仔细听着。那个叫毒蛇的一直在问尕娃的家在哪里，可是尕娃就是不说。问了一会儿，毒蛇见问不出什么，就指挥着手下那些人，去探路，回来准备吃饭。四五个人拿着枪，摇摇晃晃好像很不情愿地向下游走去。魏大海在洛桑耳边说："你和贡布绕到后面去，到了以后摇晃那里的树枝，我冲出去，你们在后面冲出来。"洛桑点点头，匍匐着回到后面，拉起贡布，向河边的大石头堆爬去。魏大海又一挥手，金强和老梅也匍匐过去。魏大海对金强和老梅说："怎么样，打过人没有？"金强点点头说："可以试一试。"魏大海小声说："跟着我。"说着慢慢地爬出去，借着河岸边的大石头，掩藏着身体，向毒蛇他们慢慢地靠近。一个人背对着金强他们，在搅和着锅里的汤，两个人看着尕娃和马青，而毒蛇和一个人正在聊天。只听那个人说："毒蛇，他们会不会跟上来？"毒蛇冷笑了一下道："我们的重击是受过特殊训练的，没有三四个小时是醒不过来的。等他们醒来，我们都回大本营了。"那人不无佩服地说："嘿嘿，还得是你毒蛇，四个小队在这里转悠这么长时间，只有我们这一队有收获，老大一定会很高兴的。"毒蛇被捧得飘飘然，说："那是，只是那几个雇佣兵有点太嚣张。"

魏大海、金强和老梅都听到了他们的话，可是没时间多想，仍旧慢慢地靠近。这时候，魏大海看见对面毒蛇头上的树枝摇晃了一下，魏大海知道洛桑和贡布已经到达预定的位置。魏大海慢慢地回头，用眼神向老梅和金强示意他俩快速向前，他自己搞定搅汤的这个。老梅和金强点点头，按计划行事。魏大海快速地站了起来，一伸手在搅汤的那个人的后脖梗子一捏，那人无声无息地倒下了，魏大海轻轻地把他放到地上。毒蛇那边根本就没有发现。魏大海哈腰向毒蛇跑去，金强和老梅一看也跳了起来向毒蛇跑去。那个和毒蛇聊天的人挡住了毒蛇的视线，金强已经到了，一记重拳，砸在那人的脖子上，那人一下子被打晕了。此时毒蛇才发现有人偷袭，刚想站起来，魏大海的开山刀已经架在他的脖子上了。看守马青和尕娃的两个人也发现了他们，举枪刚要射击，洛桑和贡布从上面的树丛跳下来，三两下就把他俩打倒了，还夺了他们手里的枪。一切就在魏大海的策划下快速地完成了。只有老梅还意犹未尽，叨咕着："我还没出手，怎么就结束了？"那边马青和尕娃已经被解开了，马青听到老梅的叨咕，说："就你那速度，吃那啥都赶不上热的。"大家全笑了。

大家在那些穿迷彩服的人身上找到了绳子，把他们都绑上了。魏大海下了毒蛇的手枪，那是一把德国造的M9枪王。这种枪在中国很难遇到，是欧洲名枪。魏大海对洛桑和贡布说："还有四五个人呢，大家隐蔽。"贡布和洛桑拿着缴获来的枪，把那几个人都推到里面去。魏大海也把毒蛇拉到里面去，金强过来问毒蛇："你们是谁？干什么的？"毒蛇的态度很强硬，就是不说话。这时候尕娃已经在他们的身上，把自己的宝贝都找回来了。金强看也问不出什么，对魏大海说："怎么办？这些人怎么办？"魏大海这时候也有点为难了，这么多的人带着走很不容易，放了又有可能会出现别的什么问题。这时候，洛桑对魏大海说："班长，探路的那几个回来了。"魏大海只好暂时不想那些事情，低声对洛桑说："准备战斗。"几个人快速地进入战斗位置。那几个探路的根本就没有防备，满心只想着鱼汤。刚一进来，几支黑洞洞的枪口已经指在他们的脑袋上了。除了乖乖地束手就擒，他们已经无路可走了。

魏大海把他们分开审讯，毒蛇很强硬，可是那个跟他聊天的人，很快就交代了。他叫阮军，他和毒蛇这帮人，都是受雇于一个叫德克森的人。不过他也没见过德克森，他们一共有七个小分队，在这一地区寻找一个有欧洲模样人的部族。金强一听，皱了皱眉头，还有别的人也在寻找塞尔布部族。几个人商量了一下，都不同意把他们带上，可是一时半会还是弄不清楚他们是怎么回事，不知道怎么办才好。这时候尕娃看着河岸边坡上笑了，对洛桑说了些什么。洛桑高兴地对大家说："尕娃说，山坡上有一种草，吃了可以让人睡觉，可以大睡两天。我们可以把这种草给他们吃了，我们就可以走了。"金强想了想，也只好这样了。不过金强把毒蛇这伙人每一个人都照了相。尕娃跑到坡上，采了很多这种草，掰碎了，放到了煮鱼的锅里，然后给毒蛇那帮人分着吃了。果然，没过多一会儿，他们全都睡着了。

金强他们收了毒蛇这伙人的武器，又掉头向上游走去。大家不敢耽搁，沿着来时的路，经过了两个昼夜，终于回到了普兰县。回到普兰县大家都累得不行,这两天两夜的急行军,确实令大家疲劳不堪。回去的第一件事,就是大睡一天。醒过来的时候,已经是第二天的早上了。张连长把大家都聚到一起,金强把毒蛇那伙人的照片交给了张连长。张连长看了看照片,和他们缴获的武器,不敢耽误,立刻向各个哨所发出警报。张连长告诉金强,晚上就有回拉萨的军用飞机。金强很高兴,可是洛桑、贡布和魏大海、马青、老梅他们已经很有感情了。大家依依惜别,还有尕娃,又一次尝到了分离的痛苦。尕娃学东西特别快,这两天和他们在一起,又加上以前也和老爹学过一些汉语,现在已经能简单地表达意思了。吃过晚饭,金强他们告别洛桑、贡布和张连长,踏上回拉萨的飞机。一路上大家都没有说话,金强只是在静静地想这些天经历的事情。老梅和马青好像没休息够,一直在睡觉。魏大海还是捧着一本书如饥似渴地看着。尕娃难过了一阵,又对飞机好奇起来,这毕竟是他第一次坐飞机。飞机在拉萨降落,来接他们的只有参谋长多吉,金强他们热情地和多吉打招呼,问起钟德凯,可是老钟并没有回来。由多吉请客大伙儿又吃了一顿,可是没有钟德凯大家不免感到遗憾。没有过多地停留,多吉已经替他们订好了回北京的机票。吃过饭,他们又踏上了飞往北京的飞机。

终于回到了办公室,大家都松了一口气。安顿好尕娃,大家在会议室里碰头。金强看了看大家说:"这次我们虽然没有拿到实质性的东西,可是收获不小。看来先前我们的猜测都是对的。"马青也少有地认真,搂着尕娃说:"那尕娃就是亚特兰蒂斯人的后裔了?"金强点点头对马青说:"你要尽快地教会尕娃汉语。"马青点点头,说道:"这个没问题,尕娃学东西很快。可是我想我们好像在1939年,就被人抢了先了,现在又出现毒蛇这伙人,还有个没见过面的德克森。看来寻找亚特兰蒂斯的人不仅仅是我们。"金强皱了皱眉头说:"对,不仅仅是我们,而且他们的寻找不是那么的简单。毒蛇那帮人应该是雇佣兵。竟然出动雇佣兵来寻找。看来他们对亚特兰蒂斯的需要更强烈。"老梅点了点头:"是啊,这恐怕不好。而且,似乎我们现在又没有线索了。"金强摇了摇头说:"1939年就抢在我们前面的是德国纳粹,我们可以从那里查起。当年攻克柏林的时候纳粹的档案和研究成果大多被当时的苏联拿走了,我们可以试着联系俄罗斯的档案管理部门,看看有什么线索。"老梅也说:"我也会和我在美国的那些朋友联系一下,看看有什么关于亚特兰蒂斯的最新研究。"在一边一直没有说话的魏大海说:"金大哥,把你所拍的照片给我,我看看会不会有什么发现。"金强点点头说:"好,我们分头去办。"

金强打了个电话给吴越,知道吴越还在北京,就带着从塞尔布部族那里得到的经文去找吴越了。马青带着尕娃出去了,去给尕娃买些衣服和日用品。魏大海则在电脑上认真地翻看金强拍摄的照片。魏大海看得非常认真,每一张都不放过,来来回回地看了三四遍。突然,一张照片吸引了魏大海的视线,就是金强在塞尔布部族的祭祀神庙里照的那张，照片上是十二个木头人，还有画着大海的壁画。就是那壁画吸引了魏大海，壁画上的海浪画得很奇怪，不是那种随便画上去的，魏大海对中国各地的地图都很熟悉。他发现那大海蓝色的部分很像中国南海和东海的海图，而白色的浪花部分很像中国北半部地图和蒙古加上俄罗斯的地图。也就是说这是一个横跨欧亚大陆的地图。魏大海怕自己看错了，又找来地图进行核对，虽然有些差距，可是基本差不多。而且中间有两条不易发现的痕迹，难道这是他们的行进线路？魏大海为自己的发现振奋不已，又把照片放大多倍，仔细观察起来。然后，他拿着地图进行比对，在地图上面描出那两条暗线。在地图上，一条暗线直指青藏高原，而另一条暗线则指向欧洲。傍晚的时候，金强回来了。过了一会儿，马青带着尕娃也回来了。老梅看见金强回来了，才把眼睛离开电脑，说："怎么样？金强？"金强笑着点点头说："还行，吴越很高兴，我也算是不辱使命。他说让我等着他的结果，看看对我们是不是有用。而且通过吴越联系到俄罗斯博物馆的一个学者，叫卡波夫斯基，他是专门研究二战时期的档案和有关于德国的事情的。"老梅点点头说："我也联系上了美国的一个专家史密斯博士，他一直在寻找亚特兰蒂斯，他的很多材料都是公开的，可能对我们会有帮助。"

大家又坐在会议室里，魏大海把自己的发现对大伙儿说了，金强立刻来了兴趣，看过照片和地图以后也很激动。可是，金强突然有点纳闷，若按着这两条线路走的话，他们的时间是不一致的，金强整理了一下思绪说："当年是十二只船逃出亚特兰蒂斯，至少有一艘船沉了。现在已经找到了另一艘，也就是塞尔布部族，这里的这条线路通往青藏高原，应该就是塞尔布部族的行进路线。而另一条线是通向欧洲的，如果说，亚特兰蒂斯人是欧洲人的祖先，或者说是日尔曼人的祖先，如果是同时出来的两队人，时间是对不上的。还有根据凡尔纳的研究和柏拉图的说法时间都是对不上的。难道这十二艘船逃出来的时间是不一样的？或者后来又有别的人逃了出来？"金强的疑虑大家自然回答不了，尕娃虽然听不太懂，可是在很认真地听着。

大家都陷入了沉思。老梅也拿出了报告说："我看了史密斯博士的研究，他参与了很多的探险活动和考古发掘，很多地方都被怀疑是亚特兰蒂斯城，1675年，瑞典人鲁布德克认为这个被水淹没的陆地就在他的国家里。另有一些人说它在今天的巴勒斯坦的位置上。德国人博克认为南非一带是大西洲，而法国人德利尔·德萨尔则提出高加索就是从前的大西洲。后来，1779年，法国资产阶级大革命时期成为巴黎市长的巴伊曾断言，大西国在现在的斯匹次卑尔根群岛。1855年，雅克布·克鲁格自认为解决了这个问题，说大西洲就是北美洲。这种观点遭到贝利乌的反对，后者在1874年发表的著作《大西国人》中说，大西国这块陆地的位置应该在目前的北非这个地方。他的这个观点受到了大家的重视，于1893年被德国人克内泰尔多次援引。后来，这一观点还启发了皮埃尔·伯努瓦，给他写出《大西国》这部著名小说的灵感。到了1926年，博查特说得更为确切，大西国就是突尼斯的说法博得了阿尔贝特·赫尔曼的支持，赫尔曼于1927年说，博查特的假设使他完全信服。1929年，巴托利和拉特埃宣布说，大西国不在别的什么地方，就是希腊共和国！还有一些理论认为大西国在西班牙南部，在非洲西海岸，在西尔特，在大洋洲，甚至有人还说在南太平洋……这最后一种假设是1946年由伯德探险队的考古学家们提出来的，他们在南美洲的西边太平洋底发现了一片陆地。可20世纪50年代初，一位名叫于尔根·施帕努特的年轻牧师声称，他在赫尔戈兰岛附近北海水域发现了消失陆地的遗迹。1900年，英国的考古学家亚瑟·艾邦斯，在荷马视为丰饶岛屿的克里特岛上着手挖掘，而他们果真也挖掘到与猜想相符的米诺亚王大宫殿，等等。我已经整理好了，在电脑里，大家可使随时查看。"

金强用手搓了搓脸，点燃了一支烟。他现在的头脑十分混乱，眼前的这些证据很显然是十分矛盾的，过去的经验需要借鉴，可是这样纷乱的证据只会让人更加迷惑。如果亚特兰蒂斯如他们所说，以金强他们现在看到的亚特兰蒂斯的文明程度，地球不应该是这样的。可是为什么传说中的亚特兰蒂斯的文明出现在地球的如凤毛麟角，而那个文明程度最高的地方却消失了？他们既然可以有先进的交通工具，为什么不在地球别的地方落脚？一个大西洋是很难禁锢他们的脚步的。这一连串的问题，让金强头疼不已。金强深深地吸了一口烟，对老梅说："老梅，这里面每个人的研究和别人的研究都是相对矛盾的。我们如果把时间用在分辨它们的资料正确与否之上，是很不值得的。我们现在必须拨开不雾把事情的主线摸清楚。我们的目的很简单，找到十二把钥匙，找到神之眼。就可以了。"

老梅点点头，拿过了金强的烟，也点上了一支："可是，我们真的不需要这些资料吗？"金强看了看一直沉默的魏大海说："大海，你有什么看法？"

魏大海也深吸一口气，想了一下说道："我同意金强的意见，那些人的研究和我们的研究方向是不一样的。他们的目的是寻找亚特兰蒂斯大陆。而且他们确认亚特兰蒂斯大陆一定在地球上，一定在我们的身边。而我们是要找到十二个钥匙，十二队逃出来的人。所谓雁过留声，他们只要是曾经走过，就一定会留下线索。既然他们的文明程度超越我们，那么人类的文明史里一定会有他们的一笔。再有就是像尕娃他们部族那样把自己隐藏起来。可不管怎么样，都会有痕迹可寻。我现在更关心的是那些也在找亚特兰蒂斯后裔的人，也就是毒蛇和他所谓的老板德克森。他们用的武器是德国造的M9枪王，那是一种很高级的武器，在中国是很难见到的。如果他知道我们有那个箱子和那四件东西会怎么样？"魏大海前面的话，金强很满意，因为这和自己的想法不谋而合。可是魏大海的后半段话，让他有一种醍醐灌顶的感觉，他几乎都忘记了这件事。现在魏大海一提起，他才觉得这是应该提到议程上来的。金强瞪大眼睛看着魏大海，等着魏大海下面的话，魏大海耸了耸肩膀说："很简单，就是除了要查找亚特兰蒂斯，还要查找毒蛇和毒蛇后面的老板德克森。"马青有点不明白："那怎么查呢？"魏大海笑了笑："这就可以依靠金大哥照的那些照片了，我们可以通过警方查找。"马青坐直了身体："可是他们要是不是中国人怎么办？要知道那里离边境很近，他们太有可能不是中国人了。"魏大海点点头说："对，你说得对，不过还是可以依靠国际刑警，如果有必要的话，我们的警方会和国际刑警联系的。"金强拍了一下桌子说："对，我们目前只能自己小心点儿，那帮人绝对是亡命徒，另外，我们一定要对我们的事情保密。"正说着，金强的电话响了，金强没有看来电显示，就接了电话。里面传来一个很好听的男中音，尽管汉语水平不错，还是能听出来不是地道的中国人说的："你好，金博士。"

"你是哪位？"

"哈哈哈，我是你没有见过面的朋友，我叫德克森。"

"谁？德克森？"金强叫了起来。大家的神经一下子紧张起来。魏大海无声地用手势示意金强把手机的免提功能打开。金强打开了免提功能，德克森的声音在房间里回荡。

"金博士，不必惊讶，也不要问我是怎么知道你的电话号码的。首先我要感谢你，谢谢你们善待了毒蛇那伙儿笨蛋。其次，我想和你谈谈合作的可能。"

"合作？我们并不认识，我为什么要和你合作？再说你想怎么合作？"

"金博士，中国有句话叫作'当着明人不说暗话'，我说的合作你是明白的。当然，现在就谈合作多少有点仓促。我知道你手上有什么东西，我也有。我想你一定会愿意和我合作的。"

金强沉吟了一下，德克森又说："您不用急着回答我，我看您需要考虑，为了缩短您的考虑时间，我可以提一提，我们都拥有十二分之一的机会。如果我们合在一起，就会有六分之一的机会。"

没等金强说话，德克森已经撂了电话。大家看着电话发了好一会儿，金强才慢慢收起电话。他显然是低估那伙儿人了，这个德克森绝对要比他们想象的知道得多，而且很有可能比他们知道得更多。可是能合作吗？不能，金强告诉自己，绝对不能，因为德克森的行为方式透着邪恶。金强又掏出手机，想看看来电显示。可是来电显示上没有号码，只是写着"受限制号码"五个字。金强可以肯定，这是一个来自境外的电话。可是金强也知道，不久他就会来到他们身边。

晚上大家分开行动，马青在教尕娃说汉语。老梅也累了一天了，自己跑到楼下的餐馆里要了几个菜，在自己的房间自斟自饮起来。喝了一会儿感觉没意思，他就把马青和尕娃也叫来一起喝，又去找魏大海。可是魏大海不去，他要看书，他现在太需要知识了。金强也一个人溜到办公室里，通过互联网和远在俄罗斯的卡波夫斯基联系。卡波夫斯基听说金强想看二战时期有关于德国纳粹在玄学方面的研究资料，很痛快地答应了。不过他不可能把资料拿出来，必须金强自己过去查。金强一边吸烟，一边思考。最让他担心的是德克森，看来德克森知道的不少，而且很注意自己。金强开始担心起放在保险柜里的那四样东西。说是保险柜，可是在那些职业偷盗者的眼中，根本就好像打开的城门。最后金强决定，把这四件东西放到银行的保险柜里。还有就是，马上就去俄罗斯，去找卡波夫斯基。

早上，金强早早地就起来了，拿出一个大皮箱把那个像小棺材一样的所谓的钥匙放到里面，叫上老梅和魏大海一起去了银行。因为就这个东西暂时没用，其他的可能还需要查询，如果也放到银行里会很不方便。他们从银行回来的时候，秘书林红把两张机票和签证交到金强的手里。金强对林红笑了笑，径直回到会议室。大家坐在一起,金强对大家说:"我买了明天一早的机票,和大海去俄罗斯,大概需要两三天的时间。老梅你要继续和史密斯教授联系,尽量收集那些有确切根据的材料。"老梅点点头。金强又对马青说:"这几天你要好好地教尕娃。"马青点点头。金强对魏大海说:"没和你说,不好意思。我要你陪我去俄罗斯。"魏大海笑了笑,表示不介意。

十二

天还没有黑，飞机降落在莫斯科"谢列梅洁奥2号国际机场"。金强和魏大海走出机场。一个满头金发，戴着眼镜，个子高高的中年人迎了上来，用带着洋味的中国话说："你好，你是金博士吗？"金强伸出手说："你好，我就是金强，你一定是卡波夫斯基先生？"对方直点头，两只手紧紧地握在一起。金强给卡波夫斯基和魏大海又做了介绍，三个人一起上了卡波夫斯基的车，向莫斯科市内开去。天全黑的时候，卡波夫斯基带着金强和魏大海走进一幢只有三层的小楼。三个女人迎了出来，卡波夫斯基给金强和魏大海介绍，一个是他的老婆那佳，另外两个是他的双胞胎女儿，一叫阿佳塔，一个叫阿杰丽娜。卡波夫斯基对金强和魏大海说："我们虽然是第一次见面，但是你们是吴越的朋友，就是我的贵宾，我不能让你们住宾馆，你们一定要住在我家里。"金强盛情难却，和魏大海一起住进了卡波夫斯基的家里。

卡波夫斯基是一个很有生活情趣的人，金强很喜欢这样的人。他家里的装修是纯正的俄罗斯风格，大红的厚羊毛地毯，漂亮华贵的欧式吊灯。在俄罗斯风格的音乐下，还有纯正的俄罗斯大餐。尽管除了卡波夫斯基以外，那母女三个都不懂得汉语，可是俄罗斯人特有的热情和好客早已消除了语言的鸿沟。大家在一起过了开心的一晚。

早上，卡波夫斯基开车带着金强和魏大海到自己工作的博物馆。没有多久，一个高大漂亮的俄式建筑出现在金强和魏大海眼前，魏大海很是惊叹，这是他第一次看见这么大的俄式建筑，他无法用语言形容自己的心情。卡波夫斯基在这个建筑前停了车。三个人走下车，卡波夫斯基一边走一边介绍着："这里是普希金造型艺术国家博物馆，是俄罗斯收藏古今艺术品最多的博物馆之一，目前博物馆的藏品超过56万件，包括绘画、雕塑、线条画（包括素描、版画和彩色铅笔画等不用油彩的画）、实用艺术品、考古文物、古币、艺术照片。你们要找的那些资料在我们这里其实并不是很重要，我们认为那些东西是纳粹疯狂的梦魇，根本是不可相信的东西。我不知道为什么金博士你会有兴趣要看这些东西。"金强不想说假话，可是也不能说真话，只好应付着："我只想看看当年有关希姆莱去西藏的记录，对于我们研究西藏历史是一个佐证。"卡波夫斯基点点头："哦，那部分我知道，我是研究东方历史的，那段我看过，可是据说还有一部分被带到美国去了，还有一小部分丢失了，当然，也可能是被纳粹销毁了。"他们穿过一个高大穹顶的房子，来到坐落于博物馆后面的一个独立的小楼里。卡波夫斯基带他们进入资料室，在资料室的电脑上查询了一下，并做了登记，摇开密集架在里面找到厚厚一摞资料，拿到了桌子上，对金强说："金博士，这是你想要看的材料。"金强翻了翻，这些资料是原件，上面都是德文。金强的德文水平一般，对话还可以，可是要在这么短的时间里看完这些资料是不可能的。看着金强脸上露出了难色，卡波夫斯基笑了："没事的，这里的资料是可以公开的，只是为了保护这些原件，这里不能复印，但是你可以照相，不过不要使用闪光灯。"金强这才如释重负地长长地出了一口气。卡波夫斯基接着说："你们自己看吧，我还有别的工作。我已经和这里的工作人员打好招呼了，有什么事情你和他们说就行。中午我来接你们去吃饭。"金强卡和波夫斯基握了握手说："谢谢你，真是太感谢了。"卡波夫斯基耸了耸肩膀说："这都是我应该做的。"笑着转身出去了。

　　这些工作对于金强和魏大海来说并不容易。金强只好看看抬头和大致浏览下文件的内容。而魏大海就负责照相。中午的时候，卡波夫斯基带着他俩简单吃了个午饭。回来他们又投入到工作当中。金强不仅仅是看了西藏的那一部分，他把所有能找到的那段时间的文件都找了出来。博物馆下班的时候，卡波夫斯基来接他俩，金强和魏大海只好恋恋不舍地放下手里的工作，和卡波夫斯基一起走了出去。三个人上了车，一路向卡波夫斯基家开去。卡波夫斯基一边开车一边对金强和魏大海说："你们来了莫斯科我应该带着你们到处走走的。"金强笑了笑："你的心意我领了，可是我们的时间很紧。下次有机会一定来打扰你。"金强正和卡波夫斯基聊着，突然，身边的魏大海捅了捅金强。

金强回头看了看魏大海，魏大海用眼角的余光瞥了瞥后面，小声地说："后面有一辆车，一直跟着我们。"金强不自觉地要转头看看，被魏大海给制止了。魏大海指了指前面的后视镜，金强向后视镜里看去，确实有一辆车在后面不紧不慢地跟着。卡波夫斯基也听到了魏大海的话，有些惊讶地问："怎么，你是不是在说后面有车子跟着我们？"金强点点头说："是啊，是有辆车跟着我们。"卡波夫斯基有点不知所措，说："为什么？他为什么要跟着我们？"魏大海拍了拍卡波夫斯基的肩膀说道："你先别紧张，也先不要往家开，再绕几个圈。"卡波夫斯基点点头，左转了。

　　卡波夫斯基开着车不紧不慢地在街上晃着。后面那辆车果然是跟着他们的，也是不紧不慢地跟着晃。卡波夫斯基对金强说："金博士，那些是什么人？为什么要跟着我们？"金强皱了皱眉头："说实话，我也不知道。我也不知道怎么和你解释，为了你们的安全，你还是把我们送到酒店吧，我不想他们影响你和你夫人还有孩子的生活。"卡波夫斯基沉吟了一下："好吧！我们到酒店再说，那里可能更加安全。"卡波夫斯基加快了车速，后面的那辆车还是像吊靴鬼一样跟着。很快车子开到了一个大酒店。三个人下了车，进去开了个房间。进了房间，卡波夫斯基关上了房门，对金强说："到底是怎么回事，金博士，你们惹上了什么人？"金强坐在沙发上，点了一支烟，深深地吸了一口，把在西藏遭遇毒蛇那伙人的事情大概说了一下。金强说："跟踪我们的人很可能就是他们一伙的，他们似乎是对我们的研究有点兴趣。不过你放心，他们不会把我们怎么样的。"卡波夫斯基听了金强的话，慢慢地坐在床上，向金强要了一支烟，点上了说："真的不会怎么样吗？我可不想我的朋友出事。你看我们要不要报警？"金强心中一阵温暖，对卡波夫斯基说："没事的，不用报警，你先回去吧。"卡波夫斯基想了想，又吸了两口烟才点点头道："好吧，我先回去。"说完又拿出一张名片说："有什么事，给我打电话。明天我来接你们。"金强点点头，把卡波夫斯基送了出去。

　　卡波夫斯基一出去，魏大海立刻跑到窗边，拉开窗帘向外面看去，过了一会儿，看到卡波夫斯基出了酒店的大门，开车走了。后面的一辆车里下来了两个人，车跟着卡波夫斯基走了。从车里下来的两个人，向四周看了看，走进酒店里。魏大海一边看着外面，一边对金强说："确实是跟踪我们的，有一个开车的跟着卡波夫斯基去了。另外两个人进酒店了。"金强有点担心地说："卡波夫斯基不会出什么事吧？"魏大海把窗帘放下，坐回到沙发上："应该不会，他又不知道什么。我看我们还是担心自己吧！"金强看了看魏大海，魏大海好像并不是很紧张。金强心情也轻松下来，说："你说是德克森的人吗？"魏大海点点头："应该是，希望这次不是全副武装的。"金强笑了笑说："有你在，我还真不怕。走，吃饭去。"

两个人在酒店的餐厅坐下，随便点了点儿东西吃。魏大海用脚在桌子下面碰了碰金强，用眼神向右边瞟了瞟。金强也用余光向右边看了看，两个彪形大汉坐在那里，不时偷偷地看着自己这边。金强小声说："这两个家伙够壮的。"正在喝水的魏大海差点没喷了。魏大海也是这样认为的，这两个家伙近两米高，看样子不会小于260斤，这样子搞监视差点，抢劫还行。金强和魏大海吃完了饭，准备回房间。他俩一离开桌子，那两个彪形大汉也跟着离开了。电梯来了，金强和魏大海走进电梯，本来已经关上的电梯门又打开了。那两个彪形大汉也挤了进来。这时，电梯里面只有这四个人。八只眼睛相互看着，电梯门"哗啦"一声关上了。其中一个大汉伸出手向金强的脖子抓去。金强一惊，他没想到这两个人敢在这里动手。可是魏大海早有准备，就在那大汉的手将要触碰到金强的时候，魏大海已经出脚了，这一脚重重地踢在那个大汉的下阴，那大汉遭此重击哪有心思去抓金强，疼得弯下了腰。另一个大汉还没有反应过来，已经被魏大海一个肘击，击在胃部，也弯下了腰。一边的金强已经反应过来了，用膝盖撞在他的脸上。这时，电梯也到了。金强和魏大海，从容地走出电梯回到房间。

进了房间，金强对魏大海说："他们要干什么？"魏大海听着外面的声音，对金强说："看样子，想绑架你。他们的胆子太大了，我们必须小心。"魏大海坐到沙发上，金强点上一支烟，说："该来的都会来的，胆子大又怎么样，明天我们把资料弄妥就回去。"魏大海点点头："对，想多了也没用，休息吧。这门不是一下两下就能踹开的。我们随时准备战斗吧。"

一早上，传来急切的敲门声。金强和魏大海在床上坐起来。魏大海窜到门前，通过门镜向外面看去，看见的是一张变了形的脸，尽管变了形，魏大海还是看出来是卡波夫斯基。魏大海打开门，卡波夫斯基急匆匆地走了进来。"怎么样？昨天没发生什么事吧？"卡波夫斯基一边坐下，一边问金强。金强笑了笑，摇了摇头。魏大海从冰箱里拿出一瓶矿泉水递给卡波夫斯基。金强点了一支烟,对卡波夫斯基说:"没什么事!我们赶紧去博物馆吧,如果今天能完成,我们会坐最早的班机回中国。"卡波夫斯基喝了一口水:"不用这么着急吧?我……"金强打断卡波夫斯基的话:"有很多事情,我需要搞清楚,我可不想这样莫名其妙地又受到监视。"卡波夫斯基无奈地点点头。

今天的工作很是繁忙,为了加快进度,金强和魏大海连中午饭都没有吃,在下午的时候,终于完成了。正好赶得上最后一班飞北京的飞机。金强和魏大海收拾起资料,坐着卡波夫斯基的车赶往机场。卡波夫斯基的车依旧是被人跟踪,可是现在金强和魏大海已经不在乎了。卡波夫斯基还是很担心,他是一个学者,对于这类事情没有经历过也不知道怎么处理。到机场的时候,已经开始登机了,金强和魏大海匆匆和卡波夫斯基道别,向安检通道走去。

十三

　　回到北京，金强一刻都没有耽搁，立刻找人对那些资料进行翻译。同时自己对认为重要的内容进行翻译。终于，在金强的催促下，晚上的时候金强拿到了全部的资料。资料大概分几个内容。一是，纳粹对于神的崇拜，里面提到了耶稣。二是对于新燃料和新的飞行器的研究，虽然没有集体的研究论证，可是根据资料上说的好像纳粹已经取得了一定的成果。中间还提到飞弹。三是对于各地的探索，当时的纳粹，在公开和非公开的情况下，组织了很多的探险队，主要的目标是对于史前的超文明进行探究。可是在这一部分资料里面说得很是隐晦，只是说到有一个专门的组织来负责这件事情。而他们的头领就是希姆莱。当然里面也提到了西藏，但是对于西藏具体的探究并没有写得很清楚。金强大概看了一下，放下资料，点了一支烟，看了看表，已经是凌晨三点多了。金强想起了德克森这个人，根据和毒蛇一起的那个人的说法，他就是一个德国人，会不会他是纳粹的后代呢？他知道那些研究的内容，也许那时纳粹所有的努力只是为了寻找亚特兰蒂斯，因为他们需要那里的先进技术和能源。

　　由于昨天睡得晚，今天金强起得也有点晚。起来的时候，老梅和马青正在看金强拿回来的那些资料。孖娃正拿着一本字典，在查字典。金强和他们打过招呼，问老梅："大海去哪里了？"老梅摇摇头说："一大早就出去了，现在还没回来。我也不知道他去干什么了。"金强坐在椅子上，点了一支烟。老梅对金强说："你这资料好啊，可是好像不全，一到关键时候，就没有了。"金强点点头说："对啊，我也发现这个问题了，可是只有这些，我想那些关键的东西，不是没拿出来，就是不在他们那里。就这些，还是我和大海冒着生命危险拿回来的呢！"老梅一听，有点惊诧地说："不会吧，还有生命危险？"金强把他和魏大海在俄罗斯的事情说了一遍。老梅皱着眉头听完了，心有余悸地说："还好你和大海一起去的，不然后果可是不堪设想。"马青在一边突然说话了："这个德克森势力不小啊！"金强看着马青问："怎么，你也怀疑是德克森？"马青耸了耸肩膀说："我们之间说话不用证据吧，除了那个家伙，还会有谁？这两天我静静想过，我们的发现应该是牵扯很广的。好像有很多人在寻找这些东西。"尕娃也点点头，用半生不熟的汉语说道："对啊，如果我是亚特兰蒂斯的后裔，那么一定不止我这一支，肯定会有别的人，也许他们也想回到家乡呢？"金强惊奇地看着尕娃说："怎么？你小子现在这汉语说得也太好了吧！"马青惊奇地看着金强："这家伙，学得太快了，我已经教不了了，只能让他查字典了。"金强难以置信地摇摇头："不可思议，不可思议。"老梅拿着资料对金强说："金强，你看到这里了吗？这里对北极的描写。""北极？"金强想了想，"没有，我没看到，怎么？有什么发现？"金强接过老梅递上来的资料，一边看着，一边听老梅说："那里面说到纳粹对于北极的向往，打算向那里探险。这是他们下一个目标。还有就是对于埃及的探险，显然他们是带着希望去的，可是却带着失望回来的，他们可以肯定在某个金字塔里面有他们想要的东西，可是他们没有找到。"金强翻看了那部分资料，确实像老梅说的那样。现在的金强有点迷茫，没有头绪。这时候，魏大海回来了，一回来就兴冲冲地。金强看着魏大海高兴的样子，也很感兴趣，问道："什么事情这么高兴？"魏大海笑着说："我一个战友，现在是国际刑警，今天打电话约我出去聊聊天，我本来想向他要一点防卫工具的，后来他还说认识一些边缘人，只要有人给钱，他们就可以提供各方面的情报，包括科学方面的。还有他答应帮我查一查德克森这个人。"金强点点头道："这种边缘人，我也听说过，只是没有什么接触，那你通过你的朋友向那些边缘人要什么资料？"魏大海笑了笑："当然是有关二战时期纳粹的那些有关于玄学的资料，把我们的资料补齐啊！"

接下来的几天，大家都忙碌起来。根据金强在俄罗斯得到的资料，大家有了分工，金强研究埃及；老梅研究北极的问题；马青接手老梅的工作，和美国联系；而魏大海则研究自我防卫的问题，他现在觉得这个很重要，他可不想在俄罗斯的事情重演；尕娃就轻松得多，每天在不停地看书，不管什么书都看。

金强把能找到的有关于埃及金字塔的资料都找到了。可是他发现，几乎所有金字塔都被人探究过，可是并没有有关的发现。而且世界上不仅仅是埃及才有金字塔，金字塔似乎是一种崇拜，难道是亚特兰蒂斯人的崇拜？可是在埃及那些金字塔都是法老的坟墓，坟墓里会有那些东西吗？金强还是一筹莫展。老梅那边也没什么进展，他需要很多佐证，可是证据不够，北极可不像一般的地方，不是说去就能去的。可是那些资料最后都指向北极，至少当时的纳粹有个在北极建立研究基地的想法。马青的问题更加难办，美国人根本就不愿意把那部分资料拿出来，只是云山雾罩地一通乱说。

大家偶尔交流一下，还是没有结果。终于，魏大海那里传来了好消息，他那个当国际刑警的战友传来好消息，一个边缘人有这方面的资料，这个人曾在美国军方工作过，不过他开价5000美元。金强爽快地答应了。果然，没过几天，那个边缘人就把资料发到金强的电子邮箱里了。金强打开邮箱看到的是德文原版的资料，确实和他们在俄罗斯拿回来的资料的形制是一样的。金强一阵激动，赶紧找人翻译。这些资料在前些年还是美国军方的绝密档案，虽然现在已经被淘汰了，但也不是一般人可以拿到的。终于，金强手上的资料合成了一本，金强把自己关在办公室里如饥似渴地仔细阅读。资料里果然详细地描述了希姆莱的西藏之行，详细地描述了西藏的人文、地理，描写了他们进入到塞尔布部族的一切行动，和他们终于把塞尔布部族的东西拿回来。可是那些东西后来的去向就不明了。还有他们为了寻找同样的东西，在埃及的寻找，几乎走遍了所有的金字塔，进行抢夺性的发掘，可是并没有收获，但是他们肯定那东西就在埃及。可是后来随着纳粹在北非战场的节节败退，连隆美尔也难以逆转北非的战事，已经不可能再在埃及寻找，这事也就不了了之了。可是纳粹还是把这一行动的延续，纳入他们以后的计划里。看到这里金强有点不明白了，为什么纳粹那么肯定东西就在埃及，就在埃及某个金字塔里？突然，金强脑中灵光一现，难道是那几样东西有问题？金强迅速地跑到保险柜那边，把那个厚厚的金属书拿了出来，打开前面的两页，还是以前的样子。一共就这两页，再没有什么了，金强一时间有些迷茫了，难道自己真的想错了？金强又翻了翻还是没有什么发现。可是当翻到最后那页，在另一面上突然发现了一个画面。这一看金强可是吃惊不小。在第二张海图的背面，是一个又一个的同心圆，中间是个十字，和雷达的方向坐标是一样的，而且里面有两个亮点，有一个是很明显的，有一个不太明显。金强一看，立刻激动得不知道怎么办才好了，因为他猜到，这就是一个雷达，是寻找钥匙的雷达。那个不太明显的，就是他放在银行保险柜里的那个钥匙，因为银行保险柜的屏蔽性比较强，所以有点暗。金强确定了一下方位，可以肯定了，就是寻找钥匙的雷达没有错。

　　金强太高兴了，也顾不得是什么时间，跑到各人的房间里把大家都叫了起来。当大家都睡眼惺忪地聚在会议室的时候，金强把自己的发现告诉了大家。大家都很激动，这么多天没有线索，大家都很郁闷，现在就好像天气放晴，出了太阳一样。大家高兴过后，马青看着钥匙雷达突然说道："咦？为什么这上面只有两个？不是应该有十二个才对吗？"老梅也发现这个问题："是啊！怎么只有两个点？"金强坐了下来，慢悠悠地说："这个我也想过，开始也有点不解，但是我看到我们放在银行保险柜里的那个钥匙，有点暗淡，就说明那个钥匙本身可以发射信号，但在一个信号屏蔽强的地方它的信号就会受阻。而且这个雷达的接受范围是有一定局限的。"老梅点点头："那就是说，那些消失的点，现在在一个信号封闭的环境里，或者在一个遥不可及的地方。"金强笑着点点头。魏大海看了看雷达，想了想说："可是那些钥匙到底在哪里呢？"金强说："对，我们不知道比例尺，可是我们可以根据从这里到我们收藏那把钥匙的距离，大概测算出来。有了方向和距离，位置就会差不多了。"说到这里，金强打了个哈欠说："不说了，我困了，我要去睡了。"金强这一阵子都没有睡好，现在突然感觉很困，径自回到房间睡觉去了。只剩下另外四个人，在会议室里面面相觑。魏大海看看表，已经凌晨四点了，摇摇头说："睡不着了，我看我们还是好好看看那些资料吧，也许还可以看出些什么。"

　　经过了一天的休息，金强又神采奕奕了，把大家叫到一起。金强说："我现在需要一个准确的地图，计算我们的目标在哪里。"马青拿出一个笔记本电脑："早就知道你金二少要这个了，我已经搞定了。我在网络上，进入了美国原军方的卫星实时地图，现在是用来研究候鸟的，叫作'那莎'的系统。这个地图应该是最准确的。"金强满意地点点头，说："孺子可教，你小子这次倒是下手很快。"马青无奈地摇摇头，说："你老人家把功课留下来，自己就去睡觉了，还睡了一大天，我们不做点功课，也不像话啊！"老梅拿出一摞资料，对金强说："根据马青的计算，那个点，的确在埃及，这里是有关埃及的资料。"金强点点头："呵呵，没想到我一醒来，就吃现成的了。"转过脸来，看了看魏大海和孨娃，问道："你们准备什么了？"魏大海拿出一个兜子说："呶！都在这里了，我精心挑选的防身工具，还有GPS、对讲机等等。"孨娃大声说："我学了几句埃及的土话。"大家都笑了。金强收起笑声，严肃地说："看来我们一定要去一趟了。希望钥匙不在那几个大金字塔里，如果真的在里面，我们根本没有机会找我们想要的东西。"马青撇撇嘴笑了："恭喜你了，金二少，通过卫星地图来看，真的不在那几个大金字塔里。离开罗很远，离那几个金字塔也很远，在胡夫大金字塔往西南约240公里。那里是沙漠。"金强点点头："剩下的我去安排，你们去收拾东西吧。"

有钱好办事，金强很快给大家办了旅游护照，并且拿到了第二天到开罗的机票。晚上的时候，金强特意跑到魏大海的房间里，看看魏大海的宝贝——魏大海这一阵子的研究成果。除了那些先进的设备，很多是魏大海找专人打造的。有一个金属的好像手一样的东西，后面还有很细的钢丝。金强拿起来看了看，这个东西手工很精细，那个小手还有关节，而且活动灵活，能抓能挠。金强很感兴趣，问魏大海道："这是什么啊？"魏大海笑了笑说："这个可是行走江湖的大盗随身携带的东西，叫'飞虎爪'，可以用来攀爬，也可以远距离抓东西。"金强点点头，又拿起一个护腕一样的东西问道："这又是啥？"魏大海说："这个也很有来历，是袖箭，不过我改装了，比以前的小，原来想一个人做一个，可以防身。可惜时间不够，只做了一个，你拿着用吧。"金强饶有兴趣地戴上了袖箭，在魏大海的指导下，发射了一支，"当"的一声那支袖箭深深地没入了门板里面。金强没想到这袖箭威力这么大，不禁对这些过去的玩意刮目相看。还有不少东西，都是魏大海在当特种兵的时候，老兵们流传下来的实用、简洁的小工具。金强把玩了一番，走出魏大海的房间，一个人坐在会议室里，想着事情，理顺凌乱的思绪。马青拿着两罐啤酒走过来，搂着金强的肩膀坐在金强的旁边，递给金强一罐，说："怎么了？一切突然间变得顺利了，还烦什么？"金强接过啤酒喝了一大口，说："其实也没什么，只是有点乱，而且有点担心。那里不是中国，不知道会发生什么。其实担心也是多余的。"马青也喝了一大口，说："就是，你不是最洒脱的吗？"金强点点头，又摇摇头，在俄罗斯的经历还历历在目，说："这次真的不一样，不过还是那句话，担心也是没有用的。"金强转移了话题："你哪儿来的啤酒？"马青一脸坏笑地说："嘿嘿，老梅的私人珍藏，他还不知道呢！"这时后面传来了老梅的声音："我会不知道，你小子，哼，净干着借花献佛的事。好在我还有。"金强和马青回头，看见老梅拿着一箱啤酒。老梅把啤酒放到桌子上说："来，一醉方休。"

十四

飞机在开罗机场降落了,一出机场,大家直奔定好的酒店,休整一天。第二天一早开着一辆租来的越野车出发了。一出开罗市区,道路变得颠簸,满眼的黄色,远远地看见很多金字塔耸立着。马青一边看着电脑上的地图,一边给大伙儿做着讲解:"这里就是著名的古城孟菲斯,前面那三个金字塔就是吉萨德三座金字塔,其中有最大的胡夫金字塔,还有狮身人面像。"果然,大家远远地都可以看见这些金字塔。老梅开车,继续往南,一路上除了戈壁,也会看见零星的几座小金字塔。车又开了一阵子,前面一条大河挡住了去路,金强对大伙儿说:"这就是埃及著名的尼罗河了。"马青让老梅沿河逆流而上寻找渡口。在不远的地方,真的有渡口。上面的船是滚装船,可以连车一起带过去。过了尼罗河,就是沙漠区了,马青对大伙儿说:"这个沙漠叫利比亚沙漠,是撒哈拉沙漠的一部分。我们要去的地方就在这个沙漠大约120公里处,不知道车能走到哪里,以后可能要靠我们的脚了。"金强叹了口气道:"我们的行动必须保密,所以不能请当地人做向导,只能看卫星地图了。"老梅尽量驾驶汽车向沙漠里面冲去,可是很快,即使是越野车,也很难再往里面开了。大家只好背上各自的装备,下车,向沙漠深处走去。

太阳,明晃晃地在天上悬着。说实话,现在不是进入沙漠的好时间。不过还好,这里除了尕娃都有沙漠生存的经验,而且装备也都很齐,根据卫星地图,直线距离并不是很远,两天之内一定可以走到。老梅和金强拿着GPS不断地修正着数据,记录走过的经纬度。干燥的空气,一会儿就令人口渴难耐。金强舔了舔干渴的嘴唇,对大家说:"节约用水,一定要节约,我们要保证一周的补给。"大家都没有说话，只是无力地点点头。炎热的空气让人没有精神。尽管直线距离不是很远，可是根本不能按照直线来走，不时有大沙丘挡在前面。现在的沙漠一丝风也没有，好像要把人身上最后一滴水都榨干。即使是这样，大家也只是用水壶里的水润一下嘴唇。几个小时过去了，马青计算了一下距离，他们只走了不到40公里。现在太阳已经没有中午时那么毒辣了，气温稍微低了一点，可是大家并没有感觉舒服，因为现在已经开始疲劳了，双脚踩在沙子上，很是吃力。大家走起来都软绵绵的。望着无尽的沙海，终于尕娃第一个走不动了，一屁股坐在沙地上。金强看了看，老梅也对金强说："歇一会儿吧。"金强点点头，魏大海拿出一个折叠凉棚，打开后大家围坐在凉棚下面。尕娃觉得很热，把衣服脱了下来，光着上身。魏大海看了，摇摇头让尕娃把衣服穿上，说："热也不许脱，不然会被紫外线灼伤的，而且脱了衣服水分蒸发太快，快穿上。"尕娃听了以后又乖乖地把衣服穿上了。大家坐在凉棚下，望着无边的沙海。马青看见一只小蜥蜴快速地在沙漠上跑过，招呼尕娃看，尕娃没见过那小东西，好奇地指指点点。老梅则躺在沙地上嘴里叨咕着："这时候，要是来一大杯冰凉的生啤酒，那真是……"马青也听得在一边直咽唾沫。魏大海笑着说："还没睡就做梦了，是不是热糊涂了？"金强也笑着说："这叫望梅止渴，老梅在这省水呢！"休息了一阵，马青修正了一下方向，大家又继续上路了。

　　太阳慢慢落下去了，当他们爬到一个大沙丘的顶上，正好看到落日的余晖，金黄色的阳光，洒在金黄色的沙海上，天地变得苍茫。大家都被这美景陶醉了，几乎忘记了一天的劳累。大家就这样，站在沙丘上面，看这样的美景，直到太阳落下去。大家决定在大沙丘的下面宿营，马青对尕娃说："尕娃，你知道怎么下去快吗？"尕娃摇了摇头，马青把背包一甩从沙丘上面滚了下去。尕娃看着马青哈哈大笑起来，也学着马青的样子，把自己的背包一甩，跟着滚了下去。

　　沙漠的夜很静，大家吃过东西准备早点休息。尕娃学着老梅和马青的样子用沙子洗脚，金强和魏大海在聊天："大海，你看晚上用不用也派个岗？不能全睡着啊。"魏大海在自己的百宝囊里拿出了几个小东西，对金强说："有这个，就不用了。"金强看了看，没看明白。魏大海赶紧解释说："这是红外线报警器，一会儿我把它设在我们周围，如果真的有人接近，它会报警的。"金强佩服地拍了拍魏大海:"还是你想得周全。"

　　大家都钻进了自己的睡袋,魏大海巡视了一圈,安放好了红外线报警器,也钻进了自己的睡袋。一天的疲劳涌了上来,很快大家都进入了梦乡。正睡得香的时候,突然传来一声惨叫,金强一激灵坐了起来。魏大海已经爬出睡袋了,是马青在惨叫,魏大海跑到马青身边问道:"怎么了?"马青咬着牙说:"胳膊,我的胳膊不知道被什么咬了。"这时候金强、尕娃和老梅都跑了过来。金强一看马青的胳膊,已经肿起来了,黑青黑青的,说道:"是蝎子,马青你被蝎子蜇了。"魏大海赶紧拿来急救用品,先用小刀在马青的伤口上切开一点,把里面黑青的血挤了出来。然后抹上了解毒剂,又包扎上了。马青哭丧个脸说:"我的胳膊不会有事吧?"魏大海看了看说:"不知道是什么蝎子,可是够厉害的。应该不会有事吧?"听了魏大海说的话,马青更害怕了,这时候老梅捏着一个黑色的大蝎子对马青说:"凶手找到了。我把它焙干你再把它吃了,就好了。"金强看着老梅,问道:"真的假的?"老梅自信地点点头说:"当然是真的,这个是土法,虽然是中国的土法,我看对这非洲的蝎子一样好用。"一会儿老梅用固体燃料把那只凶手蝎子焙干了,递给马青,马青将信将疑地看着老梅,老梅一生气,硬把蝎子塞进了马青的嘴里。马青没嚼几下,就咽下去了。不知道是心理作用,还是真好使,马青竟然不怎么疼了,又昏昏睡去。魏大海把马青的睡袋拉紧了,也去休息了。

　　天蒙蒙亮的时候,大家都起来了。温度不是很高,这正是赶路的好时候。金强又查看了一下马青的伤势,帮马青又换了药,大家边走边吃着简单的干粮。马青好像精神很好,对老梅说:"老梅,别说,你的以毒攻毒还真不错。"老梅嘿嘿地笑着说:"你就记住了,什么咬你让你中毒了,你就把什么吃掉。"马青跟着哈哈大笑,只有尕娃傻傻地问老梅:"真的吗,老梅?"马青捣了尕娃一拳说:"听他胡说。"

　　很快,这段最佳的赶路时间就过去了。太阳又悬在了头顶,像一个热力无穷的大火球。每个人都好像在烤箱里行走,一点精神都没有,只是机械地走着。又爬上一个大沙丘,马青擦了擦头上的汗水,用独臂摆弄着卫星地图,修正着方位。尕娃和魏大海一屁股坐在沙地上。金强拿水润着嘴,可是老梅却用单手遮住额头,向远处翘首望着。金强拍了拍老梅问道:"看什么呢?老梅。"老梅没有回头,哑着声音说道:"西北连天一片乌云,好嘛!果然是天有不测风云哪！"金强笑了："学上单田芳了？"老梅终于回过头，很严肃地对金强说："唉，可不是那么轻松的事情，看样子要刮大风了。"一听老梅这话，坐着的都站起来了，把老梅围住。马青将信将疑地看着老梅说："我说老梅，你可不敢危言耸听啊，这烈日当空的，刮什么风，你咋不说下雨呢？"老梅耸了耸肩膀说："我这可是当年在新疆塔克拉玛干学的，不知道对这非洲沙漠好使不？我是说了，信不信就看你们的了。"金强还是相信的，老梅的确有经验。金强皱了皱眉头问道："大约多长时间能过来，什么风向？"老梅又看了一眼说："大约两三个小时，风向大概是东南风吧。"金强对大家说："快，我们必须快速行动，在大风来临之前找到避风的地方。"马青看了看老梅问道："老梅，那你们塔克拉玛干都怎么避风啊？"老梅摇摇头说："我们躲在骆驼阵里。我看还是少废话，快跑吧！"大家不知打哪来的力气，快速地跑下了大沙丘。一阵急行军，大家的体力都消耗极大。孬娃甚至出现了脱水的现象。可是现在没有时间休整，魏大海一把抢过孬娃的装备，扶着孬娃继续跑着。老梅对大家说："前面有一个沙丘，正好可以背风，快，我们赶紧到那里去！"看是看到了，可是真正跑起来远不是那么回事，足足又跑了近半个小时才来到沙丘的背面。大家实在是跑不动了，只有金强和魏大海还可以支持得住。金强和魏大海不敢休息，赶紧动手搭建防风帐篷。就在大家躲进防风帐篷的时候，大风真的起来了。黄沙漫天飞扬，几个人趴在帐篷里，听着外面呼号的狂风。这时候马青给孬娃一点一点地喂水，孬娃的脱水现象已有所缓解。老梅听着外面呼号的狂风，说道："世界第一大沙漠就是不一样，比塔克拉玛干可是厉害多了。估计就是北疆的黑沙漠也没这威力。"魏大海抖了抖脖子里的沙子说："是啊，我们在沙漠里训练也没遇到这样的狂风。"老梅撇撇嘴说："这才是刚开始，厉害的还在后面呢！我看咱们的防风帐篷恐怕也会熬不住，大家趴好了，一会儿帐篷塌了，给自己留个喘气的地方。"金强赶紧督促大伙儿把身上背的背包摘下来，围成一个圈。现在也没有别的好办法，只能这样了，没想到这百十公里的沙漠会出现这样的危险。魏大海又嘱咐各自保护好携带的水，这是生命之源。没有了水就真的完了。

　　风越来越大，好像有无数的怨鬼在空旷的沙漠上呼号。从上午一直到下午，没有一点减弱的意思，帐篷几乎塌了。四周都埋到了沙子里。多亏有这个大沙丘挡着，几个人在帐篷里不停地抖落着，不然早就没影了。孬娃现在已经没什么事了，动了动干裂的嘴唇问："老梅大哥，这风什么时候能完事啊？"此时的老梅倒是显得很悠闲，趴在沙地上，还哼着小曲，听见尕娃问他，回答道："盼着太阳落山吧，太阳落山了这风应该会小的。"尕娃又抖了一下脑袋说："是不是谁把天捅了一个窟窿，这风真吓人。在我们的雪山上那大风卷着大雪，也没有这里的风大。"魏大海笑了笑说："在海上的风可比这大，不过看不到这么多的沙子。"正说着，帐篷上好像压上一个重物。本来就摇摇欲坠的帐篷，轰然倒塌。大家都被埋在帐篷下。金强和老梅拿出早已经准备好的工兵铲，赶紧向下挖着沙子。魏大海找到支架，两个变一个，继续支起帐篷。现在帐篷上面是一个尖，很难再有沙子能铺在上面了。可是为了不被沙子埋了，金强和老梅还在不时地挖一挖，清理一下帐篷边。尕娃和马青两个伤兵，只能看着，想上来帮忙，可是谁也不让。不干的时候，大家就聊聊天，天南海北地乱聊着。

大家就这样有一搭无一搭地聊着。天渐渐黑了下来，果然像老梅说的，天一暗下来，风就变得小了许多，半夜的时候，外面的风竟停了。老梅和金强费了好大劲才把帐篷掀开。外面是晴朗的天空，满天的星星，连一丝风都没有，哪有刚才那鬼哭狼嚎的痕迹。大家一起呼吸了一口不再灼热的空气，才发现，他们用来躲避狂风的沙丘，居然没了一大半，都在他们身后。他们身后原本什么都没有，现在却出现了一个不大不小的沙丘。尕娃摇摇头说："不得了啊，把山都搬走了，多亏没搬到我们头上，不然我们就被压死了。"金强哈哈一笑，说："大难不死，必有后福。马青，尕娃，你们怎么样？"马青和尕娃同时说："没问题。"金强点头道："马青，校定方位，我们继续前进。"

夜色中，五个人前进着。狂风过后，月色更晴朗，一望无际的沙漠中，没有了白天的高温，很多小动物，都钻出自己在地下的巢穴，来到沙漠上面活动。金强对大家说："嘿嘿，还是晚上赶路快啊，体力消耗也小。"尕娃一边走，一边看着那些小动物说："这些家伙白天都跑哪里去了？现在出来了。"突然，一条蛇在尕娃的身边爬过，尕娃吓了一跳。老梅搂住尕娃说："别惹它，它是沙漠蝰蛇，毒性可是厉害得紧哦！"

这一夜，大家果然走了很远的路程，根据马青的测算还有大概30多公里。上午十点左右，金强决定原地休息，这时候沙漠里的温度很高。刚刚搭好帐篷，尕娃指着前面兴奋地大叫道："你们看，是不是那里？那里有一座大金字塔。"大家都顺着尕娃手指的方向看去，真的有一座大金字塔，就矗立在不远的地方。看了一会儿，除了尕娃别人都不兴奋了。马青拉着尕娃坐在帐篷下面，对尕娃说："这个，你可以欣赏，不过这个金字塔到底在哪里我们可不知道。"尕娃莫名其妙地看着马青，问道："不就在那里，你不是看见了吗？"马青已经躺下了，说："那是海市蜃楼，是空气中折射出来的影像。"尕娃好像想起来什么，说："对，我在书上看到过，可是能看到海市蜃楼也是不错的。"金强对尕娃说："是啊，这也是难得的自然现象，尤其是在我们很清醒的情况下。看吧，看够了就睡一会儿，晚上还要赶路呢！"空气中的闷热，沙地上的炎热，两股热气把人夹在中间。本来是难以入睡的，可是现在的大伙儿，已经困得不行了。没有多长时间，大家都睡着了。可是魏大海多年养成的习惯，不管多累，睡觉也不会睡得很死。就像草原的狼一样，每隔十几分钟就会醒一下。蒙眬间，一阵铃声响起。魏大海睁开了眼睛，一个驼队远远地向这边走过来。那铃声来自骆驼脖子上挂的驼铃。魏大海坐了起来，仔细看了一下，确定是一个商队，几个带着白色盖头的黑人牵着骆驼。大约有三十几头骆驼，是个大驼队。驼队正向着他们的位置走过来，驼队也远远地看见了他们。一个人跑了过来。这时候，金强也醒了过来，那个跑过来的人看了看金强和魏大海，指手画脚地说了一大段话，可是金强和魏大海都听不明白。那个人见无法沟通，回过头，对着驼队大声说了几句话，有个人牵着一头骆驼走了过来。

这个人也是一个黑人，对着金强和魏大海操着半生不熟的英语说道："英语，你们懂吗？"金强点点头，也用英语回答："英语可以。有什么事你说吧。"那个人见可以沟通，继续用英语说道："你们是哪里的人？"金强回答道："我们是中国人。"那个人点点头说："我们在沙漠里救了一个女人，和你们的样子差不多，应该也是中国人，还给你们吧！"金强有点纳闷，可是还没等金强说话，那个人从骆驼上扛下来一个女人放到了地上，牵着骆驼就走了。金强再叫那些牵着骆驼的人，那些人头也不回地走了。魏大海赶紧跑过去，一看，真的是一个女人，很明显是亚洲人，身上穿着沙漠迷彩服，有些地方破损了，像是被烧过的。女人脸上都是黑灰，长头发散落着，嘴唇干裂，双眼紧闭，一看就知道是脱水了。那些驼队的人，一定是舍不得淡水，不愿意救她了，就把她抛给金强他们了。金强看了看魏大海说："不能见死不救啊。"魏大海点点头，扛起那个女人，来到帐篷下。金强拿过自己的水壶，往那个女人干裂的嘴唇上润了点水,有了清凉的淡水,那个女人虽然没有睁开眼睛,可是本能地拿起水壶,往嘴里倒。金强看着她喝了几大口,抢过水壶。脱水的人不能一下子补充太多的水分,需要有个适应过程。喝了几大口水以后,那个女人睁开眼睛,眼神迷离地看了看金强,好半响才缓过神来,声音微弱地对金强说:"水,我要喝水。"这时候其他人都围了过来,马青惊异地大叫:"她说中文哎!"金强没有理会马青,对那个女人说:"你刚刚喝了几大口,等一会儿再喝,你叫什么名字,怎么会出现在这里?"那个女人还是很虚弱,可是神志已经恢复了,眼神无力地看着金强,答非所问地说:"你们也是中国人?怎么会在这里遇上中国人?"金强笑了说:"我们是中国来这里的游客,在沙漠里探险的。"那个女人点点头,金强又把水壶递给她,那女人接过水壶又喝了几口水,看样子好了很多。

她才想起金强刚才的问题:"我叫许美琳,是香港人,在德国汉堡大学毕业,现在在法国的卢浮宫博物馆和我的导师一起做古埃及历史的研究工作。前些日子有一个德国人组织一个私人考古活动,邀请我的导师来埃及,可是导师的身体不好,就派我来了,昨天早上我们坐着直升机进入沙漠,可是后来遇上了大风暴,直升机失事了,在沙漠里坠毁了,一共七个人,六个人遇难了,只有我活了下来。后来碰到那个驼队,把我救起来了,再后来我就不知道了,醒过来就看见你们。"金强点点头:"你们这次活动就七个人吗?"许美琳摇摇头说:"还有很多人,这架飞机是先头分队,专家组的就我一个人在飞机上,其他飞机什么时候到我就不知道了。"马青在后面捅了捅金强,小声地说:"德国人,考察。"金强立刻明白了马青的意思,问许美琳:"那个组织考察的德国人叫什么?"许美琳说道:"好像叫德克森,我没有看到这个人。"金强看到许美琳还是有点虚弱,把自己的水壶放在许美琳的身边,对许美琳说:"你休息吧,我叫金强,这个是老梅,那个瘦的叫马青,这是魏大海,那个是尕娃,我们晚上才走,你先休息吧,水不够你说话。"许美琳无力地点点头道:"谢谢你。"

金强转过身,老梅用口形,无声地对金强说:"怎么样?带着吗?"金强点点头,不带着怎么办,这茫茫沙漠,一个女人,还是中国人,不管从哪个角度,金强也不会不带着。马青也无声地对金强说:"能信得着吗?"金强耸了耸肩帮,无声地回答:"看看再说吧。"金强又看了一眼魏大海,魏大海对着金强点点头,表示自己会注意的。大家又睡觉了。天色渐暗的时候,大家醒来。许美琳也醒了过来,精神好了很多,也可以行动了。简单地吃了些东西,大家又上路了。许美琳精神恢复了,对金强十分感兴趣,一直跟在金强的身边,和金强聊着。金强没有把此行的目的告诉许美琳,他需要确认许美琳和德克森是不是一路的人。金强突然感到有疑点,一架直升机失事,其他人全部罹难,可是眼前这个女人却毫发无损,这几乎是不可能的。金强对许美琳说:"你受伤了吗?"许美琳回答道:"受了点擦伤,不过没什么。"金强对这许美琳笑了笑说:"其他人都罹难了,你怎么连伤都没受?真是幸运啊。"许美琳似乎又想起当时的情况,皱了皱眉头,不无伤感地说:"说是幸运,也算是幸运,在飞机要跌落的时候,我被人推了下来。后来飞机就爆炸了,上面的那些人都带着武器,就都被炸死了。"许美琳的解释很合理,表情和情绪都很真实,金强看不出什么破绽,就把话题岔开了。大家都是学习历史的,金强和许美琳谈起了历史,这一谈不要紧,金强发现许美琳的学识渊博得很,而且很多看法都与他不谋而合。许美琳也觉得金强的视角很独特,看待历史并不像其他的学者。直到这时候,许美琳才想起来,还不知道金强是做什么的,问道:"金先生,我还不知道您是做什么的?"金强笑着看着许美琳说:"你觉得呢?"许美琳想了想,说:"从您的谈吐和观点来看,您也应该是个历史学者。"金强点点头说:"是学历史的,不过学者就有点过奖了。"这时候魏大海从后面跟了上来,对金强说:"金大哥,我们的淡水不足了,要是再不补充,回来恐怕有问题。"还没等金强说话,许美琳把金强手里的GPS拿了过来,看了看上面的数据,对魏大海说:"没事的,我们现在行进的方向,不远就会有一块绿洲,叫费拉菲拉绿洲,我们可以在那里补充淡水。"大家都停下了脚步,惊异地看着许美琳。许美琳也看着大家,说:"怎么了?我是研究埃及历史的,来这里可不是一次两次了。那里我去过,有什么问题?"马青看了看卫星地图,说道:"对,大概是一个方向。不过还是有少许偏差,我们可以回来的时候到费拉菲拉绿洲去补充淡水。"金强笑了笑说:"问题解决了。马青,我们还要走多久?"马青算了一下说:"天亮吧,如果保持现在的速度,我们天亮会到。"

十五

　　天快亮的时候，金强他们远远地看见一个高大的沙丘，再走近点看清楚，那并不是沙丘，而是一个人造的建筑。由于在沙漠里挺立的时间长了，风化比较严重，已经没有了棱角。许美琳看着远处的建筑问道："那里是你们的目的地吗？"马青点点头说："对，就是这里。"许美琳一脸的向往："这是一座金字塔啊，我怎么都不知道这里有这样一座金字塔。"金强也没想到自己的目的地会是一座金字塔。看了看马青，马青很肯定地点点头。很快，大家就来到金字塔的旁边。可是金字塔的下半截被埋在沙子里，根本看不到入口。金强一看，一时半会也找不出入口，先休息吧。很快大家在金字塔的旁边搭起了帐篷，准备休息。大家简单地吃了些东西，都待在帐篷下。可是许美琳却依旧神采奕奕，一点也不像脱水以后又走了一夜的样子，围着金字塔开心地转圈。其实这个金字塔并不大，只是在这茫茫沙海上显得很突兀。马青看着转圈的许美琳说："真的没什么吗？总是觉得这个女人来得太突然。不会是德克森派来打入我们内部的吧？"金强不说话，这也是他担心的。可是金强的性格就是这样，他很愿意相信别人，当然也包括这个女人。老梅说："你看看，金二少是不是对这个女人一见钟情了？"马青看了看在金字塔边的许美琳说："很有可能啊，这女人长得不错，年龄相当，刚才和金二少聊得也不错，很有可能。"老梅和马青嘿嘿地笑着，金强没理他俩。魏大海说话了："金大哥，想多了也没有用，德克森很明显已经跟来了，但是我想，他如果不是笨蛋的话，会在我们找到东西以后再动手。有没有许美琳并不重要，如果她真是德克森派来的，也是派来帮助我们的，帮助我们找到要找的东西。"魏大海的一番话，说得大伙儿直点头。金强也不得不承认，在这酷热得令人烦躁的沙漠里，魏大海的头脑是清醒的。现在想这些都是多余的，恐怕他们一直都在德克森的监视下。想多了也没有用，兵来将挡，水来土掩吧。

　　大家都抓紧时间休息，许美琳折腾了好一会儿才回到帐篷下，看样子还是很激动，在一个随身带的本子上记着什么。金强和魏大海都没有睡着，不时地偷偷看看许美琳。许美琳在本子上写了一阵子，也休息了。中午的时候，许美琳无论如何睡不着了，这个金字塔对她的诱惑太大了，这可以说是她见过的最奇特的金字塔。终于等到金强也醒了过来，许美琳赶紧凑了上去说："金先生，我刚才勘测了一下这个金字塔，发现很多有意思的问题。"金强揉了揉眼睛，坐了起来，问道："什么事情？"许美琳拿出小本子，看着上面对金强说："首先，这个金字塔的形制和比例与其他的金字塔并不一样。其次，我发现这座金字塔的建筑材料是人工合成的。"许美琳这一说，可令金强吃惊不小。不过自从他在海里把那个箱子拿出来以后，这样的惊奇已经经历不少了。其他人也听到了，都凑了过来。老梅拿出压缩饼干，一边给每个人分着吃，一边对许美琳说："你说说，怎么回事？"许美琳接过饼干，一边吃一边说："根据我们对金字塔的研究，那些金字塔不管大小，都是按照一定比例建造的。可是这个金字塔和那些金字塔的比例相差很多。"魏大海把水递给许美琳，许美琳喝了一口水，继续说："这个金字塔的建筑材料是人工合成的，不然不会在风蚀这么严重的情况下还能保持得这样好，这个塔的历史应该比那些金字塔早，搞不好是那些金字塔的老祖宗。"

　　金强幽幽地说："可是金字塔的建筑材料是人工合成的也不是新闻了。一位叫戴维·杜维斯的法国化学家，提出了一个关于金字塔建造的全新见解，他认为，建造金字塔的巨石不是天然的，而是人工浇筑的。他从一位考古学家那里，得到五块从埃及胡夫金字塔上取下的小石块，对它们逐个加以化验。化验结果证明，这些石块由贝壳石灰石组成。尽管考古证明，人类在几千年前就已掌握混凝土制作技术，但这些贝壳石灰石浇筑得如此坚如磐石，以致很难将它们与花岗岩区别开来，实在使人难以相信。戴维·杜维斯由此推测，当时古埃及人建造金字塔是采用'化整为零'的办法，即将搅拌好的混凝土装进筐子，抬上或背上正在建造中的金字塔。这样，只要掌握一定的技术，就能浇筑出一块一块的巨石，将塔一层一层加高。所以这并不是什么新闻啊！"许美琳点点头说:"你说的那个法国人我知道,他的说法我也知道,可是我在这个金字塔风化的地方看过了,里面可不是贝壳,而是泥浆和石头,和我们的混凝土基本差不多。"听了许美琳的话,大家都陷入了沉默,因为如果和亚特兰蒂斯联系在一起,就算是混凝土也不是什么稀奇的事情,因为大家都见识过亚特兰蒂斯的先进了。半响,金强把话题岔开了,对许美琳说:"你是研究埃及文化的专家,对金字塔又是这么熟悉,我想请问你一下,你知道这个金字塔的入口在哪里吗?"

许美琳看了看金强,发现金强的眼神很真诚,不像是那种蓄意考验的样子,笑了笑说:"其实这也是我下一个想说的事,就是这个金字塔的用途,在埃及,一般的金字塔是用来做陵墓和祭祀用的。可是这个金字塔,以我来看它不是干这个用的,而是用来当仓库的。这个金字塔里面一定保存着什么东西。一个重要的东西。"金强看着许美琳有点发呆,其实直到这个时候,他才仔细看了许美琳的样子,虽然在沙漠里,又是在飞机失事中逃出来的,有点狼狈,可是那种天生的丽质是难以掩饰的。修长的身材,健康的肤色,尤其是两只大眼睛,充满知性睿智的光芒。连金强也不得不佩服她的洞察力,如果说知识是一种积累,洞察力就是天生的一种感觉。许美琳发现金强在看她,而且是发呆的那种,有点不好意思地笑了。老梅也看见了,捅了捅金强说:"二少,都吃完了,下一步干什么?"金强一下子回过神来,站了起来说:"干什么?当然是找入口了,看看这个大仓库里有些什么。"对于中国的古墓金强很有点经验,可是现在这里是埃及,找到撒哈拉沙漠里的金字塔的入口谈何容易啊!金字塔的下半部都被埋在沙子里,真的都清理出来,至少也得两个月。更何况沙子还在不断地被吹过来。金强看了看大家:"我们分头找吧,地方不大,可以快点。每个人带好自己的装备和饮水。"金强、老梅和魏大海把自己的食物和饮水分给了许美琳一部分。大家分成了几组,金强许美琳一组,老梅和尕娃一组,马青和魏大海一组。分好组以后,大家分头开始寻找。

其实这个金字塔的范围并不大,每个人有每个人的找法。老梅认为入口一定在金字塔的下面,所以领着尕娃量了一下金字塔的高度,估计了一下金字塔的边缘,就开始扒沙子。尕娃也没什么意见,就和老梅一起干着。马青和魏大海并不想找入口,只是想拿掉一块石头就行,只要拿掉一块石头,不就等于有了入口吗?而金强则是跟着许美琳去看那些风蚀过的地方,看了看建筑材料的情况。金强看过以后，又看了看许美琳，问道："你觉得这个金字塔的入口会在哪里？"许美琳正拿着一顶老梅给她的帽子，戴在头上，把长头发往帽子里塞，听见金强的问题，看了看金强，说："我刚才说了，这里不是陵墓也不是祭祀场所，而是一个仓库，如果我没有猜错的话，这里应该是先有东西而后盖的金字塔。"金强有点不明白，问道："你为什么会这样说？"许美琳顽皮地一笑，说："不告诉你，这是女人的直觉。"金强无奈地摇摇头，又问道："那你说这入口到底应该在哪里？"许美琳又是顽皮地一笑，说："我也不知道，不过可以把他们修建金字塔的方法复原一下。"金强索性坐到沙地上，等着许美琳继续说。许美琳也靠着金字塔坐下来，清了清嗓子，笑着继续说："你应该知道他们是怎样建造金字塔的，金字塔是从下往上建的，每建一层，就在上面堆上沙土，再建一层，沙土也会加高一层。这个金字塔是四面角锥堆砌式建筑，所以一定要四面一起建。"说到这里，许美琳停了下来，看着金强。金强也看着她，看了一会儿许美琳娇嗔地说："还没明白啊！你不会这么笨吧？"金强笑了："你是说入口在上面。这应该是最方便的做法吧。"许美琳这才开心地笑了，说："呵呵，孺子可教，我可不喜欢和笨蛋说话，还好你不是。"金强抬头看了看高高的金字塔，说："嗯，如果在上面，他们又怎么取走他们的东西呢？"许美琳停住了笑声，目光炯炯地看着金强，问道："你知道这里面是什么东西？"金强被问得一愣，旋即说道："不知道，只是乱猜的。"心里却大叫厉害，这个女人的洞察力真是不一般。许美琳看了看金强，没有追问，说道："要想取走东西也很简单，那要看是什么东西。可能是很小的东西，很容易就带走了。也可能是很大的东西，甚至大到这个金字塔也是它的一部分。"金强站了起来："我们上去吧，看看是不是像你说的那样，入口在上面。"许美琳也抬头看了看金字塔："这么高，我可上不去。"金强摇摇头说："怎么会让你上，来吧，集合！"

马青和魏大海在金字塔壁上一阵猛凿，可是没想到这金字塔上的石块真的比混凝土还硬，凿了半天，连个缝隙都没有。石块和石块之间虽然可以看得出缝隙，可是连张纸都插不进去。终于两个人累得趴在地上大口地喘起来。老梅和尕娃那边也没进展，那沙子挖了半天什么也没挖到，更不用说金字塔的根了。这会儿两个人也都累得坐在地上休息呢。这时候，步话机里传来金强的声音："过来吧，集合，许美琳小姐知道入口在哪里。"

大家听了金强的描述，如梦方醒。想想自己的办法，都觉得有点可笑。马青自告奋勇："这活一定是我的了，我先上去看看。"金强看了看马青说："小心点。"马青带上了足够的绳子，沿着金字塔的一个棱向上爬去。大家紧张地看着马青，可是马青却显得很轻松。他攀爬的速度很快，没用多久，就爬到了顶部。看着马青骑到了金字塔上边，金强拿起步话机说："怎么样，马青？"步话机里传来马青的声音："这里风景不错，万里沙海，一片苍茫……"许美琳听得哈哈大笑，金强也觉得又好气又好笑，说："别废话了，问你找没找到入口。"马青说："等一下，我先歇会，马上找。"老梅笑了一下说："这小子，就这样。等一会儿吧！"大家向上看着，这时候马青已经开始寻找了，大家再着急也只能眼睁睁地看着，都觉得时间过得很慢。步话机里传来马青的声音："找到了。这里有一个缺口，不过没有打开，需要清理。再上来一个吧。等一会儿，我把绳子放下去。"过了一会儿，绳子从上面被甩了下来。老梅和魏大海争了一下，还是被魏大海争到了绳子。魏大海带着两个工兵铲，爬上了金字塔。有了绳子借力，魏大海爬得飞快。又等了一会儿，魏大海的声音从步话机里传出来："可以了，不过上面的入口只能进一个人，进去是一个平台。你们可以上来了。"

十六

　　大家依次地爬了上去，金强断后。上去后，把绳子收了上去。大家在入口里面的小平台上又集合了。金强、魏大海和老梅拧亮了三支手电。金强向下照了照，平台下面是一个竖直的梯子。老梅先下去了，剩下的人依次跟着，魏大海断后。魏大海悄悄地把红外线的报警器反向安装在梯子上，如果后面再有人进来，报警器会响的。其他的人把头灯都戴上了。从梯子下来又是一个平台，这个平台比上面的大很多。满地的黄沙，厚厚的一层。在墙角有一个向下的洞口，正好能通过一个人。大家没有直接下去，而是在这个平台上仔细地搜寻着。四周都是墙壁，老梅、马青都拿出专用的短把小刷子，轻轻地在墙壁上掸着尘土。金强也拿着强光手电仔细地勘查着。许美琳看着他们的行动，来到金强的身边："金先生，你们应该是专业的啊？不是盗墓的吧？"金强没好气地看了一眼许美琳说："盗墓的？你看过盗墓的用这种刷子的吗？我们是考古爱好者，看看这里有没有发现。"这时候，蹲在通道口的马青大声说："这里有东西。"大家赶紧凑过去，果然，在通道口的边上有一排字。经过马青的清理已经很明显地显现出来。这一排字是象形文字，金强对许美琳说："你是专家，你看看这写的是什么？"许美琳看了好久，摇了摇头说："这是象形文字，和古埃及的楔形文字是不同的。我们可以猜一猜。"金强也在仔细地看着，想着那个经文上的那些字，在心中暗暗地比对着，可是很明显，这也不是经文上的字。尕娃看了看说了句话："这不就是画吗？"大家都笑了，马青默默地拿出相机，给照了下来。

　　老梅走在最前面，第一个走进了通道口，可是走了几级台阶以后，一道门挡在了前进的路上。老梅拿着手电在门上敲了几下，回过头对金强说："这门挺厚的，应该是铜的。"金强也走了过来，看了看，门上没有锁，可是却关得死死的。魏大海过来推了推，门纹丝没动。马青小声说道："小心点，可能会有机关。"大家打着手电在门的周围仔细地勘查着。门是在墙壁里有二十厘米的进深，门边上没有合页一类的东西。许美琳看了一会儿，对大家说道："这门可能是拉门，是往左右拉开的，不是推开的。"金强和老梅也注意到这点了，门边和前边是有缝隙的。魏大海和马青拿着两个工兵铲，一上一下地想插进门的中缝。可是两扇门闭合得很紧，费了好大劲也没有插进去。金强摇摇头："不行，工兵铲的强度不够。"说着掏出一把大号的瑞士军刀，在门缝中间一用力，插了进去。两扇门中间出现了一个瑞士军刀厚度的缝隙，有了缝隙，就好办了。魏大海和马青沿着缝隙，把两个工兵铲一上一下地插了进去，一较力，两扇门被分开了。两扇门被分开大约二十厘米的时候，两扇门向两个方向一下子弹开了。

　　突然弹开的两扇大门把马青和魏大海晃了一下，两扇如此沉重的门弹开得竟是那样迅速，而且连一点儿声音都没有。老梅察看着门边，金强察看着门下面。门下面是一排滚轮和滑道，滚轮和滑道都是铜的，做工非常好。而老梅也说："这两扇门的对接处是吸铁石，分别是阴极和阳极，所以紧紧地吸在一起。"马青不禁赞叹道："真聪明，快赶上我们中国人了。"大伙儿笑了，还是老梅带头，走进铜门。下面还是台阶，可是却比上面的台阶高出了许多。金强正琢磨着台阶为什么会突然变得高起来，他身边的许美琳拉着他的衣服摇了摇他。金强回头看了看，许美琳指着上面的墙壁。金强沿着她手指的方向看去，上面有很多的字。还是和前面看到的字差不多，都是那种象形文字，也就是尕娃说的"画"。大家看了很久，还是看不明白。可是里面也出现了在入口处的那几个字，后面还有几个很恐怖的字，一个画得像一个人，可是脖子上套着一个绳索，被吊了起来。而后一个字，干脆就是一个骷髅。而且这个骷髅的眼窝里还流着血，不知道写这些字的人用的什么颜料，那血液十分鲜红，触目惊心。许美琳说道："这是一个警告啊！"金强也感觉有点这个意思，就问许美琳："这是警告什么呢？"许美琳又看了看说："我想是进入者死吧。而前面和这里都出现的那句话，我想是一句咒语，类似于佛教的'阿弥陀佛'或者天主教的'阿门'之类的话。"金强又看了看别的地方，并没有什么发现，对大家挥了挥手，继续向前走。前面又是一道门，这道门是木门，门上画着大海的图案，大海画得汹涌无比，波浪滔天。可仅仅是大海，什么别的都没。这扇门很明显是向外开的。老梅和马青一左一右把这扇门拉开，那门轻得很，不用多大力气就打开了。

门一开，一阵阴凉的风从里面吹了出来，所有人都打了一个寒战。说实话，在这样的环境下，有凉气对于大家来说都是很舒服的。可是这凉气中夹杂的阴气却让人很不舒服，而且还带有一种奇怪的味道。那种味道腻腻的，却说不清楚。还是老梅走在了最前面。里面黑洞洞的，连手电的光，都散射不开，看不清周围的东西，只能看见一个光柱。大家也都跟着老梅走了进去，手电多了，光亮就多了。大家这才看见，这是一个宽敞的空间，在中间有四根大柱子。在四个角落里，堆着四堆东西。大家走向其中的一堆，刚想看看到底是什么。突然，门自己关上了。本来打开的时候是没声音的，可是关上却是"吱呀"的一声。那声音尖厉、刺耳。大家都是一惊。不过是关门声，只是响得比较突然，所以才吓了大家一跳。可是门一关上，突然从上面掉下来很多的人。这一吓，可不是关门声那么简单了。许美琳吓得捂上了眼睛，高声尖叫起来。其他人也都吓得向一边跳开。只有老梅，这个大胆真不是浪得虚名，竟向那些掉下来的人走去。

那些人从上面掉了下来，脖子上拴着绳子，现在在半空中就那样晃荡着。每个人都很消瘦，皮包骨头的样子。老梅走到一个吊着的人跟前，看了看，又摸了摸，回头对大伙儿说："是干尸，比木乃伊厉害。都是没处理过的干尸。"大伙儿看着老梅，都暗挑大拇指：这家伙的神经真不是一般的大条。老梅倒是不以为意，还在向金强他们挥着手，大家只好走过去。马青看了看那些干尸，皱了皱眉头说："这帮家伙真是够残忍的，为什么要把人活活吊死在这里？"金强却看着绳套摇着头说："这些人不是吊死的。"马青看了看金强问道："不是吊死的？那是怎么死的？"金强摇摇头说："怎么死的我也不知道，不过他们是死了，成了干尸以后才被吊在这里的。""你们看。"金强指着一个干尸脖子上的绳套，"如果他们是被吊死的，那绳子不会这样松松垮垮地套在脖子上，会有很深的勒痕。只有他们已经成为干尸，没有了水分重量的时候吊上去，才会有这样的效果。"许美琳点点头，用一种异样的目光看着金强，那目光在黑暗里，闪着异样的光彩。金强已经感受到了，可是没有说什么。许美琳也摸了摸那些干尸,说道:"嗯,金先生说得对,这些干尸是后挂上去的。应该是想起到一个震慑作用。没想到碰上梅先生这样大胆的人。"马青查了一下,一共是二十二具尸体。许美琳对这些干尸产生了兴趣,她是研究埃及文化的,当然少不了接触木乃伊,木乃伊的制作是需要极其复杂的过程的,而眼前的这些干尸,就那样裸露在空气中,很难看出来经过什么样的处理,而且皮肤和肌肉还有弹性。这二十二个人,都是年纪很大的老年男人。他们的下身都缠着一块白布,在白布上面写着和入口一样的象形文字,也就是许美琳猜想的那句咒语。

　　魏大海也在仔细地勘察,不过他勘察的不是这些干尸的问题,而是在勘察为什么门会自己关上,还有为什么门一关上这些干尸就掉了下来。一番勘察之后魏大海终于发现这些吊着干尸的绳子上面都是连在一起的。有一个总机关,连着一根绳子,那根绳子又和门的开关连在一起。只要门是打开的,干尸就会升上去。但是门一旦关上,干尸们就会降下来。金强看了看,说道:"就让他们吊着吧,我们继续。"许美琳对金强大声地说:"我们要小心了,恐怕再往里面走真的会有危险,我们已经进入一个被诅咒的空间了。"老梅还是一马当先,他才不理会什么诅咒。大家都默默地跟在老梅的后面,走向在这个空间里的一堆东西。马青拿着小毛刷,在这堆东西上轻轻地扫了几下,只扫了几下,就露出了金黄的颜色。马青很高兴,对金强说:"二少,是黄金。"确实,那露出的颜色是很容易分辨的,确实是黄金。这堆东西就是黄金块堆成的,表面上又落上了很多的灰沙。现在马青把上面的灰沙扫掉,自然露出了黄金。那是一块一块的二十厘米长、五厘米宽的金砖。大家又把另外三堆东西清理出来,也是一样的黄金。足足四大堆黄金,单是这一笔财富就不可小觑了。大家在惊叹之余,都在想怎么办。可是金强却不是很在乎:"有金子又怎么样,我们需要的又不是金子。放这里吧,我们继续寻找。"金强在向同伴挥手的同时,又看到许美琳那异样的眼神。大家都没有理会那些黄金,继续向下走着。许美琳靠近金强,小声地对金强说:"黄金都不能打动你吗?"金强高傲地笑了笑,没说什么。许美琳继续说:"为什么连你的伙伴也打动不了?那么你的目标是什么呢?难道你们要找的东西比这些黄金还要重要?"金强对着许美琳笑了笑说:"你不是也没有被黄金打动吗?"接着金强就不再说话了。金强不说话,许美琳也不说话了,默默地跟着金强。

墙角又是一个门,老梅用力地拉了拉,可是那门纹丝不动。大家围了过来,门上有一个锁头,一个上了锁了的锁头,这个锁头很奇怪,根本找不到锁眼,好像就是锁了以后,再也不想被人打开的样子。而且锁头上有一个奇怪的纹饰。借着手电的光,金强他们才看清楚,锁头上面画着的纹饰是一条蛇。马青看着蛇问:"这是什么意思?"老梅笑了笑说:"可能是说里面有蛇,你要小心,别叫蝎子咬了,再被蛇咬了。"马青瞪了老梅一眼说:"去你的,少咒我。"许美琳却说:"梅先生说得有道理啊!就算里面没有蛇,蛇也是这里的守护神。"老梅听了,一脸得意地说:"怎么样,许小姐也说我说得有道理,她可是研究埃及的专家,你这下没话说了吧。"马青晃了晃脑袋,不以为然地对老梅说:"别废话了你,先想办法开门吧。"老梅又看了那锁头一眼说:"开什么开,这锁头连锁眼都没有,怎么开?只能暴力开锁了。"金强点点头:"我也支持暴力开锁,我看这不是一个锁,更像一个封条。开吧。"行动的当然是魏大海,他抽出了尕娃带着的太平斧,一下就把那锁头砍掉了。老梅一下子把门拉开了。又是一阵凉风,从门口向外冒着。这回老梅没有贸然进入,而是站在门口向里面照着。里面的通道很狭窄,也不太高,只够一个人通过,而且墙上有很多小洞,密密麻麻的,不知道是做什么用的。老梅走了进去,大家都紧紧地跟上了。魏大海断后,魏大海拿着手电向墙上的小洞照了照,里面什么也没有。由于通道太狭窄,行进的速度并不快。金强发现通道是斜着向下的,而且越走越冷,不是简单的冷,而是阴森,和外面的世界形成了鲜明的对比,以至于让大家都忘了这是在沙漠。一边走着,金强一边估计着下降的高度,这通道好像没有尽头,就一直这么走着。马青耐不住寂寞,说道:"这通道太狭窄了,要是有点什么机关,我们都跑不了啊。"老梅听见马青这样说,没好气地说:"你个乌鸦嘴,不能说点好的?"马青嘿嘿地笑了,可是嘴上还不服输:"说说又怎么了,难倒还真的会出什么事?"老梅没有再接话,他可不想说那些不吉利的东西。大家发现,每走十二级台阶就会有一个缓步台,每个缓步台上面都有精美的雕刻。而且都是海洋里的动植物,各种贝壳、海草一类的东西。金强更加确信这是亚特兰蒂斯的遗存,这里很多的东西都和大海有关。终于走到了最底层,金强测算了一下高度,大概就是在金字塔的最下面了。又是一个小门挡在眼前。老梅没有贸然地推这扇小门,而是看了很久,才轻轻地推了推。

十七

门应手而开了，没有一点的执拗。当大家走进去，全部都惊呆了。里面是一个很大的梯形体的空间，就像是金字塔被削掉了尖一样。整个空间都闪耀着金色的光，中间是一艘两头弯弯像月牙儿一样的大船。金强已经激动得说不出话来，颤抖着摸着墙壁，墙壁上是一个又一个的方格。一个方格是金色的，下一个方格就发着白色的荧光。金色的和发着白色荧光的方格，把整个空间都照成了柔柔的金黄色，明亮，却不刺眼。金色的可以看得出来刷的是金粉，白色的发着荧光的就看不出是什么涂料了。没想到尕娃倒认识那东西，摸了摸，对金强说："我们那里也有这种东西，这是海洋里的贝壳磨成的粉。"大家纷纷关上了照明设备，可是整个空间还是那么的明亮。金强和马青走到船的前面，金强轻轻地触摸着那艘船对马青说："这，这和我在海底看见的那艘是一模一样的。"马青异常兴奋地说："找到了，我们终于找到了。"只有许美琳愣在那里嘴里喃喃地说："怎么会有这个，这是什么？"大船的下面搭着木头架，就像一个工艺品摆在那里。大船不知道是什么金属做的，泛着金黄色的光芒。金强跑到船的后面，这是他一直想看到的，那艘沉船的后半截没有看到，金强想看看船的动力装置。果然，船的后面是一个巨大的波水轮。连接轮子的是连杆。再往里就看不见了。金强赶紧示意马青登船。马青迅速地拿出一捆安全绳子，挽了一个套，向大船上面抛去，不知道那绳套套在了什么地方，马青拉了拉感觉很结实，顺着绳子快速地爬了上去。魏大海随后也跟了上去，接着是金强、许美琳、老梅、尕娃。这船和金强、马青在南海里遇到的沉船一模一样，金强和马青赶紧跑到操作室，因为南海沉船的箱子就是放在那里的。可是马青和金强到那里一看，那里竟是空空如也。金强回头看了看内舱的门，是关闭的。马青也看到了，这让他们想起在南海的时候，打开了这个门海里就起了旋涡和风暴。不知道打开这个门又会出现什么？金强和马青对视了一眼，最后两个人心一横，向内舱门走去。

大伙儿都跟在金强和马青的后面。来到内舱门，马青伸手握住把手，做好了用力的准备，可是一用力才发现，这内舱的门是虚掩的。马青回头看了看大伙儿。金强往前走了一步，把虚掩的舱门打开了。内舱很黑，什么也看不见。金强拿出强光手电，向里面照去。内舱的地面竟闪着粼光。金强正在纳闷，手电照到一只大眼睛，那大眼睛的瞳孔是竖着的，在手电的照耀下，泛着冷酷的光。还没等金强反应过来，那只大眼睛所在的头颅，竟向金强扑来。金强吓了一跳，好在反应够快，把门关上了。那舱门一关上，就传来一个重物砸在门上的声音。金强紧紧地拉住舱门，对大家说："里面有东西。"魏大海问金强："什么东西？"金强摇摇头："不确定，好像是一条蛇，可是要是蛇的话，这家伙可是够大的了。"马青好奇地问："有多大？"金强咽了一口唾沫说："很大！"老梅从背囊里拿出一个罐子，对金强说："这罐是驱蛇剂，给它试试。"金强接过驱蛇剂，打开盖子，驱蛇剂喷了出来，金强快速地把驱蛇剂丢到内舱中。没过多一会儿，内藏里面传来一阵翻腾的声音。那声音过了好一会儿，没有了。老梅来到门前趴在门上听了一阵，确定里面没有声音了，才慢慢地把门打开。金强再拿手电往里面一照，内舱里面已经空空如也。那条大蛇不知去向。而在内舱的尽头有一个打开的门，看来是通向下面的船舱的。内舱里面有一种很腥的味道，真是某种爬行动物的味道。大家简单地商量了一下，无论如何也要到里面去看一下，因为金强要找的东西还没有看到。内舱不小，下面的船舱也小不了。老梅又拿出一罐驱蛇剂率先走进内舱。进了内舱那种腥味更加浓郁。当走到里面的门的时候，一张蛇皮在门口。

金强拿起蛇皮看了看，好家伙，留下这蛇皮的蛇可是不小。这张蛇皮已经干了，不知道是那蛇什么时候蜕掉，但可以肯定的是，现在这条蛇，一定比蜕皮的时候还要大。马青看着蛇皮对金强说："还记得那锁头上的蛇的图案吗？是不是说的就是这个？"金强点点头。许美琳说话了："不对啊，在这里不应该有这么大的蛇，这撒哈拉沙漠里是没有蟒蛇的。"金强没有接话，他也觉得有些奇怪，可是事实就在眼前，还有什么可说的。金强和老梅先走进门里，一个向下的悬梯出现在他们面前。老梅先下去了。金强也跟了下去，下面的空间果然更大。金强更加奇怪了，波水轮在后面，按道理这里应该是个轮机舱，至少也应该有传动设备，不应该这样空旷。正想着，金强和老梅发现一条巨蛇盘踞在船舱的角落。这时候其他人也下来了，也发现了巨蛇，纷纷拿出家伙准备迎战。可是那巨蛇好像并没有要打仗的样子，只是懒懒散散地盘踞在角落里，吐着信子。尽管眼中流露出来的还是凶光，可是身体却让人感觉懒洋洋的。恐怕是老梅的那罐驱蛇剂造成的。金强拿手电晃了晃，才看清楚，那蛇足有大号的水缸般粗。巨大的三角脑袋，好像一个巨大的烙铁，基本具备了毒蛇的特点。尕娃小声地说："老梅，这个和你说的沙漠蝰蛇长得一样，就是大了很多。"老梅仔细分辨了一下，这巨蛇还真是那种沙漠常见的沙漠蝰蛇。沙漠蝰蛇是剧毒蛇，根本不会也不可能长得这么大，可是眼前这条，怎么会长得这么大？老梅也不得而知了。突然马青发现，这蛇的肚子有个地方是方方的。马青对金强说："你看见了吗？那里的肚子是方形的，是不是这家伙吃了什么不该吃的东西？"金强也看到了，而且马上想到了那个箱子。这条巨蛇一定吞掉了那个箱子，怎么办？杀了它？魏大海看到金强在想事情，知道他在想什么，用手肘捅了捅金强说："你在想怎么杀死它？"金强点点头，又摇了摇头。魏大海叹了口气说："还是想想怎么不被它杀死吧！"这时候巨蛇好像恢复了活力，已经打开身体，向他们爬了过来。

　　金强向后面的人挥了挥手："快，都出去，出去再想办法！"大家有条不紊地沿着旋梯向上爬去，老梅断后，把手里的那一罐驱蛇剂也打开丢向巨蛇，然后也爬上了旋梯。大家走出内舱，关上了舱门，都坐在船甲板上。大家都在想怎么对付那条巨蛇。许美琳却问金强："金先生，你能告诉我这是什么吗？这是不是你们想找的东西呢？"金强看着许美琳，看着许美琳的眼睛，觉得没有必要对她隐瞒什么，就把事情和盘托出。在提到德克森的时候，金强特别注意了徐美琳的反应，但并没有发现有什么特别的。许美琳听过以后，显得很兴奋。金强说完了这些事情，开始在甲板上溜达起来，看着这艘来自于远古的先进的船。在船尾的船舷上金强发现了一个印记，上面是一个戴着王冠的人，却长着鱼一样的尾巴，手里还拿着一个大叉子。下面还有几个字。金强想起来在经文上有这几个字。当时吴越说是那个XXX之眼。许美琳一直跟着金强，看见这个标记许美琳说："这个应该是海皇波塞冬。传说他就是亚特兰蒂斯的主宰，是亚特兰蒂斯的神。在希腊神话里他就是这个造型的。"金强听许美琳这样说眼前一亮，那个经文上的XXX之眼，就是波塞冬之眼了。

在后甲板上金强发现了一个翻板，拉开一看，正是他很想知道的动力系统，里面却是很简单的，只有一个罐子和一个盒子。大家都聚过来看，马青看了好久，晃着脑袋说："只能是核动力了，那个罐子应该是装着核物质，而那个盒子就是一个动力转换装置和控制装置。"许美琳也赞叹道："做得真简单，比我们的核设备要简单得多了。"金强也点点头说："这也是我上次想看没看到的，上次我就怀疑他们用的是核动力，现在看来，不假。而且他们用的核燃料应该是相对稳定的，只是不知道是什么。"马青拿着照相机不停地照着，一边照还一边说："你说那个蛇是不是因为这核燃料才变成那样的？"老梅也不得不承认马青说得有点道理，不然哪来那么大的蟒蛇。金强看了看表，对大家说："我们休息吧，现在已经很晚了，一时半会儿也想不出怎么对付那条巨蛇，我们吃点东西，先休息一下再说。"大家都同意金强的意见，简单吃了些东西，喝了点水，围坐在一起。魏大海把内舱的门关紧，确定那条巨蛇不会溜出来，让大家抓紧时间休息，他和金强值第一个班。

大家都抓紧时间休息了，金强和魏大海小声地聊着。魏大海看着这个地方说："真漂亮，这可真是金碧辉煌。"金强点点头说："是啊，亚特兰蒂斯人的先进，真是一次次地让我们惊讶。现在我们又有了很多的线索，首先就是亚特兰蒂斯人对于金字塔的崇拜。我们没有办法搞清楚这座金字塔的年代，可是我想一定要早于埃及别的金字塔，因为那些金字塔都是用来做坟墓和祭祀用的。那么世界各地的金字塔都很有可能和他们有关系。"魏大海点点头："好像还有对于黄金的喜爱。"金强笑了，拍了拍魏大海的肩膀说："有进步。"魏大海憨厚地笑了，可是马上魏大海又收起了笑容，说："金大哥，我们还有个问题，就是德克森，不知道他们是不是跟进来了。我想他一定没那么容易放过我们的。我们要是猜得没有错，那些东西一定是在巨蛇的肚子里。如果我们想到办法，把那东西弄出来，在回去的路上可能会有危险。"金强点点头，可是没有说话。他只是一个考古学的博士，虽然练过些拳脚，可那只是为了强身健体，而这样被人追着屁股的事情他是没经历过的，只是俄罗斯那一次就已经让他心有余悸了。魏大海见金强不说话，接着说："金大哥，我知道，我肩上的担子重，我得负责我们这些人的安全。我不会让他们吃现成的。对了，我给你的袖箭你戴好了吧？"金强下意识地摸了摸手腕，对魏大海点了点头，想了一下，又说道："你是不是有什么对付他们的方案了？"魏大海笑了笑说："哪有什么方案，只能见招拆招，到时就靠我们的心灵相通了。我在最上面的入口处，安放了红外线报警器，我想他们要是真进来，一定会响的。"魏大海压低了声音，低到只有他和金强才能听到："那个女人，到时候不知道会怎么样，你觉得她可靠吗？"金强看了看已经睡着了的许美琳，也以极低的声音对魏大海说："接触这么长时间，能感觉到她是一个真正的学者，应该不会是那种人。"魏大海不置可否，说道："还是小心点好。"金强点点头。

魏大海和金强聊了一会儿，金强看了看表，起身想去叫醒马青和老梅值下一班岗，可是刚刚走到老梅身边，一阵尖厉的声音从上面传来。那声音并不很大，却十分的刺耳，让人没有办法不听到。魏大海一下子就跳起来说："有人进来了，那是报警器的声音。"其他人也都被惊醒了。金强没有说话，用手势对着大家比画了一下，大家都没出声，静静地听着上面传来的声音。一会儿报警器的声音没有了，又过了一会儿，上面突然传来几声枪响。大家都是一惊，每个人都随手拿起携带的工兵铲和太平斧做好了战斗准备。这时候，整个金字塔都在晃动，似乎有什么机械设备在整个金字塔内运行。一阵震动以后，传来几声咔嗒声就不再动了。魏大海站在金强身边说道："他们一定触发了这里的机关，我就说没那么简单。可是他们怎么触发机关的呢？"老梅冷笑一声："什么能触发机关？我要是没猜错，一定是那些黄金。"许美琳点点头："对，一定是那些人下来，看到了那些黄金，以至于触发机关。看来他们有难了。"马青叹了口气说："上面的情形就好像能看见一样，一群土匪一样的人下来了，看到了黄金，一群人发疯似的扑了上去，领头的想制止他们，开了两枪。可是没有用，那些人的眼里只有黄金。接着就触发了机关。我要是猜得没有错，这个金字塔一定是设计成了封闭的坟墓，谁也出不去了。"听着马青说的，大家都好像看到了上面的情况。

突然，下面有声音传来，那条巨蛇不知道什么时候已经出来了。老梅趴在船舷向下看去，船身上不知道什么时候开了一个门，那巨蛇已经爬了出去。巨蛇拖着巨大的身体和肚子里的那个箱子，爬到了他们进来的那个门口，等在那里。金强说道："这就是触发机关的连锁反应。只要机关发动，船身上的那个门就开了，巨蛇就出去了，还好我们现在是安全的。"魏大海点点头说："我

南海沉船和金字塔

看我们还是坐山观虎斗吧！"话还没说完，一声爆炸声由上面传来，震得上面的金粉扑簌簌地掉落下来。魏大海竖起耳朵听着，摇摇头说："C4，这帮家伙来硬的，还挺专业，做的定向爆破。"又是枪声，爆豆一样的枪声，夹杂着人的惨叫。从金强他们走过的那个墙壁上全是洞的窄窄的通道里传来。那里一定有东西，可是金强他们难以想象那些人在那里遇到了什么样的危险。枪声还在持续，惨叫声也在持续。看来这一路真的难走。那声音叫得惨绝人寰，听得大家心惊胆战。

终于那些声音来到了下面的门口，一声巨响，那个门也被炸开了。巨蛇就守在那个门口，爆炸声让它有点受惊，一下子变得狂暴起来。从那个被炸烂的门里一下子冲进来五个人，手里拿着枪，全身都是血，身上都是半截的蛇的尸体，还有蛇肉的残渣和蛇的内脏。那些东西弄得到处都是，连他们的样子都看不清楚。金强他们伏下身体，在船身后面掩住了自己的身体，只露出眼睛，悄悄地观看。马青在下面对金强小声地说："原来那个通道里面都是蛇啊，难怪在锁头上画着蛇的图案。"那几个人一冲进来，先看到的就是这艘船，可是惊喜还没有过去，就只剩下惊了。无论谁看见这么巨大的毒蛇都会受惊的。巨蛇已经被爆炸声弄得狂暴了，瞪着巨大的眼睛，吐着巨大的信子，向那几个人扑去。那几个人真是吓呆了，忘记了手中还有枪。几个人来不及逃跑，巨蛇一口咬向其中一个人。那两颗巨大的毒牙迅速地插进他的后背，那人连叫都没叫出来，就浑身抽搐，口吐白沫。剩下的四个人这才想起自己手里还有枪，一边四处逃窜一边疯狂地向巨蛇扫射着。巨蛇被无数子弹打中，变得更加狂暴。可是这种毒蛇和蟒蛇的行为方式是不一样的，它不会用身体去纠缠猎物，它只会迅速扑咬。可是现在是四个人四处逃窜，巨蛇竟一时不知道应该扑咬哪一个才好，终于，巨蛇下了决心，向其中一个最为魁梧的人扑去。可是这个人不仅身材魁梧，而且动作敏捷，看到巨蛇向自己扑来，就地就是一滚。巨蛇一下子扑了个空，张着大嘴四处寻找。那个身材魁梧的人不知道什么时候在腰里拿出个东西，丢到了巨蛇的嘴里。接着身子又向前一扑，趴在了地上。金强他们还没看明白怎么回事，一声巨响在巨蛇的嘴里响起。他们才明白那人丢在巨蛇嘴里的是一颗手雷。爆炸声响过以后，巨蛇的大头已经被炸飞了，只剩下身子在痛苦地翻滚，那四个人快速地躲到角落里，躲开翻滚的巨蛇身体，靠在墙角喘息着。好半天，那没有头的巨蛇终于不再翻滚了，直挺挺地躺在地上不动了。

躲在角落里的四个人这才长长地舒了一口气，才有时间打量一下这里的情况，和那艘美丽的大船。突然，那个身材十分魁梧的人好像想起什么，把枪拿在手里，警惕地四处寻找起来，并且叫起了另外三个人，说了几句什么。金强他们居高临下都看在眼里，看来这几个人想起来这里还有别的人了。这四个人全副武装，金强他们恐怕很难应对，现在值得庆幸的是，他们没有发现巨蛇肚子里的箱子，不然的话，就更不好办了。这里基本没有什么可以藏身的地方，只有那艘大船。四个人慢慢向大船靠近，当然首先看见的就是巨蛇出来的那个门，那个开在船帮上的门。几个人小心翼翼地走了进去。金强他们在上面看着那四个人走进了船舱。金强向魏大海和马青示意，下去取巨蛇肚子里的那个箱子。魏大海把自己手里的工兵铲别在内舱门上，带着大家轻手轻脚地走到船尾，放下绳子。魏大海和金强先下来了。金强直奔巨蛇而去，而魏大海轻轻地跑到船帮，把那个门关上了。那个门锁是个机关，魏大海一推，"喀"的一声锁上了。

这时候其他人也下来了，都跑去帮助金强，大家拿出刀割开巨蛇的肚子。只有许美琳没有动，皱着眉头看着大家不敢过去。人多好办事，三下五除二就把蛇肚子里的箱子取了出来。大伙儿抬着箱子向已经被炸坏的小角门跑去，可是才走了几步，就听见后面传来一阵尖叫声，接着就是一个人说着带着异域口音的中国话："金先生，站住。放下你们手里的箱子。"金强停住脚步，向后看去。那四个人已经下来了，并且抓住了许美琳，许美琳在做着徒劳的挣扎。金强示意大伙儿放下箱子，对那四个人说："你们哪位是德克森先生？"那个说中国话的最高大魁梧的人向前走了一步说："德克森先生怎么会到这里来，我是这次行动的负责人，马克。"

金强上下打量了一下马克，马克长得高大威武，四肢匀称，一点也没有因为高大魁梧而显得笨拙的样子，尽管脸上全是血污，可是还是能看出来他英俊的外表。他不会超过三十岁，高鼻梁，蓝眼睛。战斗帽的边上漏出金色的头发，一看就是标准的雅利安人种，应该是也是德国人。金强向前走了一步，马克和他的同伙警惕地把枪向上扬了扬。金强笑了笑说："你们先放了这个女人，对女士这样没礼貌是不对的。何况我们并没有武器。"马克和同伙对视了一眼，他的同伙把勒着许美琳的手松开了，可是枪口依然对着金强。许美琳甩开那人的胳膊，一下子扑到金强的怀里。金强搂着许美琳对马克说："现在这东西对我们都不重要，我们最重要的是出去，走出去。我们可以谈判。"马克看着金强，陷入了沉默。他知道，刚才在上面发生的事情，好不容易过了干尸和警报器，可是看见黄金的时候，那些在埃及当地雇佣的人就好像疯了一样，去抢黄金，要不是他开了两枪，那些人早就跑得没影了，可是还是触动了机关，上面已经被封住了。炸了门才走进通道，可是走进去没有多久，在墙壁上的那些洞里出来了无数的蛇，而且都是毒蛇，除了他们四个人以外全都被蛇咬死了，他们疯狂地射击，才免于遇难。在当地雇来的不算，自己带来的兄弟就死了八个。现在只剩下他们四个人了。两个C4炸药已经都用了，现在他们出去唯一的依靠就是身上带的手雷。可是这金字塔这么的结实，恐怕他们那几个手雷也不管用。

想到这里，马克对金强说："你知道怎么出去吗？"金强摇摇头。马克用枪指了指金强："那你凭什么和我谈判？"金强冷笑了一下："凭什么，凭我们。你们只要这个东西有用吗？难道你不知道我手里也有东西，如果我们出不去，你们就是得到这些东西又有什么用？"马克愣住了，这时才想明白其中的利害。想了好久马克终于放下了手中的枪，对金强说："好吧，我们合作，先出去再说。"金强看了看马克说道："我怎么相信你？"马克骄傲地说："我们德国人，说了就算。"金强回头看了看其他人，用眼神征求了一下大家的意见。大家都默许了。这时候，整个金字塔都震动起来。金强大喊："快到墙边隐蔽。"说完搂着许美琳向墙角跑去，其他人也向墙边跑去。马克对同伴说了一句，他和他的同伴也跑到墙边。金强其实也不知道要发生什么，可是直觉告诉他墙边是相对安全的。大家躲在墙边看着金字塔的变化，在大船的下面突然出现了沙子，慢慢地向上翻着。大船开始慢慢地向下沉，金强和马克同时惊叫："是流沙。"那流沙的面积越来越大，不仅是大船所在的范围，已经开始向整个金字塔蔓延了。魏大海低声对金强说："我们得快点进角门，向上找出路。"金强也觉得魏大海说得对，对马克说："快进角门，往上走。"马克立刻明白了金强的意思，带着同伙向角门跑去。

金强也领着大家向角门跑去。大家鱼贯进入角门，马青和马克的一个同伙一起抬着箱子，马克断后。此时流沙的面积又扩大了。大家沿着下来的那条狭窄甬道向上跑着，不时还会看见被毒蛇咬死的人，和一条条漏网的毒蛇。老梅在前面拿出一罐"驱蛇剂"一路跑一路喷。那东西还真管用，那些蛇纷纷躲避。可是满地的蛇尸和人尸，在晃动的头灯下，显得恐怖至极，就好像是一个修罗场，一个人间地狱。终于他们跑进了上面被炸开的门，回到放着黄金的那一层，可是这时候，整个金字塔都开始下沉了。大家都在双手抵着膝盖喘息着，刚才跑得太快了，许美琳根本就说不出话来。最先恢复的是魏大海和马克，魏大海三步并作两步，跑到那个连接着干尸的门。可是无论怎么推也推不开。外面应该是很重的重物。魏大海只好又跑回来。魏大海看着马克和他的同伙带着的手雷对马克说："用你们的手雷炸吧。"马克点点头说："我们炸哪里？"这是个大问题，手雷就那么多，用了就没有了。金强想了一下说："我不赞成炸那个门，如果是想存心挡住我们，那里一定很难炸开。我们应该另选地方。"四处寻找了一下，马克和魏大海竟不谋而合地同时指着被炸烂的门边。那里靠着墙，而且已经被炸过一回，是最理想的地方。这时候大家也都调整过来了，魏大海向马克要手雷想去炸那里，可是马克犹豫一下还是没有把手雷给魏大海，对魏大海说："还是我来吧。"魏大海耸了耸肩膀，转过身去，对大家说："快，快到金堆后面隐蔽。"大家都跑到了金堆的后面，魏大海也跑了过去，给马克留了一个位置。马克回头看了看退路，摘下了身上的四个手雷，堆放在地上，又拿出一个手雷，拔掉保险，放到了那四个手雷上面，飞快地跑到给他预留的位置。"轰"的一声巨响，震得大家耳膜生疼。硝烟散去，墙是被炸掉了，可是没想到，这个金字塔竟然是两层的。他们的手雷只炸掉了一层，外面还有一层。

面对这个没想到的结果，大家都傻了眼。怪不得这金字塔里面和外面的温差这么大，原来是两层，就好像一个保温瓶。现在的金字塔又下沉了，金强看了看手表，对大家说："如果没有意外，再有五十分钟，我们就会和金字塔一起沉到地底。我们必须赶紧分头寻找出路。"马克无所谓地耸了耸肩膀，可是眼神中却流露出一丝绝望，说："其实我早就知道炸不开，外面每一块巨石都有几十吨，我们这几个近战手雷，根本起不了什么作用的。分头找吧。"听了马克的话，大家都有点灰心，马克是对的，现在只能死马当活马医了，权且找找看吧。大家都在分头寻找，只有许美琳若有所思地站在那里。

金强向金堆的后面走去，正在沉思的许美琳好像突然醒过来一样，一把拉住金强说："金先生，我有个办法，不知道行不行？"金强停住了脚步，大家也都站住了，目不转睛地看着许美琳，等着她的说法。许美琳顿了一下，继续说："这里恐怕是不会找到出路的。既然是引发的机关，而且都在下沉，显然是不可能留出路的，我们还是得炸开它。"马克大声地说："可是我们已经没有爆炸物了！"许美琳摇摇头："有，我们还有。"金强睁大眼睛问："是什么？"许美琳说："就是那艘船的动力系统，如果真的是核动力，只要我们刺激那个核物质，让它发生核聚变，就可以炸开了。"金强的脑袋在飞快地运转，他认为许美琳的方法可以试一试。马克却有不同意见："就算我们可以使用那个核物质炸开这里，可是我们躲到哪里？"许美琳胸有成竹地说："船舱，他们使用的材料一定可以阻挡核辐射。而且那核爆炸必须发生在我们的上面，我想我们应该可以躲过辐射。"马克还要说话，金强却拉起许美琳又向通道跑去，边跑边对马克说："如果你没有更可行的方法，我们还是快点行动吧。"马克真的乖乖闭上了嘴，和大家一起跟着金强跑了进去。

当大家跑回到大船那里的时候，流沙已经蔓延到金字塔的外面了，整个金字塔都在陷落。由于金字塔的塔基和上面的塔是一体的，在墙边上还是可以站人的。可是并不能走近大船，马青拿着绳子甩了两下，可是怎么也套不住大船。魏大海来到马青身边，接过绳子，挎在肩上，一伸手，把"飞虎爪"抛了出去，那"飞虎爪"好像长了眼睛一样，抓住了船尾的栏杆上。魏大海两手一较力拉着绳子通过了流沙，爬到了船上。马克和他的同伙在后面惊呼："中国功夫！"魏大海登上了船，拿出绳子拴在栏杆上，又把绳子甩了回去，金强学着魏大海的样子也登上了船。魏大海没有停留，径自向船尾的动力系统跑去，打开了上面的盖子，开始想办法卸那个罐子，可是那个罐子边上连个螺丝都没有，一时间无法下手。这时金强也过来了，和魏大海一起研究。金强抓住整个罐子，向左一拧，整个罐子都下来了。金强对魏大海说："有时候问题没有想的那么复杂。"罐子底下有个螺丝扣，金强小心地拧开，里面是液体，在那些液体中间有一个大药丸子一样的东西，也就是他们要找的核物质。金强又把盖子拧上了，魏大海接了过来。这时候许美琳也被已经上船的人拖上来了。

最后面只剩下马克，马克没有上船而是对着船上大喊："你们把那个东西扔过来，我去炸，你们进船舱。"金强这一刻有点感动，马克还真爷们。魏大海跳了出来，对马克说："拉着绳子，我过去，咱俩一起去炸！"魏大海的声音坚定，不容置疑。马克拉起绳子，魏大海带着那个罐子滑了过去。魏大海回头看了一眼金强他们说了一句"你们隐蔽好"，就和马克一起跑向通道。两个人在通道里疯狂地跑着，他们知道时间已经不多了，只有不到一个小时甚至更少。很快，两个人跑到了金堆那一层，魏大海找到一个位置，拧开罐子，把里面的那个核物质倒了出来，对马克说："快点拿几个子弹，把火药倒出来，拉成线，再点燃就可以了。"马克拿出子弹，咬掉弹头，把火药倒在地上，魏大海也拿过几个，帮忙弄着。刚弄了一小堆，突然马克惨叫了一声，魏大海看着马克："你怎么了？"马克痛苦地咬着牙说："我被蛇咬了。"魏大海从马克的脖子上揪下来一条毒蛇，大概是他们在穿越通道的时候，这条漏网的家伙爬到了马克身上，现在才找到了机会咬了马克一口。那些蛇被养在一起，他们的食物就是别的毒蛇，这让它们的毒性越来越强，根本不是一般的沙漠蝰蛇的毒性可以比拟的。魏大海把那蛇捏死，可是这时候马克已经开始抽搐了。魏大海帮马克挤着脖子上被咬的伤口，马克一把抓住了魏大海的手说："别费事了，我不行了，没有血清你们救不活我，你快走吧，我来点燃。"魏大海还要抢救，马克十分激动地说："中国人，你听我的，快走。"魏大海看了看马克，他知道，抢救是无济于事的，马克必死无疑。作为一个特种部队的老兵，魏大海明白取舍，在这个时候，就算是自己的战友，他也要放弃的。魏大海站起身，看了看马克，马克艰难地对魏大海笑了笑，说："我尽量坚持，实在不行了，我就点火。你快走吧！"魏大海咬了咬牙对马克说："再见，战友。"说完头也不回地跑了回去。

魏大海快速地跑回去，拉着绳子上了船，钻到船舱里。大家都在里面，看见只有魏大海回来，金强用眼神询问魏大海。魏大海把马克的事情说了一遍，马克的三个同伙显然不懂中文，还是莫名其妙地看着魏大海。许美琳用德语翻译给他们听，三个人并没有太大的反应，眨了眨眼睛没有说话。魏大海算了一下时间，对大家说："卧倒吧。"大家刚刚准备好，一声巨响从上面传来，接着就是晃动，上面传来硬物掉下来的声音，足有十几秒晃动才停止。大家快速地爬上悬梯，从内舱门钻了出来，来到甲板上。

十八

太阳，毒辣的太阳。热，灼人的炎热。可是这一刻，这里的每个人都那么地热爱这毒辣的太阳和灼人的炎热。那种劫后余生的感觉真好。可是金强最先反应过来，危险并没有过去。金字塔的上半部已经炸得没有了，可是金字塔还在下陷，他们必须马上转移到安全的位置。很多的大石条搭在大船和流沙上，安全地带离船头并不远。马青搭着船头，点了一下中间的石头，快速地跑了过去，可是他跑了一半那石头猛地沉了下去，大伙儿看得心里一惊，可是马青身体很轻，没有停留，飞身向对面一扑，总算安全地扑到对面。魏大海不敢耽搁，也按着马青的路线跑了过去，可是魏大海一过去，中间那块大石头，一些下子沉到流沙里面去了。金强把绳子甩到对面，魏大海接住了绳子。大家通过绳子一个一个地滑了过去。终于大家都安全了，魏大海守着箱子倒在沙地上。其他人也都倒在沙地上，他们只想躺着，只想睡一觉。可是魏大海又坐了起来，他看着那正慢慢沉入流沙的金字塔和那艘大船，想着已经炸得什么都看不到了的马克，心里有点遗憾。金强在后面拍了拍魏大海，魏大海没有回头，只是深深地叹了一口气。

突然，身后传来一阵德语，金强和魏大海一起回头，三支黑洞洞的枪口对着金强他们。马克的那三个同伙此时正端着枪对着大家，说着德语。许美琳在一边翻译着："他们让我们站起来，把箱子给他们。"其实许美琳不翻译，金强也听懂了。金强拉着魏大海慢慢地站了起来。大家面面相觑，魏大海向前走了一步，拿枪的三个人，下意识地退了一步。魏大海义正词严地说："开枪吧，不管怎么样我也不会让你们把箱子拿走。"说着又向前走了一步。金强吓了一跳，他不明白为什么魏大海会这样做，对魏大海说："你在干什么？大海，你不要命了？"此时的魏大海已经站在金强他们和那三个拿枪人的中间了，魏大海的双手背着，在后面向金强做着手势，只有金强他们看得见。看来魏大海是有备而来的，金强跟在魏大海的后面向前走了一步。那三个人紧张得不得了，又重复了一遍，可是魏大海和金强还是在向他们靠近，终于其中的一个人扣动了扳机。许美琳吓得闭上了眼睛。其他人也都心里一动，恐怕要有人受伤，甚至送命。可是那人扣动扳机以后枪并没有响，只有一声清脆的敲击声。那人愣住了，就在这一刹那，魏大海一把握住他拿枪的手，扣住了他的脉门穴，枪掉在了地上。魏大海对着他的太阳穴，一个肘击。他马上晕了过去。另外的两个愣了一下，不过马上反应过来，也拿着枪就要对着魏大海扣动扳机。金强却比他们快了一步，一抬手，腕上的袖箭击发出去。他们之间大约有五米的距离，正是袖箭攻击的最好距离，袖箭准确地击中其中一个人的手腕，手中枪也应声而落。另一个人的枪也是没有响，魏大海从容地撂倒一个，窜到了他身边，又是一肘，重重地撞在他的胃上，那人痛苦地蹲在地上。此时尕娃和马青已经反应过来，尕娃跑过去，跳起来一掌重重地砍在那个中了袖箭的人的脖子上，这是魏大海教过他的制敌办法，不过尕娃没什么把握，所以用上了全身的力气。那家伙一下子就趴在地上不再起来了。马青更离谱，一个飞脚，踢在被魏大海击中胃部的那个人的头上，那人也应声而倒。只有老梅还呆呆地站在那里，嘴里迸出一句："我又没来得及出手，就结束了。"马青咧咧嘴，晃了晃脑袋说："唉，还是那样，吃那什么，也赶不上热的。"许美琳疑惑地看着倒在地上的三个人，幽幽地说："他们的枪怎么都没有响？都坏了？"魏大海笑了笑，从口袋里掏出一把子弹，丢在地上，说："早就知道这帮家伙出来就不会老实的，还好做了功课。"原来在船舱里的时候，魏大海就偷偷地把他们带的枪里的子弹拿了出来，所以他们的枪才不会响。金强擂了魏大海一拳，说："不早说，害得我担心，多亏看懂了你的手势。"魏大海笑了笑，拿出绳子，把那三个人捆了起来。

这时候，金字塔已经全部陷入流沙当中了。除了零散在外面的一些石块，基本已经看不出什么了。金强有点惋惜，毕竟是个遗迹，可是现在说没就没有了，仅仅是因为某些人的贪欲。金强叹了口气，心想还没有弄清楚年代呢，还有那艘船，那个救了大家命的核动力系统。如果就这样说出去，只会成为一个笑话。还好箱子是拿出来了。远处竟然有十几匹骆驼从一个大沙丘转了出来，应该是马克他们带来的。大伙儿带着那三个人来到骆驼旁边，金强看着那三个人，对魏大海说："这三个人怎么办？"魏大海冷冷地说："干掉他们？""什么？"大伙儿吓得齐声叫起来。魏大海笑了笑说："开个玩笑啊，别那么紧张。"大伙儿舒了一口气，马青笑嘻嘻地说："平时不开玩笑，偶尔一开可吓死人。不过到底把他们怎么办？"魏大海耸了耸肩膀说："还能怎么办？等我们走了再放他们。"老梅说："对啊，这是最难办的。"许美琳想了一下说："我有个办法，不知道是不是可以？"大伙儿都看着她，她继续说道："用一个手电的聚光镜，迎着太阳，把焦点对着绑着他们的绳子，我看大约一个小时绳子就会烧断。"金强点点头说："不错，这个方法不错。我们再留给他们三匹骆驼，还有一些淡水。"孖娃简单地翻动一下三个人的装备，把他们带的子弹和武器都拿出来丢掉。突然，孖娃看见一个铁牌，上面是一个标志。孖娃看了看不认识，把这个铁牌拿给金强看。金强接过铁牌一看，是德国纳粹的标志。尽管早就想过，可是一看到这样的标志金强还是一惊，这些人真的是纳粹的余孽，以后要面对的敌人就是纳粹，金强还是有点不相信。

尽管有了骆驼，大家不用自己走路，可是还是在沙漠中跋涉了近十四个小时。在淡水将尽的时候，大家才终于来到了费拉菲拉绿洲。这里是沙漠中的一大片绿色，在绿洲的中心竟然还有一片湖泊。大家看到湖泊高兴得大叫起来，疯狂地跑到湖边，一时间所有的劳累和炎热都忘却了。大家尽情地喝着淡水，从来没有感觉水是这样的好喝。周围有很多的人，大多是黑人，都是商队的人，看着这群亚洲人，眼中都闪着好奇的光。可是没有人理会他们好奇的目光，大家把所有精神都集中在湖泊上了。马青把脑袋扎进水里，拼命地喝着，喝到肚子再不能装进去任何东西，倒在地上，对金强说："我真希望睡在水里，这辈子都不离开了。"金强也喝到肚圆，对马青说："是啊，现在就和水亲。"老梅也捧着肚子说："就是光喝水没什么滋味，要是来它几瓶冰镇啤酒那真是……"马青啐了老梅一口说："你就别美了，有水喝就不错了。"魏大海和孖娃喝得连说废话的力气都没有了。听着他们臭贫，捂着肚子在那里傻笑。许美琳就显得很优雅，也喝了不少水，不过要文雅得多。大家都喝够了，研究起怎么回开罗的事情。最后是老梅和许美琳一起去联系了一个大驼队，一起出发，从另一个方向穿越沙漠，绕到索哈杰，再在那里找车回开罗。那台越野车被丢弃了，大家一致认为不能在这里多耽搁，要以最快的速度回开罗，再回北京。这里终究不是自己的地方，只有回到北京才会觉得安全。金强他们的小驼队加入了大驼队，那些驼队里的商人自称"撒哈拉威"，由于收了金强他们的钱，对他们很是热情。可惜金强这边只有许美琳懂得阿拉伯语，可以和他们交流。马青一直在抱怨，这些"撒哈拉威"太势利眼，有钱才有好态度。金强只是笑了笑，何来时相比，现在很是悠闲，每个人都骑在骆驼上，不用在沙漠里跋涉，只是热一点，现在也习惯了。金强和许美琳并辔而行，一直聊着有关亚特兰蒂斯的事情，在谈话的过程中，金强对于许美琳有了更深一层的了解。

晚上，大家在骆驼围成的圈子里休息，点燃了篝火，老梅躺在沙地上和孖娃讲着自己在古墓里的见闻，听得孖娃一会儿惊叫，一会儿拍手大笑，好像身临其境。忽然，孖娃好像想起了什么，从口袋里拿出了一个东西。老梅仔细一看，竟是金字塔里的金砖，老梅小声地招呼金强他们过来观看，马青问孖娃："你在哪里拿的？"孖娃回答："在金堆后面隐蔽的时候拿的啊。"马青接着追问："那你为什么要拿呢？"孖娃挠了挠脑袋，说："不知道，就是喜欢，就拿了一块。"马青摇了摇头，想和孖娃讲一讲考古纪律，却被老梅拦住了。老梅对马青说："得了，他这叫随根，亚特兰蒂斯人就是喜欢黄金，这小子这也叫本性。"马青想想，只拿了一块，应该不是贪心。看了看孖娃那天真的眼神，马青只好拍了拍孖娃的肩膀说了一句："下不为例。"

魏大海一直把箱子绑在骆驼上，一刻也不敢离开，还在箱子上做了伪装。他要提防的地方太多了，这几天他是最累的。晚上金强来到魏大海的身边对他说："大海，你睡吧，晚上我值班。反正白天骑着骆驼也是可以睡的。"魏大海还要推让，可是最后还是被金强说服了。许美琳也没有睡，一直陪着金强聊天："金先生，你说会有十二个这样的箱子，下一步你准备怎么做呢？"金强想了想说："当然是继续寻找，不过下一个目标在哪里我也不知道，到北京以后开了箱子再说吧。"许美琳张了张嘴，可是没有说话。金强一直看着天上的星星，并没有看到许美琳欲言又止的样子。

金强他们很快穿越了沙漠，来到了索哈杰，这里是一个城市，由于靠近尼罗河，所以比较繁华。金强他们在这里告别了驼队，租来了一辆车，大家坐车回到了开罗。到了开罗才知道，原来许美琳和金强他们住的酒店离得很近。金强很快安排好了回去的事宜。许美琳回酒店取回了自己的东西，也强烈要求和金强他们一起回北京，她也希望加入金强的小分队。更重要的是她很想和金强在一起，她觉得她不想离开金强。当然，她没有直接说出来，可是金强不是没有感觉的。本来说好一起回北京的，可是许美琳在听完手机的留言以后脸色大变，对金强说："金先生，我有急事必须马上回香港，等我处理完我的事情以后，我会去北京找你的。"金强很想问问什么事情，可是许美琳没说，他也不好意思追问，只能看着许美琳恋恋不舍地走了。金强有种怅然若失的感觉。可是很快这种感觉，就被找到箱子的喜悦给冲淡了。

终于，回到了北京的办公室，金强他们按照以前的方法，顺利地打开箱子。可是箱子里面并不是四件东西，而是三件，没有那个全息摄影机。还有不同的是没有那个像小棺材似的梯形钥匙，而是一个三角体的钥匙。马青却最为着急地看到那个雷达，也就是和奥古德根的箱子里一样的那本厚厚的金属书。他想看看雷达上面显示的是什么。金强把玩着三角体的钥匙，仔细地观察着，它的质地和那个小棺材似的钥匙是一样的，弄不清楚是什么金属。表面极其光滑，有着简单的海浪花纹，花纹虽然简单，可是却很深，看来除了美观以外它还有别的作用。金强感觉这个应该是个有方向性的导入槽。金强正看得入神，忽然听到马青和尕娃都在大叫："看这个雷达上面有显示。"金强把手里的三角体钥匙放下来，也和大伙儿一起向那个雷达上看去。果然上面有显示，上面也有两个亮点，一个就是雷达的中心，而另一个在中心的东南边上。尕娃一边看一边说："怎么又是两个亮点。"这句话确实是事情的关键，第一个雷达上有两个亮点，而这个雷达上也只有两个亮点。金强想了想说道："这应该是亚特兰蒂斯人的一种保护措施，每个雷达上面除了显示自己的钥匙以外，只会显示下一个钥匙。也就是说，一个雷达上面只会显示两个钥匙，我们只能一个接一个地跟踪，找下去。"大家点点头，都认同金强的说法。老梅又拿起经文，慢慢地拉开，上面的经文和沉船里的经文是一样的。老梅又查看了一下经卷的两个卷轴，也和沉船上的是一样的。可是坐在老梅对面的马青突然指着经卷的背面，说话了："这里还有字啊！"老梅小心地把经卷翻了过来，果然，后面有很多的字。金强也看到了这密密麻麻的字，他清楚地记得，沉船上的经卷后面他是仔细看过的，根本没有字。这无疑是一个更重大的发现。金强赶紧找来纸笔，一点一点地开始誊写下来。

金强写完的时候，已经是深夜了。大家都不在办公室里了。金强揉了揉发痛的眼睛，伸了伸懒腰，抄这个真比画一个《清明上河图》还累。他看了看表，走出办公室，回到自己的房间休息了。回到房间，一倒在床上，金强很快就进入了梦乡。可是不久，就开始做梦，梦中金强又回到了那个金字塔，又看尽了金字塔里的那些象形文字，在梦中好像有人在诵读那些象形文字，好像是："吾东，空卡巴希尔德费罗姆。"这诵读声就好像一电视剧里的画外音，一直围绕着整个梦境。在梦中，金强看到自己穿着法老的衣服，在那座金字塔中来回走着，那些金砖都铺在地上，散发着金色的光芒。在金字塔的下层里，也有那艘大船，一样发着金光，可是比刚看到的时候的光芒更加强烈，是崭新的。船上站着一个人，一个长发的女人，穿着王妃的服饰，背对着金强，整个背都几乎裸露着。那个穿着王妃服饰的人猛地一转身，竟是许美琳，这里的许美琳显得那么性感，眼神中带着诱惑，那种令男人心动的诱惑。船上的许美琳伸出食指，召唤着金强，金强很想上船可是无论如何也上不去，急得满头大汗，终于醒了过来。看看表，已经是早上八点多了，金强坐了起来。梦境好像还在眼前，那一阵阵的好像画外音的声音还在耳边响着："吾东，空卡巴希尔德费罗姆。"是什么意思呢？金强一边洗漱一边想着。这句话的印象太深了，让他忘不了。可是梦中的许美琳让金强的心更加乱，也不知道她的事情处理完了没有，也不知道她什么时候会来北京找他。自己是不是对她有爱意？看着镜子中的自己金强笑了，想那么多干什么呢？

马青的声音在外面响起来，伴随着一阵阵的敲门声。金强牙刷还插在嘴里，含糊不清地说："敲什么敲，进来！"接着马青笑嘻嘻地进来了，说："二少，电话！"金强喝了一口水，把嘴里的牙膏沫子吐了出去。一边涮着牙缸一边问马青："谁的电话啊？"马青看着金强不紧不慢的样子，有点着急了，说："谁的？你最想的那个人呗！"金强一听赶紧放下了牙缸，嘴里叨咕着："是许美琳？"马青哈哈大笑着跑了。金强这才意识到有可能被马青给耍了，气急败坏地追着马青跑了出来，跑到会议室，发现大家都在，哪里有什么电话，都是马青在搞鬼。马青正对着大家说："我宣布，金二少正式堕入情网，相恋对象就是许美琳。"金强有点不好意思，笑了笑没说什么，这事越描越黑，最好的办法就是以沉默对待。金强的沉默起到了作用，马青自己闹了一会儿也觉得无趣，就不再闹了。金强严肃地对老梅说："老梅，我已经把那些字誊写完了，你给吴越发个传真。"老梅点点头，起身走了。金强又对魏大海说："大海，你和尕娃去把我们这次带回来的东西送到银行的保险箱里去吧。"魏大海点了点头，拉着尕娃走了。金强又转过身刚想对马青说什么，马青自己先说了："我已经把下一个目标在'那莎'地图系统上比对过了，是东南亚的柬埔寨，就在吴哥窟附近。"金强一点也不意外，挠了挠脑袋，自言自语地说了一句话："红色高棉。"

马青又在电脑上敲了几下，对金强说："我昨晚也一夜没睡，把这个三角体钥匙的立体影像输入了电脑，发现很多有意思的事情。"他把电脑推到金强面前，指着屏幕对金强说："这个三角体的比例与存世的金字塔的比例是完全一样的。这个比例是个黄金比例，而且这个比例的建筑对在其中的任何东西都有不可思议的保鲜功能，埃及人就是发现了这个功能才用金字塔做陵墓的。"金强看着马青，示意他继续说，马青又说道："这上面的花纹也是很有深意的。我把它的形状进行搜索，竟然和银河系的带状星云十分相似。可是要是没有像'哈勃'那样的望远镜，是不会知道的。"金强看马青说完了，才慢悠悠地说："现在你发现什么，我都不会觉得奇怪，以后还会有更多的发现，以我们现在的水平，只能发现亚特兰蒂斯的科技和我们一样的地方，而超过我们的地方，我们还不知道。他们一定掌握了可以飞行，甚至可以在外太空飞行的技术，可是我到现在还是想不出来，为什么他们会选择船作为逃生工具。"马青也点点头，又在电脑上按了一下说道："对了，还有个有趣的发现，在胡夫金字塔南侧有著名的太阳船博物馆，胡夫的儿子当年用太阳船把胡夫的木乃伊运到金字塔安葬，然后将船拆开埋于地下。该馆是在出土太阳船的原址上修建的。船体为纯木结构，用绳索捆绑而成。你看这艘船。"金强伏下身子，看着那条木头船，竟和他们在金字塔里和南海里看到的一样，是亚特兰蒂斯人逃生的船，不过是木制的，是一比一木制的。金强明白，埃及的文明，是亚特兰蒂斯文明和当地文明的结合，或者说是对于亚特兰蒂斯文明的传承。

魏大海和尕娃回来了，还带回来很多好吃的，有很多新鲜的海鲜。金强告诉秘书林红去找人加工一下，顺便再弄些酒回来。不管怎么说，都应庆祝一下。金强把老梅叫了回来，大家一起大快朵颐。尕娃是没吃过海鲜的，这次真是过瘾了，他那种对于海鲜与生俱来的喜爱，让金强他们惊讶。老梅一边大口地喝着酒，一边摇着头说："这就叫随根。"尕娃嘴里叼着螃蟹，手里拿着海螺，傻傻地看着老梅说："大胆哥，你说什么？"老梅打了个哈哈："嘿嘿，没什么，快吃，不吃我就吃了。"尕娃又埋头吃起来。大家边吃边聊一直到晚上八点多，电话响了起来，金强一个箭步奔向电话，好像已经等了很久。马青摇摇头说："阿弥陀佛，这个施主为情所困，已然痴呆了。"魏大海呵呵一笑说："看来你是猜错了，我看这电话十有八九是吴越打来的，金哥等的是这个电话。"魏大海猜得没有错，确实是吴越打来的，他已经把那些字翻译过来了。金强很高兴说："老吴，这次怎么这么快？"吴越依然语调平静，好像没有什么可以激起他的情绪。他说："有你上次在塞尔布部族拿来的经书，当然快了很多，我不仅帮你翻译过来，还给你做了一个对照字典，就是一个图形对应一个汉字，以后不是很难的你可以自己翻译了，我和洪教授又接了一个课题，以后会很忙，所以以后你尽量自己搞定吧。"金强自是千恩万谢，随着传真机的吱吱声，吴越给金强传来好几篇。第一篇就是在金字塔里发现的经卷背后的文字翻译稿。令金强意外的是，这上面竟是建筑方法，甚至有混凝土的比例和金字塔的建造比例。大家都放下酒杯和食物，凑过来一起看着。老梅已经微醉了，睁着迷离的醉眼看了一阵说道："看来这亚特兰蒂斯挺有意思，就像一个身怀绝技的师傅，把自己的秘籍分成好几部分，让徒弟带着。"马青看了看老梅的样子，笑了笑说："喝了酒，思路清晰了，那为什么奥古德根的那本经卷后面没有字呢？"老梅摇头晃脑地说："那奥古德根的全息摄像机这里还没有呢，也许是爱好问题？"金强不置可否，幽幽地说："到底是怎么回事，以后会知道的。"

这时的金强，已经期待着下一把钥匙，柬埔寨的吴哥窟，他们的下一个目标。

【第二卷】大吴哥

一

　　金强突然发现自己有点喜欢晚上工作了。在静谧的夜里，可以突然放下手里的工作，发发呆。可是却不知道自己发呆的时候在想什么。马青说这是恋爱症候群。所以一般早上大家都不打扰金强，让他多睡一会儿。大家都在做着准备工作，去吴哥窟的准备工作。可是今天很早金强的手机就响了起来，睡眼蒙眬的金强没有看上面显示的号码，就对着话筒懒洋洋地说："你好，哪位？"电话里传来一个女人清澈的声音："是金先生吗？我是许美琳。"金强一下子就醒了，全身都醒了，他兴奋无比。金强拿着电话一骨碌地从床上爬了起来，不过还是尽量掩饰着自己的激动，说："哦，你好。"可是许美琳还是听出了金强的激动，心里也是一阵热乎乎的感觉，继续说道："我刚到北京。一会儿就可以到达您工作的地方……"放下电话，金强手忙脚乱地洗漱着。弄好了自己，又风一般地冲出房间，把大伙儿叫了出来，把许美琳马上就来的事情和大家说了。大伙儿可没有金强那样过度的热情，一个个看着金强手忙脚乱地忙活着。老梅摇摇头说："哎，年轻人，激素分泌过剩，有害，有害。"只有夯娃不明白怎么回事，还一脸天真地问马青："青哥，金大哥这是怎么了？"马青笑了笑说："打鸡血了呗！"夯娃还是没明白，又问："打什么鸡血，为什么要打鸡血？"马青看着夯娃，摇摇头说："以后你就明白了。"这时候，林红的声音在传达器上响起："金先生，有个香港来的姓许的小姐找您。"金强赶紧跑到传达器边上，对林红说："快，快请进来。"

　　许美琳走了进来，可是这回和他们在沙漠中看到的那个落难的女人一点都不一样。许美琳穿着一身浅灰色的职业装，长发盘在脑后，脸上化了淡妆，给人一种清爽恬淡的感觉，不是惊艳，而是那种越看越有味道的感觉。这回不仅是金强看得傻了，所有人都傻了。倒是金强第一个反应过来，赶紧请许美琳坐下，又对马青说："马青，快，快拿饮料。"马青这才反应过来，一溜烟地跑去拿饮料了。许美琳倒是不以为意，似乎对于这些男人的反应习以为常，优雅地坐在了会议桌的边上。金强坐在了她的对面，笑盈盈地看着她。许美琳对金强笑了笑说："金先生，我在香港的事情已经处理完了，我现在想正式加入你们。"金强向后看了看大伙儿，大伙儿都在对他笑。金强点了点头，站了起来，伸出手，对许美琳说："欢迎你，欢迎你的加入。"两只手紧紧地握在了一起。

　　晚上当然是金强请客，许美琳提出要吃涮羊肉。"东来顺"一个包房，热气腾腾的火锅在人们的中间，气氛也同样热烈。马青和魏大海不停地赞美着羊肉，尕娃更是吃得不亦乐乎，连赞美的时间都没有。金强对许美琳说："怎么样，这传说中的涮羊肉没让你失望吧？"许美琳边吃边点头："很不错，这个味道是我没有想过的，还是北方的吃法来得过瘾。在国外的时间太久了，都快忘记祖国的味道了。"老梅举起酒杯说："来，大伙儿别光吃啊，一起干一杯，庆祝许美琳小姐的加入，从此以后我们的小分队不再是和尚小分队了。"大家都跟着起哄，一起喝了这一杯。

　　回到了嘉华大厦，大家都去睡了。金强最近习惯晚睡，现在自己坐在办公室里泡上一杯茶，看着电脑，可是心却不在电脑上。金强一直盼望着许美琳的到来，可是许美琳真的来了他除了莫名地兴奋以外，并不知道该干什么。正想着，一阵轻轻的敲门声传来，金强说了一声："请进！"许美琳走了进来，浅笑着坐在金强的对面说："我习惯晚睡，一时睡不着，看你这里的灯还亮着，进来看看你。"金强没有说话，起身给许美琳也泡了一杯热茶，放到了许美琳的面前。许美琳捧过茶杯，对金强说了一声"谢谢"。金强又坐在了许美琳的对面，许美琳对金强说："金先生。"金强打断了许美琳的话："别老金先生、金先生地叫了，你就叫我金强吧！"许美琳笑着点点头，继续说："呵呵，金强，那些在沙漠里拿出来的东西怎么样了？"金强在抽屉里拿出来照片，递给了许美琳。许美琳一张一张认真地看着，不时地抬起头问一些问题。金强都耐心地作答。终于看完了照片，许美琳眼中闪着神往的光辉说："亚特兰蒂斯到底是个什么样子呢？"金强笑了笑说："这个没有人可以回答你，也许很美，也许只是一片废墟。"

二

　　早上，金强还没有起来，外面已经热火朝天地忙乎开了。整个团队就像一辆奔驰着的汽车，而许美琳现在就是这辆汽车的发动机。大伙儿各司其职，又相互支持，进度也快了很多。金强站在办公室门口看着这一幕有点发呆。等他吃完了迟到的早餐，办公室里的忙碌已经告一段落了。金强傻呆呆地走进办公室，一大摞资料已经放在他的桌子上。许美琳对金强说："资料基本是齐了，你看看，看完了我们再研究。"金强还是有点没反应过来，呆呆地点了点头。许美琳嫣然一笑，说："那我们先休息，自由活动了。"金强还是傻傻地点点头。许美琳转身出去了。老梅走进了金强的办公室，看着金强的样子说道："怎么了，金强！怎么傻傻的？"金强这才反应过来，莫名其妙地问老梅："今天这是怎么了，怎么都像打了鸡血似的？"老梅摇头晃脑地说："一股清新的空气注入我们的团队，自然会为我们带来新的气象。"金强白了老梅一眼，说："好好说，别在这儿臭拽。"老梅嘿嘿一笑说道："很简单，就是男女搭配，干活不累。"

　　金强哪敢怠慢，开始埋头看资料。老梅带着尕娃去健身了，两次遇上敌人老梅都没来得及出手，马青老是拿这事说老梅，老梅觉得自己应该去练一练。马青和魏大海在会议室里和许美琳聊天。说实话，魏大海对许美琳还是有戒心的，他想了解更多的情况。马青沏了一壶茶，三个人边喝边聊。魏大海给许美琳倒上茶水，问道："许小姐，您的老师是哪一位啊？"许美琳喝了一口茶，说道："我的导师是法国的古埃及学专家让·拉贝，主要是研究古埃及文化的。"魏大海点点头，在心里默默记下了，又问道："那个德克森你见过吗？"许美琳摇摇头说："没见过，当时他是打电话给我的导师的，可是那时候导师生病了，但是他很想参加，所以就让我去了。我是直接飞到开罗的，那边酒店已经安排好了。可是很奇怪，我没有看到别的专家，只是在那天和几个全副武装的人上了直升机。现在想想还真的有点奇怪，说是有很多专家的，可是我都没有看见。"魏大海点点头，又起身给许美琳续水。

马青并不知道魏大海的用意，没心没肺地问道："许小姐，你有男朋友吗？"许美琳被问得脸一红，不好意思地摇摇头。可是马青并不罢休，继续追问道："你觉得我们金二少怎么样？"许美琳更窘迫了，可是很快恢复自然，把话题岔开了："真没想到，跟我进来的那些人竟是纳粹党徒。想想也觉得可怕。"魏大海点点头说："而那些人是听命于德克森的，这样说来德克森也是纳粹党徒。根据我们的资料，纳粹认为纯种的雅利安人是亚特兰蒂斯人的后裔，也就是说，他们就是亚特兰蒂斯的后裔，所以他们也在寻找亚特兰蒂斯大陆。我和金强在俄罗斯曾经受过他们的跟踪和袭击。"许美琳吐了吐舌头说："本来只是科学研究，可是现在却出现这样的事情。哎！"魏大海看着许美琳那真诚的表情，心下一动：是不是不该怀疑一个这样的女人？这样的学者，她给这个小分队带来阳光，她的魅力带动着大家，这样的人不应该是邪恶的。魏大海有点自责，可是害人之心不可有，防人之心不可无。想到这里，魏大海又有点坦然了。马青好像也感觉到自己的话有点过分，毕竟人家是女孩子，对许美琳说："呵呵，别在意啊，我就喜欢开玩笑。"许美琳笑着摇摇头。马青继续问道："许小姐，除了研究工作，还有什么爱好呢？"许美琳想了一下："健身！身体很重要，还有就是看书了，也喜欢听听音乐。"马青笑了，说："这会儿老梅也去健身了，还带上尕娃。哈哈。"许美琳也笑了笑，问道："尕娃是哪里来的，他好像不是搞研究工作的？"马青笑了笑，说："纳粹是不是亚特兰蒂斯的后裔我是不知道，可是尕娃却真是如假包换的亚特兰蒂斯人的后裔。"许美琳有点惊异，问道："哦，真的吗？"魏大海也点点头，把尕娃的来历说了一遍。

金强用最快的速度看完了资料。资料很全，包括柬埔寨的人文、地理情况，还有吴哥窟的历史和现在。最重要的是马青利用"那莎"照的一张卫星照片，金强仔细地看了，发现那个钥匙所在的地方是在吴哥窟内，而且是一个金字塔样的建筑内。吴哥窟的整体布局，从卫星图可以一目了然：一道明亮如镜的长方形护城河，围绕一个长方形的满是郁郁葱葱树木的绿洲，绿洲有一道寺庙围墙环绕。绿洲正中的建筑乃是吴哥窟的印度教式的须弥山金字坛。吴哥窟寺坐东朝西。一道由正西往正东的长堤，横穿护城河，直通寺庙围墙西大门。过西大门，又一条较长的道路，穿过翠绿的草地，直达寺庙的西大门。在金字塔式的寺庙的最高层，可见矗立着五座宝塔，如骰子五点梅花，其中四个宝塔较小，排四隅，一个大宝塔巍然矗立正中，与印度金刚宝座式塔布局相似，但五塔的间距宽阔，宝塔与宝塔之间连接有游廊，此外，须弥山金刚坛的每一层都有回廊环绕。"又是金字塔。"金强嘀咕了一句。可是现在的吴哥窟已经被开发成旅游地区，恐怕要进去没那么容易。

　　下午的时候，金强终于全部看完了资料，把大家召集到会议室。金强对大家说："柬埔寨处于热带地区，我们要进入的是热带丛林。那里很热，和沙漠的热又是有所区别的。而且很可能有人时时在我们身后看着我们。资料很全，可是我们还要有准备。资料分成几个部分，大家每个人掌握一部分。我们可以直接坐飞机到金边，再从金边坐飞机到暹粒，这条路线最为直接。大家做好准备，我已经让林红准备机票去了，我们随时准备出发。"大家欣然答应，每个人好像对这次历险都充满渴望。

三

　　林红的办事效率是没得说的。大家很快坐上了飞往金边的飞机。大家走下飞机，在金边机场没有过多地停留，直接转机飞往暹粒。当大家走出机场，满眼的东南亚热带风情吸引了大家。这里不是很富裕，可是却充满热带风情。皮肤黝黑的柬埔寨姑娘，都毫不掩饰地把目光停留在身材高大长相英俊的金强身上。许美琳笑着对金强说："金强，在这里你好像很受欢迎啊。"金强笑了笑说："这里的人身材矮小，所以喜欢高大的男人，很正常。"他们来到林红事先定好的酒店，酒店就处在吴哥窟旅游区里。这里有很多华侨，所以很多时候可以用中文沟通。很快老梅就找到了一个当地人做向导，这个人也是华侨，名字叫王正。说好了明天一早就来接他们去吴哥窟。

　　一大早，王正如约来找老梅。大家都已经准备好了，随着王正进入了吴哥窟。王正是个专业的导游，一边走，一边向大家做着介绍："12世纪时的吴哥王朝国王苏耶跋摩二世希望在平地兴建一座规模宏伟的石窟寺庙，作为吴哥王朝的国都和国寺。因此举全国之力，并花了大约35年建造。吴哥窟是高棉古典建筑艺术的高峰，它结合了高棉寺庙建筑学的两个基本的布局：祭坛和回廊。祭坛由三层长方形有回廊环绕的须弥台组成，一层比一层高，象征印度神话中位于世界中心的须弥山。在祭坛顶部矗立着按五点梅花式排列的五座宝塔，象征须弥山的五座山峰。寺庙外围环绕一道护城河，象征环绕须弥山的咸海。"大伙儿边听边走，走在郁郁葱葱的树林里，这时候太阳已经出来，热气在头上蒸腾，而潮气在脚下升腾。没一会儿，身上的衣服被湿气打透。这让大伙儿感到很不舒服。跟着王正在林地里穿行，不时会看到墙壁上的有关佛教文化的浮雕，那些浮雕极其精美，引得老梅不时驻足观看。大伙儿爬上一个长堤，横穿护城河，来到寺院的西大门。远远地可以看见那个好像金字塔似的中心塔。现在的路是向上的了。

穿过二百多米的廊柱出现了三塔门，王正带着金强他们走进了中间的塔门，这个塔门也是吴哥的山门。王正给大家介绍说："这个塔门也叫象门，因为可以容纳大象穿过。"许美琳小声地和金强说："在这丛林里修建一个这样的建筑群，真是不容易。比在沙漠里建造金字塔还费劲。"金强点点头说："是啊，而且这里的细部更加有新意，这些浮雕太精美了。"老梅则和王正聊了起来："王先生，这里的游客很少啊！"王正点点头说："是啊，现在还不是最好的旅游季节，所以游客会少很多。"老梅笑了笑说："吴哥这里很大，恐怕一天看不完啊！"王正点点头说："是啊，几位从中国来，当然要好好看看，一天确实看不完。"

一片森林出现在大伙儿面前，王正对大伙儿说："这里原来就是皇城，除去位居中央的寺庙，这一片广场是古代城市和王宫的遗址，王宫遗址在寺北。如今古城和古王宫都荡然无存，被森林覆盖，只遗留下一些街道的轮廓。再往前走，就是十字王台。"在穿过森林的时候，有一条石头铺就的小路。路左右两边排列着七头眼镜蛇保护神。看着那眼镜蛇，让大伙儿想起了在金字塔中的那些毒蛇，不禁有点不寒而栗。马青小声叨咕着："希望这次不会碰见这个。"老梅对于蛇倒不是很在乎，笑嘻嘻地在马青耳边说："这就是宿命，蛇就是亚特兰蒂斯的保护神，你要去就会碰到它。嘿嘿！"说着还伸出舌头，学着蛇的样子。马青冲着老梅一咧嘴："哼，先咬你。"穿过小路，就是十字王台。在十字王台的两侧除了有石头狮子守候，竟还有两个水塘，一个水塘开满了各色的荷花，而另一个水塘则是清澈见底的。王正对大伙儿说："这两个水塘可是后来人加上去的。"

大家继续向前走过一个画廊，那个画廊上面全是浮雕，一共八大幅巨型浮雕。每幅浮雕高二米多，长近百米。浮雕全长达七百余米，绕寺一周。浮雕描绘印度两篇著名梵文史诗《罗摩衍那》《摩诃婆罗多》中的故事和一些吴哥王朝的历史。从西北壁角按逆时针方向，西画廊展示罗摩衍那中阿逾陀国王子罗摩击败罗刹魔王罗波那的场面，和摩诃婆罗多中俱拉婆族和班度族战争的故事。南画廊有几幅浮雕，和吴哥王朝历史有关，其中一幅描绘苏耶跋摩二世头戴王冠，在宝座上赤足盘腿而坐，左手向左指，右手靠着宝座扶手，左右侍从各二，手执长扇，为王扇风，身后还有宫女，手持巨型蜡烛，白日点燃。接下去是印度神话中32层地狱和37重天堂。东画廊描绘古印度神话普拉纳斯中一个著名的故事——毗湿奴搅乳海。毗湿奴令92尊阿修罗和88尊天神把蛇王婆苏吉充绳索搅动乳海。接着的毗湿奴击败阿修罗的场面是16世纪时后人所加。北画廊显示毗湿奴第八化身黑天战胜阿修罗班那。西北和西南角廊的画面较小，多是描述罗摩衍那或黑天的故事。老梅和马青的相机都快不够用了，可是目前为止还是看不出和亚特兰蒂斯有什么关联。

这时候已经中午时分了，大家坐在一棵大树下休息着，吃点简单的东西。王正问老梅："几位是做什么的？"老梅笑了笑说："没什么，就是喜欢旅游，喜欢古代的东西。"王正点点头，他知道老梅没说实话，可是这对于王正来说并不重要，他们到底是做什么的王正无所谓。反正就是聊天。马青就没有老实的时候，他想看看下面的景色。马青飞快地爬上了一棵大树，高高在上地向下望去。金强对马青大喊："马青，你爬那么高干什么？"马青在上面回答："没有直升机不能航拍，还不能爬高点，好好看看。"金强无奈地摇摇头。老梅对马青大叫："净整那没用的，一会儿爬到最上面的那个台，不比那树上高多了？"大家一阵大笑。马青悻悻地下了树。休息过后，大家又向上走去，转过画廊，上了第二层。

金强观察着整个吴哥窟的造型，虽然增加了很多的花样，可是它的基本形制还是金字塔形的。这里的浮雕基本是关于印度教和佛教的，浮雕上的造型丰腴、动人，有着典型的高棉文化和印度文化的特点。与埃及的金字塔相比，这里的细部做得更加细腻。如果说埃及文明是亚特兰蒂斯文明直接的传承，那么这个吴哥文明就是亚特兰蒂斯文明和当地土著文明的结合体。这里的亚特兰蒂斯后人，就像尕娃的族人一样已经遗忘了大海，把自己的精神寄托在宗教里。金强正想着，后面的徐美琳轻轻地推了他一下说："想什么呢，金强？"金强摇摇头说："没想什么。"又是一大片的浮雕出现在大伙儿面前。这里的浮雕不仅仅是美观漂亮，而且都在讲述着一个个远古的故事。王正发挥着自己导游的作用，给大伙儿讲解着浮雕的故事。故事很复杂，不知道的人很难听得懂，王正尽量讲得简单。可是在第二层和第三层之间却有一段相对于其他的浮雕来说有点另类的浮雕。上面是他们的真神毗湿奴的造像，在对着大海召唤，大海的上面同时悬挂着太阳和月亮。在大海的深处，有一条月牙儿一样的船向着真神毗湿奴的方向航行。接着的一幅是在一个像金字塔一样的十字王台上，毗湿奴和一个带着皇冠、拿着三叉戟、鱼尾人身的人在一起。可是后面的浮雕却损坏了，看不到了。大家看到这两幅浮雕都很高兴，很显然，这是亚特兰蒂斯人到来的证据，那月牙儿样的船还有拿着三叉戟鱼尾人身的海皇波塞冬，都说明了这些。最可惜的就是后面的浮雕损坏了，大伙儿不无遗憾。王正搞不明白为什么这些人对满山的浮雕都不感兴趣，就对着这两幅浮雕发呆。看了一会儿，金强对大伙儿说："所谓雁过留声，只要来过就会有印记。还会有的。"大家才意犹未尽地离开。

　　第二层到第三层之间的台阶不知道为什么修建得异常的高，必须手脚并用才上得去。许美琳问王正："为什么这里的台阶修得这么不舒服？"王正笑了，说："我正要给各位说呢！这是象征着登天之艰辛。"好不容易大伙儿爬上了第三层被称为"巴甘"的台阶，向下看去。这回不用像马青那样，爬上大树，也可以俯瞰下面了。趁着大家休息的时候，王正给大家讲起了吴哥的神秘之处："一般说来，世界各国所有的庙宇都是坐西朝东，而唯独吴哥窟大门朝西，这使后来研究古代高棉的考古学家百思不得其解。吴哥文明的建筑之精美令人望之兴叹，然而却在15世纪初突然人去城空。在此后的几个世纪里，吴哥地区又变成了树木和杂草丛生的林莽与荒原，只有一座曾经辉煌的古城隐藏在其中。在19世纪穆奥发现这个遗迹以前，连柬埔寨当地的居民对此都一无所知。按说任何一个民族的文化都应有它的延续性，何况吴哥是一个曾经繁荣过600年的王朝，但它的文化竟一下子就忽然中断、忽然消失在历史的长河中了。"听了王正的介绍，老梅才发现吴哥的朝向有问题，真的是坐东朝西。老梅嘀咕着："真是怪了，这方向也是乱选的？"马青想了想，小声地说："我想可能是因为亚特兰蒂斯人是从西面的大海过来的。"金强也赞同马青的看法，点点头说："嗯，英雄所见略同。"许美琳也笑着说："有时候我发现马青的反应很快呢。"马青被女孩子一捧，倒不好意思了，脸都红了。老梅看了哈哈大笑，说："我说马猴子，怎么尾股朝前了。"大家都在笑，可是尕娃情绪不高。魏大海捅了捅尕娃，问道："怎么了，尕娃，一直都情绪不高？"尕娃摇摇头说："没什么，就是觉得这里虽然很漂亮，可是像个花园，一点都不刺激，不过瘾。"魏大海没想到尕娃的小脑袋里想的是这个，摸了摸尕娃的头,小声地在他耳边说:"刺激的在后面呢,怕你受不了。"尕娃一听可乐了,说:"真的?"魏大海微闭着眼睛点点头。

这第三层上面就是五座宝塔,一个大的在中间,其余四个小一点的分列在四角。马青看了看,用手大概比了一下每个金字塔的比例,撇了撇嘴道:"标准的金字塔建筑,比例基本一致。"大家知道,雷达显示的位置就在中间这座塔,那钥匙一定在这塔里。可是现在这里是旅游区,不可能破坏塔。那一定要找到合适的方式入塔。大家分散开来,各自寻找着。

老梅比较直接,就在中间的大塔边上转悠。而金强和许美琳则认为,既然修建了四个小塔,就一定有用处,说不定可以在小塔上找到什么端倪。魏大海却把注意力放在脚下,仔细地观察着地面。马青拿出电脑,在电脑上面敲着什么,他要把影像资料输入到电脑里,进行综合分析。尕娃比较混乱,不知道自己该做什么,一会儿跑到金强那里,一会儿跑到魏大海那里,一会儿又跑到马青那里。现在是八仙过海,各显其能。倒把王正一个人晾在那里了。好半天大家汇聚到大塔下,都对望着摇摇头。这时候天已经渐渐暗了下来。老梅对王正说:"对不起,王先生,我们今天不准备出吴哥,这是今天的导游费,谢谢你。"王正接过钱,又嘱咐了老梅一些注意事项,从十字王台的另一端走了。大家又转了一会儿,找了一个平坦的地方宿营了。在吴哥这里是不允许用火的,金强打开了一个野营灯,大家围坐在灯旁,一边吃着简单的干粮,一边聊天。马青悻悻地说:"真是的,哪里有什么入口。不如趁现在夜深人静抠掉砖头,进去得了。"老梅呸了马青一口说:"亏你是搞考古的,每一个遗迹都不只是一个民族的,一个国家的,而是全世界人民的。"马青张大了嘴,看着老梅说:"没病吧你,说几句气话,你就在这里戴高帽,你'戴高乐'啊?"大家都笑了,沉闷的气氛被打消了。许美琳眨着大眼睛说:"既然他们把钥匙放到了这里,就一定预备以后来拿的,所以一定会有入口,他们也不想把这个费尽心血建造得这么美丽的地方毁掉的。"魏大海也是这样觉得:"可是入口在哪里呢?"老梅叹了口气说:"哎,这不就是难点喽。你还问!"尕娃站起来看着后面的丛林发呆,手里的饼干包装袋掉在了地上。金强赶紧冲过去捡起了包装袋,收了起来,搂着尕娃说:"尕娃,你要小心点,不要把塑料袋掉在地上,这些东西千百年都不会降解的,是人类和地球最大的危害。"尕娃用力地点点头。

吃完了东西，大家闲着没事，在这上面溜达着。看着这五个金字塔，可是到最后还是什么也没有发现，大家只好早早地休息。魏大海还是和以前一样，排班站岗。第一班岗是魏大海和老梅。马青认为没有必要，可是魏大海还是要坚持。大家都休息了，只有老梅和魏大海守着野营灯，有一句没一句地聊着。突然，魏大海看到在西面的一座小塔上有一个影子在晃动，可是很快就没了。魏大海觉得有点奇怪，可是没有声张。老梅还在唠唠叨叨地说着什么，魏大海没有心情听，只是在注意着那个影子，可是那个影子却不出现了。魏大海正在纳闷，突然感到东面也有一个影子一晃就不见了。这次魏大海虽然没看清楚是什么，可是可以肯定的是，那个影子不高，应该不是人类。在这个雨林里有动物也是很正常的。魏大海没有一开始那么紧张了。很快，该金强和许美琳的班了，魏大海叫醒了金强，对金强说了自己的发现，叫金强小心点。金强点点头，和许美琳围坐在野营灯旁，一边聊天，一边注意着。许美琳精神很好，对金强说："金强，我想了很久，这里的建筑很美，我想，如果有入口一定在这周围，也就是外围。"金强点点头说道："我也是这样想，可是这里的外围太大了，我们不可能全部都搜索。"许美琳笑了，说："当然不会都搜索的，亚特兰蒂斯人会给我们指示的。我有感觉，我们一定能找到入口，我喜欢玩这样的游戏。"金强笑了笑。许美琳接着说："金强，你有感觉吗？我们这个小分队的力量还是太单薄了，现在已经出离了考古的范畴，涉及的方面太多。我们是不是应该考虑增加几个专家？"金强想了想，他也觉得许美琳说得很对，现在的小分队局限性还是很大，真的需要有新鲜的血液注入。就像那时候，金强就很想让吴越加入。金强点了点头说："是啊，可是有些时候，这样的人是可遇不可求的。慢慢找吧。"突然，许美琳张大嘴巴，指着金强的身后，金强猛地回头，可是什么都没有看见。许美琳紧张地说："刚才你后面有个影子一闪而过，吓了我一跳。"金强立刻站了起来，向身后望去，许美琳给金强指着他看见影子的地方。可是此时那里什么都没有。金强不能离开睡着的队员，对许美琳说："刚才大海也说看见了影子，可能是什么动物，应该没事。"尽管金强这么说，可是心里还是有点担心。他担心的不是动物，而是德克森。野生动物没有什么可怕的，真正可怕的是那些别有用心的人。

看了很久都没发现什么，金强和许美琳又坐下了。金强刚要说话，一回头，看见自己左边的塔壁上，出现了一个巨大的身影。金强吓了一跳，可是忍住了没有大叫。许美琳也看见了，吓得脸色惨白，坐在了地上，观察影子的来源。金强和许美琳都笑了，原来是一只小猴子，蹲在野营灯旁边，手里拿着不知道在谁那里偷的压缩饼干，对着金强龇牙呢。由于它离野营灯太近了，所以影子映到塔壁上被放大了。那小猴子很可爱，并不知道自己吓到了别人，拿着饼干在往嘴里塞。可是那是压缩饼干，一回不能咬得太多，不然在嘴里膨胀开可不好受。小猴子哪里知道这个道理，现在就是满嘴塞着饼干，难受得要命。咽又咽不下去，吐又吐不出来。许美琳一看，赶紧找了一个小树枝帮着小猴子把嘴里的饼干抠了出来。抠出了饼干，小猴子感觉好多了，感激地看着许美琳。金强也坐了下来，好奇地看着小猴子。他看过有关动物方面的书，这种猴子，学名叫叶猴，长不大的。那小猴子，把嘴里的压缩饼干咽了下去，又去拣抠出来的。许美琳不让它捡，又给了它一块，小猴子拿着饼干对许美琳龇了龇牙，跑掉了。

天亮了，太阳出来了。可是朝阳是照不到吴哥窟的，吴哥窟的大部分，在朝阳的阴影中。大家都起来了，简单地洗漱了一下，都在吃早餐。突然金强发现许美琳不见了。金强四处找了找，发现许美琳在西面的小塔下，在逗那只小猴子。小猴子看见金强走了过来，跑掉了，跑到了塔上神像的上面，坐在神像的手里，手里还拿着那块饼干。金强对许美琳说："吃饭了，走吧。"可是许美琳没有动，愣愣地站在那里，看着小猴子。金强又叫了一遍，可是许美琳还是没有理他，又看了看别的塔下的神像。那些神像都是毗湿奴的造型，可是神像的姿态是不一样的，尤其是手，他们的手有着各种动作，可是都会有一个手指指向一个方向。许美琳激动地跑向另一个小塔下面，看着那尊神像。金强莫名其妙地跟着，突然许美琳转过身，激动地抱住金强："金强，我发现了，我发现了一个秘密。"金强被弄得一头雾水，问道："什么？什么秘密？"许美琳激动地指着神像对金强说："金强，你看，这里的每个神像都指着一个地方！"金强看了看说："哦，什么地方？"许美琳笑着说："我哪里知道？就是一个地方，很有可能是入口啊！"金强者才有点明白过来。这时候，其他人听到声音都跑了过来。大家没听见许美琳的说法，只是看到两个人抱在了一起。可是两个人还浑然不觉。尕娃问马青："青哥，他俩在干什么？"马青看了尕娃一眼说："干什么？儿童不宜，赶快闭眼睛。"老梅笑嘻嘻地说："我说二位，什么时候办喜事啊？要不来个高棉人的婚礼？"两个人这才意识到，他们还抱在一起，尴尬地分开了。金强红着脸解释道："不是了，是许美琳发现了一个秘密。"老梅装糊涂，说："不是什么？什么不是？"许美琳倒是很快地恢复了常态，把自己的发现和大家说了。大家一听，也马上停止了调笑，分别跑到各个塔下面，观察去了。马青第一个反应过来，在那个通过"那萨"下载的图上，把小塔下面各个神像所指的方向，做了一个模拟图。过了好久终于做完了，大家围着电脑看着。果然像许美琳说的那样，其实所有的神像指的都是一个地方，也就是说在他们所指的方向有一个焦点，就在吴哥后面的丛林里。马青很激动，指着电脑："对了，就是那里了。"金强点点头说："太好了，终于找到入口了，走，出发。"

四

  根据电脑的显示,金强和老梅在GPS定了位,跟着GPS走了下去。下了中间的十字王台,穿过围墙,一路走了下去。GPS显示的只是经纬度,可是没有显示怎样的路,确切地说,根本就没有路。密密的热带丛林,高大的丛林下还有着浓密的低矮的植物和地下的草本植物。虽然大家的衣服裤子都是防水的,可还是被潮湿的丛林打湿了。不时有动物在头上掠过,大家也不知道是什么。丛林里还会出现残垣断壁,有的大块的石头上有着残留的浮雕。看来,这里也是吴哥窟的一部分。植物的粗大的根系,把那些残垣断壁缠绕着,这古老的文明淹没在这丛林里。突然,尕娃大叫一声。大家都停住了脚步,魏大海低头一看,尕娃的腿上不知道被什么咬得出了血,一个黑色的尾巴露在出血的伤口外。尕娃痛苦地蹲在地上,伸手向那个黑色尾巴拉去,可是那个东西又往肉里钻进去了好多,只剩下一个尾巴尖露在外面。魏大海立刻想到那是蚂蟥,赶紧对尕娃说:"住手,别去拉它。"老梅也从前面跑过来,拿着开山刀的刀背,用力地拍着尕娃的伤口。尕娃更痛了,龇牙咧嘴地叫着。魏大海却紧紧地抱住尕娃,任老梅一下一下用力地拍着。终于,老梅停了手,手里有一个很大的黑色蚂蟥,那蚂蟥的身上还有血迹。他很严肃地对尕娃说:"谁让你把裤腿拉上去的?"此时尕娃已经没那么疼了,看着老梅少有的严肃有点害怕,小声地说:"天气太热,所以……"金强和许美琳也走过来了,金强对尕娃说:"这是纪律,在这里不可以把裤腿卷起来,反而要扎紧,这个东西叫蚂蟥,如果钻到你的心脏里,你就完了。"尕娃心有余悸地点点头。许美琳给尕娃处理了一下伤口,包扎好了。魏大海找出驱虫剂,给每个人都喷了,尤其给尕娃喷了很多。尕娃自己扎上裤腿,这回再热他也不会把裤腿拉起来了。

路越来越难走,植物太茂盛了。魏大海和金强在最前面,换班拿着开山刀开路,砍倒挡在前面的植物。突然一只浑身通红的青蛙,跳了出来。马青看到了,很喜欢,想伸手去抓,正好被许美琳看见了,许美琳赶紧拉住马青说:"别动它!有毒。"马青赶紧把手缩了回来。老梅也在后面看见了,阴阳怪气地说:"我说马青,刚才尕娃违反纪律还可以谅解,我说你个老考古怎么也犯这错误。那不知道的东西就不要动。这青蛙叫作剑蛙,比眼镜蛇还毒。"马青吐了吐舌头,少有地没有回嘴,闷头走了。金强回头看看,笑着说:"对于野生动物,我们还是敬而远之,它们有它们生活的空间。我们不要去招惹它们。"走了很久,大家都累了,停在有着一段断墙的地方休息。金强问马青:"还有多远?"马青擦了擦头上的汗水:"我们才走了一半,大概还有五公里吧!"金强点点头说:"不远了。"魏大海拉开尕娃的伤口,看了看。由于太热,伤口有点溃烂。魏大海又给尕娃上了点药水。老梅一边摸着断墙,一边对金强说:"这里也很有考古价值,你看这断墙,上面有文字。"金强靠近看了看,突然叫了起来:"看,这里的文字,是我们在金字塔里看到的那句话。"许美琳也凑了上来,仔细地分辨着,说道:"对,就是那句,那句出现在很多地方好像经文一样的句子。"金强说:"我问过吴越,他也说这句就是经文,就好像阿弥陀佛一样的没有什么实际的意义。可是有了这句话,这里一定是亚特兰蒂斯人待过的地方。"众人很高兴,可是墙到这就没有了。老梅前后看了看,指着那些经文说:"你看,这是外面,那些经文是在里面的。我们好像看到经文的地方就会看见尸体,这里是不是亚特兰蒂斯人的墓葬,或者是守护者待的地方?"金强看了看,摇了摇头,说:"马青说还有五公里呢。"许美琳看了看说:"也不好说,也许这些墙是在地下,被这些植物给带到地上的也说不定。"金强点点头说:"现在怎么说都行,我们还是先找到入口再说。"大家都点头称是,继续艰难地向前走去。

距离在一点一点地缩短,现在金强他们处在雨林的深处。金强看看表,已经接近中午了,可是雨林里面还是很阴暗,阳光只能从高大浓密的大树之间的缝隙透过来,形成一道道纤细的光柱。眼前的景色光怪陆离,让人恍恍惚惚。马青不停着拿着GPS在比对着。终于只有五百米了,大家兴奋不已。突然,走在前面开路的魏大海一下子不见了,连喊都没喊出来。金强和魏大海脚前脚后，立刻站住了。后面的人也冲了过来。原来前面是一片沼泽，魏大海陷入了沼泽。大家都很着急，可是根本看不见魏大海的踪影。马青大叫："大海，大海你在哪里？"尕娃已经哭了出来喊道："大海哥，你在哪里？"金强还算冷静，观察着沼泽，可是不知道为什么竟连挣扎的痕迹都没有。金强不相信，魏大海会这样就没有了。可是眼前的一切又没法否定。足足有三分钟，连金强都有些气馁了，无力地蹲在地上，眼泪一串串地流了下来。许美琳倒是没有放弃，还是在沼泽上寻找着，可是没有人敢往前迈一步。突然许美琳指着前方五米的地方说："看那是什么？"大伙儿顺着她的手指方向看去，赫然看到魏大海竟然背朝上在沼泽里浮了起来。马青和尕娃大叫魏大海的名字，老梅却小声地说："魏大海是不是……"金强明白老梅的意思，可是金强还是紧张地盯着魏大海，突然在沼泽中的魏大海慢慢地伸出一只手，对着大伙儿挥了挥。"他还活着！"马青高兴得大叫。他赶紧拿出绳子，向魏大海扔去。绳子打在魏大海的手上，掉在他的手边。魏大海摸索到绳子，紧紧地抓住了。大伙儿赶紧一起用力地往上拉。魏大海借着绳子的拉力，在沼泽中猛地一转身，终于脸朝上了，大口地喘着气。只几下，他们就把魏大海拉了上来。可是这时候大家都体会到，生死的距离只有五米。

把魏大海拉上来，马青不管魏大海一身的淤泥，一下子抱住了魏大海。魏大海虽然满脸是泥，却绽放了一个笑容。许美琳拿出毛巾，帮魏大海把脸上的泥擦掉，魏大海的面容露了出来。金强看着神奇的魏大海，说："你是怎么弄的，掉在这里面也能浮起来？"此时的魏大海已经不再喘息了，甩着身上的淤泥，对金强说："我们受过这方面的训练，掉入沼泽不能慌张，应该像在水中一样调整呼吸，慢慢就会浮上来。可是实践，我还是第一次。多亏我的水性好，憋气时间长，才熬过这一关。"马青却不这样看："也就是大海吧，处变不惊。要是我，就算水性再好，也得死在里面。"魏大海却不在乎地笑了笑："行了，我都没事了。还是想想怎么过这片沼泽吧！"可是金强发现魏大海的背包不见了，一定是丢在沼泽里了。魏大海没有再说这件事，金强也就没有说什么。可是现在让大伙儿很纳闷的是为什么在这热带丛林里，会无缘无故地出现一片沼泽呢？没看到这附近有水啊？还有，这片沼泽有多大？现在他们怎么绕过这片沼泽？

马青开始修正手中GPS的数据，大家向北，绕过沼泽。魏大海还是走在前面，不过现在手里多了一根很长的树枝，当作探杆。探过了前路，才走。就这样慢慢地绕开沼泽。好在这片沼泽不是很大，绕过大概四十度左右，又绕回到原来的方向上。这时候一阵水声从密林的深处传来。马青很高兴地说："那边有水声，那有水的地方应该就是我们要找的地方。"终于走到水边了，那是一个从小高坡落下来的小瀑布，下面还形成了一个小水潭。这些水，充斥到地里，不知道为什么不能沉到地底，才形成了这片沼泽。马青看着GPS说道："就在这里，在这个范围。我们开始寻找吧。"大家在附近开始寻找，魏大海一身的泥浆很难受，跑到小瀑布那里去清洗自己了。怎么洗都洗不干净，最后魏大海索性脱得只剩下短裤，在小水塘里洗起来。衣服也洗得干净了。找了一圈，什么都没有发现，大伙儿又聚到一起，马青擦着头上的汗水说道："没有，什么都没有发现。"其他人也是这样说。金强看了看大伙儿说："这里都找遍了，除了……"说着向魏大海那边看去。对，只有那里没有找了。现在的魏大海竟站在小瀑布下面享受着淋浴。老梅一眼就看到魏大海脚下踩着的是一块大石头，那块石头有着很明显的人工雕琢的痕迹。魏大海笑着对大伙儿说："我就是很忙没时间告诉你们，这里很可疑。"金强被气得笑了出来。大家赶紧跑到小水潭的旁边，七手八脚地要把魏大海拉出来。魏大海没有办法，只好把还湿着的衣服穿上，指着小瀑布，对大伙儿说："在这里，这里就是。正经的水帘洞。"说完转身钻进小瀑布里，马上又从瀑布里探出头来说："这里很窄，这能进一个。"

　　金强跳了过去。瀑布后面是一道门，瀑布和门之间只有半米的距离。魏大海对着金强一笑，说："我刚才差点撞到门上。嘿嘿。"金强也笑了笑，开始寻找开门的办法。金强在门上敲了敲。感觉到这门很厚。或者说，这根本不是门，而是一堵墙。魏大海蹲下来查看下面。可是下面还是没有什么发现，那上面连一道缝都没有。突然金强在门中间发现了一个浮雕，浮雕的外围是一个大海星的形状，里面是一只手的形状。奇怪的是这只手的手指之间有什么连接着，金强看不清楚。用手接来小瀑布的水，在上面冲了几下，才看清楚了，那个手的形状，好像是一个手上长着蹼的人印上去的。金强把自己的手放上去比了比，可是除了有蹼以外，没有别的。金强和魏大海钻出了瀑布，外面的人已经等得不耐烦了。看见他俩出来，大家都围了过来。金强和魏大海把情况一说，大家都陷入沉思。许美琳把尕娃推了过去，对金强说："叫尕娃试一试。"金强的眼睛一亮："对啊，不管怎么说尕娃也是亚特兰蒂斯人的后代啊。"金强又带着尕娃，跳到小瀑布的后面。找到那个手印，尕娃看了看，那手印要比自己的手大很多，金强催促着，尕娃慢慢地把手放到了上面。可是什么反应都没有。金强有点失望，对尕娃说："没用，拿下来吧，我们再找找。"可是尕娃的手却拿不下来了。尕娃有点害怕，大声地对金强说："金大哥，我的手拿不下来了。"金强赶紧凑过去看，对尕娃说："别动，看来是有反应了。"金强的话音刚落，一道蓝光在尕娃的手下闪过。石门的四周也有蓝光闪过，金强大喜，喊了一声："行了！"

五

此时尕娃的手也拿了下来。"轰"的一声,那堵石头墙向里倒了下去。可是石头墙并没有摔碎,而是断成一节一节的,变成了一个梯子,通向了地下。金强赶紧招呼大家进来。大伙儿很快都穿过小瀑布进来了,马青说道:"这难道是个有DNA识别功能的锁?"金强摇摇头说:"谁知道?不过很神奇,我的手伸进去就没反应。"大家拧亮头灯,慢慢地顺着台阶走了下去。这段台阶很陡峭,几乎达到四十五度。还好通道很窄,可以扶着两边的墙壁慢慢地下行,金强走在最前面。大家在后面一个一个地跟着。一直走了很久,估计下去有个三百多米了。老梅自嘲地说:"这辈子就和这地下面打交道了,在中国是这样,跑到柬埔寨还是这样。"马青听了嘿嘿地笑着。许美琳说话了:"这里是地下,怎么一点憋闷的感觉都没有?"老梅摆起老资格来,说:"这很正常,恐怕还有通风口,看来他们修建这个地下的部分不仅仅是放点东西这么简单。"金强说道:"那个门上的手印,是有蹼的,你们说为什么?"没有人能回答他,只有马青在胡说八道:"看来是品种变异。"大家都笑了起来,笑声在这黑洞洞的甬道里面回荡。

终于走到头了,是一个小平台。一个大门出现在眼前。这个门很高大,紧紧地关着。大家聚在小平台上,看着这个大门。这个大门很是气派,有左右两扇。老梅拿出强光手电,在两扇大门上照了照。两扇大门虽然很气派,可是上面什么都没有,连个花纹都没有。老梅轻轻地推了推,可是没推动。老梅对尕娃说:"要不还是你来试试。"尕娃笑着摇摇头,走上前去,向后一拉,两扇大门打开了。老梅不好意思地笑了:"嘿嘿,拉一下就好了,我光顾推了。"

可是现在没有人去管老梅那些自我解嘲的话了。因为，眼前的一切足以令人震撼了。最后，老梅也没声音了，他也被眼前的一切弄得目瞪口呆。

那里面简直就是一个海底世界，一个存在于海底的城市，除了没有海水。高大的深海珊瑚，一株一株地排列在地上，那些珊瑚高的有二十几米，低矮的也有两三米。各种巨大的海洋生物的化石，星罗棋布地摆放在这个地底的城市。城市里面全是圆顶的小房，散乱地分布在那些海洋生物化石的中间。令人感到奇怪的是，这么大的空间，竟然没有一根立柱，而且这么大的穹顶式建筑却没有想象的弧度，近乎是平的。老梅啧啧赞叹道："单就这穹顶，就是不可能完成的任务。"马青哪有时间和老梅废话，手里拿着相机，不停地拍摄着。金强也没想到下面会是这样，看得张大嘴巴，说不出话来。很显然，这下面的工程，比上面的吴哥窟还要浩大。这里面也有很柔和的蓝色光辉，根本不用手电照亮，这种亮度，就好像海底下的那种光亮度。大家纷纷把头灯和电筒关闭了，一个奇幻的海底世界呈现在大家的眼前。在幽蓝的光线下，这里更像海底了。许美琳已经陶醉在眼前的景色中了，慢慢地走进这个童话般的世界，嘴里梦呓般地说着："这里，太美了。这海底会不会有鲨鱼？"尕娃最兴奋，好像回到了自己的家一样。只有魏大海，保持着警惕，在后面关上了门，把一个饭盒放在门缝中间了。他的红外线报警器已经报销在沼泽里了，只有用这个简陋的装置代替一下了。

金强走在最前面，他们发现地上铺了厚厚一层细细的海沙，走在上面说不出的舒服，而且空气中弥漫着海水的气息，那些幽蓝色的光芒来自所有建筑物上的一层涂料。这层涂料历经这么多年，还是有一股海水的腥气，可以肯定这涂料也是海里的动物制成的。大家好像行走在梦里，不时地轻轻触碰着里面的东西，连一点力量都不敢用，好像生怕会打碎这个美丽的梦。突然，眼前一个不和谐的东西让大家醒转过来。那是一副骨架，一个人的骨架。大家围了上去。这副骨架是背朝上趴在地上的，肌肉和组织都已经没有了，可是有一层带着鳞片的皮蒙在骨头的外面。老梅拿着一把刀轻轻挑起那层带着鳞片的皮，对金强说："你说这个人是长着带鳞片的皮呢，还是穿了一件这样的衣服。"金强也蹲下来看着："应该是穿了一件这样的衣服吧？亚特兰蒂斯人我们见过的，何况这里还有一个。"说着指了指兴奋地四处看的尕娃。老梅想想也对。可是魏大海却有不同的看法："金大哥，你记得门口那个有蹼的手印吗？既然能长蹼，为什么不能长鳞？"这话让金强也感到很有道理。

马青和老梅已经在研究这个人的死因了。老梅发现，这人的腿骨裂了，应该是被钝器打伤的。而且头骨后面也被击碎了，这恐怕就是这人的致命伤。看到头骨的时候，老梅拧亮了手电。因为他有个细微的发现，那人的颌骨和人类的颌骨有着细微的差别。在那副骨架的颌骨两侧有一些很细小的骨头。这是干什么的呢？没人知道。金强叹了口气说："这人死于非命，是被人活活打死的。这里一定出现了什么变故。"许美琳皱了皱眉头，好像看到了这个童话世界里的杀戮。老梅轻轻地把那副骨架的头骨破碎处简单地复原了一下，这个被打死的人的头骨更加奇怪，被打碎的地方原来是个尖。马青蹲在那里看着老梅弄完，也很奇怪，对老梅说："这个人的脑袋后面怎么会有这么大的尖？"老梅点点头说："谁知道。"马青把这些都照了下来。大伙儿继续往前走，马青看着GPS，可是这里已经收不到信号了，但是GPS储存的地图显示，他们在往回走，在往吴哥的方向走。大家又走了一阵，地上居然又出现几副人骨架，一共有五副骨架。大伙儿赶紧跑过去查看，有三副和刚才看见的那副骨架差不多，都长着尖尖的头。老梅着重看了另外的两骨架，那是标准的亚洲人，蒙古人种。应该就是当地的土著。老梅对金强说："看来这里发生了一场战争，应该是当地的高棉族人和这些长着尖尖脑袋的外来人的战争。"金强陷入了沉默，可是那些长着尖尖脑袋的人是什么人呢？

看看时间，金强决定在这里宿营。大家简单吃了点东西。马青边吃边说："这些尖脑袋的人，是什么人啊？"谁也没说话，只有金强说道："是亚特兰蒂斯人！"金强这么一说，别人都不吃了，直盯盯地看着金强。金强把嘴里的东西咽了下去，说道："这里的表象很显然，长着尖脑袋的人和土著人有着一场战争，而很多地方都证明，这里就是亚特兰蒂斯人待过的地方。所以那些长着尖脑袋的人就是亚特兰蒂斯人。"金强的推理倒是很合理，可是大家看着尕娃，都直摇头。马青甚至跑到尕娃的脑袋后面，看了看尕娃的脑袋。老梅说道："可是，金强，你看看，那种尖脑袋，不是个别现象，而是普遍现象。"金强打断了老梅的话："老梅，我们不要进入一种窠臼，亚特兰蒂斯也不一定只有一个人种。"金强这样一说，老梅没有了声音，大家也都陷入了沉思。

晚上的时候，大家没有去那些圆顶的小房子里宿营，而是睡在外面的沙地上。当然，还是照例排班。金强值过班以后，很快就睡着了。他进入了梦境，那是美丽蔚蓝的大海，不过是在海底。那里很像他们现在所处的地方，到处闪着幽蓝色的光，无数的海底动物在海中畅游。突然一个人形的动物出现在海里，他全身长着鳞片，头是尖尖的。他游动的速度极快，在梦中的金强知道自己是在做梦，他很想让梦中的自己追上那个人。可是不行，只能远远地看着，看着那人越来越远。突然，一阵念咒的声音传来，那经文很熟悉。虽然金强不知道那是什么意思，可是还是知道自己听见过："吾东，空卡巴希尔德费罗姆。"对于这句经，金强是很熟悉的。他以前梦见过的，在这经文诵读声中，金强在海中畅游着。那种极度畅快的畅游，好像自己就是这海中的一部分。突然，"啊！"的一声，把金强惊醒了，迷迷糊糊的金强感觉自己从高处摔了下来，摔得很痛。

金强揉着自己摔痛的地方，四处看了看。四周的人让金强感觉莫名其妙。尕娃的表情和他一样，而且也在身上揉着。许美琳和老梅则一脸茫然，看来是不知道发生了什么。马青捂着嘴，眼睛瞪得老大，看着金强和尕娃。魏大海也惊奇地看着他俩。金强莫名其妙地问："怎么了？"马青大声地说："金强，你和尕娃飞到天上了。""什么？"金强站了起来，看了看尕娃。魏大海点点头说："是啊，我和马青都看见了。"魏大海的话，是不会有问题的。老梅和许美琳也都坐了起来。可是马青和魏大海的话让他俩更加觉得摸不着头脑了。魏大海整理了一下思绪说道："我和马青在值班，马青打了瞌睡，这时候，我看见你和尕娃慢慢地从地上飘起来，在半空中好像是在游泳。我没敢叫，怕把你们吓到。我就把马青叫醒了，可是马青一看见你们在空中，就叫了出来，就把你们惊醒了。"金强问尕娃："你做梦了？"尕娃点点头，说道："我梦见我在大海里，有一个尖脑袋的人在海里游泳，还有人念经文，经文是：吾东，空卡巴希尔德费罗姆。我也不知道是什么意思，后来就摔醒了。"金强惊呆在那里，他和尕娃做的是同样的梦，而且他俩都飞到了天上。这是为什么？如果飞起来是物理现象，那么做同一个梦就很不好解释了。或者说至少现在是根本无从解释。而且自己不是第一次做这样的梦了，那次也梦到了这句咒语，只是梦里还有许美琳，金强不好意思说出来。

许美琳来到金强的身边，笑着对金强说："尕娃是亚特兰蒂斯人的后裔，难道你也是？"金强挠了挠脑袋说："这是一个超自然现象，很难解释了。还是休息吧。"马青看了看表说："休息什么？别睡了，已经五点多了，我看还是继续出发吧。"金强也看了看表,点了点头。大家又出发了,早饭是边走边吃的。又往前走了很远,大家发现那种圆顶的小房子越来越多,越来越密集。金强走进一个小屋里。这些小屋是一整块的大石头做成的,里面的陈设都一样,只有一张和小屋属于一个整体的石头床。屋子不大,可是床不小。老梅也说:"看那些长着尖脑袋的骨架,他们的个子不矮。看来,他们只是在睡觉的时候才进这种小房子。"越往前走,尸体就越多。一直走到一个好像广场的地方。这个地方中间有一个雕像,是一个四面的雕像。两面是拿着三叉戟的海皇波塞冬,可是海皇波塞冬的头已经被人为地损毁了。另外两面是大神毗湿奴雕像。这个广场不是很大,在雕像周围金强他们找到了一个虚掩的通向地下的门。老梅和马青打开了门,一股难闻的味道从里面传了出来。安全起见,金强让大伙儿戴上防毒面具。他和魏大海一起走在了最前面。大门下面是一个通向地下的台阶。里面应该是个宽大空旷的空间,大家脚步声的回声在里面响起。台阶虽然宽大,可是并不长。很快大伙儿走到一个宽大空旷的空间。这里有十几副骨架,那种不好闻的味道就是这些腐烂尸体发出来的。这些人都是尖脑袋的,而且都是被杀掉的。金强和魏大海一个一个地观察着那些骨架。受伤的地方大多在头部,而且都是钝器击碎头骨死亡。这里却没有土著人的骨架,可是为什么会发生这样的惨案呢?老梅在一个角落里面发现了一个金色圆饼。老梅用手掂了掂,确定是纯金的。老梅拿着金饼,若有所思地说:"恐怕就是因为这些亚特兰蒂斯人的爱好吧。"大家围了过去,看着老梅手中的金饼,明白了几分。

六

魏大海在这个空间的尽头又发现了一个台阶,魏大海对大伙儿说:"下面好像还有一层。"里面很黑,大家都把头灯拧亮了,跟着魏大海向下面走去。可是刚下了两级台阶,他们就发现了一副趴在台阶上的尖脑袋的骨架,手里拿着一个鱼叉,头向着上面。大家拿手电上下照了一通,发现这副骨架并没有明显的外伤。但是从他身后的痕迹来看,他是爬到这里的。顺着他爬行的痕迹,金强发现墙壁上的一个拉手。这个拉手是被拉下来的,老梅试着把拉手推回去。上面传来一阵声音,一个隔板慢慢向前推进,把下层和上面那一层分隔开了。老梅又把拉手拉了下来,那个隔板又缓缓地打开了。老梅对大家说:"看来这个人躲在这里面,躲过了屠杀,可是却已经没有力气走出这里了。"马青笑着说:"唉,最近老梅的脑袋好像好使了不少,是不是因为酒喝少了。"老梅撇撇嘴,哼了一声,说:"要是有酒,就更厉害了。"大家都笑了,继续往里面走。里面简直是一个宝库,不过很多的宝物都来自大海。很多的大个儿珍珠,成堆地堆在角落里,小的也有鸡蛋大小。尽管已经落上了很多的灰尘,还是在熠熠地发着光辉。红色的深海珊瑚,都已经达到宝石级,好像一块块的美玉。

许美琳摸着珊瑚,惊叹道:"现在这种珊瑚在欧洲市场上价值很高的,比黄金还要贵很多。"马青也啧啧惊叹:"何必去欧洲啊,在中国古代的时候,就有记载。西晋的石崇打碎斗富对手王恺的珊瑚树,打碎那株也就二尺高。石崇家里的比他大一倍,已经不得了了。看看这些珊瑚,每个都有一米五,两米多。嘿嘿,我们不是发了?"还有巨大的龟甲,被称为玳瑁的,足有二三十个。可是在最里面的角落里，有一个空地。可以看得出来，那里原来放着一个方形的东西，金强马上被这个地方吸引住了。魏大海也顺着金强的眼光看去，对金强说："那个地方按大小来说，和我们发现的那个箱子大小差不多。你怀疑这里以前就是放那个箱子的？"金强点点头："英雄所见略同。"可是箱子哪去了？金强和魏大海打着手电四处地寻找，不见箱子的影子，却在墙上找到了很多红色的字。魏大海凑到近前看了看，对金强说："看来是用血写的。"金强仔细地端详着那些字，这些就是亚特兰蒂斯人的文字。金强赶紧叫马青过来，让他用吴越给的字典相对照。

金强和马青紧张地翻译着墙上的字，许美琳也过来帮忙了。魏大海和老梅、尕娃继续在这里面搜寻。这里除了那些宝贝，最多的还是黄金，这里的黄金和外面的金饼不一样，这里的黄金都是工艺品，都是经过复杂的制作过程而做成的工艺品。而且内容大多是和海洋有关系的。有几幅浮雕作品吸引了魏大海和老梅的目光。上面是一艘从海上过来的大船，就是金强他们在南海和埃及看见的那样的大船，从大船上走下来几个人，和在岸边的人热烈地拥抱着。那些从大船上走下来的人都是尖尖的脑袋。老梅指着浮雕作品说："你看，来到这里的亚特兰蒂斯人就是这个样子的。"魏大海点点头，向下一幅看去。下一幅中的那些尖脑袋的亚特兰蒂斯人，在教那些土著人打鱼、造船，还从海中捞出什么送给土著人。老梅看了好久，对魏大海说："我看他们的黄金多半是在海中找到的，这大海可是一个大宝库，这些东西对于亚特兰蒂斯人来说，只是喜爱，并不认为有多珍贵。"魏大海有点纳闷地说："看着浮雕上的内容，土著人和来到这里的亚特兰蒂斯人相处得很好啊。又怎么会出现这样的杀戮呢？"老梅冷笑了一下说："亚特兰蒂斯人还是很天真的，他们喜爱的东西，对于吴哥王朝来说就是财富，战争的起因只有两个，一个是财富，一个是权力。这场战争的起因应该就是财富，亚特兰蒂斯人喜欢的黄金，害了他们。"

这时候，金强和马青那边也翻译得差不多了。老梅带着魏大海和尕娃赶了过去。马青念着上面的文字："嫉妒之神和邪恶的邪神，附在了他们的躯体里。棍棒和大刀是他们的武器。杀戮，掠夺，奴役。没有死去的被拉去继续修建他们的大庙。我不会出去了，我只能在这里诅咒吴哥。他们一定会按照我的地图去寻找海中的黄金，更多的黄金。我诅咒他们一去不回，永远不会再回来。"落款是艾萨尔族，洽巴巴。许美琳点点头说："看来和我们的猜测差不多，亚特兰蒂斯人真的是因为黄金而遭到了屠杀。这些吴哥人太残暴了，不过好像也没得到什么好下场。15世纪初突然人去城空。难道真的像洽巴巴说的出海去寻找黄金了？"金强点点头说："也许吧，我们还是赶紧寻找我们要找的东西吧。"大伙儿又四处查看了一下，走出了这个地穴。走出地穴，大家的心情好了一点。里面的东西没有人会去动，这里就是那些死在这里的亚特兰蒂斯人的坟墓。大家在广场上坐在一起休息。马青对照着GPS上的地图，看着方位。金强说道："看来当年逃出亚特兰蒂斯的人还不是一个种族的。至少现在知道一个艾萨尔族。"魏大海说道："可是奥古德根没说自己是什么族的。而且孖娃他们的塞尔布部族，不知道是指他们所在的民族，还是指就是亚特兰蒂斯人呢？"孖娃看着大家都在看他，他一撇嘴，说："我怎么知道？我不过老是在想，为什么只有我和金大哥做那个梦。"许美琳想了一下说道："其实我也在想，会不会这里有什么东西在发射一种讯号，影响我们的脑电波。而恰巧你和金强的脑电波的波长是一样的，所以就做了一样的梦。"孖娃听了许美琳的解释，很信服，但是马上又说："那为什么我和金大哥做梦会在空中漂浮？"许美琳有点招架不住了，这个确实不好解释，她已经想过好一阵子了。可是并没有想到这个怎么解释。人类的漂浮，需要能量，可是哪里来的能量？为什么能量只作用在他俩的身上？许美琳正想着，金强搂着孖娃说："孖娃，你记得那句咒语吗？"孖娃想都没想，脱口而出："吾东，空卡巴希尔德费罗姆！"金强点点头。金强不知道为什么要问孖娃这个问题，可是只要听到了这句咒语，金强心里就会有一种异样的感觉。马青放下了手里的GPS说道："你们说那个箱子是被亚特兰蒂斯人拿走了藏起来的，还是被土著的吴哥人拿走了呢？"魏大海接茬道："应该是亚特兰蒂斯人拿出去的吧？如果是土著人拿出去的，里面的其他宝贝不会不动吧。"许美琳说道："嗯，有道理。不过也可能是亚特兰蒂斯人拿出去，又被吴哥人抢走了的。"金强站了起来，拍了拍屁股对大伙儿说："走吧，我们还要赶路。"

往前走，大伙儿才慢慢地发现，这里的建筑都是围绕着这个中心广场来修建的。那些圆顶的小屋子，呈放射状分布着。还时不时地会有骨架出现，有尖脑袋的亚特兰蒂斯人的，也有土著人的。走出了小房子的区域，一个相对比较大的建筑出现在大伙儿的面前。这个建筑前面是宽大的台阶，后面是三个尖顶的建筑，远看就像海皇波塞冬的三叉戟。大家慢慢地走进这个建筑，可是一走进这个建筑，金强和孖娃都有点不对劲。但是别人都好好的。金强对许美琳说："我有点头晕。"许美琳扶住金强，在他的头上摸了摸，金强的头并不热。孖娃强忍着晕眩迈进了建筑里，一下子就跪在地上。金强虽然有许美琳的搀扶，可是一迈进大殿，也和孖娃一样跪在了地上。两个人一跪在地上，就谁也拉不起来了。过了一会儿，两个人就觉得脑袋清醒多了，可是一阵阵的好像念经的声音在耳边响起，而且念的就是那句"吾东，空卡巴希尔德费罗姆"，那声音就好像一记记重锤，敲打在金强和孖娃的心上。两个人竟然流下了热泪，直到后来竟然泣不成声。大伙儿全都不知所措地看着他俩，谁也不敢再拉起他们了，向里面看去，里面的陈设很简单，却很漂亮，所有的东西都放着金色光辉。中间还是拿着三叉戟、雄赳赳昂立的海皇波塞冬的雕像。在他的雕像下面的金黄色台基上面镌刻着很多的字。马青细看了上面的字，那上面镌刻的是经文，就是经卷上的经文。此时的金强和孖娃已经停止了哭泣，可是都没有站起来，还是迷迷糊糊跪在那里。马青小声对老梅说："这里是神庙，很神。"许美琳只是紧张地看着金强，怕他出什么危险。那种关心已经溢于言表。终于金强和孖娃恢复了正常，都瘫软地坐在地上。许美琳和魏大海赶紧上去，把自己水壶里的水给他俩喝。金强和孖娃喝了点水好了很多，慢慢地从地上站起来。金强看了看孖娃，问道："你听到什么了？"孖娃回答说："经文。"金强点点头，可是心里还是纳闷，为什么只有他和孖娃是这样？难道自己真的跟孖娃一样，是亚特兰蒂斯人的后代？

　　这件事有点神，大家都解释不清楚，也只好把它暂时放在一边。金强看着这个神庙，看着那个高大的波塞冬的塑像。这一看金强乐了，指着塑像说："你们看，那海皇波塞冬的塑像手里拿的什么？"马青连眼都没抬，说："还有什么，不就是他的那个大叉子。"金强还是开心地说："什么大叉子，你看另一只手。"大伙儿这才抬头又仔细地看了看，波塞冬的左手确实拿着大叉子，可是右手放在肚子上，手里拿着一样东西。刚才由于大家的注意力都在金强和孖娃身上，并没有细看波塞冬的右手。现在一看清楚，波塞冬的右手拿着的是一个经卷，就是和奥古德根箱子里和埃及金字塔里发现的一样的经卷。马青开心得不得了，对老梅说："过来，快过来！"老梅茫然不知，一边看着经卷，一边走到马青身边。马青二话不说，一下子跳到老梅的身上，踩着老梅的肩膀就把那个波塞冬手里的经卷给拿了下来。老梅被马青踩着，气得大叫：

"又拿我当梯子，你个马猴子。"这时候马青已经跳了下来，把经卷递给了金强，笑嘻嘻地对老梅说："踩着你，我心里踏实。"金强打开经卷，发现确实和那两个完全一样，可是翻到后面的时候，才发现有所不同。那个在埃及得到的经卷后面是有字的，记载的是关于建筑的。这个经卷的后面也有字，虽然不能马上知道是什么，但是和埃及那卷肯定不一样。金强叫来马青，把经卷递给了他："这个交给你了，后面的字，你慢慢翻译吧。"马青接过经卷，揣了起来。

金强他们继续在神庙里面搜寻。这里很大，神像的后面还有很大的空间。既然在这里找到了经卷，说明他们已经把那个箱子里的东西拿出来了。也许在这里还会找到别的什么东西。大家开始分头认真地搜索。在海皇波塞冬雕像的底座前面是经文，两边是图画。金强和许美琳仔细地看着，好久，金强才说："这是吴哥建筑的设计图啊！整个大吴哥都是亚特兰蒂斯人设计的。"后面也是一幅设计图，经过马青的仔细辨认，这个设计图，就是他们现在所在的地下工程的设计图。老梅却有别的想法，用手轻轻地敲着底座。他把整个底座敲了个遍。终于，在右面的吴哥设计图下面出现了异响。老梅又敲了两下，终于露出了笑容。大伙儿围着老梅，看着他。老梅指着发出异响的地方对大家说："这里是空的，一定有东西。"许美琳感到有点奇怪，问道："你怎么知道这个底座会藏东西？"老梅笑了，说："这就是经验，这么大的底座，肯定不会被闲置的。而且整个底座都是整块的鎏金板做成的。里面一定有说道。"魏大海看着底座犯难了，说："难道要我们破坏这个鎏金的板子？"金强摇摇头说："那就太小看亚特兰蒂斯人了，再找找吧，一定有机关。"老梅也点点头说："金强说得不错，我们再找找。"大家又在周围仔细地找起来，可是在下面什么也没有发现。金强仔细地端详起上面的海皇波塞冬的雕像来。这个波塞冬雕像，足有三米高，是一个满脸络腮胡子的老者形象，头上戴着一个皇冠，面目不怒而威，赤裸着上身，脖子上戴着一条项链。项链坠是一个很大的蓝色宝石。两只手和胳膊粗大有力，显示着他强大的力量。左手拿着象征他权力的三叉戟，右手放在胸部下面，拿着那个经卷。腰部以下，是鱼的身体，宽大的鳞片，后面是一条巨大的鱼尾，以一个美丽的弧度向上翘着。金强的个子高，可以很清楚地看见那个鱼尾。突然，他发现，鱼尾的中间有一道缝隙。金强对马青招招手说："马青过来，上我的肩，看看那鱼尾巴。"马青过来跳上金强的肩膀，仔细地看着那条鱼尾巴。他伸出手在鱼尾上动了动，最后把鱼尾向两个方向一掰。下面传来"咔嚓"的声音。老梅大叫："好，开了。"马青跳下金强的肩膀，大伙儿又来到那个发出异响的地方。包裹在外面的鎏金外板四周都弹开了。老梅把鎏金的外板轻轻地拿下来。

　　里面确实有东西，而且这东西大家都见过，就是船后面的动力装置，就是在金字塔里马克舍命引爆的核动力系统。没想到这里面装的竟是这个东西。而且不是简单地放在里面，而是好像安装在一个系统上，可是这个系统是做什么的无从知晓。系很简单，是一个发射装置，连着上面的波塞冬拿的三叉戟，这样那个三叉戟就变成了一个天线。马青挠了挠脑袋："这是什么东西？有什么用呢？"金强不说话，只是看着。好久他才幽幽地说道："这个装置是发送电波的，发送的一种同频的脑电波，那是一种召唤，我和孖娃听到的念经文的声音，就是它发出来的，它发出来的电波对我和孖娃的脑电波都产生了影响。"许美琳还是有些不明白，问道："为什么只有你和孖娃可以受影响？"金强摇了摇头说："有两种可能，一种是我和孖娃都是亚特兰斯人的后裔，另一种就是我的脑电波恰好符合了这个波长。"大家又在神殿里搜寻了一阵子，再没有什么东西了。老梅把鎏金外板又扣上了，恢复成原来的样子。大伙儿一起走出了神庙。

　　一出神庙的大门，外面竟神奇地下起了"雨"。有无数的小水滴，从拱顶上滴落下来。在这个幽蓝色的空间里，落下的透明晶莹的水滴，也带着幽蓝色的光芒，好像一颗一颗的蓝宝石落下来。那情景，美极了。金强看着穹顶，又拿出一个小望远镜仔细看了看，说道："外面真的下雨了，我现在才知道为什么可以有这样不需要支柱的穹顶。"金强这两句话没头没脑，在欣赏蓝色雨的许美琳问道："你看出来什么？"金强依然拿着望远镜看着上面，说道："上面是那些热带植物的根系，雨林里水量充足，植物的根系不用那么深。亚特兰蒂斯人巧妙地运用了这点，现在那些植物的根系紧紧地抓住上面的土层，所以形成了这样的穹顶。现在外面的雨林下了雨，那些雨水通过根系渗透下来，就有了这里面的小雨。"许美琳啧啧赞叹："亚特兰蒂斯人真是了不起！"大家走在蓝色的小雨里，那清凉的雨丝打在身上，说不出的舒服。很快，大伙儿就走到了另一端，又是一个通道口。

七

一走进通道口,就出现了问题。通道在延伸近五米左右,变成了两个通道口。左面的通道口上画着蛇,那种眼镜蛇,就和吴哥窟中的保护神雕像一样的眼镜蛇。魏大海回头看了看金强,这时候当然要金强来定夺。金强指了指那没有画着蛇的通道说:"走这个吧,安全第一,我可不想碰到那些可爱的爬虫。"大伙儿鱼贯进入那个通道。通道里面很黑,大伙儿拧亮头灯。金强发现这个通道很粗糙,墙壁上还有铲子的痕迹,非常的不平整,好像是一个临时挖掘出来的通道。再往前走不远,一道结实的墙挡在了大家的面前。无路可走了。魏大海不死心,拿着工兵铲,在墙上敲了几下,才灰心地放下铲子。他知道,这里是过不去的了。大伙儿只好调头,又回到那个分岔的地方。马青无奈地摇摇头说:"看来这是宿命了,我们只能和那些爬虫接触了。"老梅拿出了两罐驱蛇剂,递给魏大海一罐,说道:"还好,我们还有制胜的法宝。来吧,兄弟们,我们上。"金强感到有点悲壮的意味,笑了笑说:"不过是蛇类,没什么。"大伙儿向这个画着蛇,可能充满了危险的通道走去。

这个通道和另一边的很不同,这个通道做得很精致,墙壁和地下,都是一般大小的石头。很显然这些石头是经过精心筛选的,而且每一块石头都经过精心的打磨,平整而光滑。这里有点潮湿,地面和墙面上都长着苔藓类的植物,而且是那种紫色的苔藓。走在上面很滑。魏大海小心地走在最前面,金强就在魏大海的后面。每个人都很紧张,大气都不敢出,紧张地向四周张望,生怕这里的守护神从哪里钻出来,吓大家一跳。可是走了很久,却并没有像预期的那样遇到眼镜蛇,至少现在没遇到。慢慢地大伙儿感到这里越来越潮的空气,而且温度也在慢慢升高。大滴的汗珠在大家的头上滚落,尕娃小声地说:"怎么会这样,这里好像越来越热?"可是没有人回答他,因为这是现在大家共同的问题。继续往前走,马青看了看手里的GPS,突然发现它上面的水平仪一直指向上方,说明他们刚才在向上走,难怪越来越热,原来刚才最接近地表。可是现在又开始下降了,而且下降得很快。但那只是仪器的显示,大家却没有感觉。没感觉走过上坡路,也没感觉走过下坡路。马青对此感到很奇怪,可是现在没有时间考虑这些问题。温度又降低了,这样大家舒服了一些。突然,走在前面的魏大海停住了脚步。一副亚特兰蒂斯人尖头的骨架,倒在通道的中间。大家围了上去,仔细地查看了这副骨架。这副骨架相当的完整,没有任何伤痕。魏大海小声地说:"注意了,这个人很有可能是被毒蛇咬死的。"马青皱了皱眉头说:"要是被毒死的,会不会身体上有发黑的地方?"魏大海苦笑了一下:"眼镜蛇毒是神经毒素,哪里会有黑的地方?"许美琳也纳闷地说:"这些蛇不是亚特兰蒂斯人的守护神吗?怎么会咬他们?"老梅冷笑了一下说:"那守护神是雕在外面的,是吴哥的守护神,才不是亚特兰蒂斯的守护神,不咬他们咬谁啊?"

　　大家继续前行,通道开始变得狭窄起来。金强隐隐觉得不对劲,可是哪里不对劲却不知道。再往前走,通道越发狭窄。不时地看见亚特兰蒂斯人的遗体。大家小心地绕开遗体。突然,魏大海听见"嘶嘶"的声音,马上停住了脚步,向大伙儿做了一个停止的动作,大家一起竖起耳朵听起来。那声音若隐若现,可是还是都听见了。老梅小声地说:"准备战斗吧!那是蛇遇到挑衅时的声音。"大家都默默地在心里准备着。可是声音是从哪里来的?魏大海仔细地寻找起来。终于,在一副骨架下面看到一条蛇,一条通体全黑的小蛇,有多小,多说也就二十厘米长。那声音也是它发出来的。马青笑了,说:"这么个小家伙,就把我们吓得够呛。我看我们是太紧张了。"大家看着这蛇,也不觉松了一口气。这小家伙很明显才出生不久。马青拿出工兵铲,想把小蛇挑走。可是那工兵铲还没碰到小蛇,小蛇一下子把身体的前端立了起来。小小的头部后面扁起来,赫然一个眼镜形状的花纹清晰展现在大家的前面。马青笑了,说:"这小家伙,个头不大,长得还挺全。"可是话音没落,一股毒液从小蛇的嘴里喷了出来,直射向蹲着的马青的眼睛。那毒液虽然不多,可是要真是喷到眼睛里也够呛。马青显然是没想到,再加上蹲在地上,行动不方便。一时间竟不知道怎么办好了。还好站在身边的尕娃动作快，一脚把马青踢到一边。可是那条小蛇竟然趁乱溜走了。马青一骨碌爬起来，追着小蛇向里面跑去。大伙儿怕马青出事，也跟在后面，向里面跑去。

穿过狭长的通道，突然跑在前面的马青站住了。后面的老梅停不住脚，撞在了马青的身上。后面的人也全都站住了脚步，借着头灯的光亮才看清里面的情况，大家不觉都倒吸一口凉气。这是一个很大的长方形的空间，里面湿度很大，铺天盖地的腥气扑面而来。满地都是白色的卵，那是蛇卵，根本数不清，更不要提从何下脚。有些卵已经破开了，一条条小蛇从白色的卵里面爬了出来。滑腻腻的液体沾满那些小蛇的身体。小蛇们茫然地爬出卵壳，吐着信子，漫无目的地四处游走。马青站在最前面，咽了一口唾沫，向后面说道："怎么办？"金强在后面冷静地说："刀山火海也得闯。走！"魏大海又闪到了前面，拿着工兵铲，把地上的蛇卵向两边清理。清出了一条小路，大家沿着小路向前走。老梅嘀咕着："当年商纣王的蛋盆也不过如此。"马青这个时候还有心思开玩笑："蛋盆哪有如此单一的品种，还全是未成年的小蛇。美不死你！"这时候，大家已经走到这个蛇穴的中间了。金强看魏大海老是哈着腰很累，就接过了魏大海的工兵铲，在前面开路。魏大海刚擦了一下头上的汗水，就听到头上有声音。一条有四米多长的大蛇，从天而降。

魏大海眼疾手快，抓住了蛇的中间，那大蛇胀起颈部，大大的眼睛花纹瞪着魏大海，一张嘴，竟然发出吼叫声。魏大海还是第一次听到蛇的吼叫，吓了一跳。可是没有时间多想，他用另一只手一把抓住蛇的七寸，同时大声地说道："冷静。"在魏大海的呼喝下，大家都冷静了下来。魏大海紧紧地捏住蛇的七寸，低沉地说："别开路了，快走。"这时候，上面的嘶嘶声不断地传来，有大批的蛇回来了。金强在最前，撒开腿向前面跑去，大家紧紧地跟着他。这时候也顾不了地上那些蛇卵和刚出生的小蛇了。听着被踩中的噗噗声，大家强忍着心中的难受，向另一端的出口跑去。一直跑到出口，又跑出了很远，直到听不见蛇的声音，金强才停住脚步。大家大口地喘着气，好半天才恢复过来。许美琳回头看了看魏大海，吓得尖叫一声，大伙儿一看，魏大海手里还拿着那条蛇呢。魏大海跑得紧张，手下也不觉得用了力，那条大眼镜蛇，已经被捏得奄奄一息。老梅凑过来看着魏大海手里的蛇："刚才是这家伙在咆哮吗？"魏大海心有余悸地点点头。老梅则难以置信地摇摇头说："乖乖，我可从来没听过蛇还会咆哮的。"金强也点点头说:"嗯,我也没听过。"许美琳则更关心怎么处置这条蛇。魏大海把那条大蛇放在了墙边上,等一会儿它缓过来,自己就回去了。大家继续向前走去了。

　　再往前走,竟有流水的声音。通道变得宽阔起来。可是走出去没有多远,发现前面通道的下半部竟然断了。通道的下半部断开一个十米宽的沟,远远地可以看见对面的通道。下面是一条奔流的暗河,很深。现在正是雨季,暗河的水在慢慢上涨,离通道也就有一米多的距离了。老梅蹲在了通道边上说:"这也太宽了,怎么办?"魏大海拿出强光手电,向对面照了照。对面和这边差不多,就是通道,没边没沿,没抓没挠。就算有飞虎爪,也很难渡过这十几米的距离。马青却少有地严肃,把身上的装备卸了下来,在里面找了好几个登山用的安全钉,又把尕娃带的太平斧拿了过来,竟贴着侧面光滑的墙壁,向对面攀爬。马青先在墙砖之间的缝隙上钉了一个保险钉,然后踩着这个保险钉,在前面的墙缝中间用太平斧敲掉砖角,或者再钉一个保险钉。大伙儿都屏住呼吸看着马青慢慢地向对面前进。下面就是奔流的暗河,谁也不知道暗河有多深,有多长,通向哪里。大伙儿只能看见通道这么宽的一段。而马青现在像只壁虎一样贴在墙上,随时都有掉下去的危险。大家都在暗暗地为马青捏了一把汗。可是马青的攀爬技术真是没得说,轻灵地踩着自己给自己设立的踩点,一步一步地挪向了对岸,就这十几米,却令大家唏嘘不已。终于马青爬到了对岸,大伙儿这才感到心中一松。马青在对面大声地喊道:"大海,把绳子丢过来。"魏大海不敢耽搁,把马青的背包绑在绳子上一起丢了过去。马青接住绳子,魏大海贴着马青刚才爬过的那片墙壁,把绳子拴好。这样就有了一个保险绳。魏大海催促尕娃先过去,尕娃学着马青的样子,抓住保险绳,向对面爬去。虽然比马青多了一条保险绳,可是这样的墙壁并不好走,尕娃爬得很慢。突然,站在后面的老梅,听到了什么声音,再仔细一听,不禁头发都立了起来,紧张地对魏大海和金强说:"不好,那些蛇跟上来了。"

　　老梅说完了,拿出驱蛇剂,向着通道里面狂喷了一罐。金强和魏大海也十分着急,可是不能催促尕娃,那样只会起到相反的效果。终于尕娃慢慢地爬到了对面,魏大海对许美琳说:"快,你快过去。"可是许美琳却不干,她知道自己的动作会很慢。这样,剩下的三个人就多了一分危险。可是哪有时间多说,大批黑色的眼镜蛇已经涌了出来。一看之下才知道,刚才魏大海抓到的那条蛇,在这里面只能算是中等的。好在老梅的驱蛇剂还顶用。一时间,眼镜蛇不敢靠近。魏大海跳到老梅身边，抢下了老梅手里的驱蛇剂，对老梅说："快，老梅，快过去。"老梅没有推让，这时候，快一步就多一分安全。老梅又掏出一罐驱蛇剂递给魏大海："这是最后一罐了。"说完，向对面爬去。金强接过魏大海手里的驱蛇剂，和魏大海并排站在一起，和那些眼镜蛇对峙着。蛇是一种很奇怪的动物，你不动它也不动，喜欢和你对峙，这给金强他们争取了最需要的时间。老梅经验老到，沉着稳重，很快到了对面。金强用毋庸置疑的声音对许美琳说："快过去。"许美琳只好慢慢地爬过去，马青在对面鼓励着她。这时候，蛇群开始骚动起来。可是金强和魏大海都没有把驱蛇剂喷出去。因为那要留到最后，留给最后一个人。两个人同时挥动了手里的开山刀，向已经扑过来的眼镜蛇砍去。

　　许美琳小心地爬着，可是这时候，下面暗河的水突然流速加快了，而且又涨了许多。许美琳看着下面的河水，有点发晕。马青在对面大叫："别往下看，会晕的。"许美琳赶紧收起了向下看的目光，排除脑袋里的杂念，一心向对面爬去。金强和魏大海并不好过，可是还要死死地撑着。被他们砍死的小蛇，被后面大一点的吞吃掉。突然，一条足有脸盆粗的大蛇在后面过来了。金强和魏大海看不出这条蛇有多长，可是这条眼镜蛇，不仅仅大，而且头上长着好像鸡冠子一样的东西，最可怕的是它不是黑色的，而是幽蓝色，它的身体闪着幽蓝色的诡秘的光。金强和魏大海对视了一眼，魏大海对着大蛇喷出了驱蛇剂。大蛇一躲，也张开巨嘴向着他们两个喷出了一口毒液。两个人快速地躲开了。

八

许美琳小心翼翼地爬着,她越是想快,就越是快不了。突然,下面的暗河一阵翻滚。许美琳努力让自己不往下看,可是一个阴冷的眼睛在水里浮现了,接着就是狭长、长满巨齿的一张大嘴。马青第一个看见了,不禁倒吸一口凉气。看那样子,那个头,那是一条大鳄鱼。鳄鱼在水中稳住身体,跟着慢慢上涨的暗河,接近着许美琳。马青一下子捂住了自己的嘴巴,他不敢大叫,怕吓到许美琳。可是许美琳还是看见了,她还是忍不住看了一眼暗河,只这一看已经吓得魂飞魄散了。那暗河里的鳄鱼露着狞笑,以逸待劳地趴在水中,慢慢地接近它心中的食物——许美琳。许美琳吓得大叫了一声,魏大海和金强一起回头看了一眼。魏大海对金强说:"快,许美琳遇到危险了,她需要你。"金强看了看魏大海,魏大海笑了一下说:"别废话了,快去吧。你未必比我安全。"金强还能再说什么,把手里的驱蛇剂塞到魏大海手里,向许美琳那边跑去。

许美琳现在更危险了,看到鳄鱼的一刹那。由于惊慌,脚下一滑,现在只有一只手还紧紧地抓着保险绳。许美琳的身体离那只大鳄鱼更近了。这时金强已经爬上了墙壁,对许美琳大声地说:"别怕,我来了。"就在下面的大鳄鱼跃起的一刻,金强一把抓住了许美琳,把她拉了上去。那大鳄鱼一口咬空了,巨大的身体又落回暗河,暗河的水溅到了金强和许美琳的身上。许美琳还没来得及说话,那拴着保险绳的一个登山钉,承受不了两个人的重量。竟然从墙壁中崩了出来。金强和许美琳的身体又向下落去。下面的大鳄鱼一扑没中,看见两个人又落了下来,张大了嘴巴,就等两个人落下来。可是金强不会束手就擒,拉着绳子一脚踢在大鳄鱼的眼睛上。借着这一脚的力量,金强一推许美琳,保险绳已经松脱。好在最里面的登山钉,钉得还是很结实。许美琳抓着绳子,向马青那边荡去。马青一把抓住了许美琳,和老梅一起把她拉上了对面的通道,马青嘀咕着:"好在不是很宽。不然真不知道怎么办才好。"许美琳一翻身爬了起来,紧张地看着金强。金强还是紧紧地抓着绳子,在向上爬。暗河里的水又升高了一些,水面又是一阵波动,又有三条大鳄鱼出现了。许美琳对着金强大叫:"金强,快爬,又来了三条鳄鱼。"金强也看到了,但他看到的是一张大嘴,一张长满了尖牙的大嘴。

金强去救许美琳了。魏大海必须坚持,坚持到自己的战友过去。可是那条蛇实在是太大了,而且行动十分快。魏大海不仅要躲着大的,还要对付小的。猛地,大眼镜蛇又喷出一股毒液,魏大海再次躲开了。可是另一面一条小一点的向他袭来,说是小一点,是和那个大的比,其实这家伙一点也不小。魏大海自然不敢小觑,又躲开了,回手就是一刀,可是没有砍中那条蛇。但是就这一耽误,那条大蛇不知道怎么蹿了出来,一口咬在魏大海的胳膊上,魏大海疼得一咧嘴,心道完了,死定了。那大眼镜蛇咬了一口,迅速地撤退了。这就是毒蛇的特性,咬了猎物一口,就会马上退到一边去,等着猎物毒发,防止猎物在毒发前对自己的反噬。也就在这时候,魏大海听到许美琳对金强的喊声:"金强,快爬,又来了三条鳄鱼。"魏大海喷出手里的驱蛇剂,扔到蛇群中,反身向金强跑去。这时候的魏大海,脑袋在飞速地旋转。许美琳已经得救了,现在是金强在受难。金强只需要两秒的时间,甚至不用那个两秒,自己必须挡住那条鳄鱼。就在这电光火石间,魏大海已经飞身起跳,用尽了身上的力气,一脚踩在那条张着大嘴扑向金强的鳄鱼的头上。那鳄鱼的大嘴还没有碰到金强,就被魏大海踩住了,魏大海没有停留,借着这个力道,跳到另一条刚刚浮出水面的鳄鱼身上,再跳到第三条鳄鱼的身上,直接跳到了对面。那速度之快,连他自己都为之惊奇。魏大海就这样踩着鳄鱼跳到了马青和老梅面前,两个人竟一时愣住了。由于魏大海踩住了张着大嘴的鳄鱼,为金强抢来了珍贵的两秒钟,金强也迅速抓住绳索,爬到了对岸。马青和老梅没时间惊奇了,赶紧把金强拉了上来。大家终于又聚在一起了,可是没人再敢耽搁,那暗河的水还在涨,谁知道那些大鳄鱼会不会爬上来。大家赶紧往通道里面跑去,一直跑出去老远。

终于,大家跑出了通道,在一个宽敞的空间下停了下来。大伙儿气喘吁吁地坐在地上。马青一边喘着气，一边对魏大海伸出大拇指，说："班长真神，这回居然踩着鳄鱼就过来了。高手！"魏大海笑了笑，刚要说话，却一下子昏倒了。金强赶紧让老梅打亮野营灯把这里照得亮一点。再看魏大海，才发现他的胳膊被大眼镜蛇咬过的地方已经肿起老高。两个指甲大小的牙洞还在汩汩地冒着血。马青大叫起来："不好了，班长被眼镜蛇咬了。"金强看着魏大海，此时魏大海已经面如白纸。金强没有说话，可是心里是很担心的。他不知道魏大海被眼镜蛇咬了，那些眼镜蛇毒性那么强，魏大海又跑了这么远，这种剧烈的活动，会加剧血液循环，使蛇毒在身体里迅速地扩散。如果是这样，恐怕现在魏大海已经没有救了，而且现在也没有解毒的血清，只能进行常规处理。可是金强还是尽量让自己冷静下来，拿出一卷绷带，系住了魏大海的胳膊，用打火机烧了烧瑞士军刀。他咬咬牙，在魏大海肿起的地方，割了一个十字口子。血一下子涌了出来。金强用力地吸着，又把毒血吐出去。老梅拿出一个醒脑的药丸，也是老梅工作的时候必备的。这药丸是秘方，在古墓里要是遇到有毒气的时候吃一个，可以戒毒醒脑，让人清醒。这颗药丸一塞进魏大海的嘴里，魏大海竟然兀自醒了过来，脸色也好了很多。金强看着魏大海，说不出的惊奇，他根本没想到他的抢救会达到如此效果。魏大海看了看伤口，笑着对金强说了一声谢谢，然后要过水，清洗伤口。金强还是纳闷，问魏大海："大海，你没事吗？那条大蛇毒性那么强，你又跑了这么远，怎么会没事？"魏大海一边冲洗伤口，一边对大伙儿说："要是被蛇咬，我最希望那条大的咬我，它的毒性确实很强，可是为了对付我俩，已经喷出两次毒了，它的毒腺里基本没有什么毒液了，所以我才没什么大事。"马青一阵惊叹："班长，你也太老谋深算了，连被咬也有这么多讲究。"老梅拍了马青的脑袋一下说："废话，要是没有这心眼儿，现在大海还能和你说话吗？"许美琳拿出止血和消肿的药给魏大海上了，又帮他包扎上。金强看看魏大海没什么大事，对大伙儿说道："就在这里休息一会儿吧。吃点东西。"

  金强在四周转悠了一下，发现这里很大，周围的墙壁上还有很多浮雕。但是这里的浮雕就明显带有吴哥的高棉文化的特质了。很多都是他们的神和印度教的神。金强走了回来，对大伙儿说："我们好像已经出离了亚特兰蒂斯人的范围，现在是高棉人的范围了。"马青拿着饼干，无所谓地说："那又怎么样，有什么区别吗？"金强耸了一下肩膀："应该会有吧，小心点总是没有什么坏处。"这时候魏大海已经睡着了。金强看了看魏大海，小声地对大伙儿说:"班长真的有点累了,今天我们就在这里休息吧。"大伙儿点点头。可是时间还早,老梅和尕娃留下来看着魏大海,马青和金强、许美琳往前面走走看看。许美琳贴着墙壁走,边走边抚摸着墙壁。那墙壁上的浮雕,传递着古老的信息。浮雕上面的苔藓诉说着古老的文明。直到现在许美琳才从刚才的惊险中真正脱离出来,陶醉在这古迹中。金强和马青在后面跟着。金强对马青说:"马青,我有感觉,现在就在大吴哥的下面。"马青正拿着GPS看着上面的地图,现在依旧没有信号,只能根据存储的地图,大概确定位置。马青认同金强的说法,现在大概的位置,就在吴哥窟的下面。金强继续说:"这里就是一个很大的地宫,和我们很多的佛塔下的地宫差不多。不过有了亚特兰蒂斯人的先进设计,而做得更大更复杂。"马青点点头说:"那么这边就是地宫的入口了?"金强却摇摇头说:"这里不是,地宫没有入口,已经封闭了。这里只不过是亚特兰蒂斯人为修建吴哥窟的奴隶上工时出入留出的地方。在吴哥人出海寻找黄金之前,一定把那些亚特兰蒂斯人全部消灭了。而且把那边没有蛇的通道也堵上了,只留下这边。我估计从这里进入吴哥窟的地宫,是很危险的,他们一定会留下很多的陷阱。这些陷阱是留给那些没有被消灭的亚特兰蒂斯人的,以防他们又回来。"听了金强的分析,许美琳停住了脚步。马青也陷入沉思当中。如果金强说得对,他们现在只是过了第一关,以后的路会更加难走。

九

　　前面就是一个黑洞洞的入口，看样子没有亚特兰蒂斯那边修建得那么精细。金强他们没有贸然进入，而是回到了空间的另一端——宿营的地方。魏大海还在沉睡，尕娃也睡着了。刚才连惊带吓的，这小子也累了。老梅守着野营灯不知道在想什么。看见金强他们回来了小声地问道："怎么样？"金强笑了笑说："奇迹！在这样的一个地方，同时存在两个伟大的文明遗存，真是上天对这块土地的厚爱。"老梅点点头。马青坐在老梅身边，小声地对老梅说："想什么呢？"老梅皱了皱眉头说道："我老是觉得这里面有问题。"金强和许美琳也坐下了。金强看着老梅，说："有什么问题？"老梅幽幽地说："其实这个问题，我们早就想到过，只是一直都没有答案。就是时间问题。现在来到吴哥，这个问题又出现了。以我们现在知道的亚特兰蒂斯三支人的出现时间是不一致的。"金强点点头，又摇摇头，说："首先有一个问题，就是亚特兰蒂斯大陆出现问题的时候，到底是什么时间？这个我们无从考证，必须要找到亚特兰蒂斯大陆才会知道。而每一支人上岸的最早时间我们也不知道。我们真的无从考证，就好像塞尔布部族，要经过长途的陆地迁徙才可能到达现在的居住地。这段迁徙可以是一年，十年，也可以是一百年。"老梅还是不太信服，说道："金强，我们看过亚特兰蒂斯人的船，看过他们的动力系统。就像金字塔和里面的那个。"说着指了指他们来的方向，"都还有巨大的能量。可以想象，亚特兰蒂斯人的船，在海中又会有什么样的速度。这是现在差的不是十年也不是一百年，是几个世纪。这是没有办法解释的。"金强也不得不承认老梅说得有道理，可是这样的问题，不是靠分析就可以解答的，需要证据。马青也说话了："其实，老梅、金强，我觉得我们老是在拿常规的思维去考虑亚特兰蒂斯人，这可能就是我们的一种思维的固化模式，亚特兰蒂斯人的文明很多是我们没有办法想到的，是不是我们的思维太常规了？"老梅看着少有的认真的马青，问道："比如说呢？"马青严肃地说："比如？比如时间。"马青确实语出惊人，他现在说的是大家都很习惯的时间。可是这也让大家都陷入了沉默。时间是我们的，可是不见得是亚特兰蒂斯人的。我们也在对时间进行探索，而且经常会有不同的发现。对于时间，我们自己都没有好的解释，又怎么拿它来约束亚特兰蒂斯人？大家正想着。马青又说话了："和时间相依附对应的就是空间。如果我们对于时间和空间的常识是错误的，那么很多事情都可以解释了。"马青的话再次震撼了大家，许美琳也不禁对马青刮目相看。她一直以为马青只是一个善于攀爬、喜欢开玩笑的考古工作者，可是现在马青的话绝对是震撼的，她很欣赏马青这种颠覆性的思考方式。尽管马青的思想现在没有办法证明，可是马青的思考方式却不能不令人佩服。马青接着说："而且，亚特兰蒂斯人的社会文明也发展到一定的高度了。不然这里的亚特兰蒂斯人不会遭到大屠杀而束手无策。"许美琳疑惑地看着马青，问道："哦，怎么知道的？"马青回答道："我看这里的亚特兰蒂斯人很强壮，却不会打仗，可以说明他们原来就是负责工作的，而不是负责打仗的，这就说明亚特兰蒂斯人的社会分工是很明确的，有专门负责工作的，有专门负责打仗的。不然死亡的比例不会如此。"大家也都暗暗点头，至少这一点除了马青以外没有人注意到。大家都在等着马青继续发表高论，可是马青却打了哈欠说道："这是量子物理和社会学的思考范围，不过我现在更欣赏弗洛伊德的思考范围，我要睡觉了，金强、许美琳第一班岗。"金强看着马青，无奈地摇摇头说："好，你们睡吧！"

金强和许美琳对着野营灯，许美琳还在思考着马青的问题。金强说道："我的这些伙伴们都是长期生活、工作在相对恶劣的环境中，所以造就这样的性格。我很喜欢他们。"许美琳点点头，看着金强的眼睛说："我也很喜欢他们。"金强也一样地看着许美琳的眼睛，好像在许美琳的眼里读出了些什么，他自言自语地说道："都是可爱的人。"两个人心照不宣地笑了。

早上，除了值班的尕娃和马青，魏大海是最早醒来的。马青赶紧跑了过来，看了看魏大海的伤口。伤口已经消肿了，可是两个大牙印还是清晰地印在胳膊上，不过已经没有什么大碍了。这时候，其他人也都起来了。许美琳帮魏大海换了药，魏大海站起来，跳了跳，甩了甩胳膊活动了一下，笑着对大伙儿说："没事了。"马青兴奋地说："班长真是铁打的。"大伙儿都很高兴，匆匆吃过早饭，准备出发。可是出发之前，魏大海对金强说："金强，这样子不知道还要走多久，我们的粮食储备和淡水都不多了，我们每个人就带了一周的粮食和水，我的包又掉在沼泽里，现在的储备也就勉强再够两天的。"金强点点头说："嗯，我们边走边想办法吧。我昨天研究过了，这里是吴哥窟的地宫，应该不会有太多的路了。"魏大海点点头，又走到了大家的最前面。

没一会儿走到那个黑洞洞的入口前面，站在魏大海身边的金强对魏大海说："这里不会像亚特兰蒂斯人那边那么好走，可能会有机关，要小心。"魏大海点点头，向前走去。突然，脚下"咯嘣"一声，魏大海心道不好，这里就有机关。想也没想，挺身向后跃去。在洞口的两边飞出两个由削得尖利的竹子扎成的竹排。要不是魏大海避得快就被扎上了。后面的人接住了魏大海。魏大海站直身体和老梅走到前面看了看，老梅笑了，说："这机关太业余了，和我们中国古墓里的机关比起来简直就是小儿科。"魏大海也点点头说："确实业余，看来是现代丛林战争机关的鼻祖，太老了。"最后大家决定让魏大海和老梅在前面走。魏大海掏出开山刀，两三下劈开了竹排，和老梅并肩走了进去。两人都拧亮手电，向里面走去。魏大海照着脚下，老梅照着两边。这里没有台阶，通道是一个斜面向下的。很快，魏大海在地上发现一个陷阱，魏大海用开山刀把上面的伪装清除掉，一个黑洞洞的井口露了出来。里面还插着几个削得尖利的竹子。大家绕过这个陷阱，马青伸着舌头向里面看看，说："这要掉进去，可不是开玩笑的。"可是刚走出去三步，老梅又挥手拦住了大伙儿。

原来地上又是一个机关。是一个埋在土里的绊绳，绊绳的两边被掩在两边的墙壁里。老梅指着绊绳说："这就是心理战，刚过一个陷阱，心里刚一放松，接着就是另一个陷阱。"大家又小心地迈过绊绳。前面的路上没有什么，可是走出去不远一股植物的香气在整个空间里弥漫。而且越走这气味越重。马青抽了抽鼻子说："这是什么味道，好像是植物的香气？"魏大海却把防毒面具戴上了，看着魏大海这样做，大伙儿也都把防毒面具戴上了。老梅问魏大海："怎么？你知道这是什么味道？"魏大海摇摇头说："不知道，但是我觉得还是防患于未然的好。"老梅点点头说："也对，小心驶得万年船。"再往下走，下面又是一个大平台。一进到这里，大家不觉都惊呼起来。下面的空间开满了巨大的花朵，这些花朵的颜色十分鲜艳，最小的花朵直径也都超过了两米。那香气就是这些花朵发出来的。许美琳看着这些大个的花朵，说道："看这样子是捕蝇草的一种，还好不是那种发出臭味的。但是这个头也太大了呀。什么苍蝇能长这么大呀？"金强摇了摇头说："这是古代的品种，我在书上看过，这是食人草。"金强这一说，大家的神经都紧张起来。魏大海还是冲在前面，金强紧紧地跟在他后面，老梅殿后。大伙儿在这些巨大的花朵里面小心穿行，都小心地躲着那巨大的花朵。

可是那股香气真是诱人，尕娃忍不住向花朵里面看了一眼。那花朵里面有很多的液体，那些香气就是那些液体发出来的。突然，尕娃感到脚下一紧，好像被什么东西缠住了，不由分说，就往里面拖。事情来得突然，尕娃脚下已经没了根，扑通一声栽倒在地，硬被向里面拉去。后面的老梅赶紧抽出开山刀，可是还是晚了。尕娃被一股很大的力量快速地拽了进去。老梅大喊一声："尕娃！"前面的魏大海他们赶紧回头。魏大海问老梅："怎么回事？"老梅紧张地向尕娃消失的地方张望，说："不知道为什么，尕娃就被拽进去了。"魏大海没有多想，和金强一起劈开了挡着路的大花朵。一时间花朵里的液体溅得满地都是，非常地黏人。可是没有人管这些，救尕娃要紧。那些巨大的花朵，有些被碰过之后，竟自己合拢了。可是尕娃却不知去向。大伙儿更着急了，拼命地往里面冲去。魏大海隐隐地看见里面有光闪过，他知道那是尕娃的头灯，不觉加快了脚步。可是后面的许美琳尖叫了一声，等大伙儿再回头，许美琳已经没了踪影。金强说了声："不好。"魏大海此时已经冷静了下来，对金强说："快，你和马青找许美琳，我和老梅找尕娃去。"金强点了点头，和马青向另一边找去。

魏大海和老梅快步向里面走着，不停地拿手电向里面照着。可是刚才还有隐隐的闪光，现在却什么都没有了。两人不禁心急如焚，脚步更快了。突然魏大海也感到脚下一紧。魏大海低头一看，是一个绿色的藤蔓，缠住了自己的脚。魏大海眼疾手快，一刀砍断了那藤蔓。那藤蔓迅速地收了回去。断掉的部分落在地上，流出乳白色的液体。看来，刚才缠住尕娃的就是这个。魏大海和老梅向着藤蔓缩回的地方跑去。越过几朵大花朵，也就来到这里的最边上的墙，在魏大海和老梅的头灯的照耀下，两个人看见整个墙壁都是绿色的藤蔓。这些藤蔓不是静静地长在那里，而是在墙上一根紧挨着一根在一起蠕动着。每一根藤蔓外面都有滑腻腻的液体。无数的藤蔓就那样滑腻腻地粘在一起，不时还滴下些黏液。老梅看着恶心，小声地说："怎么回事，难道这藤蔓是活的？"魏大海没有吱声，他也不知道，现在也没有时间想这些，他在找尕娃。突然，老梅指着右面同样爬满藤蔓的墙壁说："大海，你看，那里是不是尕娃？"魏大海顺着老梅的手指一看，果然有一丝光亮在那边的藤蔓里透出来。魏大海和老梅赶紧冲了过去，挥刀就向藤蔓砍去。藤蔓被砍下来一小段一小段的，落在地上的藤蔓都流出乳白色的汁液。越往里面藤蔓越粗。到后来一刀根本就砍不断了。魏大海和老梅像疯了一样地砍着藤蔓，终于，看到了里面的尕娃。

尕娃双眼紧闭，被一根藤蔓缠住了，看样子可能是因为窒息昏迷了。魏大海一刀准确地砍断了缠住尕娃的藤蔓，一把把尕娃拉了出来。老梅赶紧挥刀，把还缠在尕娃身上的藤蔓都砍断。魏大海把尕娃抱住，不断地摇晃着尕娃。可是尕娃脸色黑青，一点气息都没有。魏大海把尕娃放在地上，冷静地对老梅说："老梅，你警惕藤蔓，别让他们再缠我们。我给尕娃做人工呼吸。"老梅拿着刀警惕地看着长满藤蔓的墙壁。地上满是被他俩砍落的藤蔓和那些藤蔓流出的乳白色液体。整个墙壁上的藤蔓加快了蠕动的速度，就好像人在疼痛时的颤抖。魏大海为尕娃做着人工呼吸和心脏复苏术，弄了好半天，尕娃这口气终于缓了过来，长长地出了一口气，醒转过来。老梅一边警惕地看着墙壁，一边回头看了看魏大海和尕娃，高兴地说："尕娃醒了？太好了。"尕娃坐了起来，动了动身体，咧咧嘴说："这是什么啊？勒得我好痛啊，差点就没气了。"魏大海扶起尕娃："什么差点？你已经没气了。"老梅说道："没事就好，快撤，去看看金强他们怎么样了。"魏大海刚一点头，可是当他看向老梅的时候，马上又对老梅说："老梅，别动。"

金强和马青向许美琳发出喊声的地方寻找。此时金强有点后悔，他觉得是自己没照顾好许美琳，让她落了单，现在在哪里都不知道。可是那个方向除了花，什么都没有。金强和马青劈砍着那些巨大的花朵，一直走到这边的墙边。可是什么都没找到。金强焦急地大声地喊着许美琳的名字。可是这里面巨大的花朵太多，不仅阻隔视线，也阻隔声波。金强的喊声传得并不远，更加听不到回答。汗水在金强的头上流了出来,他心急如焚。马青冷静下来,心里琢磨着,这里没有,那许美琳会在哪里呢?突然他看到了有很多的巨大的花朵,都闭合着。他眼前一亮。马青对金强说:"金强,许美琳会不会在某个花里面?"一语惊醒梦中人,金强一拍脑袋,说:"我怎么没想到?"马青摇了摇头说:"关心则乱啊!"没时间斗嘴,金强和马青拿着刀把那些闭合的花朵划开,一朵、两朵、三朵……终于在一朵红色的花朵里面找到了蜷缩着的许美琳。许美琳的下半身都泡在那花朵的液体里。金强和马青赶紧把花朵劈开,把许美琳救了出来。可是一拉出许美琳,她已经被腐蚀掉了的裤子就一片片地落在地上,只剩下内裤,她白皙的大腿露了出来,连鞋底都掉了。看来那花朵里面的液体是有腐蚀性的。金强赶紧拿出自己带的水,给许美琳冲洗下半身,开始由于着急,并没有在意。可是洗着洗着,金强感觉有点不好意思了,马上就暗骂自己,这个时候哪有时间想这些,赶紧认真地冲洗,自己的水不够,又把马青的水拿过来。直到他认为已经冲洗干净了,又在许美琳的脸上淋了点水。许美琳才慢慢醒转过来。许美琳张开眼睛看到了金强,一下子抱住了金强,问道:"我还活着吗?"金强抱着许美琳,点点头说:"没事了,你得救了。"许美琳这才看到自己的裤子没有了,惊讶地看着金强。金强告诉她:"那花里面的液体有腐蚀性,裤子被腐蚀掉了,鞋子也坏了。"马青拿出一条裤子递给许美琳说:"穿我的吧,我的还瘦点。"金强帮助许美琳穿上了裤子。可是鞋子没有,许美琳也有点虚弱。金强把背包给了马青,背起了许美琳,对马青说:"快点找到大海他们,我们走出这里再说。"说着金强背着许美琳走在前面,马青背着三个背包,可是看了看许美琳的鞋子,没舍得丢掉,拿起来放到了自己的背包里,跟着金强走了。

听了魏大海的话,老梅真的没敢动,向自己的脚下看了看。不知道什么时候,地上已经爬满了蜘蛛。这些蜘蛛都有成人拳头大小,深褐色的身体,浑身毛茸茸的。最可怕的是他们的背后都有一张蓝汪汪的鬼脸形状的花纹。老梅看着那些蜘蛛,咽了一口唾沫,小声地说道:"大海,我怎么办?"魏大海小声地说道:"这是鬼头蛛,你最好别动,它认为没有威胁,就不会攻击你,这个是有毒的。"魏大海看着那些蜘蛛,那些蜘蛛都在吞食着那些藤蔓断了后流出来的乳白色液体。看来它们很喜欢吃这个。那些蜘蛛越来越多,有很多竟然爬到了老梅的身上,即使老梅胆子大,也不禁冷汗直流。魏大海看了看尕娃已经没事了，对尕娃说："在这里等着，千万别踩那些乳白色的液体。记住了？"尕娃点点头。魏大海尽量躲着乳白色的液体，靠近老梅，越过老梅走到老梅的右边，对着那长满藤蔓的墙壁又是一阵疯砍，然后躲着乳白色的液体，跑回尕娃身边。老梅莫名其妙地看着魏大海做完了这一切，小声地说："大海你在干什么？"魏大海对着老梅"嘘"的一声，示意老梅别吱声。老梅没有办法只好就那样站在那里，也不吱声。那么多的蜘蛛很快把老梅脚下的乳白色的液体吃完了，成群地向魏大海后来砍的地方爬去，那里乳白色的汁液更多。老梅这才明白魏大海的用意，用眼神对魏大海表示了谢意。终于，老梅身上的蜘蛛和地上的蜘蛛都爬到那边去了。老梅可以动了，小心地走到魏大海和尕娃身边，拉着他俩快速地跑了。

　　三个人快速地跑着，心里想着，离那些蜘蛛和满墙的藤蔓越远越好。他们很快来到刚才分手的地方，可是并没有看见金强。金强此时背着许美琳，也快速地跑着，他担心尕娃，想要快点找到魏大海他们，可是也没有找到。一直跑到另一边，看到了满墙的藤蔓，那些藤蔓还在蠕动。金强马上就觉得不好，转身想跑。可是脚却被藤蔓缠住了，一下子摔倒在地上。后面的马青刚要上来扶着金强，可是马上就像触电一样地被弹开了。原来此时的金强一滑倒，身上沾满了那乳白色的液体。那些蜘蛛也真是爬得够快，顷刻间已经爬上了金强和许美琳的身上。金强摔倒，身上的许美琳被金强压住了。许美琳还没站起来，发现那些大蜘蛛，竟硬生生地把惊叫声咽了回去。马青站在那里，进也不是，退也不是。金强也发现了身上的蜘蛛，可是他第一个反应就是看向许美琳。看着许美琳的样子，金强对许美琳摇了摇头，示意她不要说话。可是对付蜘蛛的办法还没有想出来，自己却被藤蔓拉了过去。那藤蔓拉动的速度极快，而且马上又伸出几根藤蔓，分别缠住了金强的另一条腿和腰，还有一根藤蔓向金强的头部延伸，金强一见暗道不好！

　　好在手还是自由的，金强抽出了开山刀，一刀先砍断了缠在腰上的藤蔓，然后一晃脑袋，躲过了缠向头部的藤蔓，他刚要再砍脚下的藤蔓可是已经被拉到墙边了，身体重重地撞到了墙上。尽管墙上都是藤蔓，可是还是把手里的开山刀震掉了。开山刀一掉，金强手里抓了空。这一切都发生在电光火石间，马青这才意识到，抽出自己的开山刀，向金强所在的地方冲去。许美琳也不知道哪里来的勇气和力量，也一骨碌地跳起来，向金强冲去。马青疯狂地砍着缠着金强和金强身边的藤蔓。许美琳捡起了金强掉在地上的刀，赤着脚把刀送到金强的手里。这时候金强已经脱开了藤蔓的束缚，接过许美琳递过来的刀，一转身把许美琳背上，对马青大叫："快跑，别恋战了。"说着就跑了出去，马青紧紧地跟在后面，一阵猛跑，直到脱离了藤蔓的范围金强才停住脚步。金强和马青都气喘吁吁。可是他们现在已经在巨大的花朵中，迷失方向了。马青赶紧拿出GPS寻找位置，经过一番分析后，马青和金强决定先到出口去，在那里也许可以等到老梅和魏大海他们。两个人确定了方向，向出口走去。走了一会儿，金强对背上的许美琳说："许美琳，你再忍一会儿，出了这里，我们再休息。"可是许美琳却一点声音都没有。金强又叫了两声，许美琳还是不搭话。马青走过来，摸了摸许美琳的脑袋，对金强说："许美琳发烧了，很烫。"金强很想停下来看看，可是看看这些艳丽的大花朵，想想这里危机四伏，还是咬了咬牙，决定出了这里再说。

　　终于看到了前面的出口，可是没想到出口处却有一扇大门，而且紧紧地关闭着。门上边的墙壁上全是藤蔓，两边还有四朵巨大的花朵。这四朵花却和其他的花不太一样，这四朵花就好像四张大嘴，不停地一张一合。金强看了看紧闭的门和两边的花朵，一时间也不敢过去。马青走到了前面，拿出开山刀，向花朵走去。他挥起手里的刀，想把花朵砍断，可是刚一靠近花朵，那花朵竟然朝他喷了一股液体。马青机敏地向后一躲，那液体落在地上，竟然"嘶嘶"地冒出白烟，还发出酸臭的味道。金强大叫："马青小心，那液体酸度极高，有腐蚀性。"马青退到金强的旁边，说："怎么办，金强？"金强一时间也没有办法，想想背上发烧的许美琳，心中焦急万分。

　　这时候，后面大群的蜘蛛向他们爬了过来。现在的金强是后有追兵，前有堵截。汗水从金强的脑袋上滴落下来。正在焦急中，魏大海、老梅和尕娃斜插着冲了出来，还没来得及和金强说话，就看到了那大群的蜘蛛。魏大海急中生智，一刀捅开了一朵巨大的花，那花里面的液体一下子流到地上，流到了地上的蜘蛛身上，那些蜘蛛也受不了这有腐蚀性的液体，痛苦地在液体中翻滚起来。其他人一见这个办法有效，纷纷把花朵弄破，让那液体流出来，竟把那些吓人的蜘蛛挡在了后面。可是眼前的门还是无法通过，金强对魏大海大喊："快，大海快开门。"可是门上面的藤蔓伸了下来，好像门帘一样挡住了大门。魏大海也无法冲过去，踌躇间，藤蔓伸向人们。大家没时间多想，纷纷举起刀砍断伸过来的藤蔓。一个藤蔓被砍断了，一下子掉在了门右边的一朵大花朵里面。那本来一张一合的花朵，一下子闭合上了，再也不打开了。老梅立刻明白过来，抓起掉在地上的藤蔓，扔到其他的花朵里。果然其他的三朵花也一样闭合起来。金强一见大喜，刚想对魏大海说让他上去，魏大海已经箭一般地冲了上去。老梅和马青一左一右地跟了上去，掩护魏大海，砍断伸向魏大海的藤蔓。

　　魏大海用力推门，可是两扇门只能推开一道缝，门在外面拴上了。在门后闩住门的是一块很粗的木头方子，魏大海根本就拨不动。魏大海正着急，老梅对魏大海说："大海，我来。"魏大海赶紧和老梅交换了位置，老梅往里面看了看，对魏大海说："大海，你的飞虎爪呢？"魏大海一边砍着藤蔓，一边把飞虎爪递给老梅。老梅用力地把门向外面顶住，把飞虎爪顺着门上面的缝隙塞了进去，慢慢地放了下去，去钩那门闩。老梅看不见外面的门闩，几次都没有成功。这时候，那些蜘蛛已经踩着同伴的身体，慢慢地爬了过来。这边被砍断的藤蔓流出的汁液太多了，对那些蜘蛛的诱惑太大了。尕娃惊叫着拉着金强向门的方向又靠了靠。马青不禁急了起来，对着老梅大叫道："我说老梅，你快点行不行？"可是老梅那是凭感觉操作，越催越不行。金强对马青说："别催他。"马青也意识到了这个问题，只好把嘴闭上，和魏大海一起砍着伸过来的藤蔓。终于老梅笑了，说："好了，挂上了。"老梅用力地扯动飞虎爪，终于听到外面"当啷"一声，门闩掉在地上了。老梅用力一顶，门开了。尕娃第一个跳了出去，只迈了一步，第二步就硬生生地收住了。原来前面是一道河。黑暗中不知道河水的深浅，尕娃不敢再往前迈，回头大喊道："前面有河，小心。"就站到一边去了。接着是金强背着许美琳，进来以后，也靠边站着。剩下的人也一个一个地进来，最后是魏大海。魏大海过来的时候，后面的蜘蛛已经追了上来。魏大海踩死了最前面的几只蜘蛛，快速地把门关上，又把大门闩住了。

十

　　大家背靠着大门喘着粗气，终于把那些梦魇一样的生物都挡在了外面。喘了好一会儿，调整过来了。大家才看了看眼前的环境。他们现在站在一个暗河的边上，这道暗河是人工开凿的，河水到大门只有两米不到的距离。头灯照射的距离是不够了，马青拿出强光手电，向四周照去。这暗河也有十多米宽。河对岸也是一样的堤岸，上面是岩石，这里就像一个大溶洞。这个暗河和前面的暗河应该是一条。暗河里还有很多露出水面的石头，由于长年的冲刷，那些石头都不是很粗大，可是过人是没有问题的。马青点点头："过河是不成问题了。我看我们先调整一下再说吧。"金强点点头，把许美琳放了下来，查看着许美琳。此时许美琳的脚踝已经肿了起来，很是粗大，而且发黑，上面有两个留着黑血的小洞。金强摇了摇头说："被蜘蛛咬伤了。"魏大海把许美琳的裤腿挽了起来，让她的脚踝可以全部露出来，可是许美琳的小腿也是一片红肿。金强咬了咬嘴唇说："麻烦了，这上面是那花朵里的酸性液体腐蚀的。"老梅看了看说："我这有块肥皂，先给她涂上，酸碱中和会好一点。"金强点点头，把许美琳的裤子脱了下来，用老梅的肥皂涂在了许美琳身上红肿的地方。魏大海拿出瑞士军刀，在打火机上烧了烧，递给金强。老梅把野营灯点了起来。金强咬了咬牙，拿着刀在许美琳的脚踝上划出一个十字形的口子。许美琳疼得一激凌，醒了过来。她无力地睁开眼睛，看着金强。金强对许美琳点了点头说："一会儿就好了。"许美琳又把眼睛闭上了。黑色的血从许美琳的脚踝处流了出来。金强一边用力地吸着，一边用两只手挤着，直到挤出来的是新鲜的血液。老梅拿出两颗解毒的药丸说："好用不好用的，先用着吧。"金强把一颗药丸塞到许美琳的嘴里，另一颗糊在了伤口处，拿着纱布把伤口缠上了。做完了这一切，金强一屁股坐在地上。许美琳又沉沉地睡去。魏大海拿手电四处照了照，对金强说："现在不适合渡河，我们先在这里休息吧。本来我的背包里还有支抗生素，可惜我的包丢了。许美琳就要靠自己了。"金强突然感到很疲惫，对魏大海点了点头。魏大海接着说："我们的水也不多了，我和马青到河里取水。"金强看了一眼暗河："你俩小心点。"

暗河的水面离河岸有两米左右，魏大海把水壶顺了下去，接满再拉上来。马青把固体燃料点燃，在上面加上行军锅，把水煮开。可是水开了，却有一种奇怪的味道，而且里面有很多的小生物，就是煮开了，还是没有办法喝。马青看着那水对魏大海说："班长，这水还是没有办法喝啊。"魏大海点点头说："只好用蒸馏法了。"魏大海把锅盖向下倾斜着，在锅盖的下面放了一个饭盒。水蒸气喷到饭盒上，凝结成小水滴，沿着锅盖流到饭盒里。这个办法虽然慢，可是还是可以得到干净的淡水。大家吃了点东西，精神恢复了很多。许美琳的烧还没有退。金强把水一点点地喂给许美琳，可是许美琳却什么也吃不进去，一直昏昏沉沉地睡着。这一夜大家都没怎么睡，轮流看着蒸馏水，忙乎了一夜终于把装水的器具都盛满了。金强照顾了许美琳一夜。凌晨的时候，许美琳的烧终于退了，金强悬着的心这才放下点儿来，稍微地眯了一会儿。许美琳醒了，看着坐在她身边已经睡着的金强，心里很感动，轻轻地把一件衣服披在金强的身上。可是金强一下子就醒了，他根本就没有睡熟。看到许美琳醒了，金强很高兴，赶紧拿过水来，让许美琳喝了。金强又查看了一下许美琳的伤势，腿上的红肿已经消了，脚踝的肿也基本消了，而且可以站起来走两步了。可是没有鞋。老梅笑呵呵地走过来，把许美琳的鞋递了过来。原来被腐蚀得开线的地方已经被老梅缝上了。许美琳很惊奇："老梅，你是怎么做到的？"老梅嘿嘿笑了说："老光棍，会做针线活很正常。正好班长的刀柄里有针线，嘿，那刀我今天才看见，真好，就和蓝博用的一模一样……"金强及时地叫了停，他知道要是不叫停，老梅会一直絮絮叨叨地说个没完。这时候，马青和魏大海也起来了，对着暗河研究着怎么过河。他俩找了一个河中石柱比较密集的地方，计划让马青先过去，再拉起绳子，其他人可以踩着石柱扶着绳子过去。不过最大的难点就是许美琳。两个人回头看看正在慢慢走着的许美琳，又增加了点信心。

大家收拾好了，站在河边。马青在腰上系上保险绳。老梅和魏大海拿着手电给马青照明。金强看了看说道："这条暗河和那条恐怕是一条，要小心鳄鱼啊。我和夵娃在两边警戒。"金强和夵娃一个在上游一个在下游，打着手电照向河里，警惕着鳄鱼。只见马青轻盈地从河岸边上跳到一个石柱上。石柱很结实，马青调整了一下，又跳向另一个石柱。几个起落，马青就跳到了对岸。魏大海拿手电对着对岸的马青晃了晃。马青转过身向魏大海挥了挥手，示意他过去。魏大海把许美琳背上准备过去，金强把一个保险绳扣在马青拉起的绳子上，又把许美琳绑在了魏大海的身上。魏大海坚定地跳上了石柱，可是当魏大海背着许美琳跳上第三个石柱的时候，那个石柱突然晃动了起来。大家的心都提到了嗓子眼，可是谁也帮不上忙。魏大海稳住身体，对背上的许美琳说："别害怕，一定没事的。"许美琳说道："我知道，没事的。"魏大海稳住身体，又跳到另一个石柱上，终于上到对岸。大家这才松了一口气。接着是夵娃、老梅，最后是金强，大家都安然地过去了。可是到了对岸才看清楚，这里都是石壁，没有入口。金强看了看说道："一定有入口，不在上游就在下游。我们分开寻找。"金强、魏大海和许美琳向下游走去。老梅、马青和夵娃向上游走去。金强这一队向下游走了不远，就发现一个入口，里面漆黑一片，看不清楚深浅。魏大海拿着手电向里面照了照，也看不到尽头。对着上游的方向喊道："老梅，这里有个入口，你那边有什么发现？"过了一会儿，上游传来了老梅的声音："我们这里也找到一个入口。"金强有点奇怪，上游一个入口，下游一个入口，大家应该进哪一个？金强对着上游喊道："你们再找找，一会儿到中间会合。千万不要进去。"老梅在上游答应了一声。

金强、魏大海和许美琳继续向下走，一直走到堤岸的尽头。突然，魏大海看见在暗河中的几个石柱之间有一个筏子被卡住了。魏大海以为自己没有看清楚，拉了拉金强，说："金大哥，你看那暗河里面的是什么？"金强也拿着手电照了照，说："是个木筏子吧？"许美琳也顺着手电的光亮看去，很肯定地说："确实是木筏子，难道这里来过别的人？"金强缓慢地点了点头，说："是来过别人，很有可能还没有走出去。"魏大海想把筏子拉过来，可是金强阻止了他，说："别去动它了，看样子时间不短了，一动就会散掉。我想我们会遇到那些人的。"魏大海点了点头，三个人向中间走去。此时老梅他们也来到中间，大家又在中间会合了。金强把筏子的事情和老梅他们说了。马青皱了皱眉头说："有人来过了，可是在前面我们并没有看出有人来过的痕迹，很显然，和我们走的不是一条路。搞不好，就是从这个暗河里面过来的。而且看样子没有出去，现在我们应该走哪个入口呢？"金强看了看河水，说："他们很可能走的是第一个入口，也就是老梅他们看见的入口。筏子在下游就说明了这点。"马青有点没想明白，问道："为什么就不能是第二个？筏子也在第二个入口的下游啊？"金强笑了笑："这是心理学范畴，根据埃莫迪斯的心理学理论，当你在陌生环境中，发现的第一个路口，一定会进去。"马青挠着脑袋，不说话了。许美琳看着金强说："如果他们都没有走出去，都死在里面，我们跟着进去会不会也是去送死？"金强想了想，说："这个很难说，但是，我很想知道他们是谁。"最后，大家决定听金强的，走老梅他们发现的通道。

　　大家走进了通道，这里的通道比走过的那些要宽大得多。大家还是保持着先后的顺序，老梅和魏大海注意着机关和陷阱，金强在仔细地寻找着有人来过的痕迹。很快，金强在通道的墙角发现了一串脚印。大家仔细地辨认了一下，看样子留下脚印的有四个人。魏大海看着脚印，又看了看周围的环境，说道："这些人受过专业的军事训练，而且他们穿的鞋都是制式鞋。"老梅问道："什么叫制式鞋？"魏大海回答道："就是某个国家的军队统一配发的鞋子。"老梅追问道："那能看出来是哪个国家的吗？"魏大海摇摇头说："看不出来，这鞋子不是现在的。"大家带着疑问继续向里面走着。那些脚印则是一直在墙边向里面延伸着。再往前走，地上全是沙子，脚印也就随之消失了。魏大海突然感到很奇怪，对金强说："这里怎么突然变成了沙地，而且这里并没有沙子，这沙子是人工铺就而成的。"魏大海的话还没说完，金强找到了一副躺在沙地上的骸骨。这骸骨以一个极其痛苦的姿势蜷缩着，身上连个布片都没有。魏大海蹲在地上仔细地查看着，摇了摇头说："不对，这个人死得很奇怪，身上的衣服为什么都没有了？而且骨头上没有伤。"金强也蹲在旁边，刚想说什么，一阵沙沙的声音从地下传来。

　　魏大海警觉地用手电向四处照去，可是声音又没有了。其他人也听见了那声音，都在四处地寻找着。可是声音就像它传出来的时候一样，神秘地消失了。大家找了一会儿，没有结果，又把精神集中到地上的骸骨上。他的死因很令人不解，他在临死前就保持着这个姿势，那也就是说他死得很快，甚至都没有来得及改变自己的姿势。魏大海用开山刀翻动了一下骸骨，骸骨下面有几个金属的卡子，还有一把手枪。那几个金属卡子，一个是腰带的头，另外几个好像是背包的卡子，还有一支钢笔和一把刀。魏大海把这些东西一样一样地拿起来看着。那支钢笔吸引了许美琳，许美琳接过钢笔，仔细地看了看说道："这是德国产的万宝龙牌钢笔，这款是二战时期的产品。没有外销过，而且已经停产了。"魏大海拿着腰带的头说道："这是二战时期德军的装备。"他又拿起了那支手枪，在手里摆弄了一下。手枪还上着膛。魏大海三下五除二就把手枪全部拆开了，旋即又装上了，对金强说："这是苏制的托卡夫手枪，都完好，还可以使用，有八发子弹，死者在临死前没有来得及把枪拿出来。"马青感到有点疑惑："班长，为什么别的都是德国制造，可是这枪支却是苏制的，那么说也有可能是苏联人了？"魏大海端详着枪，说道："一定是德国人，我们应该看细节。"说着又拿起那把刀，说道："这刀也是德国制造的。枪的问题很简单，德军标准配备的短枪都是勃朗宁，可是勃朗宁一共一百三十四个机件，不容易保养，对射击环境要求高。尤其在高湿地区和风沙地区，故障率极高。而苏制的托卡夫，只有不到一百个机件，虽然没有勃朗宁做得精细，可是故障率低，杀伤力大。这一点德国人在欧洲战场上是很有体会的，所以这里的德国人，带着苏制的手枪，也不是不可能。"说着，魏大海把手枪别到了自己的腰上。金强点了点头说："如果没有猜错的话，这是二战时期德军派出来的探险小分队。还有三个人。"突然，那沙沙的声音又传来。而且好像离这里更近了。大家又警觉了起来，金强对着大家挥了挥手，示意大家继续向前。魏大海和金强在最前面。魏大海用手电照到前面有一个沙包，开始并没有在意，可是那沙包还在增长。魏大海觉得不对劲，又把手电的光移到那个沙包上。那个沙包还是在慢慢地增长，魏大海感到非常地不对劲，低声地对大伙儿说："小心！这里有古怪。"

魏大海的话音刚落，一只浑身红亮的虫子爬出地面。这虫子细腰大肚，头上有两个触角，样子像足了蚂蚁，可是每个足有人的大拇指大小。这只蚂蚁站在沙包上，晃动着触须。还没等人们反应过来，它又钻回到沙包里面了。马青呆呆地说："是蚂蚁吗？可是这个也太大了吧？"魏大海的心里一紧，是蚂蚁，如果是在热带出没的大盗蚁，或者行军蚁就麻烦了，可是任何一种蚂蚁都没听说过有这么大的个子。难道那个倒下的人就是死在这些蚂蚁的嘴下？魏大海大喊一声："快，快往里面跑。"大家跟着魏大海就往里面跑去。大家很快越过沙包，向纵深跑去。魏大海一边跑，一边拿着手电向两侧照去。他发现每个墙边就会有一个向上的斜面，那斜面只有两个拳头那么宽，而且中间还会有半米长的断开。

魏大海渐渐地落在后面，向后面照去。果然有无数黑红的蚂蚁追了上来，黑压压的一片，不知道有多少，而且行进的速度极快。突然魏大海明白了墙边的斜坡是做什么用的。魏大海对着前面大叫道："快上墙边的斜坡，上到最高。快！"魏大海也向前面跑，上了一个斜坡。老梅和尕娃已经在坡上了。金强、马青和许美琳上了前面的斜坡。魏大海发现自己的斜坡上通向对面斜坡的顶端横着一根粗大的木头。他拿着手电照了照，木头上面好像有东西。这时候大群的蚂蚁已经爬过来了，带着那恐怖的沙沙声。也有蚂蚁向斜坡上面爬，可是都被中间那半米长的断开给阻断了。大家在这斜坡的上面是安全的。尕娃看着这些蚂蚁啧啧地惊叹着："好家伙，这蚂蚁可是真厉害，个头也太大了。"老梅也点点头说："嗯，多亏大海找到了这个地方，要不死定了。我看那个德国人就是被蚂蚁吃掉的。"金强那边，三个人也都心有余悸地看着蚂蚁，马青小声说："这里的生物都有点怪。"金强有同感，突然好像想起了什么，说道："你们还记得在金字塔里面那条大蟒蛇吗？"许美琳和马青都点了点头。金强继续说："我看都是那个核动力原料搞的鬼。而且这次还装上了发送装置，就是那个海皇波塞冬的三叉戟。他的核辐射改变了这里生物的波长，一代一代进化而来就变成现在这个样子了。"金强说的确有道理，这样就可以解释这里这些古怪生物的来源问题了。马青皱了皱眉头，说："你说这些亚特兰蒂斯人是不是故意的呢？"金强摇了摇头说："应该不是，他们那样做只是对亚特兰蒂斯人的召唤。那些是他们也没有想到的。"下面蚂蚁大军足足过了将近五分钟。现在才走干净。金强三个人下了斜坡，来到老梅他们站的地方，想看看去。这时候魏大海已经爬上了那根巨大的木头，查看木头上的东西。

木头上是一具尸体，确切地说是一具干尸，穿着草绿色的猎装。魏大海把这干尸用绳子吊了下去。大家围着这具尸体。尸体穿的衣服、鞋帽都很全，还有一个小背包，腰上也戴着手枪。魏大海此时也下来了，先摘下了他的手枪，一只十分精致的勃朗宁。魏大海拉开枪膛，里面有子弹，这支枪也是完好的。魏大海把枪递给了金强。金强拿在手掂了掂，把手枪掖在了腰上。魏大海看着这具干尸，对大家说："这人身上也没有明显的伤痕，而且衣服鞋帽完好。"

魏大海在他的上衣口袋里找到了一个证件。他拿了出来,递给了许美琳。许美琳轻轻地翻开证件,对大家说:"他是德国海军的一个上尉,叫作于尔根。证件是1937年签发的,是二战时期。"金强点点头说:"果然是德国人。"魏大海打开了干尸的小背包,里面有一个笔记本,还有些零碎的小东西,比如指南针、火柴等等。魏大海看见笔记本,很高兴,递给许美琳说:"从这里我们会得到更多的线索。"许美琳也很高兴,刚刚接过笔记本,那恐怖的沙沙声又传来了,魏大海赶紧站了起来,大声说:"快上去,蚂蚁回来了。"

  大家又跑回到斜坡上面,可是却来不及带走那具干尸。说时迟,那时快,蚂蚁潮水般地涌了回来,一下子把地上的干尸覆盖上了。等蚂蚁全部走过以后,那具可怜的干尸就剩下骨架了。最后一只蚂蚁从骨架上面爬走,大家才又回到地上。看着顷刻间就被吃得只剩下骨架的干尸,大家都不知道说什么才好。老半天,马青才对魏大海说:"班长,你救了我们全体一命啊。要不是你发现那斜坡的妙用,我们都得喂蚂蚁,就变成这个样子了。"说完指了指那副骨架。魏大海无所谓地笑了笑,说道:"还好,那个笔记本还在,许美琳,有时间你慢慢看吧。"大家又向前走去。

十一

又走了近一个小时,终于走到了通道的尽头。马青的GPS突然有了信号。马青乐坏了,开始定位。看了一会儿,马青兴奋地对大家说:"这里,这里是十字王台的下面,正下方。"金强却在摇头,因为摆在他们面前的是两个楼梯,一个是向上的,一个是向下的。又要选择。金强看了看大伙儿,马青看着手里的GPS对金强说:"应该在上面吧。我们向上走。"金强苦笑着点了点头说:"无所谓了,其实我们上面下面都得走。"金强和魏大海在前面,走上了通向上面的楼梯。楼梯是那种古老的青砖,由于这里的湿度比较大,上面长满了苔藓类植物,走在上面很滑。台阶是旋转向上的。魏大海和金强在前面小心翼翼地走着。突然金强发现前面的台阶上有几个削尖的竹子,而且竹子上还有黑红的颜色。魏大海仔细看了一下对金强说:"有人中埋伏了,伤得还不轻呢。"金强对后面的人说:"大家小心。小心脚下。"大家都小心地绕开了竹子。魏大海对大家说:"这样,我和金强去探路,没问题再叫你们。"大家原地休息,金强和魏大海向前面走去。

前面没有台阶了,只有向上的斜坡。魏大海很仔细地查看,发现了一个陷阱,就给戳破了。他刚松了一口气,感到脚下好像踩到一个什么东西。心中暗叫不好,又是心理战,连环圈套。果然墙中一阵嘭嘭声,无数的竹箭从墙上飞了出来。魏大海飞快地俯下身体,向后滚去。跟在后面的金强被向后滚去的魏大海伸手一带也失去了平衡,向后面滚去。两个人倒在地上,两只手紧紧地拉住,这才都停住身体,仰面躺在坡地上。竹箭就在他们的头上"嗖嗖"地飞过。慢慢地,箭雨稀落了下来,魏大海和金强都松了一口气,刚想相互搀扶着起来，突然身下一阵怪响，身下的斜坡向下塌陷，两个人腾空了，向下落去，而上面的地面又关合上，一点缝隙都没有了。不知道里面多深，两个人都在下坠，魏大海毕竟受过专业的训练，迅速地在空中调整身体，脚朝下。刚一调整好，就落在了地上，好在地面并不坚硬，魏大海一接触地面，就地来了个前滚翻，站了起来。金强没有魏大海那么专业，没有来得及调整身体，重重地摔在了地上。

魏大海赶紧扶起金强，好在金强身体强壮，又有身后的背包挡了一下，并没有什么大碍。金强揉了揉摔疼的地方，对魏大海说："这机关可是够厉害的，还好你留了个心眼儿，让他们等着我们，要是一起过来，更麻烦了。"魏大海看看金强没事，借着头灯的光，四处打量起来。这里离上面有五六米高。四周的墙壁很是光滑。地面是湿湿的软泥，魏大海摸了摸墙壁。金强对魏大海说："这机关身是怎么引发的，他们如果跟过来会不会也掉下来？"魏大海看了看顶上，说道："应该是有些竹箭一直射击同一个位置，然后开启了这个地下机关。你看，上面顶着翻板的支柱已经回位了。按理说这个机关应该不会再开启了。我们还是想办法出去吧。"金强也看了看，扶着墙壁，对魏大海说："来，上我的肩膀，再爬上去。"魏大海看了看，点了点头。金强站稳了，魏大海一个箭步窜了上去，站在了金强的肩膀上，可是还是够不着上面的支柱，就差一点，魏大海踮起脚，终于勉强够着了。可是刚一搬动，就听"咔嗒"一声，四周伸出了向下倾斜的木板，有流沙流了出来，流沙越流越多，流速越来越快。魏大海赶紧跳下来，和金强看着上面倾泻的流沙。金强皱了皱眉头说："够毒的了，现在连躲的地方都没有。只能等死了。"沙子倾泻得实在太快，两个人努力地向上爬，可是流沙劈头盖脸地砸了下来，连眼睛都睁不开，很快地被埋到了腰部。这回两个人的下身更是动不了了。忽然，魏大海发现沙子的流速慢了下来。魏大海赶紧挥动双臂，在他和金强中间疯狂地挖起沙子。金强明白了魏大海的意图，也跟着挖了起来。终于两个人爬到了沙子的上面。魏大海看了看出沙口，好像是由于时间长，沙子潮了，凝结成大块，堵在了两个出沙口上。现在只剩下另外两个出沙口，还在流着沙子，这给了魏大海和金强喘息的机会。两个人坐在没有流沙出来的出口下面，喘息了一会儿。那边的流沙就慢慢地流了过来。两个人再往上爬。魏大海笑着说："这回不但没弄死我们，这流沙还救了我们。"可是在魏大海对面的金强却在给他使眼色，魏大海很快明白了，自己的身后有东西。而且应该是很可怕的东西。

魏大海没有回头，警惕地听着后面的声音。他的身后传来"咔咔"的声音。魏大海暗中攒足力气，猛地向金强的方向扑去，半空中转头向后看去。后面几个长着两个鳌钳的动物从流沙口里掉了出来。还有个更大一点的，在刚才魏大海所在的地方，正雄赳赳地挥舞着两个大钳子，那样子凶极了。魏大海、金强和这些动物对峙着，魏大海小声地对金强说："这是什么，怎么那么像龙虾？"金强摇了摇头说："不知道，不过我真希望它是龙虾。最好是熟的。"可是那动物显然不是龙虾，而且也很不友善。不时还有随着流沙掉下来的。转眼间，金强和魏大海前面已经聚集了二十几只。二十几对鳌钳发出"咔咔"的声音。魏大海苦笑了一下说："看样子，要开饭了。我俩就是菜。"金强哼了一声："不一定谁是菜呢。"他掏出开山刀，魏大海也掏出了刀，说道："大江大浪闯过多少，怎能被这几只龙虾吓倒？"

大家坐在那里，老梅竖起耳朵听着上面的情况，一阵阵的破空声，从上面传来。老梅知道金强和魏大海遇到了情况。再听听，什么声音都没有了。大家面面相觑，又等了一会儿。老梅站了起来："他们一定遇到什么问题了。我得上去看看。"许美琳叫住了老梅："我们一起去吧？"老梅想了想，点了点头。大家一起慢慢摸了上去。走了一会儿，老梅看见了满地的竹箭，可是却没有金强和魏大海的踪影。大家喊着金强和魏大海的名字，可是没有回音，不觉都焦急起来。马青跑到了前面，可是前面也没有。他们一直走上一个平台，很大的平台。这里相对比较干燥。地上布满了灰尘，马青注意到上面没有脚印，知道金强和魏大海没有到这里，马上转了回去，对老梅说："他们肯定没到前面去，就在这里。"老梅四处仔细地寻找起来。墙上地上，一时间没有发现。尕娃有点莫名其妙："这里又没有什么门，他们俩会到哪里去呢？"老梅很肯定地说："这一定有暗门或者翻板。我们都走在这上面，可是没有触动机关。机关一定和这些竹箭有关系。"老梅根据竹箭的箭道寻找。终于在右面的墙上，找到了一个触点。老梅看了看说："就是这里了，你们都靠过来。"大家都靠了过去，老梅用手电用力地按了一下。果然，地下传来一阵隆隆声，地下开了一道门，门里面是向下的台阶，台阶通向触点的另一个方向。老梅得意地说："我就说吧，做机关，中国人是老祖宗，古墓我都能对付，别说这里了。走！"对于老梅的发现，大家都很高兴，四个人沿着台阶走了下去。

金强和魏大海拿着刀对着那些鳌钳，那些动物也真不客气，径直就冲上来。金强和魏大海是不得不搏的，流沙还在倾泻，不搏就没有出路。而且看样子那些像龙虾一样的东西，也不是很厉害。可是一交上手魏大海和金强才知道自己错了，太轻敌了。魏大海一刀向最大的那个像龙虾一样的动物劈去。这倒也算是又快又急，可是刀却被那巨大的鳌钳紧紧夹住，这只动物就像粘在了魏大海的刀上，无论如何是甩不掉了。更要命的是，没想到这东西还会跳。后面的看见前面的受到了攻击，竟好像蝗虫一样，纷纷跳起来，扑向金强和魏大海。金强赶紧挥刀抵挡，可是跳在前面的，一挥鳌钳，也夹住了金强的刀。这时候两个人的刀上都有一个像龙虾一样的东西。这东西死死地夹住刀，每个足有十来斤重。他俩的刀并不很长，挥动起来已经有点费劲了。后面的还在前仆后继地往上扑。而且位置又准又狠。金强一个不小心，被一个"龙虾"夹住了前胸，虽然有衣服隔着，可是在衣服里还是有肉，那鳌钳十分有力，疼得金强龇牙咧嘴。可是他不敢去拉，怕把肉一起拉下来。魏大海马上改变了战略，拉出挂在腰上的手巾，三下两下把拿刀的手紧紧地缠上。

连刀带拳，一起击打着跳扑过来的"龙虾"。这招还真见效，一时间后面跳过来的"龙虾"无法靠前。金强赶紧照方抓药，忍着疼痛，也用手巾包住了拿刀的手，学着魏大海的样子，抵挡着跳扑过来的"龙虾"。被打飞的"龙虾"迅速钻进沙子里，竟在沙子中潜行，突然又从沙子里跳出来，扑向两个人。魏大海一个不小心，被从沙子里跳出来的"龙虾"夹住了裤带。还好没有伤到，可是这"龙虾"死心眼儿，只要是夹住了，是绝对不会放开钳子的。而且他们的壳极是坚硬，缠着手巾的拳头根本伤不到他们。金强和魏大海累得气喘吁吁，那些"龙虾"们却依然活蹦乱跳。魏大海突然想起了别在腰里的托卡夫手枪，左手掏出手枪，对着一个"龙虾"就是一枪。魏大海不愧是特种部队出来的，枪法很精准。扑过来的"龙虾"头被枪打得粉碎，只剩下两个巨大的鳌钳还犹自在沙子上面，有力地一张一合。魏大海回身，在金强的侧面，对着金强又是一枪，夹着金强前胸的那个"龙虾"被打得粉碎。金强大喊一声："好，真准。"金强也掏出手枪。魏大海一面抵挡"龙虾"的进攻，一边对金强说："别开枪，你那把枪进沙了。搞不好会有危险。"金强知道那样很危险，只好又把枪插进腰间，继续挥动手中的刀。两个人正力战"龙虾"，突然，一阵沙沙声从还在倾泻沙子的出沙口里面传来，两个人一听，都感到头皮发麻，心道完了。

老梅一马当先，一边走一边呼喊着金强和魏大海的名字。突然后面"砰"的一声，通道的门被关上了。大家都没在意，继续寻找。台阶是一直向下的，四个人又走出很远还是没有看见金强和魏大海的影子。马青站住了脚步，拉住老梅："老梅，不对啊！"老梅也停住了脚步说："不对？什么不对？"马青说道："第一，我们开启机关的时候，地下传来'隆隆'的声音，可是金强和魏大海在上面的时候，我们没听见这声音。"老梅努力地回想了一下，确实没有听到。马青继续说："我们光顾进来找人了，没注意地下。我刚才看到，地上没有脚印，没有人来过的痕迹。而且金强和魏大海要是进来的话，不会继续走，一定会想办法出去，找我们。"老梅愣住了，马青说得很对，刚才一时着急，没有注意到这些："你的意思是？"马青沉着声音说："我们找错了。"老梅心里一沉，说："快，往回走，出去。"四个人赶紧掉头，向通道口跑回去。跑到通道的口，推了推，发现通道已经关闭了。

尕娃看到了墙根下面有一个拉杆，对老梅说："梅大哥，这是不是开门的开关啊？"老梅一看笑了："还是尕娃眼尖，应该是。"老梅走过去，用力地一扳拉杆。可是门却没有打开。大家面面相觑，谁也不说话。整个空间静极了。慢慢地有汩汩的声音传来，老梅点了点头说："看来是液压的。"大家都在等着门打开。许美琳突然感到有什么液体在脚下流过，低头一看，在头灯的照耀下，地面上确实有褐色的液体流出，而且反射着亮光。许美琳用手沾了沾，凑到鼻子下闻了闻，说："是油，黏度很高的油。"马青也看到了，说："是不是液压装置漏油了？看来这门是坏了。"地上的油越来越多，踩在上面很滑。尕娃有点失去耐性了，说："一定是坏了，我们还是把门砍开吧。"说着掏出太平斧就要砍那门，猛然间脚下一滑，向下滚去。老梅想去扶住尕娃，可是脚下也是一滑，也向下滚去。不仅仅他们，马青和许美琳也向下滚去。原来，刚才还是台阶的地方不知道什么时候变成平的了。台阶都消失不见了，加上刚才流出来的油，变成了一条奇滑无比的下斜路，四个人都快速地向下滑去。马青试图停住身体，一边大叫："老梅，你又上当了。"可是一切试图停住身体的动作，都是徒劳，那油太滑了，四个人越滑越快，向下面冲去。尕娃和许美琳的头灯都飞了，两点光亮滚落。尕娃死死地抓住太平斧，几次想利用太平斧停住身体，可是由于坡度太大都没有成功。尕娃最先落到底，最下面是一个水潭。尕娃一头扎在水潭里，呛了几口水，还好水潭只有齐腰深。接着老梅、马青、许美琳都跌落到水潭里。尕娃想把身边的许美琳扶起来。可是没有头灯照亮，伸手一摸，手感不对。他摸到的是一个粗糙的硬皮，这时候马青已经爬了起来，头灯正好照向这里。尕娃借着头灯的光亮，一看，不禁大吃一惊。

　　谁还能有那样恐怖的沙沙声，魏大海和金强的眼前浮现出那具干尸变成骨架的情景，都不禁打了一个寒战。对付这二十几个"龙虾"还行，可是要对付那些数以万计的蚂蚁两个人可没什么办法。眼前的"龙虾"似乎也听到了沙沙声，也知道意味着什么，竟都停止了对金强和魏大海的攻击，齐齐地堵在那个传出声音的出沙口，好像在等待着什么。在这一刻金强和魏大海得到了难得的喘息机会。金强看了看马上就可以够到上面的翻板了，下意识地握紧了手里的刀，够到撑杆，两个人只要砍折一面的撑杆，就可以逃出生天。魏大海也明白金强的意图，此时两个人，一条命。不用过多的言语，无论怎样也要拼一下。"龙虾"已经彻底地放弃了金强和魏大海，都围在那个出沙口，而且似乎有某种站位，两只等在出口下面，剩下的围成三圈，一圈套一圈。终于，蚂蚁和倾泻的沙子一起下来了。前面的两只"龙虾"挥动着鳌钳凌空就把漏下来的蚂蚁一个一个地夹成两截，那速度和准度真是令人叹为观止。偶尔几只漏网的被后面的"龙虾"直接夹住吃掉。金强和魏大海目瞪口呆地看着这一切，有点不明白，为什么那么多蚂蚁，掉下来的却不多呢？看了一会儿终于明白过来了，那些蚂蚁过于争先恐后了，都挤在那里。而且蚂蚁的嘴对于"龙虾"的一身硬壳真的不算什么，根本伤不到"龙虾"。现在"龙虾"才是真正在吃大餐，而且进食很有规律，前面的一圈吃完了，后面的一圈补上，简直滴水不漏。可是那些蚂蚁还是"舍生忘死"地掉下来。魏大海和金强又往高处上挪了挪，魏大海抬枪，对这一边的两个支柱各打了三枪，支柱虽然没有断开，可是已经摇摇晃晃了。终于能够到了，金强和魏大海一边一个，用尽了全身的力气，砍着支柱。下面的蚂蚁越来越多了。毕竟"龙虾"数量还是有限，现在只来得及夹断，连吃的时间都没有。可是队形还保持着。终于金强把自己这边的支柱砍断了，又过来帮助魏大海。突然一大团蚂蚁从出沙口滚了出来，这下"龙虾"们没有办法保持队形了，和蚂蚁开始了混战。蚂蚁对付"龙虾"的唯一的办法就是咬它们的眼睛，终于有"龙虾"被蚂蚁咬死。魏大海这边的支柱也砍断了，上面的翻板落了下来。魏大海踩着金强两手合握而成的推梯跳了出去，在上面拉住金强，把金强也拉了出去。两个人终于逃出来了，要是被那蚂蚁缠上，后果可真是不堪设想。上来的金强和魏大海顾不得多喘息几下，转身向下面跑去。他们要去找另外的四个人，赶紧过了这里，否则会被蚂蚁缠上。

尕娃摸到的当然不是许美琳，而是一条超大号的鳄鱼。这鳄鱼正在水潭里面睡觉，哪想到上天竟然给它送来了四个食物，一时竟有点不知所措。鳄鱼被尕娃摸了一下有点清醒过来，张开大嘴，向站在它前面还茫然不知道怎么回事的许美琳咬去。尕娃站在鳄鱼的侧面，马青的头灯从对面射过来。鳄鱼嘴里那巨大的牙齿都看得一清二楚。老梅、马青都在水里，只有喊的份，哪里来得及过来救许美琳。最可怕的是许美琳还没意识到危险，她是最后一个跌到水里的，这时候刚刚站起来，抹着脸上的水。尕娃一见不好，不知哪里来的力气，一下子跃出水面。两条胳膊一下子把鳄鱼张开的大嘴紧紧地抱住，手里还紧紧地握着太平斧。鳄鱼再一次被弄愣了，他不知道有什么敢抱住它的嘴，不让它吃已经到嘴边的食物。尕娃现在骑在鳄鱼的头上，心里只有一个信念，就是抱住鳄鱼的嘴，死也不松手，死也不让它伤害许美琳。这时候许美琳才看到鳄鱼，吓得倒退了两步。马青两下跳到许美琳的旁边，把许美琳挡在了身后。老梅从后面过去帮忙，却被挣扎的鳄鱼的大尾巴甩中，又倒在水里。但是也看清了这条鳄鱼足有十米长，可算是巨鳄了。鳄鱼挣扎了几下，就是打不开嘴，猛地沉了下去，想把尕娃淹死。可是水实在是太浅了。鳄鱼一沉底，尕娃的手不由自主地松开了，挥起手中的太平斧，向鳄鱼的头上猛砍了数下。鳄鱼吃痛又浮了上来。尕娃丢掉手里的太平斧，再次紧紧地抱住了鳄鱼的嘴。马青和老梅几次过来帮忙，都被疯狂挣扎的鳄鱼甩倒了。鳄鱼在水中上下折腾，尕娃就是死死地抱住鳄鱼嘴不松手。不知道过了多久，鳄鱼的挣扎越来越无力了，尕娃也感到自己快支撑不住了。可是信念，脑中的信念还是告诉他坚持，再坚持。终于鳄鱼不动了。漂在水面上，尕娃也虚脱地松开了手，有气无力地趴在鳄鱼的身上。这时候老梅和马青才有机会靠近鳄鱼，把尕娃扛起来，抬到了水潭的边上。斜坡那面不能去了，在斜坡对面还有一个洞口，离水面有三米多高，三个人七手八脚地把虚脱的尕娃弄了上去。三个人也爬了上去，都靠在洞口喘着粗气。马青一边喘着，一边对尕娃说："兄弟，你真猛。你看看那鳄鱼多大？"此时尕娃好像还没有反应过来，两眼发直，四肢无力，动弹不得。老梅也喘着粗气，说道："别和他说话了，尕娃得缓一阵子。"许美琳对着尕娃笑了笑说："尕娃你真勇敢，谢谢你啊。"尕娃的眼中恢复了神采，勉强地对着许美琳笑了笑，可是无论如何也抬不起手臂。老梅和马青用力地搓着尕娃的手臂，帮助他活血。好半天，尕娃可以自己活动了，和老梅一起拿着手电照着下面的鳄鱼，看着那十米多长的鳄鱼，尕娃自己也惊叹不已。突然水面上翻起一阵水花，几双反射着手电光亮的眼睛从水里浮了出来。

有六条大鳄鱼从水底浮了上来，在死去的大鳄鱼身边转了几下。六条鳄鱼张开了大嘴，分别咬住那死掉的鳄鱼，翻滚着分食起那条死去的大鳄鱼。一时间，水潭里血水弥漫。肉被撕裂的声音在整个空间回荡。四个人看得一阵头皮发麻。尕娃小声地说："怎么连同类也吃啊？"老梅拍了拍尕娃，问道："你现在能走不？"尕娃点了点头。老梅说："快走吧！别看了。等一会儿吃完了那个，该来吃我们了。走。"四个人钻进了洞口。

金强和魏大海跑回和老梅他们分手的地方。可是那四个人已经不见了。金强和魏大海相互看了一眼，马上又转身跑了回去，一直又跑到他们掉下去的翻板处，还是没有。两个人又继续向前跑去。跑到马青到过的那个平台，两个人站住了脚步。魏大海在地上仔细地看了看，没有脚印。说明他们没有来过。魏大海和金强一屁股坐在平台口，现在他们需要整理一下思绪。魏大海对金强说："我看他们一定是等不到我们，上来勘察了。"金强点点头说："对，他们没有到这里，就应该从休息地到这里之间。没有别的路，难道还有别的机关？"魏大海点点头说："应该是这样，我们回去再找找吧。"魏大海又把金强的手枪要了过来，在金强的包里找到一块黄油，把枪拆了，在各个部分抹上黄油，又装上了，交还给金强。金强摇摇头："你拿着吧，比给我管用多了。"魏大海想了想，把枪插在了自己的腰带上。两个人喝了点水，吃了点东西，又往回走去，这次没有跑，而是仔细地寻找着。墙壁上连点缝隙都没有，两个人只好挨着敲打。终于在一个墙壁的下面找到了一个伸出来一半的砖头。金强把砖头用力地往里面一推，却什么都没有。魏大海不甘心地伸手在墙壁上推了推，这一推不要紧，墙壁中的一块竟然旋转起来。魏大海对金强说："这还是个旋转门。他们是不是进这里了？"两个人走进旋转门，里面是个溶洞。可是很低，两个人都需要低下头才走得进去。这里很是凉爽，不时有水滴从上面滴落下来。地下很滑，而且凹凸不平。两个人必须很小心地保持平衡。头上不时还有伸出来的钟乳石挡在前面，两个人得小心地绕开。两个人走了一会儿，前面出现了三个洞口。金强和魏大海不敢再往前走了。因为根本没有办法知道应该走哪个洞口。两个人坐在潮湿的地面上研究着，最后研究的结果是每个都要进。魏大海把手巾撕成一条一条的，在身边尖细的钟乳石上系上一条，就当作记号。两个人向第一个洞口走了进去。

十二

老梅他们四个人走进了洞里。洞里有细细的流水声。在他们的脚下，有一条细细的溪流，向下流去，汇入下面的水潭。洞里明显要凉爽得多。四个人也感到惬意不少。老梅一边走，一边清点了一下装备，尕娃的太平斧掉到水潭里了，还有的和许美琳的头灯一起都在滑落的时候丢失了。老梅把自己的强光手电给了尕娃，也算有个防身的东西。还好每个人的背包都还在，不过电池也不多了。马青熄灭了头灯，只留下尕娃的手电和老梅的头灯。三个男人把许美琳围在中间，沿着洞里的小路走着。慢慢的，洞的高度越来越低。老梅发现这里全是石灰岩，是标准的喀斯特地貌。越往里面走，钟乳石越多。慢慢的，路变得平坦，可是脚下更滑了。前面传来汩汩的水声。有一个小水潭，出现在四个人的眼前。许美琳对鳄鱼还是心有余悸，看见水潭又想起了鳄鱼。不过这个水潭没有鳄鱼，很浅，只能没过脚面。水中有白色的小鱼。许美琳掬起一捧水，看着里面的白色小鱼。小鱼浑身透明，没有眼睛，只是在心脏的部位有一点点的桃红色。老梅对许美琳说："在这样的溶洞的水里都会有这样的小鱼。"四个人涉水过了水潭，发现好像走进了一个色彩斑斓的童话世界。这里石头反射着手电的光亮，五颜六色的。上面高高悬着的钟乳石也是什么颜色的都有。一时间大家都看呆了，无不惊叹大自然的鬼斧神工。下面是一簇一簇的晶莹发亮的晶体，有紫色的，有黄色的，还有酒红色的。马青笑着说："这都是水晶，这里可算是大自然的一个藏宝洞了。"许美琳用手轻轻地抚摸晶莹剔透的水晶，赞叹不已。大家都在欣赏美景，只有老梅皱着眉头。马青拍了老梅一下说："你干什么呢？"老梅摇了摇头说："光美有什么用，你看看，这里多少洞口，都不知道通向哪里。我们岂不是要被困死在这里？又不能走回头路。"听了老梅的话，大家才收拾心情看了看，正如老梅所说，这里的洞口太多了。这样不要说找到金强和魏大海，大家都会被困死在这里。老梅一屁股坐下，对大家说："先补充点能量，再研究吧。"现在没有别的办法，也只好先吃点东西再说了。大家一边吃东西一边研究着，可是还是没有研究出什么来。既然没有回头路，只能走下去。现在的问题是走哪里？最后老梅决定，先不找金强和魏大海了，按照马青GPS上面的方向走，走出这里再说。不过沿途要做记号，这样如果魏大海和金强能够看见的话，也许会找到他们。马青也调整好方向了，四个人向小水潭最北面的一个洞走去。尕娃在自己的包里找到一件短袖衫，撕了一条，系在一块石头上。

　　金强和魏大海一走进洞里就闻到一股腥味。两个人皱了皱眉头，可是还是坚定地走了进去。越往里面走，腥味好像反而有点淡了。这股味道很奇怪，不是很重，却让人闻起来牙根发痒，很不舒服。魏大海掏出了手枪，走在了前面。直觉告诉他，这是血腥味。看着魏大海的举动，金强也紧张起来。两个人慢慢地向里面走去。大约前进了一百米左右，头灯照到了石壁，原来是个转角。两个人一前一后，转过转角，竟然到了洞的尽头。

　　洞的尽头上面有两个小洞，每个都有脸盆大小。有风从这两个小洞吹进来。两个人的头灯往下移了移，赫然看见一个人贴着墙壁站着，两个人吓了一跳。再仔细一看，这个人紧闭着双眼，头发和胡子都很长，脸上苍白，没有一点血色，显然是死了很久。那人身上也穿着绿色的猎装，金强小声地说："第三个，就是他了。"魏大海点点头，头灯的光柱向下移去。那人的两个手臂耷拉在身体的两边。猛然间，魏大海发现那人的左手臂上有液体渗出来。是血，鲜红的血液，还在滴滴答答地流着。两人这一惊可不小，算起来这人死了也有几十年了，怎么会还在流血。地上是满地的血红色，都是从那个人的手臂流出来的。那血腥味就是从这里散发出来的。两个人正要走到近前察看，突然，一张尖尖的嘴从一个洞里伸了进来，两个人马上停住了脚步。不过看看那张嘴的主人应该是进不来这里，两个人的心下稍定。一条细长的舌头从嘴里伸了出来。那舌头好长，前端分叉，极其灵活地舔舐着地上的血液。舔干净了地上的血液，舌头收了回去，那张嘴也撤了出去。魏大海几个箭步跑到小洞处，向外张望。头灯的光只照到一个布满鳞片的身体。和雪白的肚皮，接着就是长长的尾巴。

魏大海又赶紧撤回来，对金强形容着那东西的样子。金强说："很可能是一种蜥蜴。看舌头，和你的形容都能对上号。"金强和魏大海来到那个人的身边，仔细地查看着。他们发现那个人的胸以上是干瘪的，可是胸以下的部分的血管里竟有血液在流动。可是身体却是冰凉的。往后看，魏大海又有了一个惊人的发现。一个很粗的植物的根竟通过那人的肛门伸到了他的肚子里，一直延伸到心脏。那人心脏的位置高高隆了起来，而且还在起伏着。魏大海用开山刀，在那植物的根上轻轻地划了一下，一股红色的、好像血液一样的液体流了出来。魏大海用手沾了点儿凑到鼻子下面闻了一闻，正是一股血腥味。金强从那人的口袋里也找到一个证件，还有一张羊皮地图，没时间看，揣到了口袋里。金强又看了看那人的脚，左脚中间的脚骨已经断裂，可以确定，这是那个中了竹尖机关的人。魏大海看着那人的心脏发呆，对金强说："你看这家伙的心脏还在跳动。"金强看了看，说道："是那植物的根搞的鬼。那植物的根能分泌这种好像血液的液体，正好长到了死人的心脏上，那些液体进到心脏里顺着血管流出来了。"魏大海还是不明白："那为什么他的脑袋没有那液体？"金强看了看那人说："他这个姿势压迫了颈动脉，那液体没有那么大的压力所以上不去脑部。"说着金强又看了看正在流出液体的左手臂，说道："看来这个人是自杀的，你看。"说着金强抬起了那人的左手臂，上面有一个很大的伤口，正在滴滴答答地流着红色的液体。那伤口又正又深，一看就知道是自己割的。而且在他右手边有一把很小的刀。

金强说道："看来这个人受了伤，跑到这里来，他什么装备都没有，恐怕是又伤又饿，后来就自杀了。至于这个根应该是碰巧长到这里面了。毕竟他对于植物来说也是养料。"魏大海点点头。看着这个人，两个人更加担心那四个人的安全。这里的机关还是很厉害的，到处埋伏着杀机。金强说："这里走不通，我们撤吧。"两个人向洞外走出去。魏大海边走边对金强说："我感觉他们好像没有进到这里来。"金强没有说话，但是现在他和魏大海有一样的感觉。虽然尕娃还小，许美琳又有伤，可是以老梅丰富的经验和马青的精明，如果四个人没有危险，一定会在走过的地方做上记号的。这里真的不像有他们来过的样子。最后两个人商量了一下，决定退出这里。

老梅走在前面，对马青说："我说马青，你可看准了。这怎么越来越不好走？"确实，四个人脚下的路是越来越难走，到处是疙疙瘩瘩的，还十分滑。马青哼了一声："我是按着GPS的方向来的，路好不好我怎么知道。高速公路好，你倒是去那里啊。"老梅一撇嘴："净说废话，我说你怎么老是对付我？说你就老老实实地听着。"两个人就这样你一句我一句地打着嘴仗，尕娃和许美琳也习以为常了，还不时地偷笑两声，倒也为这黑暗寂寞的路途增加了点乐趣。可是他们谁也没有提及金强和魏大海。正是因为心中无限的担心，才不愿意说到那两个人。可是那种牵挂，还是像绑在他们心上的线，不时地拉动着他们的心。可是他们都坚信两个人不会有事，因为那两个人是那么强大。但是现在的路就要靠自己走了。尕娃在每一个转弯的地方都系上布条，这是他们的希望，希望那两个人早点找到他们。慢慢的，这里面的路开始平坦起来，洞里也更加宽更加高，景象更加光怪陆离，可是已经慢慢出离美好的境地，变得恐怖起来。在灯光的照射下，或大或小奇形怪状的石钟乳，变得狰狞。在无边的黑暗的映衬下，好像有一个个噬人的恶魔隐藏在洞里。几个人也难免脊背发凉。只有老梅这个神经极为大条的人，好像没事人一样，哼着小曲，在前面走着。四个人穿出这个洞，又是一个巨大的溶洞。这里更加空旷。

　　老梅的强光手电竟然照不到头。一阵阵阴风在里面回荡。马青看了看GPS，早已经没有了信号，可是方向还是可以判定的。而且上面显示，几个人更加深入地下了。马青对老梅说："梅小胆！"老梅回头白了马青一眼说："注意言谈，这里有女士，不要叫我的艺名。"马青哪有心思和他逗闷子，继续说道："现在离我们走出来的通道不远了，不会超过一公里。"尕娃笑了说："那不是很好。"许美琳却皱着眉头，借着老梅的手电光，看着这里说："这里太大了，还看不见。"老梅无所谓地对马青说："方向没错就行，小车不倒只管推。"老梅又走在前面，可是走出了二百多米，竟然停住了。前面没有路了。现在他们站在一个悬崖上面，下面就是很深的悬崖，一个深入地下的悬崖。路到这里好像是突然沉了下去似的。老梅拿出手电向对面照着，这里到对面至少有五百米，因为手电的光达不到。老梅对着对面大喊了一声，过了几秒，回音才传回来。老梅又向悬崖下面照了照，大约有六七十米深。四个人坐在这地下的悬崖上面一时间也不知道进退了。马青刚才看过崖壁说道："这里不是很高，崖壁也有很多可以蹬踏的地方，我们的绳子够用，可以下去。不管怎么样，方向是对的。"老梅看着马青："你的意思是下去？"马青点点头。

老梅又说:"可是对面是什么情况我们不知道啊!"许美琳说道:"方向就是这个方向,不管怎么样,我们先过去,看看,实在不行再回去呗。"尕娃则看着其他三个人,憨憨地笑着,好像没他什么事。老梅对尕娃说:"尕娃,你也发表一下意见,脑子不用是要生锈的。"尕娃笑了笑说:"我没什么意见,现在怎么走都是蒙,我们要靠运气了。"三个人陷入了沉默,尕娃说得对,不管怎么走都没有明确的路径,只有方向。马青一拍大腿:"好,我们就按着方向走了。休息一下,就下悬崖。"

金强和魏大海很快地沿着原路退了出来。两个人现在打定主意,先不去刻意寻找同伴了,而是先去塔中,寻找钥匙。因为他们相信,他们的同伴不会有事的。而且,这样漫无目的地寻找,基本是徒劳。两个人又沿着旋转门回到了原来的通道里,义无反顾地向上面走去。很快来到那个大平台。两个人小心翼翼地走了上去。这里真的很大,墙上全是浮雕,那浮雕和吴哥外面的同样精美。在靠近墙壁的地方,每走十几步,就会有一个四面都是毗湿奴真神头像的雕塑。那头像有一人多高,没有身体,双眼微闭,面部表情祥和安宁。可是金强和魏大海发现在每一只微闭的眼睛里都有一丝光亮透出。在灯光的照射下,竟然显出一丝狠毒,和表情有点相悖。金强走近一个头像仔细地观察起头像的眼睛,才看出来,那里面是一颗小宝石。小小的蓝宝石。

金强和魏大海在这里转了一大圈,数了数一共二十四个四面毗湿奴真神雕像,摆成一个长方形。看了一圈以后,金强拿着手电向上面照了照,这时候才发现上面有点不对劲,对魏大海说道:"我看了半天这里没有别的出路了,以为到头了呢。嘿嘿,才看见这个。这个设计有意思。"上面的设计确实很奇怪。有四个巨大的木制的方形柱子,在上面打了个巨大的十字,在十字的交汇处,是一个长方形木质的好像一个大箱子似的东西。金强指着那个好像大箱子似的东西说:"就是那里,那里不是放东西的地方,就是通往上面的通道。"魏大海点点头,目测了一下距离,那方形柱子离地有四米左右,魏大海可以很轻松地利用飞虎爪爬上柱子。魏大海先爬上了柱子,又把金强拉了上去。两个人坐在木头柱子上看了看,柱子很宽,足有半米,两个人可以轻松地走在上面。魏大海在前面,金强在后面,沿着柱子向中间的长方形箱子走去。刚往前走了三四步的样子,魏大海感到脚下好像踩到什么东西。他刚想告诉金强小心点,脚下一震,四根柱子同时向下沉去。可是中间的长方形箱子却向上移动。

大吴哥

金强一个不小心，竟从木头柱子上跌落下去。还好魏大海手疾眼快，一转身抓住了金强的背包带。这时四个柱子已经停止下沉，每个柱子竟然下沉了二十度。魏大海好不容易把金强拉了上来。金强惊魂未定，说道："怎么回事？这帮家伙，竟然在这上面也没有机关。"魏大海扶着金强站住，两个人看着中间的长方形木头箱子。四个柱子下沉，可是在连接箱子的地方有一段却是向上抬起的，现在已经把箱子紧紧地顶在天棚上了。金强看了看摇着头小声地说："麻烦了。这回怎么打开这箱子啊？"魏大海摇摇头说："谁知道？走一步看一步吧。过去看看。"说着拉着金强向木头箱子走去。

攀爬是马青的强项。马青先找了个结实的石钟乳拴上了绳子，扣上保险扣，两脚蹬着崖壁向下降去。老梅他们三个，站在崖顶看着。马青艺高人胆大，下降得很快。崖壁也并不算高。很快马青下到了最下面，在下面晃了晃头灯。接着许美琳、尕娃、老梅都下去了。四个人到了下面，都感到这崖底有一种阴森的感觉，阵阵的阴风吹得人后背发凉。老梅皱了皱眉头说："怎么回事，这里怎么阴森森的？这种感觉好像有点熟悉。"许美琳听了老梅的话，有点奇怪："你来过这里？"老梅摇摇头："我说的是感觉，这感觉像古墓。"马青哼了一声："古墓？你在哪个古墓里看到过悬崖？别在这里制造紧张气氛了，快走吧。"老梅想说什么，最后还是把话咽了下去。四个人没走出几步，前面竟然全是圆滚滚的木头，每根木头都有两个人合抱那么粗，每根都有十几米长，在四个人的前面一根一根地排放着，一直排到很远，看不到头。尕娃奇怪地说："这是什么？怎么会有这么多的木头？"马青挠了挠脑袋，硬着头皮说道："大概是下面的路不好走，吴哥人给铺上木头，垫垫路。"老梅啐了马青一口："不知道别乱说。"马青哼了一声："我不知道，你知道？"老梅凝视着那无数根粗大的木头，良久，才缓缓地对大家说："走吧，会知道的。"四个人走上木头，许美琳边走边看着脚下的木头，这是热带地区很常见的乔木，能长到这么粗也很常见。这里的木头都是取了树的中间段。几乎都一样长。许美琳用手电向下照了照，发现不止这一层是木头，在木头的下面还是木头，看不到到底有几层。

老梅也没闲着，一直紧盯着木头看。他看到有些木头的两端有藤蔓一样的东西缠着，有的却没有，可能是因为年代的久远，断掉了。为什么木头的两端有藤蔓缠着？此时老梅的心里有了点想法，可是并没有点破。几个人小心地走着，突然身边的黑暗中，传来窸窸窣窣的声音。四个人同时听到了声音。马青敏捷地矮下身体，用手电向声音传来的方向找去，可是手电的光一照过去，声音就消失了，只有木头，那些排列得整整齐齐的木头。马青和老梅对视了一眼，老梅向后退了退，马青向前靠了靠。四个人的距离小了点，几乎是紧挨着的。四个人向发出声音的地方慢慢地走去。走到那地方，马青用手电一照，只见一根大原木不知道被什么咬掉了很多，在原木上面有着清晰的牙印。马青仔细地看了看那牙印，应该是啮齿类的动物留下的。但是齿印很大，马青推断，这动物得有人一般大小。可是许美琳却有点异议："如果是那么大的动物，动作也太快了吧。我们刚听到声音，手电就照过去了，可是我们什么也没看见。"老梅也点点头说："是啊，不会这么快的。"马青不甘心，又向前面走去。突然，发现前面有一根木头也被咬坏了，一个东西，从木头里面露了出来。马青走近一照，不禁倒吸了一口凉气。

十三

　　金强和魏大海走到箱子的下面，从下往上看去。这个箱子奇怪得很，四周根本没有一丝缝隙。魏大海摇摇头说："确实有点麻烦，这箱子好像是一块完整的木料做成的，连点缝隙都没有。想打开它，恐怕只有破坏它了。"金强也在看着，不过他可不想破坏这里的任何东西。金强想了想："我们还是看看有没有办法把这机关恢复了。我可不想破坏东西。"魏大海点了点头，扶着隆起的柱子，跳到另一根柱子上。金强也学着魏大海的样子，跳到魏大海对面的柱子上，两个人分头找了起来。两个人找得十分仔细，可是却没有什么发现。两个人同时跳到了最后一个柱子上，在这根柱子上寻找起来，可是一样没有发现。但是两个人并不死心，又回到柱子隆起的地方。这个地方好像人的关节，后端的柱子向下沉，关节前段的柱子就向上升起。金强对魏大海说："我们只要把这个关节处向上推，就可以把那个箱子降下来了。"魏大海看了看这粗大的柱子，面露难色："咱俩恐怕弄不动吧，就算他们四个在这里我看也够呛。"金强没有说话，只是看着关节处和箱子。良久，金强才对魏大海说："大海，如果我们直接在箱子的下面挂上重物，箱子会不会回来？"魏大海想了想："也许吧，可是我们哪里来的重物？"金强看着魏大海笑了，魏大海明白过来，也笑了。魏大海拿出保险绳，一头交给金强，自己则跳到金强对面的柱子上。两个人一人拿着一头，一齐向上甩去。甩了几下，终于把绳子挂在高高在上的箱子的角上。魏大海跳了回来，把两个绳子头打了一个水手结系在了一起，又跳了回去。两个人又甩绳子，把绳子甩上了箱子的另一个角上。两人一起拉动绳子，绳子很结实地挂在箱子的两个角上。金强大声对魏大海说：

"没问题,可以了。来,我们跳。"金强的声音刚落,两个人拉着绳子,一齐跳下去。两个人荡了下去,在中间会合,用尽全力向下坠着。箱子开始慢慢地下降,一阵阵"咯吱咯吱"的声音从四个柱子上传来。终于,两个人用自己的体重把上面的箱子拉了下来。箱子回到原来的位置,四个柱子又恢复了平直。金强对魏大海说:"我俩得一个一个上去,千万不能碰那四个柱子。不然还会引发机关的。"魏大海说:"我先上去吧。"金强点点头:"嗯,你上吧。我在这里给你坠着。"说完,金强拉住魏大海拉的绳子,人站在绳圈上,魏大海则顺着绳子向上爬去。魏大海到了上面,又把金强拉了上去。没想到这个箱子在半空中,只有四根柱子支撑竟然稳如泰山,一点晃动都没有。终于,两个人站在了箱子的上面。这个箱子很大,两个人站在上面还有活动的空间。两个人一人一面,蹲在箱子的两边仔细地看着。箱子的上面同样严实,四周同样没有缝隙,只有正中间有一条不易察觉的缝隙。魏大海对金强说:"看来是中间对开的?"金强看了看,点了点头。两个人站到了缝隙的同一边。两个人都拿出了瑞士军刀,一个在前,一个在后,把刀锋伸到缝隙里,慢慢地开始撬动。可是这个箱子的盖板太重了,瑞士军刀太薄,根本没有办法用上力气。金强对魏大海说:"不行啊!撬不动,这刀用不上力气,再用力刀就会折的。"魏大海也暂时放弃了。

　　两个人面对面坐着,想办法。魏大海说:"我们现在没有别的工具,实在不行只能用开山刀劈开了。"金强叹了口气说:"那是下策。我觉得总会有办法的,咱俩再看看。"魏大海点了点头,没再说什么,又趴在箱子上仔细地寻找起来。金强当然也没闲着,沿着中间的缝隙寻找,一直到箱子的一端。再往下看,突然箱子立面上一个小小的方形吸引了金强。这个小小的方形就在立面靠近中间缝隙的地方,那方形就在立面上,如果不仔细看是很难察觉的。金强用瑞士军刀,在小方形的边上轻轻地刮了刮,才发现这个小方形是一个后插在里面的楔子。金强用刀把那个楔子撬了出来。金强赶紧找回魏大海。魏大海凑近了一看,点了点头说:"有门。"两个人赶紧又跑到箱子的另一端,在对称的位置果然又找到一个楔子。两个人很轻松地把这个楔子也撬了出来。这回在中间的缝隙上一撬,箱子的上盖左右分开了。这箱子的上盖有半尺厚,上盖的两端是滑道,中间结合的地方竟然是中国式的卯榫结构,而最一开始撬掉的两个楔子就是这个卯榫结构的关键。如果不把那两个楔子取出来,是不可能打开这个上盖的。现在楔子取了出来，推开上盖，却是极轻，一点力气都不费。魏大海有点茫然："这卯榫结构不是中国人的发明吗？"金强倒是不以为意："这里离中国那么近，有些中国工匠很正常。那时候大概是宋朝，所以在宋以前唐朝时期中国的工匠就大量输出到这里也不奇怪。"魏大海想想，也是，就不再说什么。箱子已经打开了，两个人急切地向里面看去。里面是一块明黄色的布。金强用刀轻轻地挑起明黄色的布。里面竟是一具尸体。两个人都没有想到，他俩费尽心思打开的竟是一个棺材。不过躺在这个棺材里一定不是一般人。而且这么大的棺材，也不可能只有一个人，一定还有其他的东西。魏大海轻轻地翻动尸体，尸体已经变成干尸，没有多大的分量，而且看样子死者生前也不会太高，是个矮个子的男人，头上戴着王冠一样的东西。金强看了看说："我想大概是吴哥王朝哪一代的君主吧。"魏大海点点头，旋即又问："那是哪一代的君主？"金强想了想："应该就是建造吴哥窟的那一代君王，也就是真腊国王苏耶跋摩二世。"魏大海怀着一丝敬意看了看里面的干尸，对金强说："这个君王的尸体下面肯定有东西。"两个人把君王的尸体轻轻地抬了出来，放到了一边的上盖上。里面果然有东西，有一把银光闪闪的长刀，还有很多的珠宝，大概都是真腊国王苏耶跋摩二世生前的喜好之物。两个人对这些东西都不感兴趣，但是在棺材的角落里有一个布包，引起了金强和魏大海的兴趣。魏大海把布包拿了出来，小心地打开布包，一个长方形的东西出现在两个人的眼前。金强一把抓住了这个东西，拿到自己身边。这个长方体闪着金属的光泽，上面有着海浪般的花纹，而且花纹很深，好像是方向性的导入槽。这东西看得金强眼中放光，兴奋地对魏大海说："就是这个，这就是我们要找的钥匙。"魏大海也很高兴，接过那个长方体，仔细地看了起来说："对，各种特性都对得上。应该就是这个。"他小心地用布又包上，放到了金强的背包里。两个人又在棺材里面寻找了一番，希望找到那本海图，也就是钥匙雷达，可是却没有，恐怕真的让那些吴哥人拿着出海了。已经找到要找的东西，两个人又把棺材复原了。把东西放回原处，关上上盖，又把楔子插了进去，恢复成原来的样子。两个人一人拿着绳子的一头，落回地上。

马青照到的是一幅遗骸，而且已经被啃食得零乱了。马青震惊的同时，老梅在身后幽幽地开口了："我都说过了，这里有点古墓的味道。你就是不信。我刚才就感到了，这些木头就是棺木。"马青嘀咕着："不早说，现在却来说。"许美琳还是没弄明白，问道："可是这木头为什么这么长？"老梅沉着声音说："这里面不是一个人，我看这长度应该是三个人合葬的。尕娃，你去那头，咱俩一起把这木头抬起来。"尕娃听话地走到一个木头的另一端，和老梅合力把着木头的上半部抬了起来。原来这些木头都被剖成了两半，老梅和尕娃把上面的一半抬起来，里面真的有三具尸体。树芯被抠出了三个人形，那三个人就躺在里面。正如老梅所说，这些原木真是棺材。一想到站在这么多死人的上面，除了老梅以外，其他人都不觉头皮发麻，后背冷风直窜。老梅还在冷静地分析："这种棺木很像中国元朝时期的棺木，直接把人放到掏空的树里面。根据这个规模，这里是个群葬区，也就是普通人的墓地……"老梅正说得津津有味，那窸窸窣窣的声音又传来了。老梅立刻闭上了嘴，警惕地向四周看去。其他人也想起来了，他们本来是要找这声音的来源的。老梅咧了咧嘴，说道："恐怕不好办。"许美琳看着老梅问道："什么不好办？"老梅又把声音压低了一点："不知道这些东西是什么，只是知道它们磕木头，然后吃尸体。这还不是不好办吗？它们吃惯了人肉，现在来了四个新鲜的，一定不好办了。"其他三个人一听，一个头倒有两个大。老梅说的还是有点道理的，一想到有很多长着大牙齿的动物来啃食自己，三个人不禁同时打了个冷战。老梅却笑了说："和你们开个玩笑，你们不会真的相信吧？"可是拿着手电的马青却小声地说："我真希望你是开玩笑。""什么意思？"老梅向马青看去。只见马青手指着黑暗处，对老梅说："我们，我们被包围了。"老梅顺着马青手指的方向看去，果然，在黑暗中，一双双的大眼睛反射着手电的光亮，好像一团团飘忽的鬼火，在黑暗中闪烁，而且根本看不出来有多少。这回轮到老梅倒吸一口凉气了，说道："看来真的要葬身于此了。"尕娃也看到了，喘着粗气，攥紧了手里的强光手电，下意识地靠近了许美琳。老梅沉着地说："美琳、尕娃，一有机会就跑，我和马青先顶着。"马青此时也豪爽地一笑："哈哈，能和梅兄在此并肩，不亦快哉。"尕娃打开了强光手电，向那些眼睛照去，强光手电的光亮照射得很远，他们终于看见这些眼睛的主人。

确实是一大群，肥硕的老鼠，可是那老鼠和平时的老鼠有点不一样，不仅仅是有半米长的个头，和小铁锹一样的门齿，还有两个又黑又大的眼睛。后肢极为强壮，前肢短小，爪子却是十分尖利。老梅和马青都抽出了开山刀，准备战斗了。突然尕娃说话了："别急，这些家伙好像怕我的手电。"尕娃这一说，大家才注意到。果然那些老鼠一接触尕娃的手电都纷纷躲到一旁。老梅紧张地戒备着老鼠，没有回头，对大家说："这帮家伙终年待在这地下，没见过什么光亮，自然怕这手电的光，可是不知道它们能怕多久。怎么样，我们怎么走？"尕娃和马青没说话，许美琳开口了："拼了，原计划，既然他们怕手电，我们就走过去。"许美琳这一番话，激起了三个男人的豪气。马青大声说："好，既然女士都这么说，我们又怕什么。来，按原计划来。"说着马青拿着强光手电，走在了最前面。可是位置却被老梅占住。老梅接过马青手里的强光手电："兄弟，你断后吧。"马青来到后面，接过了尕娃的手电，把自己手里的开山刀塞到了尕娃的手里。三个男人把许美琳紧紧围在中间。老梅慢慢地向前走，接触到手电光的大老鼠纷纷向两旁退去。在黑压压的包围圈里给四个人闪出了一条小路。老梅心一横，走进那条小路。那些大老鼠离四个人的距离很近，甚至可以看清楚大老鼠嘴边的胡须。老鼠身上一阵阵腐朽的死人味道，充斥着四个人的鼻腔。四个人觉得一阵反胃，好不容易才把这种感觉压了下去。看着这些随时可能扑上来的老鼠，老梅不敢快走，只能慢慢地通过。他们的位置离对面的崖壁只有300米左右，可是这平时看起来短短的距离，此时却好像没有尽头。中间的许美琳借着手电光，看着那些黑压压的老鼠，眼中都闪着迷茫的光。许美琳不敢肯定这些老鼠能不能看得见。可是它们的鼻子都在翕动着，似乎在感知着猎物的味道，也许在大脑里已经形成了鲜美的肉块和鲜红的血浆。突然，尕娃的脚下一滑，被许美琳一把拉住了。这个动作过大，似乎打破了两方面的平衡，老鼠们一阵骚动。四个人的心都提到了嗓子眼。庆幸的是，老鼠在一阵骚动以后，并没有什么实际的动作。但是四个人知道，现在只要有一个老鼠扑上来，所有的老鼠都会扑上来，四个人马上就尸骨无存。终于四个人走到了崖壁下面。四个人转过身体，背靠着崖壁，面对着那些大老鼠。尕娃接过马青手里的强光手电："青哥，你上吧。"马青看了看其他三个人，刚要说什么，老梅不耐烦地说："快上，别穷矫情。"马青把要说的话咽了回去，看了看崖壁。许美琳用老梅的头灯给马青照亮。这崖壁对于马青来说基本没有什么难度，崖壁上面凹凸不平，马青徒手就向上面爬去。老梅和尕娃两只强光手电射向鼠群，可是他们感觉鼠群开始慢慢压近了。马青不愧是攀爬高手，又因为事情急迫，马青很快就爬上了崖顶，找了一处拴好绳子，把绳子放了下去。

没有废话，许美琳在腰上打了个结，在马青拽拉下，很快上去了。接着是尕娃，最后是老梅。可是老梅刚系好绳子，鼠群突然骚动起来。看样子老鼠们终于明白这些人要干什么，它们不想眼看着到嘴的新鲜食物就这样飞掉。鼠群虽然还是对手电的强光有一点忌惮，可是开始躲着强光向老梅逼近了。现在的老梅一手一支手电，哪有手攀爬，看着逼上来的老鼠，急得大喊："快，快拉我上去。"三个人不敢怠慢，在上面一起用力。下面的老梅腾空而起。老梅刚一腾空，就有老鼠扑了上来。半空中的老梅利索地把两只手电插到腰上，飞起双脚踢飞两只扑上来的老鼠，顺着绳子，快速地向上攀爬。下面的老鼠乱成一团，后扑上来的老鼠把前面的老鼠压到了下面。再后来的老鼠又把前面的也压到下面。看着下面的老鼠扭成一团，老梅心里一阵后怕。还好时间刚刚好，不然老鼠一定把自己分尸了。老梅正暗自庆幸，突然绳子一脱，他向下沉去。这一惊可非同小可，饶是老梅胆大包天，也不禁吓得三魂七魄飞出身体。可是绳子马上又止住了下滑，上面传来马青的声音："对不起，脱手了。"老梅终于爬上了崖顶，气喘吁吁地指着马青说："你个马猴子，这时候你还敢和我开玩笑。"马青不好意思地说："真不是开玩笑，真的脱手了。"说着伸出手，马青的左手真的脱了一层皮，还有鲜血在上面。老梅没说什么，在背包里找出纱布，帮助马青包扎。此时的许美琳也累得不成样子，她和马青拉了两个人上来，有点虚脱，可是还是强忍着，帮助老梅给马青包扎伤口。大家收拾停当，坐下来休息。许美琳对老梅说："都说你胆子大，今天才知道，你一身是胆啊。"马青恢复了嬉皮笑脸的样子说："大难不死必有后福，老梅，你去查查老鼠，咱俩一起合买彩票。"老梅哼了一声："要查你去查，我再也不看这恶心的老鼠了。"只有尕娃，看着大伙儿呵呵地笑着。

金强和魏大海两个人终于找到了钥匙，把苏耶跋摩二世的棺材恢复了原来的样子后，跳下棺材，落到地上。这时候两个人的心情是无比兴奋的。他们已经完成了任务，只要再找到同伴，大家就可以一起离开这里了。魏大海在找地方做记号。突然，金强感到后背有点痛，好像被火焰灼烧的痛。他赶紧卸下背包，魏大海过来一看，金强的背上，不知道被什么东西烧了一个小洞。此时还在冒着烟。魏大海拿水倒在小洞上，金强感到舒服不少。两个人就检查了一下背包和其他地方，可是并没有什么发现。一时间两个人有点纳闷。突然间，魏大海发现每个神像的眼中都发出了蓝色的光。那光不是反射的光，而是极强的蓝色光束，又细又长。一百九十二道光束在这里面形成了一个网。没等魏大海说什么，埋头整理背包的金强也抬起了头。他也发现了这些蓝色的光，莫名其妙地看着魏大海。魏大海却最先想到的是金强背上的小洞难道是这些光束造成的？魏大海拿出一个布条，慢慢地挡住一束比较近的蓝色光束。当布条一挡住蓝光，蓝光骤然增强，布条一下子燃烧起来。

魏大海吓了一跳。比激光还厉害。可是远不止这些。地下又传来一阵声音，那些神像竟然慢慢地转动，金强和魏大海所在的位置也不安全了。有几道光束已经向他俩射了过来。两个人不敢怠慢，分别找到没有光束的地方站好。金强开始还以为，那些神像的眼睛都有些高度，只要自己弯下腰，或者伏在地上就可以躲过。可是他想错了，不仅仅是神像在转动，连神像的眼睛也在上下动。俯下身体这一招根本就不管用。还好神像的转动是有规律的，每隔十五秒就会换一个角度。两个人勉勉强强还可以找到容身的地方。可是却没有时间想别的，只能在换一个位置以后，赶紧想下一个位置。不过两人却同时想到了，要向来时的门口靠近。只要逃出这个地方，就好了。可是似乎这机关的设计者也想到了，不管怎么变换，门那边始终是光束最密的。一时间两人都没了办法。现在金强的位置是越来越靠近东边的墙壁，而魏大海的位置却正好相反。金强看着这种情况，不禁心中着急，可是这一急，竟急中生智。他一边变换着姿势和位置，一边摸出了背包边囊里的一面小镜子。镜子不大，一次可以反射一道蓝光，可是也给金强提供了机会。少了一道光，金强的位置就可以宽松许多，慢慢地向门靠近。此时魏大海已经在里面转了一圈了，离金强越来越近，看见金强拿着小镜子，也好像想起了什么，一伸手把头灯打开，拿出了里面的灯碗。灯碗也是反光材料，虽然面积小点，可是只要掌握得准确，一样可以反射蓝光。这个时候两个人虽然摸到了一点窍门，可是已经有点筋疲力尽了。这种精神高度集中的事情，很容易就会让人疲惫。金强和魏大海，都有几处躲避失败，身上立刻被蓝光灼伤了。两个人也不禁心中发急，可是越急越乱，越乱就越受伤。金强忍着身上的痛，终于挨到了门口。一看门口近在咫尺，咬了咬牙，冒着被灼伤的危险，一个飞身，扑了出去，就地一滚，人已经出来了。他赶紧把裤子上的小洞扑打灭掉，找了一个蓝光射不到的地方，向里面看去。这时候的魏大海看到金强扑了出去，反倒沉稳起来，手脚变得更有节奏了。金强对魏大海大喊一声："大海，接住镜子。"说着，把手中的镜子向魏大海抛去。魏大海听到声音，可是不敢转头，只用眼角的余光，看着向自己飞过来的镜子。不知道金强因为疲劳，还是因为没看清楚，力道有点不够，镜子竟还没有飞到魏大海手能够到的地方就开始下沉了。魏大海余光一扫，不好，那镜子要是落在地上，就没用了。一个转身，躲开了射向自己的一道蓝光，右脚一伸，整个向前迈去。一个劈叉坐在地上，而此时神像又再转动，眼看着一道蓝光向魏大海扫来，金强的心都提到了嗓子眼。

这道光要是扫到，正好扫到魏大海的头上。可是现在魏大海是劈叉的姿势坐在地上，根本动弹不得。然而，镜子也在这时候飞到了，说时迟，那时快，魏大海一伸手接住了镜子，又快速地回手，把射向自己的那道蓝光发射了出去，接着两腿一较力，人就站了起来。有了镜子，如有神助，魏大海稳健而快速地向金强这边移动过来，最后也是一个飞跃，滚出了蓝光笼罩的世界。两个人调整了一会儿，魏大海对金强说："没想到，吴哥窟的机关里会有激光，太先进了吧。"金强回头看了看还在闪耀的蓝色光束，摇了摇头说："不是激光，更像是粒子束。恐怕也是和亚特兰蒂斯人学的。要是激光的话，这里早就被切割塌掉了。那些神像的眼睛中的蓝宝石，就是汇聚粒子的，还会加强。不过现在想起来，这个需要巨大的能量，我看就是我们不出来，再挺一阵子，恐怕也会没有了。"魏大海又看了看里面的蓝色光束，哪有一点暗淡的意思，摇了摇头说："还是早点出来为妙。"两个人开始检查身上的伤，伤势不重，都是灼伤的小点点，但是都起了泡。两个人处理了一下，准备找个地方睡觉，休息休息。可是魏大海一抬眼，看了看这里，不觉发出一声"咦"，金强看了看他问道："怎么了？"魏大海还在看着周围，小声地说："好像不对，我们不是从这里进去的。"

四个人站了起来，老梅说："我们再往前走走，找个地方休息吧，时间不早了，该睡觉了。"大伙儿都点头同意。四个人向前走了一阵子，前面又出现了溶洞，在溶洞里找了一个相对比较高，比较干燥、平坦的地方。四个人决定在这里宿营。大家吃了点干粮，喝了点水，就都躺下了。马青对老梅说："老梅，电池恐怕不够用了。"这一说，老梅又坐了起来，说："你不说我还忘了。"说着拿出野营灯，点亮了，对马青说："你把那些电池都卸下来。这个野营灯上面有手摇式充电器，可以充电。"马青一听高兴了，说："嘿嘿，老梅你可是做了一件好事。我怎么不知道这装备？"老梅不屑地说："你知道个屁，这是班长弄回来的，就告诉了我一个人。"可是老梅一说完，大家都陷入了沉默。刚才在危险当中没有时间来想这些，现在老梅突然提起，大家不禁又想起魏大海和金强了，不知道那两个人现在怎么样了？许美琳突然感到自己对金强是那么地依恋，可是现在只有担心。许美琳下意识地摇了摇头，暂时把那些想法都摇出了脑袋，突然想起那个叫作于尔根的德国人的小册子，反正睡不着，她就在野营灯下翻看起来。小册子开始记录的是一些关于于尔根自己的事情，可以看出来于尔根是一个很刻板的人，就连记录的语言也是最简洁的，几乎没有任何修饰。

终于许美琳读到了关于吴哥窟的记录。原来他们四个人是德国秘密警察也就是臭名昭著的盖世太保，玄学部亚洲探险队的一个小分队。在中国康巴藏区，找到一个中国人，这个人给了他们一张羊皮地图，并告诉他们，羊皮地图所指向的是一个失落的远古的先进文明。可是很多人不愿意过来，只有他们四个人作为先遣小分队，跟着羊皮地图来到这里。而他们的队长是一个叫德克森的人。看到这里许美琳想起了组织他们到埃及科考的德克森。难道是巧合吗？还是两个人之间有什么关系？她带着疑问又继续看下去。四个人来到这里，在雨林中的小河里，乘着筏子按图索骥。许美琳想，那时候吴哥窟并没有被发现，看来那四个人认为的雨林中的河流，很可能就是吴哥的护城河。但是看上面写的，四个人还是发现了一些东西。在雨林中不时会有巨大的石头，上面还有美丽的浮雕。许美琳发现于尔根在这里少有地用了一些修饰的词语，可见仅仅是管中窥豹，吴哥的魅力也是难以阻挡的。四个人沿着河流进入到暗河中，可是再上岸的时候发生了分歧。于尔根和另外两个人认为应该在暗河左边上岸，可是德克森认为应该从暗河的右边上岸。羊皮地图上并没有标明暗河的流向，德克森又在右岸上找到了入口，他们就在右面上岸了。写到这里就没有了，可能第二天或者刚刚写完不久，于尔根就遭到了蚂蚁或者别的什么的袭击，死在横梁上面了。生前虽然躲过了蚂蚁，可是死后还是让蚂蚁吃掉了尸身。许美琳叹了口气，合上了日记。一阵困意也随之袭来，她很快进入了梦乡。老梅、奀娃、马青三个人轮流值班，这个习惯已经被魏大海养成了，只要是在外面，睡觉都会有一个人值班。一边守夜，一边用手摇充电器给电池充电。三个人都没有打扰许美琳，让许美琳可以好好休息。

听了魏大海的话，金强也看了看四周的环境。魏大海说的没错，这里和来时的通道确实不一样。如果不细看,还真感觉不出来,墙面的颜色要深很多,由于黑暗,刚才并没有注意。金强不禁有点纳闷,来的时候明明看过,只有那一条通道。里面是个死胡同。而且方向也没错,怎么会?看着金强在沉思,魏大海站起来向通道里面走了几步,看了看,没多久又回来了,说:"我们在里面宿营吧,再慢慢想。"金强点了点头,和魏大海向里面走去。找到了一个平坦的地方,两个人准备睡觉。两个人没有野营灯,只留了一个头灯。两个人头顶头地躺着。魏大海说道:"不知道他们四个怎么样了?"金强闭着眼睛说:"现在也应该宿营了吧。希望他们都没事。最好记得有人值班。"魏大海说道:"这里可比埃及那里危险得多,而且这里很复杂。现在我们走散了,许美琳还有伤在身。这里处处杀机四伏,我真的很担心他们。"金强叹了口气说:"应该不会有事的,有老梅和马青呢!他们能照顾好许美淋和尕娃的。"金强这番话是说给魏大海听的,也是说给自己的听的。这时候他只能这样想。魏大海说道:"那个放棺材的地方很奇怪,我们明明看了一圈,只有一个出入口,可是出来却不是了。"金强也在想这件事,良久才说:"可能是我们在上面引发了机关,我们进来的那个通道就被封闭了,而这个通道口就开了。"魏大海也觉得金强说的有道理。这恐怕是现在唯一的解释。可是魏大海转念又一想,不禁有点担心,说道:"金大哥,如果是那时候触发的机关,而出现的这条通道,那就说明这条通道是用来对付盗墓者的,恐怕更是艰险了。"金强想了想说:"是吧?不管怎么样也得走了,睡醒了,我们就要打起十二分的精神。不仅要出去,还要找到他们。"魏大海嗯了一声,两个人睡着了。可是这种睡觉就像狗那样,不会睡得很实,每隔十几分钟就会醒来,感觉一下外部的环境。终于在最后的十几分钟里金强很深地睡着了,还做了梦,梦见自己在大海中畅游,海中有一座山,有人告诉他,那就是他的家。可是梦中金强看不清海中山的模样,奋力地向前游去,却游不快,突然不知道从哪里来了一个长着鱼尾巴的女人,伸出手拉着他向山游去,金强感到那个女人长发的背影很熟悉。看着她曼妙的背影和上下摆动的大鱼尾,金强却怎么也想不起来在哪里见过她。突然,美人鱼回头对着金强嫣然一笑,金强看清楚了,是许美琳,可是许美琳为什么会变成了鱼?正想着,金强就醒了。四周依旧是一片黑暗,只有头灯光一点亮,就像在一块黑布上开了一道口子。金强没有动,静静地思考着,这好像是自己第二次梦到许美琳了,是不是因为自己太想念她了?可是为什么自己从来了这里以后,每个梦都和海洋有关?难道自己真的是亚特兰蒂斯人的后裔?可是金强马上就被自己的想法逗笑了。听到金强有动静,魏大海说话了:"金大哥,你醒了?"金强答应了一声,看了看表,已经是早晨了。在这个黑暗的世界里待的时间长了,没有了时间概念,只有生物钟还准时地提醒自己。金强坐了起来,两个人检查了一下装备,由于魏大海的背包已经没有了,口粮只够一天吃的了,水倒是不少,重要的是电池没有几块了。两个人商量了一下,只戴头灯,把手电收了起来,又向通道里面走去。

十四

四个人都起来了。吃过简单的早餐，大家为恢复电力感到高兴，毕竟在这样黑暗陌生的空间里有照明工具是件非常令人振奋的事情。尕娃边收拾东西，边对许美琳说："美琳姐姐，我昨天晚上做了个梦。"许美琳很感兴趣，问道："哦，做了什么梦？"尕娃想了想说："我梦见我在大海里面，海里面有一座山，可是我看不清楚山的样子。我一直向海中的山游着，想看清楚山的样子，可是就是游不到近前。"许美琳点了点头说："这个梦很有意思。"这时候，大家收拾好了东西，又向前进发。许美琳对身边的尕娃说："那里可能就是你的故乡。就在大海里。"尕娃点了点头，不再说话了，好像沉浸在自己的梦里。正走着的马青突然回头对许美琳说："许美琳，你昨晚上看了那个德国人的日志，上面说什么？"许美琳这才想起来，把上面说的东西对三个人说了。老梅若有所思道："这么说那个德克森的父辈很有可能就死在这里了？"马青却摇摇头说："也很有可能逃出去了。"许美琳说道："嗯，都有可能，我几乎可以肯定这个德克森和一直跟我们作对的德克森是有关系的。还有他们得到的那张羊皮地图，是从中国的一个叫作康巴的地方的一个人手里得来的。"老梅点了点头说："康巴在四川，离西藏不远，回去我们应该查一查。"大家边走边聊，不知不觉中已经来到溶洞的纵深处。一滴水滴落在马青的脸上，马青用手一抹，拭去脸上的水滴。可是一股奇怪的味道，冲进了马青的鼻子。马青又闻了闻，想起那暗河中的水，就是这个味道。马青抬起头，用手电向上面照了照，上面的石钟乳是黄褐色的，而且滴下来的水也是黄褐色的。看到马青的手电光向上面移去，其他三个人也跟着向上看去。老梅耸了耸肩膀说："不怪班长说不能喝，这水的硫化物含量太高，根本没办法饮用。看来这和暗河的水是同源的。"话还没说完，一个小动物就掉落在马青的脸上。

马青吓了一跳，赶紧用手把小动物拿开，是一只盲蜥，那种长期生活在这样黑暗环境中的蜥蜴。没有眼睛，所以叫作盲蜥。马青把盲蜥丢在地上，小声地说："这家伙，吓了我一跳。"老梅歪嘴笑着说："你小子就是胆子小。这算什么。"四个人再往前走，看到了一个大溶洞，溶洞又分出两个岔口。大家正在选择间，马青向其中的一个岔口照了照说道："不用选了，这边这个岔口没通路，只有两个脸盆大小的洞。走那边吧。"老梅也到马青照过的岔口看了看，确实像马青说的那样。刚要走，就闻到一股奇怪的味道。那味道有点腥，又有点甜，让人闻得牙根发痒。而且那味道越来越重，好像就是从那两个和脸盆一样大小的洞里传过来的。看见老梅在那里发愣，马青大声地叫道："老梅干什么呢？快走啊！"可是老梅还是没动，三个人走了过去。马青拍了拍老梅说："怎么了，叫你也不吱声？"老梅沉声道："你有没有闻到什么味道？"老梅这一说，三个人都闻到了那股腥气。尕娃自言自语地说："这是什么味道？"四个人闻了一会儿，马青和老梅对视了一眼，几乎是同时异口同声地说："血腥味！"有血腥味就有血，而且应该是鲜血。难道？四个人不敢往下想，刚要进去看个究竟，身后传来"哗啦哗啦"的声音，就像一个布袋子拖在地上的声音，四个人一激灵。马青看到洞边有个高处，可以藏身，拉着三个人，爬上那里，向下看着。很快，那"哗啦哗啦"的声音由远及近，四个人睁大眼睛，努力在黑暗中看着，终于看清楚，两个庞大的身影，爬了过来。

那样子，就和掉在马青脸上的盲蜥是一模一样的。不过大了很多。马青看见了伸了伸舌头，小声地说："看来掉在我脸上的是个孙子，要是这家伙掉在我的脸上，我死定了。"虽然大，可是还是盲蜥。看那样子也是看不到，不过两条分叉的舌头，不时地伸出嘴外，它们就靠这个来探路。四个人连大气都不敢出，看着那两个大家伙。不知道这两个家伙喜不喜欢吃人。可是看样子那两个大家伙是被什么吸引了，径直朝那个没有出路的岔路爬去。马青壮着胆子，把头灯打开，把光压到地面上，借着反射的光看着那两个大家伙到底要干什么。光线的微弱改变，并没有惊动那两个大家伙。两个大家伙好像饥肠辘辘的狼闻到了绵羊的味道，什么都不顾，把尖细的头伸到了两个脸盆大小的洞里。马青就什么也看不见了，只听着传来一阵巨大的舔舐的声音。马青对其他人说："这两个家伙开饭呢？不知道食物是什么？"四个人的心都提到了嗓子眼，都害怕那两个大家伙的食物是金强和魏大海。尽管努力不往这上面想，可是还是担心得要命。现在也没有办法，不敢打扰这两个大家伙，只好等这两个大家伙吃够了，爬走了再说。时间好像凝固了，一分一秒都比原来走得慢。终于不知道过了多长时间，那两个大家伙舔舐的声音停止了。两个大家伙一分钟都不停留，转身走了，一会儿就消失在黑暗中。四个人赶紧从上面跳下来。孖娃和许美琳不敢往洞里面看，马青和老梅一人一个洞向里面看去。洞里面是一个巨大的植物根系，可是在根系的末端是一个低着头的人，背对着他们，还有血滴从耷拉下来的胳膊上滴到地上。尽管他低着头，还是背对着他们。老梅和马青也可以确认，他不是金强或者魏大海。不管是身材还是衣着都不是。两个人同时吁了一口气，不管怎么样，这是个好消息。马青对孖娃和许美琳说："不是他们俩，不知道是谁，应该是那四个德国人中的一个。"老梅和马青也听到了孖娃和许美琳吁了一口气。许美琳和孖娃也凑了过去。看了一阵许美琳点了点头说："就是那四个德国人中的一个，穿的衣服和于尔根的一样。不过不知道是不是于尔根提到的德克森？奇怪的是他怎么还在流血？老梅，我们能进去吗？"老梅试了试，他进不去，马青身材纤细一点，试了一下也是不行，那洞实在是太小了。马青拿出开山刀，在洞的边缘砍了几下。溶洞的钙化层很硬，不过还是勉强砍了下来点。四个人换着班地砍，终于把洞口扩大了一点。马青勉强挤了进去，在那个人的身上看了看，又翻了翻那人的口袋，什么都没有。不过马青注意到了，那口袋有人翻过，心中一阵激动，应该是魏大海和金强来过。这就是魏大海和金强看到过的那个人，口袋里的东西已经被他俩拿走了。马青没时间研究那个人为什么会流血，转身向洞的另一头跑去。老梅在小洞外看马青跑向另一个方向，大声地叫道："你干什么去，马青？"马青边跑边回答："老金和班长来过这里，我看看有没有记号。"听到马青的回答，大家都一阵激动。没一会儿马青就又跑回来了，说："真的有，他俩来过这里。快，你们快进来。"三个人不知道说什么好，赶紧七手八脚地往里面爬，许美琳和孖娃还好，很顺利地进来了，老梅就比较麻烦。洞口对于他来说有点小，老梅忍着痛，擦伤了肩膀才进去。

金强和魏大海小心地在通道里面前行。两个头灯的光亮，划不开无边的黑暗。那些黑暗的地方似乎隐藏着什么怪兽，危机四伏。开始脚下的路还算平坦，可是走了一阵子，路变得崎岖不平。两边也不再是墙面，变成了石壁，而且路向下斜得厉害。金强对魏大海说："这里怎么这么斜？难道是通往地狱的路？"魏大海对金强的话有点惊异，莫名其妙地看了金强一眼。可是金强好像没有感觉到一样，依旧自顾自地说着："地狱有十八层，不知道现在是哪一层？"魏大海只好接过话头："这里不是地狱，不过确实在往地下走。愈来愈深了。"可是金强好像没听到一样，依然自言自语地说："好像第七层了，怎么会有那么多的鬼魂？"魏大海被说得一头雾水，不再说话，一边走着，一边看着金强。金强的眼神迷离，可是脚下却并不乱。魏大海更糊涂了，只能担心地看着金强。金强依然自言自语："这里怎么有印第安武士，他们头上的羽毛真漂亮。火鸡，好大的火鸡！"魏大海开始担心了，金强就好像得了癔症一样。

　　魏大海站住了脚步，挡在金强的前面："金大哥，你没事吧？"金强也停住了脚步，可是嘴里还是在絮絮叨叨地叨咕着。魏大海摸了摸金强的脑袋，可是并不热。魏大海有点焦急，抓住金强的肩膀用力地摇晃着："金大哥，金大哥，你怎么了？"可能是魏大海用力太猛，金强脚下一滑，竟然向下栽去。魏大海一把没抓住，赶紧一个飞扑抱住金强，两个人一起向斜坡下面滚去。这里的坡度真是越来越大，魏大海几次想止住滚动的身体，可是都没有成功。魏大海只能护住金强的要害部位。耳中还听见金强在说着什么，却听不清楚。可是这样一来，自己的要害就暴露出来。一连几下都撞到了脑袋。脑袋越来越昏沉。可是魏大海依旧死死地抱住金强，心里只有一个信念，不能让金强受伤。终于魏大海没有了意识，两个人滚落到最下面。停住身体的一刹那，魏大海的身体瘫软了，昏倒在金强的身下。好在下面是软软的沙地，两个人没有再受伤。金强也撞了几下，可是由于有魏大海的保护，没什么事。他好像从梦中醒来，呆呆地看着眼前的一切，不知道到底发生了什么。直到他看到已经倒下的魏大海，才焦急起来。不管发生了什么，先把魏大海叫醒。金强用力地摇晃着魏大海，又拿出水在魏大海的脸上洒了一点。魏大海这才缓缓地醒过来，可是头却天旋地转般的迷糊。金强扶着魏大海坐了起来，关切地问："你怎么样了大海？没事吧？"好一阵魏大海说不出话来，又缓了一会儿，魏大海才断断续续地把刚才的事情说给金强听。金强很茫然，他的记忆只是在开始走下坡路的时候，以后的就是一片空白。他也弄不明白为什么自己会有那样的表现。他对魏大海说："我刚才真的是那样？"魏大海点了点头，可是头又开始晕了起来。金强赶紧扶住魏大海不再说话了。金强看着魏大海，心中升起无限的悔意。可是直到现在他还是弄不清楚自己到底怎么了。很久，魏大海终于站了起来，晃了晃脑袋，尽管还是有点晕可是已经好多了。两个人这才开始打量起周遭的环境。这里是一个地面很平的地方，那条斜道通向这里，可是这里通向哪里两个人并不知道，因为头灯的光亮不管怎么样也照不到全部，想来这里是很大的。金强搀扶着魏大海，走了走，才大概地领略到这里的全貌。有四条斜向通道，这里就像一个美式台球的滑道汇集处。金强看了看魏大海说："怎么样了？好点了吗？"魏大海勉强地笑了笑说："好多了，我没什么事了。不过我们该走哪一条路？我现在脑袋不太灵光，全靠你了。"金强也一样为难，在这里面看来，这四条道都差不多，都以一个极大的角度通到这里，恐怕这样爬上去，也是很难走。

　　四个人终于都进到了洞里面。已经没人关心那个德国人了，都快速地向外面走去。在马青的指点下，他们很快找到了金强和魏大海留下的记号。四个人高兴地抱在了一起。虽然还没有见到那两个让他们牵挂的人，可是不管怎么样，终于有了希望。四个人欢呼了一会儿，赶紧按照记号的指示走去。魏大海的记号做得很清楚，四个人知道了两个人的消息也十分振奋，好像浑身有使不完的力气，很快走出了金强和魏大海走过的大溶洞，越过崎岖不平的道路，来到石墙前面。已经没有路了，魏大海在退出去的时候，在转门的门缝处夹了一根布条。老梅和马青很快地发现了这个布条。两个人推了推墙壁，一下子推开了转门。马青由于用力过猛，竟然一下子摔了出去。三个人走出转门，老梅看着还趴在地上的马青笑着说："年轻人，太浮躁！"马青坐了起来，揉着被摔痛的地方，恶狠狠地看着老梅。许美琳关切地说："你没事吧，马青？"马青"噗"的一声乐了出来，指着老梅说："你个老东西，一点同情心都没有。"四个人四处打量了一下这里，不禁有点雀跃。因为他们发现，这就是他们原来要走的通道。他们又回到原来的路上了。马青指着前面说："我记得只要往前走，就有个大空场。我去过，不过看那里没有人去过，我就又退了出来。现在我们过去吧。"四个人沿着通道向前面走去。可是没走多远，通道却到了尽头，而且也没有马青说的什么大空场。老梅皱了皱眉头说："我说马青，你是不是记错了？"马青摇了摇头说："不应该啊，我记得很清楚，就是这里。"

突然，尕娃发现通道侧面的墙壁上还有魏大海和金强留着的标记。尕娃指了指，大家都看到了。许美琳有点迷糊了："这个标记是什么意思？他们是像马青说的直走进了我们看不见的空场，还是进了这堵墙的里面？"老梅撇了撇嘴说："不管哪里，恐怕又有机关，前面也好，侧面也好，都是没有路的。找吧。"老梅说得有道理，猜想是没有用的，都不是哥德巴赫，不能靠猜想出名。四个人分头仔细地找起来。马青一边找一边抱怨着："这个吴哥窟下面还真是阴暗，真是机关套机关。都不知道到底有多大。"老梅正看着侧面的墙壁下面，听到马青的话，冷笑了一声："这里不简单，我们到过那个群葬墓，难保不会有别的墓葬。对于死人，恐怕这里也是防范得很紧，千方百计地防着外人来盗墓。我就说，这里的机关有点中国古墓里面的影子，肯定是请中国人来修建的，只有中国人，才做得出这样的东西。"尕娃却接过话头："亚特兰蒂斯人也能吧？"老梅却把脑袋摇得像拨浪鼓一样，说："我看亚特兰蒂斯人只是先进，却做不出这样的机关，这机关不是聪明先进就可以的，需要经验和对于人性的了解。亚特兰蒂斯人可不行。"尕娃却不服，对许美琳说道："美琳姐姐，你说这机关是谁做出来的？"许美琳却没有说话，因为她在通道尽头的墙上，发现了一个问题，正愣愣地看着出神。三个人发现许美琳并没有答话，只是在那里发呆，都凑过来。马青看着许美琳手电照着的地方，这才发现，原来这堵横在通道上的墙上的砖是以圆圈的方式垒上的。这太奇怪了。难怪许美琳会愣在这里。老梅点了点头说："这里一定有古怪。"说着用手电的尾部敲了敲墙面。那声音确实不一样。老梅又掏出开山刀，在砖缝上面划了几下，兴奋地大声说："这砖纹是画上去的。这一定是机关。快找触发机关的地方。"四个人缩小了搜索范围，在这附近寻找起来。可是附近并没有什么异样的地方。许美琳又站了起来，看着墙上的圆圈，说道："我就是感觉，触发机关的地方就应该在这上面。"另外三个人也停了下来。许美琳伸手在墙上的圆圈上抚摸着。终于在圆心，用力一按，一阵机关启动的声音从地下传来。终于声音停了下来，眼前的墙面，竟好像一个圆圆的花朵开放，打开了。一个长方体的东西放在里面。那东西不知道是什么金属制成的，泛着金属的光辉。上面还有海浪一样的花纹，而且花纹很深，好像是一个导入轨迹。四个人一看见这个东西，眼睛都亮了。老梅发出"啧啧"的声音："人是没找到，可是任务倒先完成了。我要是没走眼，这不就是我们要找的钥匙吗？"马青不住地点头：

"对，对，那材质，那光泽，那花纹，全都对得上。就是这个。"四个人都不相信这是真的，因为这惊喜来得太突然了。在大家都没有准备的情况下，这惊喜竟然翩然而至。四个人愣了一阵子，许美琳才说道："我们是不是应该把它取出来？"老梅和马青这才想起来应该把它拿出来。两个人慢慢地伸出手，竟然有些微微地颤抖，轻轻地把那个长方体的东西取了出来。四个人围着长方体仔细地端详着，就是这个，就是他们要找的钥匙。突然原来放着那钥匙的底座传来"咔吧"一声。四个人同时听到那个声音，还没弄明白怎么回事，脚下的地面一下子没了，四个人都身体腾空，不由分说向下面摔去。四个人一齐摔到一个斜面上，可是那斜面角度太大，根本站不住。四个人又顺着斜面向下滚去。长方体钥匙在马青的手里，马青一时间什么也不知道了，大脑中一片空白，可是就是死死地抱住那得来不易的钥匙，说什么也不撒手。

十五

　　金强和魏大海还在茫然地看着那四条通向上面的路，不知道该走哪一条。突然传来一阵"隆隆"的声音。两个人皱了皱眉头，金强小声地说："这声音，这声音好像机关开动的声音。"魏大海也竖起耳朵仔细地听着，可是声音响过一阵以后就没有了。两个人对望了一眼，正在纳闷，突然一条通道上面传来声音，那声音好像是有很多重物下落的样子。魏大海和金强赶紧向另一个方向闪了闪，警惕地看着那个通道口。可是滚下来的却不是什么重物，而是一个人，又一个，又一个，一共四个。两人一见一下子跳了起来，看着四个人激动得不知说什么好。这不就是日夜惦念的战友们！可是现在，那四个战友摔得七荤八素，人事不醒了。两个人赶紧跑过去，七手八脚地施救。好不容易把四个人都弄醒了，可是四个人还是迷迷糊糊的，好在并没有受什么大伤，茫然地看着忙活着的魏大海和金强。四人以为是自己摔迷糊了，产生了幻觉。终于四个人彻底清醒过来，身上还是酸痛，可是看着金强和魏大海高兴得不得了。老梅强打精神坐起来说："终于找到你们了。我们……"可是老梅的话没有说完，上面又是一阵震动。上面的顶，竟然慢慢向下压来。

　　看样子会把这里的一切，压成粉末。那速度虽然很慢，可是却压得十分坚定。金强暗叫一声不好。这机关果然毒辣，根本不给人喘息的机会。可是在此时，四个通道有三个流出沙子，而老梅它们四个刚刚滚下来的通道竟然滚下了石块。一时间金强头大如斗，四个人还不能够动弹，三条通道流出沙子，就那个斜度，带着这四个受伤的人，根本就没有办法爬上去。只有老梅他们摔下来的地方可以搏一搏，可是看那石头，也是九死一生。不能再想了。那边魏大海已经扛起了孕娃,就要向一个流着沙子的通道跑去。金强赶紧扶起许美琳,对魏大海喊道:"别去那里,快到那个出石头的通道去,贴边爬。"魏大海赶紧改变方向,冲进出石头的那个通道。金强也冲了进去。两人放下许美琳和孕娃,又回去接老梅和马青。在这危急的时刻,老梅和马青已经忍着剧痛,相互搀扶着站了起来,一起向出石头的通道走去。金强和魏大海一阵高兴,两个人恢复行动能力,好办不少,赶紧把两个人也扶了进去。六个人一字排开,紧紧地贴着墙壁站好,躲避着上面滚落的石头。直到里面传来一声巨响,上顶死死地压了下来。大家听得心有余悸,要是在里面一定被压成肉饼。随着里面的声响停止,上面滚落的石头也渐渐少了。此时,许美琳和孕娃也缓了过来,可以自己走动了。魏大海还是一马当先,领着众人在这坡度极大的通道里向上爬。根本没有时间庆祝重逢,也没有时间交流,大家都忍着身上的疼痛,卖力地向上爬着,必须赶快脱了这困境。许美琳毕竟是女人,摔伤还没好,体力有点不支。金强一把拉住许美琳,拉着许美琳继续向上爬着。许美琳一触到那宽厚的大手,心中一阵温暖,一种安全感油然而生,身上也有力气了。

  大伙儿费尽了周折,终于爬到了顶上,回到了那个通道里。六个人趴在通道里一时间谁也起不来了,连话也说不出来了。由于太累了,大伙儿竟然睡着了。连魏大海也少有地熟睡了。可是他还是第一个醒来的。突然意识到这样是很危险的。再看了看身边,人都在,也放下心来。魏大海轻轻坐了起来,自觉地值起班来。过了一阵子,金强也醒了,然后都相继醒来。老梅拿出去痛的喷雾剂,给大家的伤处都喷了一下,好在都没什么大碍。六个人这才有时间相互问候一下,述说着走散后的种种。大家都还算安全,都很高兴。这时候大家都感到饥肠辘辘,拿出干粮边吃边聊。马青一边吃,一边对金强和魏大海说:"虽然你们两个不在,你们猜怎么着?"金强和魏大海看着马青献宝样的表情一起问道:"怎么着?"马青得意扬扬地说:"我们已经完成任务了,找到了钥匙,那钥匙是长方形的。"正在往嘴里塞干粮的魏大海听了马青的话,竟不自觉地停了下来,正好碰到了金强透过来的一样惊异的目光。金强幽幽地说:"我和魏大海也完成了任务,我们也找到一个长方形的钥匙。"金强的话也同样震惊了另外四个人。马青赶紧放下食物,取出那个钥匙,金强也在包里拿出钥匙。两个放到了一起,六个人都傻了。两个钥匙几乎是一模一样的。大家围着两个钥匙转来转去,可是就是看不出有什么不一样。大家都在挠头,孕娃却说了："两个就两个呗，拿回去，看看雷达不就知道哪个是真的吗？"尕娃一语惊醒梦中人。金强笑了笑说："是啊，为了这事费脑筋不值得。现在这里光线也不好，根本看不出来。尕娃的办法不错，我们还是赶紧吃东西，快点出去吧。"大伙儿把两个钥匙都收了起来，继续吃东西。魏大海却对金强说："金大哥，你想过没有，你为什么会变成那个样子？"金强一愣，看着魏大海。魏大海继续说："搞不好就是你包里的那个钥匙造成的。"金强想了想，也觉得魏大海说得有道理，搞不好自己包里的就是假钥匙，很有可能存在着什么样的放射性物质，可以扰乱人的神智。可是不管怎么说，还是要带回去再说。这时许美琳坐到金强的身边，两个人还没有时间单独相处。许美琳眼中闪着光芒，那是一点泪花。金强也很激动，爱怜地看着许美琳。可是两个人只是眼神的交流，因为现在不是时候。许美琳整理了一下思绪，把于尔根的日志里的事情对金强说了。金强听完以后，把在那植物根系上那个人的证件和那张羊皮地图递给了许美琳。许美琳看了看说道："那个人叫埃尔，是个秘密警察。这张羊皮地图，就是于尔根日志里面提到的在康巴找到的那个地图，就是这个地图指引他们来的。地图上画得很明确，他们就是从那条那暗河上来的。"马青听了很高兴，因为很快就可以出去了，他问道："那我们只要逆流而上，就可以出去了？"许美琳又看了看，说道："好像也不用那么麻烦，我们可以顺流而下，最终回到吴哥的护城河那里。"大家一听更加雀跃了，那样会更快走出这里。

六个人吃饱了，喝足了，按着来时的路走了回去。一路上的机关已经破掉，并没有阻碍，不过在半路上又在坡上躲了两次蚂蚁，就这样，有惊无险地终于来到暗河边上。魏大海想起了那个在下游卡着的筏子。六个人沿暗河走到下游。那个筏子还在那里卡着。金强顺便看了看下游的通道口，这时候已经是封闭上了。看来不管怎么走，都是一样的。魏大海用飞虎爪把筏子抓住，马青跳到筏子上，用自己带着的保险绳把筏子重新扎了一遍。没想到那木头在这水质不好的暗河里泡了这么久，居然还很结实。老梅笑了笑说："这可是因祸得福，这暗河的水质不好，里面的微生物就少。所以筏子还很结实。"也不知道对不对，不过现在没有人去和老梅讨论这个。大家都跳上筏子，顺流而下。尕娃警惕地拿着手电照着水面，他可忘不了那巨大的鳄鱼，这辈子也不想再碰上那东西了。他们也真的没有碰到那大鳄鱼。不过暗河的水面慢慢地收窄了。流速也开始加快了。魏大海转业以后一直开船，对水流很敏感。他对金强说:"金大哥,有点不对,这流速越来越快。前面会不会有漩涡或者有大的落差?"金强看了看水流,摇了摇头说:"我也不知道,不过小心为上。马青割点绳子,绑在筏子上,让大家拉住。大家看好自己的东西。"马青应了一声,默默地割着绳子,每个人都分了一条。大家把绳子绑在筏子上,用手拉住,紧张地看着前面。果然,流速越来越快。前面传来水的咆哮声,好像有个瀑布。可是他们并不知道,他们就在这瀑布的顶上。因为看不见,手电的光不足以看到一切。只能看到越来越快的水流,听到那咆哮的水声。魏大海感觉有点不对头,说:"金大哥,要是我们落下去怎么办?"金强却咬了咬牙说:"已经在这里了,我们没有选择了。抓紧吧,听天由命吧,我相信老天一定会眷顾我们的。"魏大海不再说什么了,其他人也不再说什么。他们都愿意和金强一起搏上一搏。

十六

　　筏子的速度骤然又加快了，呼呼的风声夹着前面咆哮的水声在耳边滑过。每个人都紧紧地抓住绑在筏子上的绳子。突然手电的前面不再是河面，六个人感到和筏子一起腾空，好像一只离弦的箭向前飞去。六个人发出惊叫，好像坐着云霄飞车，从上面一下子俯冲到下面那种感觉，心脏也跟着开始下坠。那时间一秒钟也好像一个世纪那么长。可是老梅竟然发出欢呼声，真的好像坐着云霄飞车那样开心。"砰！"筏子又重重地落在水里，由于落下去的力量太大，筏子竟然扎到水里。六个人也跟着进到水里，虽然每个人都紧紧地抓住绳子。可是尕娃和老梅还是从筏子上掉了下来，即使是那样两个人还是没有松手。终于，筏子又在水中浮了起来。大家把尕娃和老梅拉了上来，再看看每个人都在，东西也没有掉，不觉都暗自高兴。水流变得平稳，筏子在水面慢慢地飘着。魏大海和金强的手电虽然浸了水，可是没有影响照明，两个人不约而同地向后面照去，这才看清楚，后面是一个瀑布。可是现在所在的水面却和那个水面不是一个。那个大瀑布向下落去，而他们所在的水面却是从另一个方向流过来的。快速的水流和落差近十米的瀑布把他们推向这个水面。而瀑布落下去的水，则倾泻到地底。因为这个水面的边缘都是石灰岩，不知道多少年冲刷出来的，很是坚硬，和那个水面就这样奇怪地没有接触地交叉着。其他人的照明设备都不能用了，黑暗中马青捅了捅老梅："你刚才怎么欢呼起来了？"老梅笑着说："飞那么高，多爽啊！"大家听得都伸了伸舌头，这老梅的胆子还真不是一般的大，这时候居然还有心情欢呼。

　　水面太平静了，筏子不能自己行走了。大伙儿齐心协力地划着水。不知道过了多长时间，大家都有点疲劳了。突然，迎面吹来了潮湿而闷热的风，把水面上的凉气带走了。魏大海是最先感受到的，兴奋地对大伙儿说："出来了，我们就要出地下了。我感受到了热带的空气。"其他人一听也为之振奋，大家不觉加速划动起来。水面再一次收窄，两边是石壁，已经可以看见满天的星斗了。尽管还是那样闷热，可是每个人都深深地吸了一口气。老梅说道："嘿嘿，终于出来了，还好，是晚上，要不我们在那里面待了那么久恐怕要蒙着眼睛走出来了。"水面变得浅了，这条不大的河流在雨林里面蜿蜒地流动着。六个人的心情好得不得了，都不愿意休息，一直划呀划呀。终于，在雨林间露出第一缕晨曦的时候，大伙儿看见了吴哥，看见了那坐落在十字王台上的五座佛塔。六个人一阵欢呼。终于，走出来了。

众人不敢耽搁，没有休息，直接坐飞机去往金边，又在金边赶飞机飞回北京。傍晚的时候，六个人回到了北京。走出机场，看着川流不息的车流和熟悉的道路，马青大发感慨，好像一个归国的华侨。老梅一声不吱，坐在车里偷偷地笑着。尕娃捅了捅身边的老梅，问道："梅大哥，你笑什么呢？"老梅看着尕娃说道："你不知道，我一想到，一会儿，找个地方，弄两个小菜，喝点小酒，我就高兴。"尕娃也笑了，央求着老梅，也要跟他一块儿去。许美琳却感到有点累，很想赶快回去睡上一觉。很快大伙儿回到了大厦。正在往里走，金强却被人叫住了，回头一看，竟是秘书林红。金强很奇怪，以往这个时间林红应该下班了。林红对金强说："昨天张教授被送回北京了，听说已经苏醒过来。这是地址。"说完林红转身走了，金强还是很意外，这样的事情，也不用一直等到他回来亲自告诉他啊！也许林红还有别的事情吧？金强自己猜测着。

金强没有停留，安排好其他人去休息。他看着地址，叫上要去喝酒的老梅和马青，一起开车向郊区的一个部队疗养院开去。在一个条件很好的单人病房里，金强他们见到了张教授。躺在床上的张教授一看到金强他们，微闭的眼睛睁得老大。金强赶紧抢步上前，一把拉住张教授的手，张教授张着大嘴，想说什么，可是由于激动，始终没有说出来。慢慢地平复了一下情绪，张教授才艰难地说话了。由于是脑出血，后遗症很严重，口齿很是不清楚，可是金强他们还是仔细地听着，分辨着："金……强……有进展了吗？"金强点了点头，把经历的事情大致地和张教授说了一下。张教授很仔细地听着，眼中的神采也随着金强的叙述飞扬，似乎他也亲临现场了一样。直到金强讲完了，张教授把握着金强的手用了用力，说道："我，不行了。不能出去了。你们这样，也不行。亚特兰蒂斯是全人类的财富，它涉及的方面很多。你们这几个人，不行。你还要去找一些国际的权威。找对时间，把成果公布出去。"金强听完张教授断断续续的话，不住地点头，张教授的想法和金强是一样的。看着金强在不住地点头，张教授瘦削的脸上艰难地爬上一丝笑容，对着金强他们挥了挥手，那意思在说，我累了，要休息了，你们走吧。

三个人走出病房，心情都异常的沉重，都在为张教授感到难过。一个如此健康的老人，竟变成了这样。金强更多地在体味着张教授的话。看来这是必须做的了。很快三个人回到大厦，不过没有上去，在楼下打了电话，叫那三个人下来，一起去吃饭。金强坐在车里，点燃了一根烟。吞吐间，竟然走神了。好像有很多的事情都不很明朗。而且，最糟糕的是，没有找到钥匙雷达，也就是说，直接的线索就这样断了。现在再要找下一把钥匙，可没有那么容易了。正想着，那三个人已经拉开车门，上了车。金强掐灭了吸了半截的烟，启动车子，开走了。

车在一家装修十分豪华的川菜馆门口停下了。六个人走下汽车，上到最顶上的一间豪华包房。知道要吃川菜，大伙儿都很高兴。没一会儿，桌子上摆满了通红的菜肴，看得大家食指大动。金强给每个人都倒了一杯酒，首先举起了杯说："来，各位，我们这次可谓危险重重，九死一生。我们为我们的精诚团结，干一杯。"大家轰然干了杯中的酒。麻辣的川菜，辛辣的酒，把一股热气带给大家。一时间酒桌上面真的好像热了起来。大家相互说着肝胆相照的话，感受着满嘴的辛辣，直到感觉不到嘴在哪里了。

早上大家都起得很早，也许是这一阵子在吴哥的地下行走，已经习惯了。六个人聚在会议室了。首先要做的事情，就是要弄明白两把一样的钥匙，哪个是真，哪个是假。魏大海取来了雷达，很快就弄清楚了，金强和魏大海找到的那个，是假钥匙。金强找了两个箱子，把两个钥匙都收起来。做完这些，金强点了一支烟，对大家说："我们找到了第三把钥匙，这是个好消息。可是现在也有不好的消息，就是线索到了这里就断了。以后的路怎么走，我们要好好地研究一下。"马青在金强的烟盒里也抽出了一支烟，点燃以后，深深地吸了一口。老梅知道，马青这个样子就是有话要说，不耐烦地对马青说："有话快说，别装腔作势的。"马青白了老梅一眼，悠悠地说道："其实也没什么，就是想到了德克森，为什么这次不见他的人？"这个问题，大家一直都没有时间想，现在想想，也觉得奇怪。老梅撇了撇嘴："就这个，这有什么的，也许德克森想等我们找全了，再一起弄过去。"金强也觉得老梅说得有道理。老梅看着金强的眼神，笑着说："也并非是一点线索都没有，首先在于尔根的日记里，提到了四川和那个在康巴的中国人。还有一个问题，不知道你们注意没有？"对于老梅的疑问，众人当然不知道怎么回答，马青催促着："你还不是一样，装腔作势的。快说。"老梅晃了晃脑袋说："我当然不会说你那么没有营养的话。"马上又神态严肃地说："就是那个羊皮地图，我们只是注意到羊皮地图的终点是吴哥，可是起点呢？"老梅这一句话，惊醒了梦中人。金强赶紧拿出来羊皮地图，大家围拢过来。马青拿着一个地图，对照着。一番比对之后，那地图的起点竟也在中国的四川。现在两个疑点都指向四川。老梅笑了笑说："我早就对过了，起点既然在四川，一定和那里有关系。这就是我们的线索。不过四川那里，就得大家收集资料了。"大家眼睛都亮了，金强更加高兴。又看到了一线希望，大家二话不说，又开始分头收集资料了。金强对魏大海说："大海，还要麻烦你，把真钥匙送到银行的保险柜去，把假钥匙送到金属物质研究所，我已经和那边打过招呼了。"魏大海点点头，带着尕娃走了。

　　大家在忙着查找四川的资料。金强一个人躲在办公室里，想着张教授的话，开始查找那些研究亚特兰蒂斯的专家。小分队需要强劲和新鲜的血液，可是必须慎重，就像张教授说的，这是一个很重要的问题。以亚特兰蒂斯的先进，很可能掌握着我们还不知道、不了解的东西，不然德克森也不会那么热衷。一想到德克森，金强又头疼起来，他就像一个定时炸弹，不知道什么时候会爆炸。而且现在看是有点线索，可是也无异于大海捞针。也许，德克森倒是一条线索，可是那等于与虎谋皮。这时候，许美琳走了进来，递给金强一杯茶，坐在金强的对面，说："想什么呢？"金强对着许美琳笑了笑说："我和马青、老梅去见张教授了。张教授和你的意见一样，希望我们找更多的专家加入。而且要找一个适当的时候，公布我们的发现。"许美琳看着金强问道："那你怎么想？"金强喝了一口咖啡，说道："我也认同张教授的说法，可是我们现在并不是个人的行为，我们的考古小分队还是归属于中科院考古研究所的。而且，还有人虎视眈眈地盯着我们，我越来越觉得这里面牵扯很大，不知道如果最后真的找到亚特兰蒂斯大陆，同时会找到什么？所以我必须慎重。不过我正想找你，你对世界上的学者和专家了解得多，希望你帮我推荐几个。"许美琳点了点头说："确实，看亚特兰蒂斯人对于核物质的应用，就知道他们一定掌握着我们不知道的东西。应该慎重。我推荐几个没有问题。一会儿我把资料给你，你看看吧。"许美琳还想说什么，可是看着端着茶杯正在出神的金强，还是没有说出来，只是默默地退了出去。

下午，资料开始在金强的桌面上汇集，都是关于四川的。金强刚翻开一页，就被一张图片吸引了。图片上是一个青铜面具，面具上的人造型十分奇特，高鼻梁，大鼻子；两只眼睛变成高高的突起，好像在看着远方；大大的耳朵，向后偏转；大大的嘴巴。这造型虽然有可能存在着变形，可是明显区别于中国人。这张图片震撼了金强，金强赶紧看了看下面的说明。说明上说这是出土于四川广汉的三星堆古遗址。金强感到有点熟悉，突然想起来，在去南海之前，曾经有朋友提起过，说那个发现很神奇，很有意思，可是自己还没来得及去看。现在看着这张图片，在中国的古蜀地区，竟然有着这样的"老外"，金强又把后面有关三星堆的材料翻了翻。金强的直觉告诉他，应该去看看。想到这里，金强兴奋地跳出办公室。刚一出办公室，就看见老梅对马青说："哈哈，马猴子，你输了，快去买烟，大中华啊！"马青叹了口气说："我说二少，你就不能沉稳点，再有半分钟我就赢了。"金强却不管他们说什么，只是高兴地说："就是这里，我们要去四川。下周就走。"

【第三卷】四川广汉三星堆

四川广汉三星堆

　　金强这一整天都沉浸在三星堆的资料中，越看就越觉得有意思，越看就越坚定地认为这次去四川不会白走。外面的众人也很高兴，很明显，这次是优差。看样子不用拼命、吃苦了，还可以游山玩水，自然都很高兴，可以当作给自己的假期。老梅亲自和当地的文管部门联系，订好了时间。正在大家雀跃不止的时候，许美琳突然对金强说："金强，恐怕我去不了四川了。我的导师来电话，他的身体不好，我得回法国看看。"刚才还兴奋不已的大伙儿，一听许美琳的话，就好像当头被浇了一瓢凉水。金强理解地点了点头说："好吧，完事要快点回来。"说完出去，找林红，安排许美琳回法国和大家去四川的飞机票。尕娃还是不死心，说："美琳姐姐，你就和我们一起去四川吧。"许美琳摸了摸尕娃的头说："不行啊，姐姐那边真的有急事。正好也可以回去，帮助我们联系一下国外的亚特兰蒂斯专家。"尕娃撇了撇嘴，不再说什么了。

　　大家一起来到机场，先送许美琳到了国际起飞处。许美琳恋恋不舍地走进闸门，众人和她挥手道别。看着许美琳孤独的身影消失在里面，金强一时不知道说什么好，只是心中有点泛酸。五个人办好登机牌，登上飞机。一坐下，金强就愣愣地看着身边的女乘客，说："你，怎么？"金强身边的女乘客对着金强嫣然一笑，说："正好有假期，顺便回老家看看。"这个女人正是秘书林红。金强当然感到意外，更没想到林红是四川人。看着金强的表情，林红说道："怎么，不欢迎我？"金强也笑了，说："欢迎，怎么会不欢迎。"金强虽然感到莫名其妙，可是却不敢表现出来。林红平时很是严肃，尽管很漂亮，可是却有一种拒人于千里之外的感觉。除了工作以外连金强也不和她开玩笑，没想到今天来了这么一招。金强偷偷看了看林红，今天的林红长发束在了脑后，一身火红的运动服，配合她窈窕的身材，显得青春活泼，和她以往的职业女性的风格大相径庭。金强不免多看了两眼，林红也毫不羞涩迎着金强的目光，倒把金强弄得有点不好意思了。这时候其他人也凑了过来，林红和他们打招呼，大家得知林红和他们一起去，都不知道说什么好，只是感觉有点突然。只是马青看了看林红说道："林红，你今天可真漂亮。以后就这么穿吧。"林红笑了笑，对马青说："谢谢，我也是这样认为的。"

　　飞机在成都的双流机场平稳降落了，金强始终如在云里雾里，不明白为什么林红要和他们一起过来。可是不管怎么说，林红也是自己人，他们的事情林红都知道，所以也无所谓。既来之，则安之。想不明白，就不想。这一向是金强的做法。不过大家确实都得承认,有了林红的安排,他们确实方便了很多。大家走下飞机,在林红的带领下来到停车场,一辆商务车停在那里。林红走上司机的位置,开着车把大伙儿拉到成都市郊的一幢别墅。这幢别墅也是属于金强父亲公司的产业,不过金强还没有来过。林红安排好大伙儿,对大家说:"你们先休息一下,晚上,我在我们成都最有名的酒楼订了个房间。请各位尝尝地道的川菜。"大伙儿一听很高兴,都回自己的房间安排去了。金强的手机响了,是北京的金属物质研究所打过来的,那个假钥匙的成分确定了,里面有含量很高的金属钛,具有一定的放射性,而且有很轻的同频接收发射能力。金强点了点头,看来就是这个让他产生幻觉的,不过还是那个借助于波塞冬的三叉戟发射的核物质发出的波长信号搞的鬼。金强放下电话,林红走了过来,给金强递上一根香烟,并且帮他点上了。金强有点受宠若惊,慌乱地抽了一口烟,愣愣地看着林红,说:"林红,你?"林红笑着打断了金强的话:"让你很惊讶?不过没什么,我就是想和你们一起做点什么。我本来就是你的秘书,这里又是我的主场。所以就来了,董事长也同意了。"林红提到的董事长,就是金强的父亲,金怀山。其实林红不应该算是秘书,是金怀山派到北京这里的。金强什么事都不管,都是林红在一把抓。林红其实是金强始终没有意识到的最得力的助手。没有林红的安排,金强哪会那么如鱼得水。金强想想,确实很应该感谢林红,对林红说:"呵呵,你能来,我可是求之不得啊。"

　　四川最有名的酒楼,经营着四川最正宗的菜肴。又是满桌的火红,川酒云烟,不光是菜好,酒更好。老梅乐得嘴都合不上了:"这才是生活,北京那川菜馆子怎么也不如咱成都的正宗,更不要说这好酒了。四川出好酒,不假,不假啊。"林红和这里的经理很熟,不断有人来敬酒。林红也是好酒量,一个人全都应付了,她知道金强不愿意应酬这些人。终于没有闲杂人等上来了,几个人开怀畅饮。老梅这才发现,自己虽然好酒,可是和林红比起来还是不行。林红这时候最少喝了一斤半的白酒,还没有醉态,老梅不禁暗挑大拇指。半夜的时候,许美琳发来了短信,告知已经平安到达了。金强有点想念,可是缠绕在心中的那种情绪,说不清楚。

　　第二天一早,每个人都神采奕奕,还是由林红开车,向三星堆遗址奔去。车上了成绵高速公路,只有22公里就到达了广汉市。这里地处成都平原北部,历史悠久,人文彪炳,物产丰富,鸭子河绕城而过。鸭子河河水清澈,河道内绿草茂盛,芦苇摇曳,河面上成群的野鸭,时而沿水面翱翔,时而在水中嬉戏,带给人安详宁静的惬意。大家都被这宁静的生活气息打动了。在鸭子河河畔,耸立着一座造型奇特、呈椎体的建筑物,这就是三星堆遗址。看见他们的车开了进去,一个身穿工作制服的戴眼镜的中年男人迎了出来。金强一行人下了车,老梅走过去,把中科院考古研究所的介绍信递了过去。那人看了看,在老梅的引见下,激动地和金强握了握手说:"欢迎您,金博士。我叫楚环,是这里的行政处长,我们张馆长出差了,特意交代我负责接待。"说着又和其他人握了握手,老梅一一做了介绍。虽然说是什么行政处长,可是楚环并没有太多的客套话,更没有打官腔。语言简练可是态度热情,言语间可以感觉得到,他也是考古科班出身。一走进馆里,楚环的话多了起来,如数家珍地介绍着:"我们三星堆遗址总面积为12平方公里,其中心区域是一座有东、西、南三面城墙的古城,面积约3平方公里,在古城的中轴线上,分布着三星堆、月亮湾、真武宫、西泉坎等四处台地,因遗址内'三星伴月堆'而得名三星堆。一批最重要的文物、祭祀坑都位于这一中轴线上,表明这里是以城墙作为依托和保护屏障的古城。1929年,广汉一位叫燕道诚的农民在宅旁挖水沟时,发现了大量的玉器,从此揭开了三星堆古国神秘的面纱,开始了对三星堆半个多世纪的发掘研究历程。1986年,三星堆遗址两个商代大型祭祀坑相继被发现,出土了金器、铜器、玉石器等上千件国宝级文物,其中,造型怪异的青铜面具、精美玉器等更是作为稀世之宝轰动了世界。三星堆遗址还出土了大量的海贝、象牙,正在进行的考古发掘又发现了贝壳,这些带有不同地域特征的大量祭祀用品表明,三星堆古国曾一度是世界朝圣中心。"说到这里楚环不好意思地笑了,因为他忘记了,在他面前的是可以称之为考古专家的人,这种介绍是没有意义的。可是金强等人却听得十分认真,丝毫没有嫌烦的意思。金强看着已经摆放好的展品说:"还有不少吧?"楚环点了点头说:"是的,还有很多的青铜器还在整理中。"众人驻足于金强在图片上看到的那个巨大的青铜面具前面,仔细地看着。最后在金强的要求下,楚环叫人打开了展柜,金强戴上手套,一边抚摸着青铜大面具,一边仔细地看着。一边的楚环适时地解说道:"这个叫作三星堆纵目人像,高有64.5厘米,两耳间距离138.5厘米。世界上最早、树株最高的青铜神树,高384厘米,3簇树枝,每簇3枝、共9枝,上有27果9鸟,树侧有一龙缘树透迤而下。世界上最早的金杖,长142厘米,直径2.3厘米，重700多克，上有刻画的人头、鱼鸟纹饰。世界上最大、最完整的青铜大立人像，通高262厘米，重逾180厘米，被称为铜像之王。合并称为三星堆的几个世界之最。"金强一时间很有感触，这和在图片上看到的感觉完全不一样。在图片上看还以为是个面具。可是在这里才看明白，是个青铜像。这铜像高鼻深目、颧面突出、阔嘴大耳，耳朵上还有穿孔，不像中国人倒像是"老外"，并且细部特征有点日尔曼人的影子。在中国的古蜀，出现这样的青铜雕像，难道不奇怪吗？尤其那一双眼睛，更是特别。金强前后看了看，这青铜像上并没有任何文字。没有看到文字，金强很是纳闷，有这样的冶炼水准和铸造水平，怎么会没有文字？

在这个纵目青铜人像旁边，展示着两株青铜树。一号大铜树残高396厘米，由于最上端的部件已经缺失，估计全部高度应该在5米左右。树的下部有一个圆形底座，三道如同根状的斜撑扶持着树干的底部。树干笔直，套有三层树枝，每一层三根枝条，全树共有九根树枝。所有的树枝都柔和下垂。枝条的中部伸出短枝，短枝上有镂空花纹的小圆圈和花蕾，花蕾上各有一只昂首翘尾的小鸟；枝头有包裹在一长一短两个镂空树叶内的尖桃形果实。在每层三根枝条中，都有一根分出两条长枝。在树干的一侧有四个横向的短梁，将一条身体倒垂的龙固定在树干上。在世界所有考古发现中，三星堆遗址出土的青铜神树，称得上是一件绝无仅有极其奇妙的器物。二号铜树仅保留着下半段，整体形态不明，下面为一圆盘底座。三条象征树根的斜撑之间的底座上各跪有一人，人像的双手前伸，似乎原先拿着什么东西。能够复原的树干每层伸出三根树枝。它的枝头有一长一短叶片包裹的花蕾，其后套有小圆圈，与一号大铜树基本相同；但枝条的主体外张并且上翘，鸟歇息在枝头花蕾的叶片上，这却不同于一号大铜树。可是在这两个铸造得精美绝伦而且诡异非常的青铜树上，一样没有半个文字。金强忍不住向楚环问道："发掘出来的青铜器上都没有文字吗？"楚环摇了摇头说："都没有，一个字都没有。过去，我们常说，中国文明是'上下五千年'，但真正的文明，只能追溯到夏朝，之前的伏羲、炎黄、尧舜只是传说而已。而'三星堆'的发现，众多的青铜文物出土，将夏朝之前的七百年辉煌历史，活生生地摆到了世人的面前。可以说，三星堆的发现，是真正颠覆性的，它迫使我们不得不重新认识中国的社会发展史、冶金史、畜牧农耕史、艺术史、文化史、军事史和宗教史。许多约定俗成的观念都必须改变。比如：中国的青铜时代，过去一向是从商朝算起，也就是三千多年。河南安阳出土的中国最重的青铜器——司母戊铜方鼎是最典型的代。然而三星堆千余件的青铜文物，其数量，其高超的铸造工艺，都说明早在夏朝之前七百年，社会就已进入到了高度发达的青铜时代。"大家听着楚环好像作报告的一番话，都不知道说什么好。可是楚环绝对不是在卖弄，而是一个研究者对于它的研究对象的一种热爱的表现，那种表现是自然而然的，没有一点的做作。楚环扶了扶脸上的黑框眼镜，又说道："不过在我刚才说到的金杖上面，倒是有几个图形。但是很难确定是文字还是只是图形。"这一说，金强来了精神，对楚环说道："走，去看看。"

楚环带着大家来到一个展柜的面前，展柜里面放着一根金黄色权杖。它全长1.42米，直径为2.3厘米，是一根被锤打好的金箔包裹着的木杆。净重约500克。木杆早已碳化，只剩完整的金箔。金杖的一端，刻有图案，共分三组。靠近端头的是两个前后对称，头戴五齿高冠，耳垂三角形耳坠，面带微笑的人头像。另两种图案相同，上方是两支两头相对的鸟，下方是两条两背相对的鱼。它们的颈部，都叠压着一根似箭翎的图案。这个更令金强震撼。楚环在旁边说道："这支金杖的图案，有鱼有鸟，当印证是鱼凫王所执掌。呵呵，不好意思各位，这是我的一家之言，很多都是未解之谜，我也只是权且猜测，班门弄斧了。"金强暗自摇头，对于古蜀国的历史，金强也是有一定的了解的。金强认为，在中国的古代文化中，鱼鸟象征吉祥，箭翎则表示威武，这正是金杖作为权力象征的应有之义。而现在，尚无任何实物能证明鱼凫氏的族徽是由鱼和鸟组成。而且现在还不能说这个三星堆和亚特兰蒂斯没有关系。可是这几个图案他也说不出是什么意思，好在可以查阅吴越帮助做的那个字典。马青在后面，拿出相机，对准几个图案进行拍照，以便回去比对。可是，对于制作权杖的技术金强是最为叹服的，因为这权杖用的是金箔，金箔的技术要比青铜高得多。这个权杖里也是很有古怪的。金强对大家说："分头看看，有什么可疑的，记录下来。"大家应了一声，分头看了起来。楚环则一直陪着金强。

这里简直是一个巨大的宝库，楚环如数家珍地介绍道："从三星堆祭祀坑出土的上千件青铜器、金器、玉石器中，最具特色的首推三四百件青铜器。其中，一号坑出土青铜器的种类有人头像、人面像、人面具、跪坐人像、龙形饰、龙柱形器、虎形器、戈、环、戚形方孔璧、龙虎尊、羊尊、瓿、器盖、盘等。二号坑出土的青铜器有大型青铜立人像、跪坐人像、人头像、人面具、兽面具、兽面、神坛、神树、太阳形器、眼形器、眼泡、铜铃、铜挂饰、铜戈、铜戚形方孔璧、鸟、蛇、鸡、怪兽、水牛头、鹿、鲶鱼等无一不是国宝级的文物。最令人着迷的就是这里面的七个谜。第一谜,三星堆文化来自何方?目前有其与来源于岷江上游新石器文化有关、与川东鄂西史前文化有关、与山东龙山文化有关等看法,即人们认为三星堆文化是土著文化与外来文化彼此融合的产物,是多种文化交互影响的结果。第二谜,三星堆遗址居民的族属为何?目前有氐羌说、濮人说、巴人说、东夷说、越人说等不同看法。多数学者认为岷江上游石棺葬文化与三星堆关系密切,其主体居民可能是来自川西北及岷江上游的氐羌系。第三谜,三星堆古蜀国的政权性质及宗教形态如何?三星堆古蜀国是一个附属于中原王朝的部落军事联盟,还是一个相对独立的已建立起统一王朝的早期国家?其宗教形态是自然崇拜、祖先崇拜还是神灵崇拜?或是兼而有之?第四谜,三星堆青铜器群高超的青铜器冶炼技术及青铜文化是如何产生的?是蜀地独自产生发展起来的,还是受中原文化、荆楚文化或西亚、东南亚等外来文化影响的产物?第五谜,三星堆古蜀国何以产生、持续多久,又何以突然消亡?第六谜,出土上千件文物的两个坑属何年代及什么性质?年代争论有商代说、商末周初说、西周说、春秋战国说等,性质有祭祀坑、墓葬陪葬坑、器物坑等不同看法。第七谜,晚期蜀文化的重大之谜'巴蜀图语'。三星堆出土的金杖等器物上的符号是文字?是族徽?是图画?还是某种宗教符号?可以说,如果解开'巴蜀图语'之谜,将极大促进三星堆之谜的破解。"金强很认真地听着,看着,大脑中不断地转着。慢慢的,一个想法在他的大脑里面形成。

忙碌了一天,吃完简单的工作餐,大家在三星堆博物馆的会议室里相聚。金强看了看大伙儿,说道:"各位说说自己的看法吧。"老梅拿出一个小本子,先开了口:"我注意寻找的是有关于眼睛的问题。我注意到整个三星堆青铜人像十分注重对眼睛的刻画。如一件大面具,眼球极度夸张,瞳孔部分呈圆柱状向前突出,长达16.5厘米。又如此件突目铜面具,双目突出的圆柱长9厘米。此外,还有数十对'眼形铜饰件',包括菱形、勾云形、圆泡形等十多种形式,周边均有榫孔,可以组装或单独悬挂、举奉,表现了对眼睛特有的重视。这和古蜀人对眼睛的崇拜有关系,我曾经参与过蜀侯蚕丛墓葬的发掘。

他的墓葬就称作'纵目人冢'。这些纵目人像应该就是蜀王蚕丛的神像。我们可以根据三星堆不同类铜像间眼睛的差别来区分铜像的身份，将它们分为三种类型。眼睛的瞳孔如柱形突出于眼球之外的这一类是神而不是人；眼睛中间有一道横向棱线，没有表现瞳孔的，应该不是普通的人；眼睛中或有眼珠或用黑墨绘出眼珠的才是普通而真实的人的形象。而且那些瞳孔如柱突出于眼球之外的神类都具有欧洲人的特征。我们可以假设一下，那时候生活在这里的古蜀人，后来碰到了一些长得很像欧洲人的外来种族。这些外来的种族掌握着先进的技术，让他们奉若神明。这样就有了三星堆这个文明。"大伙儿听得直点头，老梅的切入点很令人意外，可是却很有道理。马青清了清嗓子，说道："我向这里的工作人员询问过，这里已经发掘了几十年了，还看了当时的发掘现场的照片。那些东西和器物的摆放很有意思。而且整个三星堆遗址没有人类生产和活动的迹象，更没有遗骸。所以这里不是生活区，更加不是墓葬区。看那些东西的摆放，是很没有规律的，倒是很像丢弃在里面的。也就是说，三星堆是当时的垃圾场，那些人不知道为什么要出逃，或者有什么急事要离开，这些东西没有办法携带。所以被丢弃在这里。可是当时他们遇到了什么呢？会连自己崇拜的神都丢掉了？我想起了吴哥里面的杀戮，是不是这里出现了那样的事情？"大家听了马青的话，都有点意外。金强知道马青就是那种语不惊人死不休的人。不过马青的说法也有道理。林红说道："我注意观察的是那两株青铜大树，一号青铜神树分为三层，树枝上共栖息着九只神鸟，显然是"九日居下枝"的写照，出土时已断裂尚未复原的顶部。传说远古本来有十个太阳，他们栖息在神树扶桑上，每日一换。复原后的青铜神树上残留着九只鸟，神树的最顶端却没有神鸟。推测还应有象征'一日居上枝'的一只神鸟，同时出土的还有数件立在花蕾上的铜鸟、人面鸟身像等，很可能其中的一件便是那只居于神树上枝的铜鸟。三星堆的二号铜树仅保留着下半段，整体形态不明，下面为一圆盘底座。三条象征树根的斜撑之间的底座上，各跪有一人，人像的双手前伸，似乎原先拿着什么东西。能够复原的树干每层伸出三根树枝。它的枝头有一长一短叶片包裹的花蕾，其后套有小圆圈，与一号大铜树基本相同；但枝条的主体外张并且上翘，鸟歇息在枝头花蕾的叶片上，这却不同于一号大铜树。这两颗大铜树体量巨大，尤其是一号大铜树上还有龙盘绕，它们应当不是普通的树木，而是具有某种神性的神树。神树在中国的古代神话传说中不止一种，例如建木、扶桑、若木、三桑、桃都等。却不知道这两棵大树是什么神树。现在的疑问是，如此巨大的青铜神树会由于重心的上移而倾斜，现在看到的复原青铜树是由几条钢制缆绳斜拉固定的。空心的青铜树干里面也是用钢管加固支撑的。有学者认为这棵青铜神树如果全部按原型组装竖立起来，原来的三足底座根本无法承受其全部重量。由此推测这棵青铜神树应该是为一次大型祭祀而临时铸成，而不是作为长期陈列而设置的。用青铜铸造许多棵带有神意的树木在当时是要下很大的决心的，因为那是一项十分庞大复杂的制造过程。从青铜神树的铸造过程来看，三星堆的工匠们使用了当时最先进的技术和手段，目的仿佛是完成一批不朽的祭祀礼器。但是，如果'一次性使用'的猜测成立的话，我们要想想当时的工匠们在制造这批作品之前，知道作品在完成后即将被焚烧、损毁和掩埋吗？如果知道，却仍然消耗大量的精力，以至于对任何一个细节都孜孜不倦？"

听完林红的话，金强有点惊讶。他一直不知道这个秘书会有这样的学识和独到的见解。震惊之余，也不免佩服自己的父亲，能把这样的人才笼络在身边。金强看了看魏大海："大海，你看到了什么东西？"魏大海憨厚地笑了笑说："嗯，我看到一个很有意思的东西。"说着拿出一张照片，晃了晃。照片上是一个青铜器物，外圈是圆形的，里面也是一个实心的圆形，而连接两个圆形的青铜柱，把外圈的圆形平均分成五份。粗看起来，就像一个方向盘。魏大海继续说："我问过工作人员，这东西被称作'青铜太阳轮'。可是我很奇怪，为什么要分成五份，如果做成四份或者八份，应该更容易而且美观。我第一个反应就是我和金强在海中看到的那个亚特兰蒂斯沉船的方向盘。我想是不是亚特兰蒂斯人把方向盘也带着，那些人把它当作神器一样膜拜了。而且据我所知，在那时候要想把一个圆分成五个等份也不是一件简单的事情。"金强对魏大海点了点头，魏大海的发现确实也很有意思。很多东西在发掘时是没有办法解释的，可是现在和亚特兰蒂斯人联系上以后，确实变得好解释了，可是还是没有什么直接的证据。不过金强认为，只要存在过，就一定会有痕迹的。坐在一旁的尕娃也开口了："金大哥，我看到了很多青铜制作的鸟和鱼，有个大头鸟最吸引我。而且有些鱼的样子，我都没见过。"说着也拿出一张照片，上面是一个青铜器上的花纹，是几条鱼。那几条鱼确实很奇怪，真的不是江河里面的鱼，而是海中那些很像鱼类的哺乳动物。

金强想了想说道："大家说得都不错，如果亚特兰蒂斯人真的来过这里，一定会有蛛丝马迹的。而且现在的三星堆里面的种种表现，也确实让我有这方面的感觉。这里本来应该就有一个比较先进的古蜀人的文明。后来亚特兰蒂斯人也到了这里，但是我想亚特兰蒂斯人来到这里的数量并不多，可是掌握着更先进的文明。古蜀人把他们奉若神明。我一直觉得那个纵目人的形象有点怪，据史书记载，蜀王蚕丛原来居住于四川西北岷山上游的汶山郡。而这一地方'有碱石，煎之得盐。土地刚卤，不宜五谷。'直到近代，此地仍是严重缺碘、甲亢病流行的地区。我们知道，甲亢病患者的一个重要特征，就是眼睛凸出。因此，蜀王蚕丛很可能是一个严重的甲亢病患者，生前眼睛格外凸出。而他的后人在塑造蚕丛神像时，抓住了这一特点并进一步'神化'，这就是蜀王蚕丛神像被刻画成'纵目'的原因。而另一个原因就是，我推测当时亚特兰蒂斯人从海上过来是携带着望远镜一类的东西的，有了望远镜就可以看到更远的地方，就好像长了一个千里眼。两者相结合才出现了所谓的纵目人像。而这一切都是猜测，因为我们并没有找到实实在在的证据。还有就是马青的观点很有意思，我也发现，这里确实不是一个生活区，也不是殡葬区。而且，直到现在，每天三星堆都会有新的发现，还在出土新的东西。我们要继续寻找。"金强喝了一口水，接着说："马青，你把金杖上的文字，和吴越给我们的字典对一下。"马青点了点头。金强还要说什么，这时候，传来一阵急促的敲门声。金强对着大门喊了一声："请进。"会议室的大门开了，楚环走了进来。对金强说："金博士，不打扰你们吧？"金强摇了摇头说："没有，我们开个碰头会，总结一下。有什么事情？"楚环说道："在北面又有新的发现，我来请您过去看看。"金强霍地站了起来，很激动，这真是个千载难逢的机会。二话不说，带着大家跟着楚环走了出去。只有马青没动，他要核对金杖上面的字。

天色已经暗了下来，露出了点点的星光。一轮弯月挂在空中，淡淡的月光洒在三星堆上，给神秘的三星堆添加了更神秘的色彩。众人没有时间欣赏这美景，跟着楚环匆匆忙忙地来到了发掘现场。现场灯火通明，很多的工作人员都在忙碌着。金强赶紧找现场的指挥了解情况。现场的指挥对金强说："我们在清理二号坑边缘的时候，突然地面发生垮塌，不过并不严重。我们在垮塌的坑里发现有东西，后来才知道是象牙。于是我们紧急对这里进行发掘，现在为止发掘出来的都是象牙，成堆的象牙。""象牙？"金强嘀咕着，和众人立即加入了发掘工作。确实是很多的象牙，金强拿过一根，仔细地看了起来，对楚环说："看这些象牙，应该是亚洲象的象牙。"老梅那边又有了新的发现，大声地对金强说："老金，这里又发现很多的海贝壳。"金强走过去，蹲下身子看着那些贝壳。贝壳是一些普通的海贝壳，可是很容易分辨出来，这些贝壳不是来自一个地方的。老梅说道："这些贝壳是不是用来交易的？可是问题是，在这相对封闭的蜀地里哪里来的贝壳？"金强很快明白老梅是有所指的，可是这也不能说明什么。找到了这些东西，按照考古队的做法，有几个人在延伸发掘，在四周开始下探杆。金强知道，这不是一天两天可以弄出来的，考古发掘是一件很枯燥的事情。在我们看到令人惊喜的成果的时候，后面是很多的人默默无闻的奉献。几个人帮助工作人员忙碌着，直到早上，另一批的工作人员赶到，他们才回到休息地去休息。

金强醒来的时候，已经快中午了。其他人也都起来洗漱了。老梅却在大叫："唉，马青这家伙跑到哪里去了？昨天我们在工作，这小子找了个好活，这会儿怎么不见了？"老梅这么一咋呼，大家都在找马青，可是哪有马青的影子。当大家都回到会议室的时候，才发现马青在会议室的一角，趴在笔记本上睡着了。金强对老梅做了一个嘘声的手势，老梅识趣地闭上了嘴。金强拿过一件工作服，轻轻地披在马青的身上。没想到马青却醒了，看见金强高兴地说："我找到了，我找到那几个字了。"大伙儿一听，都高兴起来。马青揉了揉眼睛，坐好对大家说："在吴越给的字典上并没有这几个字，可是我发现亚特兰蒂斯人的文字和我们中国人的文字有相同之处，也有偏旁部首。很多字都是两部分合起来的。也就是说，那金杖上的字是亚特兰蒂斯文字的一部分，一定还有另一部分，而且这里的书写方式和以前的书写方式也有所不同，好像和当地的文化合并了，有了中国的书写方式。"金强点了点头，对马青说："你的意思是，现在还不知道这些字是什么意思，不过只要找到另一部分就知道了，也就是说还有另一根金杖？"马青点了点头说："和二少说话，就是省事。对，一定还有另一根金杖。而且，我敢说，亚特兰蒂斯人一定没有把文字教授给古蜀人，只作为自己的保留。古蜀人不是没有文字，就是使用中原地区的文字。"金强点了点头说："我也是这样想的，一个文明不可能没有文字，三星堆就差文字了。而且，我现在还想到，那些青铜器都是古蜀人制作的，可是这里的黄金器，也就是金杖和我昨天看到的纵目人的黄金面具金虎饰、金璋形饰、金'竹叶'、四叉形器等等，它们的特点是全用金箔，说明对金的延伸性已经有很深的了解。金银器皿出现较晚，汉以前少见，到唐代才开始较多发现。应该是亚特兰蒂斯人做出来的，所以黄金器的制作性质、水平和青铜器是不一样的。"马青一拍桌子："对，就是这样的。我们要找到另一个金杖。"金强坐了下来，拿出一支烟。身边的林红帮他点燃了。可是现在金强根本没有理会这些，已经陷入沉思中。很久，快要燃尽的香烟烧到了金强的手指，金强才从沉思中惊醒过来。

大家也都围坐在桌子边上，看着金强。惊醒过来的金强不好意思地看了一眼大伙儿，说道："我突然有种感觉，这里应该真的像马青说的，是一个被抛弃的场所。这里抛弃的都是和亚特兰蒂斯人有关的东西，一定是亚特兰蒂斯人和古蜀人使这里成为一个朝圣中心。可是后来亚特兰蒂斯人死掉了，古蜀人没有了他们的神，又发生了战争，古蜀人在退败的过程中，才把这些没有办法使用的礼器丢弃在这里。而我们要找的东西，应该在亚特兰蒂斯人的墓葬里。"听金强说完，大家都为之一震。如果金强的揣测是真的，找不着另一个金杖倒不是问题，找到古蜀人的神的墓葬才是重要的。也就是说，这些亚特兰蒂斯人的死去，对于古蜀人是一个很大的打击，古蜀人一定是按照它们的最高规格来埋葬这些亚特兰蒂斯人的。而随着亚特兰蒂斯人的死去，古蜀人的信仰和精神领袖都消失了。所以这些精美绝伦的礼器，才没有了用处，又由于战争的失败，所以才匆匆地把这些耗费了无数人力物力制作而成的礼器埋到了这里。现在大家需要追寻的是古蜀人的生活地和埋葬地，也许这样才能找到大家想要找到的东西。可是古蜀人的生活和埋葬的地方到底在哪里呢？一直没吭声的老梅说话了："金强，我和这里的工作人员聊过，这里的东西在被掩埋之前有很多都被烧过。看来不像是古蜀人自己掩埋的。会不会，就里就是他们生活的地方，后来被别的什么人攻进来了，而由别的什么人烧埋的呢？"金强不说话了，陷入了沉默中。他现在需要冷静，摆在眼前的不仅仅是三星堆的谜团，还有亚特兰蒂斯的谜团。原来用亚特兰蒂斯来解释三星堆，变得通顺，可是现在两个谜团搅和在一起更加麻烦了。大家在会议室里面研究了很久，也没有研究出什么结果，这次和前两次都不一样，没有一点线索，全靠自己猜。

大家正在一筹莫展的时候，楚环带着一个老者走了进来。老者个子不高，微微发胖，一派学者的气度。楚环走上来对金强说："金博士，这位就是我们的张馆长。"金强赶紧站了起来,伸出手道:"您好,张老师,我叫金强。"张馆长和蔼地和金强握了握手,金强又把大家介绍给张馆长。张馆长和大家一一打了招呼。张馆长上下打量了一下金强,点了点头说:"好,年轻有为啊。不知道这次中科院考古研究所派你们来是为了什么呢?"金强想了想,没有隐瞒,把事情大致说了一下。张馆长听了金强的叙述,很久没有说话。不过显然,有点激动。终于,张馆长开口了:"这和我的怀疑是一致的,我一直怀疑有一个外来的文明介入了这里,而这个外来文明很可能就是亚特兰蒂斯人,因为世界上有太多的文明不谋而合了。在三星堆里也存在着太多的疑点。我一生致力于古蜀国的研究,其实三星堆不是独立存在的。成都平原的良渚、三星堆、金沙遗址是有着传承关系的。在金沙遗址也同样出土了和三星堆非常相似的青铜人,只是没有三星堆的这样巨大,这说明两个文明是有着传承关系的。我们可以大胆假设,小心论证。我也很希望你能通过努力证明亚特兰蒂斯人在中国的存在。不过对于古蜀国的埋葬之地我可以给你点意见,这里的古蜀国人应该来自羌人。我认为岷江上游石棺葬文化与三星堆关系密切,其主体居民可能是来自川西北及岷江上游的羌人。也就是说,岷江上游的石棺葬很有可能就是古蜀国人的埋葬地。"听了张馆长的话,金强的眼睛一亮,对,就是这样,一个文明不可能是孤立的存在,一定会有相应的支持。张馆长拍了拍金强的肩膀说:"年轻人,我真的很想和你一起去探寻这些秘密,可是我的年龄太大了。但是我很希望你找到些什么。这里还在发掘,我会派楚环和你联系的,有什么新的发现随时联系你。"金强看着张馆长神往的眼神,点了点头。

告别了张馆长和楚环,林红开着车,回到了金强父亲在成都的别墅。稍做调整,进行了分工,孕娃和老梅去良渚和金沙遗址察看,其他人直奔岷江上游的四川阿坝藏族羌族自治州。那里属于青藏高原的边缘地带,不但是石棺葬最早的发现地带,也是分布最为密集的地带。所以金强决定先到那里看看。而石棺葬的分布是很广泛的,在陕西、青海、云南,甚至越南都有分布。想要找到亚特兰蒂斯人的埋葬地,也没那么简单。林红换了一辆越野车,路途不近,越野车在大路上狂奔,一路都有江水为伴。当越野车爬上半山腰的盘山公路时,可以看见下面就是奔流的江水。公路上连个栏杆都没有。马青看得直伸舌头,说:"这要是掉下去,可不是开玩笑的。"可是林红依旧保持着120公里的速度,连金强也佩服林红的驾驶技术和胆量了。马青也不敢再往下看了,打开笔记本，在网上查找着资料。半晌马青才抬起头，对金强说道："二少，那些石棺葬分布在杂谷脑河及少数支流沿岸的二级台地上。我们还是要找一个向导啊。"开车的林红说道："我已经安排好了，我们应该在天黑前到达茂县，明天一早会有一个向导带我们走。而且装备我已经准备好了。"另外的三个人惊奇地看着林红，林红平静地开着车，似乎没有注意到他们的表情。三个人不得不从心里佩服林红的细心，有了林红，大家要少考虑很多问题。三个小时以后，又换成了魏大海开车。魏大海受过专业的训练，技术更是没得说。终于赶在天黑前到达了茂县。越野车直接开到一家宾馆里，四个人匆匆地吃完了饭，早早休息了。

一大早，大伙儿都早早地起来了。天气好得不得了，天高高的，没有云彩。魏大海站在酒店的门外手搭凉棚向远处的大山看着。这时候马青也走出来了，拍了魏大海一下。魏大海转回头，看见在马青和林红后面跟着一个皮肤黝黑、中等个子的四十多岁的汉子。林红向魏大海介绍道："这位就是我们的向导，阿宝大哥。"魏大海和阿宝握了握手，这时候金强也走了出来。五个人一起上了车，开出宾馆。越野车沿着江水向上游开去，后又在一个小桥过了江。一直向上游开去，开到一个流入岷江的支流，又向着这条支流的上游开去。没走多远，在支流沿岸的二级台地上，果然有石棺葬。在一个平坦的地方停了车，五个人带上装备走下汽车，向那些石棺葬走去。可是那些石棺葬都遭到了破坏，不是被风蚀，就是被人为地翻动过。金强无奈地摇摇头说："这些古迹不加以保护，就什么都没有了。"阿宝走过来操着生硬的普通话说道："这样的石棺山上面还有。"金强对这阿宝点了点头说："好，阿宝大哥，带我们上去吧。"阿宝带头在前面走着，向一座小山爬去，走了大约两公里，看到了一个羌族山寨，就在山寨的下面，有一个破庙的遗址，阿宝说道："这个破庙，叫作三官庙。"又跟着阿宝走了一条机耕道，在半山腰处又有一排已经被破坏殆尽的石棺。阿宝指着石棺说道："这是'戈基戛钵'就是'戈基坟'的意思。我们羌族人在过羌历年的时候，都要由'释比'也就是我们的巫师作法，并且要演唱羌族人和戈基人的战争传说。大概意思就是，我们羌族的祖先是从西北迁来这里的，可是这里已经有靠打猎为生的戈基人。我们的祖先曾与戈基人进行了大战，并以白石和木棍战胜戈基人，才逐渐在当地定居下来。在我们的传说里这里的戈基人很是富有，这里的石棺葬就是由戈基人开始的，而我们羌族的石棺葬也是向戈基人学习的。这里就是戈基人的石棺葬,也就是最早的石棺葬。"金强点了点头说:"所谓的戈基人在历史中的记载很少,只是在羌族的史诗中有记载。据说戈基人双眼鼓出,身材矮小,长着尾巴,异常的凶猛彪悍。不过这也是古蜀人最早期的棺葬,应该不是这里。不过这里真的需要保护了。马青,你记录一下位置,回去告诉有关部门。"马青点了点头,在本子上记录着位置。林红走到阿宝的身边说:"阿宝大哥,还有类似于这样的石棺葬吗?"阿宝想了想,对林红说:"其实这一带很多的,可是很多都被破坏了。不过我记得有老人说,在这里翻过几座山的地方有个小山寨,叫作瓦毒寨,那里的羌人守护着一片石棺葬,不允许任何人靠近的,可是现在时间久远了,连那些守护的人也不知道那片石棺葬到底在哪里了。"大伙儿研究了一下,决定去看看。金强问阿宝:"阿宝大哥,你知道那个地方吗?"阿宝点了点头:"我妈妈就是从那里面嫁出来的,我去过那里,虽然时间久了一点,但是我还是记得的。"金强点了点头:"好,我们就去那里。"

阿宝是一个不太爱说话的人,默默地走在了前面。大家都紧紧地跟上了。这里是青藏高原的边缘,海拔还不是很高,植被分布也很丰富,山中的小路十分曲折。阿宝很显然是惯于行走山路的,走得很快。大家需要很卖力才能跟得上。金强有点担心林红,可是林红似乎体力很好,一点都没有落下。金强不禁在心里又是有点惊奇。看来这个女人不简单啊!林红发现金强在看她,对着金强嫣然一笑。金强倒有点不好意思了,对阿宝说道:"阿宝哥,我们歇歇吧?"阿宝回头看了看,点了点头,说道:"前面有一条小溪,有石滩,我们到那里去歇吧。"大家点了点头,跟着阿宝向小溪走去。果然没多久,一条清澈的小溪出现在大家的眼前。清澈的溪水,在石间跃动着,好像跳动的精灵。林红笑着跑了过去,蹲在溪旁,把手伸进溪水里。大家也都来到溪水旁,捧着清凉的溪水,喝了几口。突然林红发出了"咦"的一声。大家都放下了手里的水,向林红看去。林红指了指水中说:"这个东西是什么?"大家凑了过来,隔着水可以看见清澈的溪水底下有一个好像罐子一样的东西。魏大海和金强跳下不深的溪水,轻轻地把那个东西取了出来。那是一个好像罐子一样的陶制品,罐子的口部已经破损,可是罐子的腰部有着好像漩涡一样的纹饰。金强拿着罐子,走上溪滩,坐在一块大石头上,仔细地看起罐子来。良久,金强才说道:"这是典型的新石器时代的陪葬品,应该就是石棺葬的陪葬品,这个罐子叫涡纹罐，在很多有石棺葬的地区都有出土。"马青接过涡纹罐说道："那就是说，这一带也会有石棺葬？"金强点了点头："应该是这样的。"大家沿着小溪向上找，果然在小溪上游的二级台上找到了一块被溪水冲刷出来的大石头。很明显，这块大石头是经过人工雕琢的。金强基本可以肯定这就石棺葬。马青拿着工具就要开始发掘，却被金强拦住了。金强说道："这个不是我们要找的，这一带应该有很多这样的石棺葬群，不过这只是羌人，也就是古蜀人的，不是神一级别的人埋葬的地方。你还是做好记录，回去交给有关部门吧。"马青悻悻地收起工具，拿出GPS定位，做好记录。

林红有点奇怪，问金强："金强，你怎么知道这里不是？"金强笑了笑："以古蜀人对于亚特兰蒂斯人的崇拜，是不会把他们和平民埋在一起的。这里有涡纹罐，而且是石棺葬群，我刚才说了，涡纹罐很多地方都有出土，那里的石棺葬都是平民的。而且，我也说过，亚特兰蒂斯人来到这里的数量不会很多，所以这里不是。他们的规格会更高，但是高到什么程度，我也不知道。走吧，去阿宝哥说的地方。"此时马青也做完记录了，几个人又跟着阿宝向深山里走去。

郁郁葱葱的树林，过后还是郁郁葱葱的树林。山背后，还是山。阿宝说："以现在的脚程，恐怕还要走两天。"天将黑的时候，大伙儿决定宿营。林红心思的缜密程度真是难有敌手，装备里什么都有。魏大海砍了点树枝和青草在一块平地上垫了起来。金强和马青在边上扎上了帐篷，野炊工具一应俱全，没想到林红还带了红酒和酒杯。马青乐得直摇头，魏大海也笑着煮着食物。食物熟了，大家狼吞虎咽地吃起来，这一天体力的消耗很大。只有林红倒了一杯红酒递给金强，又递给别人，可是谁也不喝。于是他和金强两个人慢慢地品起来。金强是很喜欢喝红酒的，没想到林红带的竟是八二年的"拉菲"。能在这样的环境里，喝到这样的红酒，倒是让金强感到别有一番风味。几个人坐在一起，聊着天。魏大海问金强："金大哥，我怎么觉得这次出来一点儿谱都没有，好像大海捞针一样。今天才知道，发掘一个地方需要那么长的时间。"金强抿了一口红酒说："是啊，考古是一个很耗时间的专业，很多考古工作者倾其一生也只研究出一样东西。不过这次出来看起来是偶然的，其实也是必然的。我的感觉也是指向这里的。我倒是很有信心，我一定可以找到我们想要的东西。"马青也摇头晃脑地说："是啊，我们得到第一把钥匙的时候，就证明我们和这个有缘,跟着感觉走,不会错的,还会有许多意外的收获。"林红则显得很是恬静,没有了平时那种女强人的作风,只是默默地喝着酒,默默地看着远处的风景,再偷看金强一眼。大家决定早点休息,可是阿宝说什么也不住在帐篷里,在附近的一棵歪脖子树上找到了睡觉的地方。大家也没有办法勉强。林红钻进了小帐篷。由魏大海值第一班。

时间到了,魏大海叫醒金强,自己进到帐篷里面睡觉。金强坐在地上铺着的树枝上,看着天上的星星发呆。突然,一支烟塞到了金强的嘴里。金强回头一看,不知道什么时候,林红已经站在他的身后了。林红给金强点上烟,自己也点了一支,自顾自地抽了起来。金强发现在野营灯下看林红抽烟的姿势几近完美,这时候的林红更加有魅力,一时间竟看呆了。林红抽了几口烟,回头看看金强,笑了。林红吐了一口烟,幽幽地说:"金强,你想过吗?你找到亚特兰蒂斯大陆会怎么样?"金强被问得愣住了,从发现南海沉船到现在,都是在忙碌中寻找,从来没有真正考虑过这个问题。金强想了想说道:"只是想把一个事情弄清楚吧。我想也会对世界有所贡献的,毕竟亚特兰蒂斯人掌握了很多的先进技术。"此时林红手里的烟已经燃尽。她又点了一支,缓慢地吸着,对金强说:"可是金强,你知道,如果那些先进的技术公布于世,会有什么样的后果?"金强一听,更感到头疼。这好像已经涉及政治的范畴了。金强摇了摇头说:"不知道,找到再说吧。我很想解开这个秘密。"林红不说话了,依旧默默地抽着烟。金强这个理由足够了,有什么能比我想、我愿意更能说服别人的。林红只能把下面的话咽了回去。一时间两个人都陷入了沉默,只剩下不知趴在哪里的小虫,在鸣叫着。金强已经把那些抛开了,他只是一个学者,一个探寻者。他的使命只是要揭开秘密,剩下的就管不了了。可是金强看着林红欲言又止的样子,心里还是一动。看来林红这次来得不简单,可是不管怎么样,林红是绝对可以相信的。

天亮了,可是有点阴。远远地就能看见天边有云在汇聚。阿宝看着天边,担心地对大家说:"要下雨啊。我们要快点走,不能在这山洼里。"几个人赶紧收拾好东西,跟着阿宝快步向山上走去。可是才没走出多远,雨点就落了下来,而且不由分说,越来越大,好像天破了个口子,倾泻一般地落了下来。大家都披上雨披,保护好装备。可是脚下的路越来越难走,道路泥泞湿滑。不时地有人滑倒,大家只好相互搀扶着。大家都希望雨早点停,可是雨没有一点停的意思，天空中倒传来阵阵的雷声。天黑得好像锅底一样，哪有一点白天的意思，只有不时闪过的闪电，照得天空中通明。阿宝皱着眉头，似乎有点焦急，不时地催促着大伙儿。看着阿宝的表情，金强知道事情没那么简单，快走两步，来到阿宝的身边，抹了一下脸上的雨水，对阿宝说："阿宝大哥，怎么了？"阿宝说道："不好，这雨太大了。恐怕要引起滑坡，再不好山洪下来就更麻烦了。我们现在还在半山腰，必须快点到达山顶，不然会有危险的。"金强点点头，向山顶跑。大家也都加快了步伐。可是越是想快，就越快不了，脚下的路越来越陡，越来越滑。已经有水流从山顶流了下来，还带着大量的泥土。然而雨不眠不休地下着，到现在已经下了近四个小时，没有一点减弱的意思。大家都开始意识到危险了。这时候一股强大的水流带着泥土，迎面向大伙儿扑来。阿宝眼尖，在茫茫雨幕中，第一个看见了，大叫一声："快，快躲开，找树。"大伙儿都警醒过来，纷纷跳到一边的树林里，抓住小树。这工夫泥石流已经滚了过来。虽然不算很大，可是也可以用汹涌而来形容了。金强在后面紧紧地抓住一棵小树，向上看去。大家都在不远的地方，也都抓着身边的树。金强心中稍微安定，正想着等着泥石流过去，要找个地方躲一躲，可是前面突然传来一声惊叫。原来泥石流太猛，竟然把林红抓着的小树连根拔起，林红失去了依靠也被泥石流卷了进去。金强暗道不好，林红危险了。可是林红离自己还有点距离，根本够不着。只见在中间的魏大海，伸出有力的大手，一把拉住了林红的衣领，向上拉去。金强心下稍定，可是又是一股大泥石流跟着滚了下来。林红还没有调整自己的身体，又被卷了进去。这一次，连魏大海抓着的小树也被连根拔起，两个人都被卷了进去。

　　金强已经没有时间多想了，两条腿紧紧地盘住自己身边的树，伸出两只手，在泥石流里狠命一拉。这一拉正是拉住了魏大海的背包，魏大海被一下子从泥石流里拉了出来。而魏大海的手里，还紧紧地拉着林红。三个人串成一串，都紧紧地拉着。马青要过来帮忙，被金强大声地制止了。那样搞不好会把马青也搭进来的。这时候，一根绳子抛到了魏大海的肩膀上。来不及多想，魏大海一只手抓住了那绳子，还在手上缠了几下。魏大海用力一拉绳子，身体转了过来。金强也连倒几手，拉住了林红的另一只手。金强用两只手把林红揽在怀里。魏大海见林红脱险，也松了手，两只手拉着绳子，向绳子的尽头爬去。魏大海这才有时间看了看绳子的尽头，那端是阿宝，阿宝把绳子系在自己身边的树上，另一端抛给了魏大海。魏大海三下两下就拉着绳子来到了阿宝的身边，对阿宝说："阿宝哥，谢谢你，你真是高手。"阿宝笑了笑，没说什么。金强抱住了林红，以为林红一定吓坏了。没想到怀里的林红居然在金强的脸上吻了一下，倒把金强吓了一跳。没时间多说，把林红拉到树边上，两个人抱着一棵树。金强问道："你没事吧？"林红笑了笑，可是满脸的泥水看不到脸上的表情，只能看见两排洁白的牙齿。林红说："我没事，我知道你一定会救我的。"金强摇了摇头说："是大海救的你。"林红摇了摇头说："你救了我们俩，所以是你救了我。"此时的大雨还在下着，不一会儿把魏大海、金强和林红身上的泥水都洗掉了。金强看到林红的衣服后面好像被魏大海拉破了。在后背拉破的地方，隐隐露出一个文身，好像是一条鱼，可是看不太真切。

阿宝的声音从上面传来："林红，金强那边有个山洞，我们去那里躲躲吧？"看着没有一点停下来的意思的大雨，金强大声喊道："好的！"阿宝向洞子那边爬去，魏大海把绳子甩了出来。马青、金强和林红纷纷上去了。阿宝在洞子前又甩出了一根绳子，大家拉着绳子，好不容易在洞子里面相聚了。洞口不大，里面还可以，大家可以围坐在一起。这个洞处于山坡面，雨水和泥石流都进不来。就算有泥石流堵在洞口，大伙儿也可以凭借着带来的工具把洞口打通。每个人都已经被雨水淋透了。大家把外衣都脱了，点起了固体燃料，把衣服烤干。马青也把锅架上，开始煮面。不一会儿洞里面飘出了面香味。大家折腾了这么久，都饿了，狼吞虎咽地吃了起来。在林红俯身盛面的时候金强又看到了那个文身，这回离得很近，金强看得很清楚，那是一条鱼，是一条拳头大小的美人鱼，金色的长发，红色的鱼尾，赤裸着上身。而且不是简单的文身，是个立体文身。所谓立体文身就是把要纹的某些线条的肉割掉，使文身看起来更加立体，更漂亮。可是文身者会遭受更大的痛苦。金强有点迷惑，没想到这样的女孩会有文身，可是这两天林红给他太多的意外，也就见怪不怪了。

吃完了面，外面的雨还在下着，魏大海无聊得睡着了，金强和阿宝攀谈了起来："阿宝哥，我们还要走多远？"阿宝想了想说："其实也没有多远，这里上山，再下山，再翻一座山，就到了。"金强闭着眼睛计算着路程，阿宝说道："不过……"金强睁开了眼睛说："不过什么？"阿宝继续说："不过，这样子下雨，那边恐怕会有山洪泻不出去，形成海子。恐怕不好过。"金强知道，阿宝说的是堰塞湖，确实有点麻烦。不过还不知道那边怎么样，没有必要去想那些。金强对这个山洞产生了兴趣，感受不到里面来的风，应该不是个活洞，不过还是有些进深的。金强拿起手电，向里面走去，林红起身也跟了进去。金强拿的是强光手电，走了两步向里面照去，可以看见里面的石壁。这个洞的进深不超过十米，金强和林红走到洞底，金强抚摸着洞壁，拿着手电仔细地照着。林红也在后面跟着，忽然林红踢到了一个东西，发出声音。金强手电照过去，那竟是一个头骨。金强赶紧蹲下来看了看，林红也跟着蹲了下来。这个头骨一看就知道年代久远了。金强戴上手套，把头骨拿了起来，仔细地端详起来，确实年代很久了，有点石化。当金强翻过头骨，看后面的时候，不禁发出一声惊叹。林红听见声音，也凑过来看。在头骨的后面，竟然有一个洞，一个很圆很圆的洞。林红惊讶地说："这是什么，古代人的脑外科手术？"金强也是这样想的，可是这太让人难以接受了。

　　金强没有说话，又看了看头骨，就在石壁上查看起来。在洞里墙壁的下部，还有几块骨头。金强认为这个洞里也有石棺葬，因为在骨头的地里面好像有石棺，不过金强没有再往下挖，金强很清楚这里也不是古蜀人埋葬神的地方。不过这个头骨太有意思了，金强拿着头骨走了回去。马青正埋头鼓捣着GPS，抬起头见金强拿着一个头骨走了回来，吓了一跳，说："干什么二少，你什么时候在这里杀的人？"金强笑了一下，对马青说："你来看看，这个头骨可有意思了。"大家都围了过来，金强指着头骨上的洞，说道："有什么感想？"睡得迷迷糊糊的魏大海说道："这洞很圆啊，穿绳子做项链的吗？"大家都笑了，金强笑着说道："班长你醒醒，这应该是古人的脑外科手术。"魏大海挠了挠脑袋说："那也不一定啊，也许是这人死了以后钻的呢？"这样一说，金强也觉得自己的结论有点下早了。林红接过头骨，翻了过来，看着里面说道："一定是活着的时候钻的。你们看这洞的边缘的骨头比别的地方的骨头略厚。"刚说到这里，魏大海马上明白了，说道："对，一定是生长过的，就像人其他的地方骨折一样的，长好后，连接处一定比别的地方的骨头厚一点的。也就是说，钻了眼以后，这个人还活了很长时间。那不是说明不仅做了手术，手术还成功了？"林红点点头说："应该是这样没错。"马青把这里的位置也记下了，回去一起告诉有关部门。大家又研究了一阵头骨的问题，看看外面雨还是没有停下来的意思，看来今晚要在这里宿营了。也好，毕竟这里相对安全很多。即使在这里，魏大海也照样安排值班，这已成了习惯。

天亮的时候，雨已经很小了，变成毛毛细雨，几乎可以忽略不计了。林红还有一件备用的冲锋衣，换上了。大家走出山洞。狭窄的山路上还有细细的水流和泥流，可是已经没有什么大碍了，只是脚下有些滑。大家小心走着。慢慢的，太阳出来了，阳光使水汽升腾，树林里雾气腾腾的。大家终于爬到了山顶。阿宝用手搭着凉棚，皱着眉头看着下面的山洼，直摇头。金强等人也顺着阿宝看的方向看去。一个巨大的湖泊出现在下面。马青没心没肺地问阿宝："阿宝大哥，这叫什么湖？"金强叹了口气说："谁知道啊，昨天以前还没有呢，就叫'马青海子'吧。"马青不说话了，他知道这就是堰塞湖，没想到这一夜的大雨，成就了一个这么大的湖泊。阿宝对金强说："我们只能从湖中涉水而过了。"金强有点为难，这湖泊这么大，没有船恐怕是很难过去的，他和魏大海的水性是没的说，马青一般。阿宝敢说涉水想来也不会太差，可是林红就不知道了。而且这么多装备怎么办？林红笑了，说："不用担心我，我的水性没问题。装备吗？我有准备。"说着指了指马青背包的下面，又说道："这里有个充气水面平台，放装备没问题。"金强一听，真想过去把林红抱起来，这个女人真是太细心了。问题一下子迎刃而解了，大家快步下山，向"马青海子"走去。

下山也不好走，路太滑。不过走到"马青海子"边上的时候，小路已经被晒干了。马青拿出了背包底下的充气水平台，充上了气。大家把装备和衣服放到上面，金强率先跳下了水，推着水平台，大家也都下了水。林红是最后下水的，她只穿了内裤和运动文胸，修长的身材和白皙的皮肤，加上长发，很是美丽。可是不知道为什么，金强想起了许美琳，一时间竟有点走神。直到大家一起推动水平台，金强才惊醒过来。大家一起向对岸游去。林红没有吹牛，她的水性的确不错。可是这个堰塞湖真不是游泳的地方，不时地飘过来淹死的小动物。大家极力避开这些可怜的小东西。大家游动的速度很快，可是这湖太大了，游了好一阵子，才游到中间。突然，金强感到原本平静的湖水开始涌动。这是不对的，这里是死水，水怎么会动？魏大海也感到了不对劲，四处地看着。阿宝突然大声叫着："不好，湖口决口了。水往下泻了，快游。"金强这才明白过来，堰塞湖本来就不稳定，是山上的泥石流堵住了山口形成的。那些泥石随时会崩塌，导致堰塞湖决口。如果决口，大家都会被卷到下游。魏大海早有准备，拿出了仍在水平台上的绳子，一头系住了水平台，另一头交给了金强,说道:"我拉着马青,你拉住水平台。快往对岸游。"说完,拉起马青飞快地向对岸游去。阿宝和林红也跟着快速地游向对岸。金强把绳子的另一端系在腰上,也飞快地向对面游去。慢慢的,已经开始感到水下面的暗流了,暗流向山口的方向飞快地流动,水性稍差的人都会被带走的。金强努力对抗着暗流,向前面看去。马青在魏大海的帮助下,游得很快,看来暗流对他们并没有什么影响。再看看阿宝和林红也都没什么问题。倾泻的水流越来越快,已经由暗流变成明流了。金强加快了速度。突然,金强看到在堰塞湖的另一端飘来了很多的树木。那些树木是从山顶上被泥石流卷下来的,现在在水流的催动下,快速地向决裂的山口漂去。金强一看对前面大叫:"快游,注意树木。"大家也都看到了,可是那些树木已经漂了过来。金强可以躲开树木,可是身后的水平台没有办法躲开,如果水平台被撞破了,那么装备就会全部落水。眼看着飘过来的树木越来越多,很难保证水平台不被扎破。金强向后看了看,决定向后游,绕开这些漂过来的树木。金强潜入水底,对抗着水流向后上方游去。此时的魏大海他们正好遭到树木的袭击,魏大海推着马青,躲开了几棵小树,把马青向岸边推去。马青已经脱离了水流的控制,自己奋力地向岸边游去。他知道,现在他是包袱,只要自己可以脱离危险,后面的人都会没事的。魏大海看着马青脱离了水流,自己快速地向岸边游去,又转过身来,想去接应金强。可是哪里有金强的影子,只看见水平台被拉回到湖中间,躲开了快速漂过来的树木。魏大海立刻明白了金强的想法。对于金强的水性,魏大海一点也不担心。当魏大海收回目光看向林红和阿宝的时候,吓了一跳。一段巨大的枯树快速地撞向林红,可是林红却茫然不知。魏大海大喊一声:"林红,小心!"可是已经来不及了,眼看着那段大枯木就要撞上林红了。

　　林红身后的阿宝也看见了。阿宝一个飞身,跃出水面,整个身体向那段枯木撞过去,那枯木被阿宝撞得变了方向,林红这才看见了。阿宝在水中露出头,可是另一棵树又向他撞过来。刚才那一下阿宝的疼痛还没有缓过劲,这又来了一棵。阿宝一下子潜了下去。此时魏大海已经游了过来,挥舞着强壮的手臂,把冲过来的树木推开,让林红可以顺利地通过。林红没有多说,快速通过了。可是阿宝却迟迟没有露头。魏大海十分焦急,也潜到水中,在水中寻找。终于在水中找到了阿宝,原来阿宝潜到水里,躲避树木。可是那些树木枝杈很多,阿宝很难躲开,就又向下潜了一些,可是却被那些湮没在水中的大树的树枝缠住了，怎么也挣脱不出来。魏大海找到他的时候，阿宝已经没有力气了，无力地对着魏大海挥手。魏大海赶紧游过去，帮着阿宝挣脱束缚。这时候，水流更急了。阿宝已经筋疲力尽了。魏大海把阿宝托出水面，自己则在下面对抗着水流，推着阿宝向岸边游去。可是一个人毕竟不能在水里待太长的时间。慢慢的，魏大海开始觉得胸憋闷得好像要炸开了一样。可是魏大海还在尽力地推着阿宝。渐渐的，魏大海有点支持不住了，意识有点模糊了。魏大海肺里的空气已经消耗殆尽了，就在他挣扎在生死边缘的时候，忽然感到上面的压力没有了，魏大海也随着浮出水面。一股新鲜的空气，冲进肺里，魏大海一下子清醒过来。只见腰里系着绳子的金强已经把阿宝拉了过去，正向岸边游去。魏大海一阵轻松，手搭在金强身后的水平台上，也跟在后面向岸边游去。

　　大伙儿气喘吁吁地爬上岸，都感到很累。阿宝吐出了很多的水，感觉好多了。大家穿上衣服，收起水平台，又休息了一阵。此时堰塞湖的水位下降了不少，可是已经不再下降了，恐怕不知道什么又把那决口的地方堵住了。金强看着阿宝说道："怎么样，阿宝哥？你还好吧？"阿宝笑了笑说："没事，刚才多喝了几口水，多亏了大海兄弟。"魏大海摇摇头，表示没什么。阿宝站了起来，说："走吧。"大家又跟着阿宝向山上走去。这回的路更加难走，刚才的路难走，还有路，现在连路都没有，是人迹罕至的大山了。魏大海和阿宝在前面拿着开山刀开路。一路向上，大家正走着，突然感到一阵震动。这震动震得地动山摇。所有人都感到这震动，都停下了脚步。可是震了一下又没有了。几个人面面相觑，不知道发生了什么。什么能产生如此大的震动？又等了一会儿，再没什么。大家又带着疑问向上走去。可是刚走没几步，又是一阵震动。而这次震动竟然从山上向下传来。阿宝好像猛然醒了过来，大声说："不好，一定是泥石流后，山顶上的大石头没有支撑，滚落下来了。"金强心里也是一惊。这山太陡了，刚才那震动，想来这石头也小不了。正想着，前面传来声音，果然一块大石头向山下滚来，而且越滚越快。石头很大，加上陡坡，已经没有什么可以阻挡得了它了。不断传来树木被压断的声音。五个人赶紧逃开，一直向两边跑，直到感觉安全才停下来。眼看着那块大石头飞快地滚过去，一直滚到堰塞湖里，激起了巨大的水花。大家同时吁了一口气。阿宝倒乐了，指着大石头压过的地方说："嘿嘿，这路不是出来了吗！"大家都笑了，顺着被大石头压出来的路向山上走去。

有路就好走多了，一路上马青摇头晃脑地说："塞翁失马，焉知非福。有大石头给我们开路，还真不错。"魏大海摇摇头说："我宁可不要他开路。我还是希望它老老实实地待在上面。"大家说笑着，来到山顶。这个山顶是这一带的制高点。阿宝指着前面的一座小山后面的一片竹楼说道："就是那里，那里就是瓦毒山寨。"金强顺着阿宝手指的方向看去。那个寨子规模不大，金强问阿宝："阿宝哥，天黑前我们能到那里吗？"阿宝想了想说："差不多能到。"大家向山下走去。天黑透的时候，五个人走进了瓦毒山寨。阿宝带着大伙儿来到一个大竹楼的下面对大家说："这是我的表舅家，他家里没有别的人，只有他一个人。"阿宝先走了上去，一会儿在竹楼上面挥了挥手，大家走进了竹楼。竹楼中间点了一个火盆，一个满脸是皱纹的老人坐在火盆边上，一边翻动着火盆里面的番薯，一边抽着竹筒烟。看见有人来了，老人对大家说了些什么。老人说的是当地的方言，大家听不明白，只好由阿宝翻译了。阿宝说："我表舅让你们进来坐，请你们吃烤番薯。"大家道了谢，围坐在火盆边上，一起吃烤番薯。金强对阿宝说："阿宝大哥，能不能让你表舅给我们讲讲他们守护的那个墓葬的事情。"阿宝点点头，对着他的表舅说了几句话。老人慢慢地抬起头，看了看众人。在忽明忽暗的火光中，老人的眼中发出恐怖的光。可是那光只是一闪而过，老人旋即又低下头，用力地吸了几口竹筒烟，吐出了一团浓重的烟雾，才慢慢开口了。老人一边说，阿宝一边翻译道："我们瓦毒山寨的羌人是被诅咒的羌人，我们不是在守卫这个墓葬，而是在守卫外面的人，不让他们接近墓葬，不让那里面神奇、邪恶的力量传到外面去。我们瓦毒山寨的羌人，很少有活得长久的。而且每家每辈都会出现一些奇形怪状的人。"说着，阿宝的表舅伸出自己的脚，他们才发现，阿宝表舅的脚上只有两个脚趾，一个大脚趾，另外的四个脚趾长到了一起。表舅继续说道："活到我这个年龄的人很少很少，这个寨子里我的年龄是最大的。我现在已经五十岁了。"阿宝表舅的话让大家震惊，因为只看面相，阿宝的表舅至少有七十岁，没想到他只有五十岁。阿宝的表舅又吸了几口竹筒烟，接着幽幽地说道："这是个古老的诅咒，诅咒我们世世代代都在这里，接受这种折磨。"林红问道："老人家，你知道那个墓葬在哪里吗？"听完了阿宝的翻译，老人的皱纹更加紧密了，摇了摇头说："不知道，也不想知道。但是就在这一带。我们都没有找过，也不敢去找。"林红点点头。昏黄的火盆，一明一灭的竹筒烟的火光，让所有人都感到诡秘。阿宝的表舅叹了口气道:"休息吧,时间不早了。"众人也觉得有些疲劳。大家就在火盆周围睡觉了。魏大海的心里还是有些不放心,可是又怕阿宝挑理,只好悄悄地对金强说:"这里的气氛诡秘得很,我俩还是轮流地值暗岗吧。"金强没有说话,点了点头。

  大家都进入梦乡了,魏大海微闭着眼睛,可是并没有睡觉,始终保持着半梦半醒的状态。朦朦胧胧的,大概是夜半时分,外面传来一阵脚步声。魏大海一下子惊醒了,可是并没有动,而是竖起耳朵仔细地听着。脚步从竹楼的下面传来,不是一个人,是很多的人。听脚步声,整齐而缓慢。魏大海的脑袋里面立刻出现了一群人一步一步向前走的景象。借着月光,魏大海打量了一下屋子里。大家横七竖八地睡着。阿宝的表舅睡在最外面,里面是金强,林红紧挨着金强,头枕在金强的腿上。竹楼的墙上有缝隙,魏大海拿出随身的小刀,轻轻把竹条之间的缝隙剔得大了点,向外面看去。只见一群人,慢慢地挨着竹楼,向西边走去。魏大海正在纳闷,竹楼里面也传出了声音。躺在最外面的表舅,不知道什么时候站了起来,背对着魏大海。魏大海看不见表舅的表情。魏大海皱了皱眉头,想把金强叫起来。可是金强和林红也猛地站了起来。借着月光,魏大还看见金强和林红两眼紧闭,和表舅一起,一步一步地向竹楼下面走去。那步伐和节奏,竟和竹楼下面那些人是一样的。魏大海更加不敢惊动金强和林红,再看看阿宝和马青睡得很是香甜,就没有惊动他们,看着他们和表舅下了竹楼,才轻轻地起来,也走下竹楼。

  只见表舅、金强和林红下了楼,汇入到楼下的人群里,一直向西面走去。魏大海在最后面,悄悄地跟着。月夜朦胧,魏大海借着月光,看着每个人。看那些人的穿着,应该是这瓦毒山寨的村民,因为他们穿的和表舅差不多。每个人都紧闭着双眼,可是脸上都洋溢着一种神圣的表情,脚下没有一点磕绊,都不用看,也不会被什么绊倒。金强和林红也是一样的。一群人一直往西,来到一片山崖下的空场。所有人都对着山崖跪下,顶礼膜拜着,嘴里都嘀咕着什么。可是魏大海却听不清楚。然后,所有人站成方队,一排一排地走到山崖底下。双手向上伸开,整个人都趴在地上,再在地上翻身起来。一排接着一排,有条不紊地,好像在进行着一种宗教形式。所有人都完事了,大家又在山崖壁前站好。一个老人走出人群,不知道什么时候手里拿着一个竹子扎成的东西。那东西上面是三个尖,好像一把大叉子。魏大海心里一动:这不就是海皇波塞冬手里的三叉戟吗？难道他们在这里进行的是对波塞冬的膜拜。魏大海再借着月光仔细看了看，那个老人就是阿宝的表舅。表舅插完了竹子做成的三叉戟。其他人又全都跪倒，顶礼膜拜起来。每个人又在三叉戟下面捧了一捧土。在月光下，就变成了一个土堆，上面插着一把竹子做的三叉戟。一切完事了，人群往寨子的方向走回去。魏大海先一步回到了竹楼上面，又躺到原来的位置。不一会儿，金强、林红和表舅都回来了，好像什么都没有发生过一样，又躺回到原来的位置。

魏大海心中很多疑问，为什么只有金强、林红和表舅出去了？他们到那里真的是膜拜波塞冬吗？这里的村民每天都这样吗？魏大海正想得出神，突然感到有人在轻轻地捅他，魏大海回头一看，是金强，带着笑意在捅他。魏大海吓了一跳，刚才想事情想得出神，看着金强的样子，想起他刚才的表现，自然是吓了一跳。可是再仔细一看金强的眼睛是睁着的，已经恢复了正常。金强小声地对魏大海说："睡着了？睡吧，我来值班。"魏大海看着金强，不知道说什么好，只好点了点头，翻了个身，睡去了。可是他哪里睡得着，依然是半睡半醒的状态，直到天亮了，魏大海才真正地睡着了。

一大早，马青就在一边叫着魏大海："班长，班长，起来啊。今天怎么起得这么晚？"魏大海身子一晃，惊醒过来，不好意思地看着马青，说："嘿嘿，昨天有点累了。"金强还以为昨天魏大海值班，睡得晚，才起来晚的，对着魏大海笑了笑说："起来，起来吃点早饭吧。"林红已经做好早饭了，阿宝的表舅也跟着大家一起吃着，可能是他老人家第一次吃方便面吧，吃得分外香甜。吃过早饭，大家走下竹楼，不时遇上去种田的村民，村民都羞涩、好奇地看着他们。金强他们也注意到，这些村民确实很多都有着这样或那样的畸形，看来这里真的有问题。大家在寨子里面转了一圈。林红发现，村民们在相互说着什么，而且还躲着他们在说，好像对他们隐瞒着什么。林红对阿宝说："阿宝哥，他们在议论什么？是不是我们有什么不对？"阿宝看了看那些村民，径直向一个妇女走去，两个人说了一阵子。阿宝回来了，对大家说："不是我们的问题，他们在说又出现'插坟堆'了。"林红有些奇怪，问道："什么？什么叫'插坟堆'？"阿宝说："这是很奇怪，这里每个月到月圆的时候，就会出现一个土堆，上面有一把叉子，不知道是谁弄的。"金强一听来了兴趣，说："在哪里？我们去看看。"阿宝笑了，说："我忘了问了，我这就去问问。"魏大海在后面说话了："不用去问了，我知道在哪里。"其他人都惊奇地看着魏大海，魏大海却什么也没说，径直向西面的山崖走去。大家也只好跟在后面，不多时，到了山崖下面。果然在山崖下面有一个土堆，土堆上面真的有一把竹叉子。金强没有马上过去，而是远远地看着。地面是松软的土地，上面有很多脚印。而且，很多地方的土都有被抓过的痕迹。这证明这里是有很多人来过的，突然金强被地上的一个脚印吸引了，不禁倒吸一口凉气。

那是一双大鞋印，而且是一种户外鞋的鞋印，正是金强喜欢的牌子，这里也就金强穿的是这样的鞋。金强知道那鞋印就是自己的鞋印。而且在那大鞋印的边上，还有一双小一点的户外鞋的鞋印。金强看着身边的林红。只有林红的鞋印是这样的。林红也注意到了，下意识地看了看自己的鞋底，就是自己的。金强有点明白魏大海为什么知道这里了，看着魏大海。魏大海把昨晚的事情都说了出来。金强和林红听得目瞪口呆，但是金强知道魏大海不会说谎的。可是这事有点太让人难以接受了。好久，金强才肯定地说："看来我们要找的东西就在这里了。"马青点点头说："二少，我越来越相信你也是亚特兰蒂斯人了。每次在我们接近亚特兰蒂斯人的遗存的时候，你都会有反应。这次还捎上了林红，嘿嘿，难道林小姐也是亚特兰蒂斯人？"马青后半句是开玩笑的，可是金强心下却是一动。不是没有这个可能的。可是现在没有时间想这些，还是先找到要找的东西再说。金强看着山崖，这山崖不算高，也就十五六米的样子，而且露在外面的这个崖壁应该是个断层。金强示意大家分头行动。马青和魏大海绕道爬上了山崖，金强和林红在崖壁上仔细地勘查起来。金强拿着一把小巧的考古锤，在山崖上轻轻地敲着。而林红则拿出来一个小巧的机器，上面有一探头，在崖壁上勘探起来，还不时地看着机器屏幕上的数据。林红拿的这部机器金强没见过，问道："林红，这是什么？"林红看也没看金强，说道："这是我们探测器材公司还没有上市的新产品，可以探测到地下的金属，而且可以探出是什么金属，含量有多少。"金强没想到，这小巧的探测仪竟是自己家公司生产的，停下了手里的考古锤，也跟着林红看着屏幕上的数据。林红看着数据说："这里面有黄金，还有不少。"金强笑了，说："嘿嘿，那就是这里没错了，亚特兰蒂斯人对于黄金的喜爱，已经到了痴迷的程度。有黄金就对了。"突然，林红皱起了眉头。金强看到林红这样的表情，有点不解，追问道："怎么了？"林红看了很久，才说道："这上面显示，这里面有放射性元素,而且很强烈。"正在这时候,上面传来了马青的声音:"二少,你们上来吧。这里果然是个墓葬。你来看看能不能找到入口。"金强和林红收起了仪器。金强看了看方位。

中国古人的墓葬是极有讲究的。如果这真是古蜀人造的墓葬,那就应该是大约西周时期的墓葬。那个时候的墓葬也是有一定形制的。既然这里是朝圣中心,恐怕中原的墓葬文化也会传到这里来的。金强看了看,辨清了方位,对马青说道:"你在小山的西南下个探杆,我去西北下探杆。"马青答应了一声,和魏大海一起跑到了西南边。金强拿出洛阳铲,和林红一起来到西北方向。没一会儿,金强的洛阳铲里有了五花土,这也是地下有墓葬的表现。马青那边也传来了声音:"二少,这边有五花土。"金强很高兴,说道:"那就对了,下个桩,再拉线,我们取中间值,那里大概就是墓道。"很快确定了位置。金强和马青又下了一个探杆,看了看洛阳铲里的土样,金强肯定地说:"就是这里。应该就是墓道。而且,这里处于地壳变动带,地壳活动频繁,地面上升了,离地面不会很高。再过几年,恐怕就会裸露出来了。"大家一听,再没有废话,纷纷拿起锹铲,在定位的地方挖起来。马青和魏大海奋力地挖着,金强和阿宝也跟着挖。没过多久,一堵大墙慢慢出现在大家面前。金强看着这堵墙,感觉不对劲。这里怎么会有一堵墙?马青看着青砖堆砌的墙,对金强说:"我说二少,这里好像不是墓门,应该是墓道的一侧。怎么办?"金强想了想:"打开吧。"可是心里却隐隐觉得不对。大家齐心合力,在青砖堆砌的墙上开了一个大洞。可是金强总是觉得不太对劲,根据经验这里就应该是墓道的入口,却打出一道墙来。可是现在想也没什么意思。金强率先走了进去。大家在后面跟着。魏大海不放心,怕有机关,又抢了一步,走在金强的前面。里面很黑,大家戴上了头灯。一道道光束出现在里面,人们带起的灰尘在光柱中间飞舞着。地面上是大块的石头铺就的,上面满是灰尘。这里面弥漫着一股幽香的味道,金强感到这股味道很熟悉,想了很久才想起来,这是藏香的味道。金强带着疑惑慢慢地往里面走去。

走了大约十五六米远,进到一个宽大的空间。四四方方的一个空间,周围的墙上面有壁画。金强走到一面墙前,拿着软刷,在墙上轻轻地掸掉灰尘。一双闪着光亮的大眼睛显露出来。金强被吓了一跳,手下又加快速度。很快整个壁画都展现出来,是一个浑身黑色的好像魔鬼一样的人,有真人般大小,瞪着一双铜铃般巨大的眼睛,张着大嘴,露出两颗尖牙,脚下还踩着好像小鬼一样的人。那双眼睛不知道是什么材料描绘的,还在烁烁地反着光。金强退后两步,看着这个奇怪的壁画。其他人在清理另外几个墙面上的壁画。那些壁画上的图像也都是好像魔鬼一样凶恶的人。一个是头上戴着高高帽子的女人,长得丰腴而表情凶悍,坐在一个好像是莲花一样的台子上。还有一个是高大的满身通红的人,长着人首兽身,面目更是凶恶无比。最后一面,也是一个女人,可是同样表情凶狠,戴着一顶灰绿色的帽子,坐在一头牦牛上。金强皱着眉头看着这些。林红走了过来,一脸狐疑地说:"不对啊,金强,这些壁画……"金强说:"这是西藏古老本教的神。那两个女人是佛母,一个是白度母,一个是绿度母。那个全身黑色、眼睛还发光的是大黑天神。另外一个人首兽身的,就是本教的祖师兴饶美沃切了。可是不管是什么,这里都不是周朝的墓葬,最多是宋元以后的。而且好像这里连墓葬都不是,倒更像一个寺庙。"大家不觉失望,费了半天劲,竟然不是要找的。马青看着四幅凶神恶煞般的壁画,吐了吐舌头。魏大海问道:"金大哥,那个什么大黑天神的眼睛为什么发光啊?"金强笑了笑说:"里面不是混入了金粉,就是银粉,所以才有这样的视觉效果。"魏大海点了点头说:"这样子可真是凶啊!"金强看了看现在的位置,好像是从一个回廊走到这里来的。就算是寺庙,这里也绝对不是大殿。现在的位置是从绿度母旁边的通道进来的,而对面的白度母旁边也有一个通道。不知道通向哪里,不过金强猜想,那里应该就是正殿。林红指了指那个通道说道:"那还有个门,不知道通向哪里?我们去看看。"反正也进来了,不管怎么说这也是古迹,看看也无妨。魏大海率先走了过去,一个更加宽大的空间出现在大家的眼前。大殿的上面是粗大的木梁,大殿内四角都有着粗大的柱子,虽然年代久远,可是还是很结实。大家也不禁惊叹,这样的寺庙被埋在土里,居然没有坍塌,也算是个奇迹。

　　这里的藏香味道更重了,还混合着地下的那股气息。在头灯的照射下可以看出来这里的空间更大。就在大家的左侧,有着高大的佛像。大家绕到佛像的正面,才看清楚,不是一个佛像,而是三个并排坐着的。不过中间的有点靠前,中间的是一个留着两撇胡子、一头长卷发的汉子,带着微微的笑意。那形象栩栩如生,活灵活现。而两边坐着的是两个戴着高帽子的神像。可能是年代久远了,神像有点斑驳。前面还有供桌和香炉。最前面还有专门用来跪拜的地方，不过那地方是一个长条石头，而且常跪的地方已经被磨掉了不少，可见当时人的虔诚。供桌的上面还有两个大土陶坛子。金强看了一阵说道："中间的应该是释迦牟尼像，两边的一个是莲花生大师，一个是地藏王菩萨。这种摆法，应该是元代密宗的供奉方式。而且不是简单的用来膜拜的，还有着震慑作用。"马青没听明白，问道："震慑？震慑什么？"金强耸了耸肩膀说："我怎么知道？那你要问那些修建这里的人。我现在可以肯定这里是个庙，密宗的庙。不过不知道为什么埋到地下了。按理说，这里是青藏高原的边缘，有着羌族和藏族的活动，有这样的庙也很正常。"金强在大殿里转了一圈，发现这里的举架比一般的庙宇要矮很多，这也是它能保存到现在的原因吧。正门已经被封死了，还有些破损，不少的土已经涌进了大殿。马青走到了供桌前，向那两个坛子里面看去，那坛子是用泥封死的。马青很是好奇，抱下来一个坛子。魏大海也凑了过去，向坛子看去。马青笑嘻嘻地说道："只怕这坛子里面是供奉的好酒，要是老梅在这里，一定会打开尝尝。"说着晃了晃，里面果然有液体在晃动。马青更加坚信自己的想法，很想看看这千年的好酒。一伸手，就把坛口的封泥拍开了，掀开了坛子的封口却没有想象中的酒香，而是一阵恶臭扑面而来。马青差点被熏倒。魏大海也被熏得躲到了一旁。可是坛子里面确实有液体，臭味过后马青还是忍不住向坛子里面看去。坛子里是黑黑的液体，液体里好像还有着什么东西。马青用刀向里面挑去，一个黑黑的东西被挑了出来。再仔细一看，他不禁眉头大皱。那刀上挑着的是一个婴儿的尸体，四肢蜷缩着，明显的是右手比左手长，右腿比左腿短，看来是个畸形的婴儿。马青又把婴儿放了回去。金强看到了，说道："都说是有震慑作用的了，这就是他们要震慑的东西。"马青把刀尖在鞋上蹭了蹭，站了起来。金强转身向佛像的另一侧看去，那里还有一个角门。门不大，木质的，不知道是用来干什么的。金强走过去，推了推门，不觉就是一惊。

为什么金强会一惊，因为那道门是从里面拴死的。也就是说，如果里面是一个封闭的空间，那么最后给这道门上拴的人就再也没走出来过。魏大海拿出开山刀伸进门缝，找到门闩，向上挑去。门应声而开。金强的头灯向里面照去。里面不是很大，陈设十分简单，只有一个土台，上面铺着席子。在席子的一端有一张桌子，桌上面有一盏油灯还有一个土陶大碗，已经落满了灰尘。金强慢慢地走了进去，忽然感到不对，门后边好像有人。金强猛地一回头，赫然见到一个人坐在里面。金强又吓了一跳，果然有人。魏大海和马青此时也跟了进来，也同时发现了那个人。马青突然发现，也吓了一跳。但见那人五心朝天，盘腿坐在那里，双眼微闭，面目竟十分庄严，两道寿眉垂到口边。三个人凑近了看着，那个人穿着氆氇袍子，一副喇嘛打扮，看来是这庙里的僧人。他死在这里，也历经近千年了，那尸体还保持着死时的姿态。最奇怪的就是身体没有腐烂，连表情也没有改变，还是那么地祥和、平静，宝相庄严。魏大海不禁奇怪道："金大哥，这是个喇嘛吧？但是为什么坐着死在这里，还不腐不坏？"金强点了点头说："是，是个喇嘛，不过不是一个普通的喇嘛，而是一个得道的大师。看样子他是知道自己的死期，把自己反锁在这里，圆寂于此。不过他的身体不腐不坏，这还不好解释，至少现在没有人可以给得出完全科学的解释。有些僧人知道自己的大限之日，便不再进食，只吃香料做成的香汤，便可得到这样的不坏之身。也有什么也不做，就可不朽不坏的。不过很多事情就是这样，看似不合理，可是又偏偏存在。就好像很多高僧死后，会炼出舍利子一样，是没有办法解释的。"三个人又凑近喇嘛，仔细地看着。马青伸出手指在喇嘛的身上轻轻地按了一下，那肌肉还有弹性。马青啧啧惊叹："真是不朽之身，看来道行不低啊，不过好像还是没有压住那个诅咒。"三个人退出了这个小房间。马青想了想说道："看来是这里的羌人，害怕那些诅咒，请来密宗的法师兴建的这个庙宇，用来震慑这里的诅咒和那个墓地的。"金强点了点头说："很有可能。后来经历地质变动，地震或者泥石流什么的，才被埋进这里。"马青还有疑问，问道："那我们铲子里的五花土是怎么回事呢？"金强笑了笑："还是打对了，那墓葬还是在这边，不过不知道在哪里，应该就在这附近吧。"林红看了看金强，说道："应该就在这下面。"金强看了看林红，问道："何以见得呢？"林红说道："黄金呢？这里没有黄金。可是仪器上显示的就是这里，所以应该在这下面。"林红说得有道理。别看这个庙修建得简单，如果下面有个神一级的墓葬，可就不简单了。

金强对大家说道："大家分头找找吧，不过要小心，别把这里的东西碰坏了。"大家闻言，分头寻找起来。这里空间不小，可是陈设很简单，除了佛像、供桌和香炉以外并没有什么。地面上铺的是大块的青砖，魏大海和马青在挨着块地敲砖，金强在专心地研究着这三尊佛像，林红则拿着仪器四处探勘。阿宝一时间倒不知道应该做些什么，只能看着大家忙碌。马青和魏大海很快地查遍了每一块砖头，可是并没有什么发现。金强对他俩说："你们再看看佛像下面的地面。"两个人又来到佛像下面察看，可是一样没有发现什么异常。金强走到释迦牟尼像的下面，在佛像的底座上面仔细地查看起来，可是一样没有发现什么异常。大家找了一圈，什么也没有发现，只好在中间坐下来休息，喝点水，吃点东西。马青一边喝着水，一边对金强说："二少，那墓葬的墓道一定在这里吗？"金强摇了摇头，这个他也没有把握了。可是林红却说话了："我不知道入口在不在这里，可是那墓葬一定在这下面。看来当时修建这个庙宇的时候，就是有所针对的。"魏大海笑了笑说："老梅要在就好了，你们还多个人商量一下。"金强也在心中点头，老梅要在，凭他的经验，一定可以给些意见。

马青累了，坐在中间用来跪拜的石头上喝水。喝过了水，把水壶随手放到了那个用来跪拜的石头上，回身去找吃的。可是那个跪拜的石头已经磨得偏了。马青的水壶没有放稳，倒了下来，水也洒了出来，弄得那石头上面都是水。马青赶紧转过身拿起水壶，把盖子拧紧了，嘴里还自言自语："真是的，老是毛手毛脚的。"魏大海看着马青的样子笑了。可是金强却低着头看着那块用来跪拜的大石头发出了"咦！"的一声。听见金强的声音，大家都被金强吸引过去，看着金强盯着的大石头。只见那块大石头上原本是有很多灰尘的，可是被马青的水一冲，中间竟露出缝隙。而且那缝隙一看就知道不是自然形成的，就好像一个"凸"字和一个"凹"字两个字结合起来了。金强指着大石头兴奋地对魏大海说道："大海，你想到了什么？"魏大海想了想说道："对了，在大吴哥的下面，那个苏耶跋摩二世的棺材。"魏大海话一说完，金强和魏大海两个人都蹲了下来在大石头的两边查看起来。果然，在大石头对着佛像的那一边，有一个拇指粗细的小圆洞。圆洞被泥封死了。金强拿出小刀，把圆洞外面的泥抠掉，里面是一个金属的芯。金强和魏大海忙乎了半天，才把里面的金属芯挑了出来。金强和魏大海相视一笑，一人一边，用力地拉着大石头，想把它分开。可是两个人的力量不够，阿宝和马青也是一人一边帮忙拉着大石头。在四个人的努力下，大石头终于慢慢地分开了。跟着大石头分开的还有大石头下面的地面，一个一米见方的洞口出现在大家的面前。阵阵的阴风从洞口向上吹出来。大家相视笑了，这感觉就对了。看来这才是要找的地方。

魏大海用手电向里面照了照，下面不是很深，大约有三到四米的样子，地面是土地。魏大海纵身跳了下去，其他人也都跟着跳了下去。这是一个斜着向下的墓道，一端不知道通向哪里，而另一端是堵死的土墙。大家沿着通道向下走去，走了一段土道，就出现了一段四周都是石头的墓道。在两边的墓道壁上，还有很多的壁画。那壁画古怪得很，都是一些人的面部器官，有眼睛，有耳朵，有嘴，有鼻子，都画得大大的。每一个器官都有人般大小，一个接着一个，说不出的诡异。而且这里的壁画很有三星堆的风格，眼睛都是高高地突出的那种，耳朵都是很大的好像翅膀一样的，嘴巴也是很大很长的带着诡异的笑，那鼻子更是好像欧洲人一样的高大的鼻子。大家置身于一个这样的满是五官的世界里都感到浑身上下不舒服。尤其是那一双双突出的眼睛，好像可以看到人的心里，又好像可以看到世界的尽头。那样的深邃，不禁让人感到脊背发凉。大家一边看着一边慢慢地向前走着。这时候，在墙上端出现了一段文字。马青立刻认出来，这是标准的亚特兰蒂斯文字，和在埃及金字塔里的那段经文是一样的。可是写得不是很标准，断句有点问题，让人感觉写这个经文的人并不明白这个经文的意思。经文是写在一个通道口的横楣上的。大家穿过这个通道口，进入到一个不大的空间。

　　这个空间很有意思，地面是正方形的，而上面的顶却是圆形的。可能是对应中国古人的天圆地方的思想。看来这里还是受到中原文化的影响的。马青此时正拿着手电照着地面，在厚厚的尘埃中，发现里面竟有青铜器。金强也看到了，几个人都走过去，简单地清理了一下，并没有急于把它们拿出来。那些青铜器是鼎，这在周代的墓葬也是很常见的，通常墓葬里面的鼎越多，说明墓主人的身份越高。不过九鼎就是天子了，还没见过比九个鼎更多的。马青点了一下，这里面竟有十二个鼎。马青不无惊讶地说："二少，这里有十二个鼎。不会吧？"金强笑了，说："我相信你，十二个数你还是可以查清楚的。你数了是十二个，就是十二个。这也没什么。"马青说道："可是根据墓制，天子才用九鼎，这里却用了十二个鼎，那是什么规格？"金强笑了，说："这里又不是真正的周墓，只是沿袭了一点周朝的礼法，却不一定是完全一样的。何况对于古蜀人来说，这里可是神的墓。古蜀人用十二个鼎也没什么不对。"马青想了想，点了点头道："也对，我现在怎么也这么死心眼儿了，难道是没有老梅斗嘴，思路都不开阔了？"金强戴上手套，小心地去拿最里面的那个，也是最大的那个鼎。古蜀人的青铜器制作技术真是令人叹为观止，那个鼎制作得可以说是精美绝伦，上面有着镂空的花纹。鼎下有三条腿，是三只海兽，看不清楚，应该是海豹或者海狮一类的东西。估计这些东西也是亚特兰蒂斯人给古蜀人描述的，因为在这个地方是很难看到这些东西的。看到鼎耳，金强愣住了，那鼎耳竟是两条美人鱼的造型，这哪还像古蜀人的东西，更像一件欧洲文艺复兴时期的工艺品。这两个鼎耳的美人鱼造型也让金强想起了林红后背上的文身，一样的美丽，一样的立体，一样的栩栩如生。金强发现蹲在身边的林红也在看着鼎耳发呆。林红看金强在看她，不好意思地站了起来，眼光转向别处。金强没有多想，又仔细地看着其手中的大鼎，很希望找到铭文，可是鼎内外一个字都没有。金强放下大鼎，察看了那些小一点的鼎。每个鼎的造型都差不多，不过是大小有区别的，一样的没有铭文。马青在忙着照相，做资料收集。马青这边完事了，大家小心地绕过这些国宝级的东西，向另一面的通道口走去。

　　金强猜想，前面一定是主墓室了，心中不免有点激动，也许要找的东西就在里面。可是大家走出放置青铜鼎的地方，进入到另一个通道，才走出没几步，发现前面竟然被堵死了。马青刚要过去推推那石墙，却被魏大海给叫住了。马青抬着脚，硬是没有落下去，回头看了看魏大海说："什么事，班长？"魏大海一把把马青拉了回来，指着地上说："地上有东西，你也不看一看。"五道光亮把马青前面的地方照得通明。马青的前面就是那堵堵住道路的石墙，可是在石墙的下面压着一副骸骨。五个人看到的是这骸骨的上半身，而下半身则在墙的另一面。那人一定是活着的时候进到这里，结果被这石墙砸死了。大家在那遗骸的前面蹲下来仔细地查看，那人的衣服看起来还好好的，不过金强知道一碰就会变成粉末掉落下来。魏大海说："这人是个光头。"金强一听，在那人的头部察看，果然没有头发，而且脑袋前面还有一顶帽子。金强一看这帽子，再看看那人身上的衣服。金强说道："这人也是个喇嘛，很有可能也是上面那个庙里的喇嘛。看来是监守自盗，被砸死在这里了。"林红摇了摇头说："看来也是觊觎着这里面的宝贝，才遭到这样的下场。"魏大海并不关心这些，对金强说道："我们得把这石墙搬开。"金强点了点头，又看了看砸在石墙下面的人，只见这人两手空空，什么也没拿，看来是进来的时候就被砸死了。金强在那人身边的地上摸了摸，找到了一个机关，是那种很简单的踩踏触发机关。也就是说，只要踩上，上面被卡住的东西就会掉下来。这种机关是没有办法恢复的。金强摇了摇头说："没有别的办法，只能抬一点，再垫砖头了。"魏大海想了想，也没有别的办法，只好把地上的青砖撬下几块，大家合力抬起那石墙。还好，石墙不是很重，几个人费了很大的力气把石墙抬了起来，林红适时地把砖头垫进去，直到垫到人可以爬过去的高度，五个人才从石墙下面爬到里面。

爬了进去，大家又在剩下的通道里走了一阵。魏大海怕有机关，走在最前面，果然清理出两个绊绳机关。可是绊绳都已经烂得不能再烂了，自然也没有办法引发机关。当大伙儿转了一个弯，一个很大的墓室出现在大家的眼前。大家眼前都是一亮，墓室的中间停放着一个巨大的石头棺材。上面不知道涂了什么，在头灯的照射下，泛着光辉，竟有些刺眼。墓室的上下左右都是石头的，上面刻的都是海中的生物，海藻、水母、各种鱼类和海兽，就像一个海洋世界，也都涂着和棺材上面一样的涂料，反射着光辉。那些海洋生物，就好像真的在海里，似乎在游动。大家看着这个耀眼的空间，很久才反应过来，慢慢地走向那个石头棺材。石头棺材下面铺着厚厚的一层贝壳。棺材的上板是很厚的，魏大海看了看说道："没有个小型的起重机是很难抬起这么大一块石头盖板的。"林红看了看，却说道："可是古蜀人也没有起重机啊！"金强没有说话，在石棺和盖板之间仔细地察看起来。盖板和石棺之间的缝隙很小，不像是简单地盖上去的。当金强绕到棺材的另一边的时候，金强看明白了，这棺材不是盖上去的，而是一个推拉方式的盖子。金强赶紧跑回到另一端，用力地向对面推着。果然石棺的盖板慢慢地向另一端移动起来。魏大海和马青赶紧过来帮忙，石棺的盖板被彻底打开了。大家围着石棺向里面看去。里面是一个高大的人的骸骨，看样子活着的时候身高不会低于一米八五。身上穿着一件像大褂一样的衣服，腰间系着一根闪着金光的腰带。那腰带很刺眼，足有巴掌宽，制作得极其精美。腰带的正面还有文字，是亚特兰蒂斯人的文字。那人的脸上还戴着一个黄金制成的面具。那面具和三星堆出土的面具一模一样，也是双眼突出，只是没有三星堆出土的大。再看里面的人，手腕处戴着黄金制成的护腕，在左手的手边，有一根金黄色的权杖。马青看到这个笑了，这根权杖和三星堆那个是一样的，上面的字有点不一样，两个权杖合起来就应该可以合成真正亚特兰蒂斯的文字了。林红惊叹道："亚特兰蒂斯人真是嗜金如狂啊！"金强很想看看这个亚特兰蒂斯人的样子，可是还是忍住了揭去面具的冲动。马青把需要的地方都照了下来，突然马青看到那人的头下枕着一个东西，大家仔细地辨认了一下，金强看清楚了，那东西正是"千里眼"，也就是望远镜，应该就是突目的原形吧。一阵高兴过后，大家又都陷入了沉默。神的墓是找到了，可是真正需要的东西还没有找到。

　　金强没有气馁，还在努力地寻找着。金强注意到那条金腰带除了前面的部分有字，后面的每个连接片也有着像浮雕一样的凸起。金强不禁仔细地看起来。这条金腰带，一共是十一片。中间的那一片是最大的，也就是有字的那片。两边各有五片，比这一片稍小。后面是两条链子连接起来。这十个小片上面都有浮雕一样的画，不注意看是看不出来的。可是由于石棺的阻隔，金强怎么努力也看不清楚。没有办法，金强戴上了白手套，轻轻地翻动了一下遗骸，在后面解开了金腰带，把金腰带拿了出来。其他人此时也恢复过来，在墓室的周围仔细地寻找着。金强从头看了起来。第一幅画是两个人走下船，第二幅画是两个人翻越大山在行走，第三幅画是这两个人遇到很多比他们要矮一些的人，那些人对他们顶礼膜拜，而其中一个人的眼睛上戴着那个望远镜。第四幅画很有意思，那个戴着望远镜的人和一个眼睛也很突出的人指着天空，在说什么，远处是一些人在耕田。第五幅画上面那个戴着望远镜的人好像在跳舞，前面躺着一个人，后面很多人在站排。金强跳过中间大片的字，向第六幅画看去。第六幅画上面是一个宫殿一样的建筑，很多人带着东西来朝拜。第七幅画是很多人分成两伙在打仗，一边的人就好像大猩猩一样，而一边是矮小的人。第八幅画是那个戴着望远镜的人在指导很多人在炉子上敲打着，做出好像宝剑一样的东西。第九幅画就是那些矮小的人，拿着这些宝剑一样的东西战胜了那些好像猩猩的人。第十幅画是那个戴着望远镜的人和另一个人，在给那些人讲着什么，远处是满天的繁星。看完了所有的画，整个的进程在金强的脑袋里面形成了，两个亚特兰蒂斯人逃出亚特兰蒂斯大陆，走入了蜀地，见到了当时的古蜀人，估计亚特兰蒂斯人可以进行天气的预报，并且可以医治病人，所以被古蜀人奉若神明。后来这里成了朝圣的中心，而亚特兰蒂斯人也就成为了这里的神。在后来的战争中，古蜀人又在亚特兰蒂斯人那里学会了冶铁的技术，打败了进攻的敌人，那敌人很可能就是戈基人。亚特兰蒂斯人还给古蜀人讲解星象和宇宙的科学。难怪古蜀人的青铜器里有很多和天空、星宿、宇宙有关的东西。金强突然感到不解，那个亚特兰蒂斯人为什么老是戴着望远镜？金强不禁对这个望远镜产生了兴趣。

金强把腰带又给那个人系上,轻轻地把他垫在头下的望远镜拿了出来。这个望远镜也是金属做的,一面是那种紧贴着眼眶的设计,另一面稍小,有十厘米长。后面还有一个皮带子,可以系在脑后。金强把那个望远镜戴在了眼睛上,奇怪的事情出现了。这可不仅仅是望远镜,还可以看到黑暗中的东西,而且可以自动变焦。不管看多远,都可以看得清楚。难怪那个亚特兰蒂斯人老是戴着这个,真是个宝贝啊。金强像个孩子一样,在墓里到处看着,正晃来晃去,一排字映入眼帘。金强站定,那又是一排竖着写的亚特兰蒂斯文字。金强赶紧摘下眼镜,发现正是墓室东面的墙。可是那里除了马青和墙壁以外,什么都没有。金强又戴上了望远镜,那排字又出现了,下面还有一个圆圈。原来只有戴上这个才能看见。金强一阵激动,赶紧叫马青过来。马青一头雾水地走了过来,说:"二少,你玩什么呢?这么高兴?快点找东西吧。"金强一把拉过马青,说:"你看看。"马青迷茫地戴上了那个望远镜,也看到了那一排字,又摘下望远镜看了看,惊叫道:"那是什么?"金强拿过望远镜,笑着说:"我还想问你呢,赶紧翻译吧。还有那金腰带上面的字。"马青赶紧拿出笔记本,开始对照墙上的字。不长时间,马青就翻译出来了。腰带上面的字是"朋友,你们终于来了,戴上我的神眼,看看那边的墙上吧。"墙上的字是"按动这里,有我留下来的东西。"这时候,大家围了过来。马青笑着说:"他怎么知道我们是朋友?"金强也笑了,说:"废话,他以为可以看懂亚特兰蒂斯人的文字的一定是亚特兰蒂斯人,所以是朋友啊!别废话了,去看看那里有什么。"大家又来到东边的墙边。金强戴着望远镜,把手按到了那个圆圈上。两秒钟后,墙面中间凹陷了下去,一个箱子从下面升了起来。一看见这箱子,金强、马青、魏大海一阵激动,这正是和金强在南海里面捞出来的箱子一样的。大家赶紧把箱子拿了出来。

箱子放到了地上,盖子一下就打开了,并不是密封的。金强打开箱子,第一个看到的就是经卷。他轻轻地把经卷拿了出来,交给马青。接着是那个厚厚的金属书,也就是那个钥匙雷达。魏大海接过雷达。此时箱子里面只剩下一个金属的罐子,也就是那个亚特兰蒂斯船的动力装置,哪里有钥匙的影子。看了看空空的箱子,金强有点不甘心。魏大海笑了笑说:"有了这个,还怕找不到那钥匙吗?"说着魏大海打开了雷达,上面清楚地显示着两个钥匙的位置,一个很远，另一个看样子离这里很近，可是绝对不在这里。金强知道只能找到这些了。金强把望远镜放回原处，又在棺材里检查了一番，惊奇地发现整个棺材里面衬着一层黄金，连刚才没注意的棺材盖子下面也衬着一层黄金。大伙儿又合力把盖子推上。

几个人拎起了箱子，向外面走去。爬过压死了喇嘛的石壁，几个人很快走出了古蜀人的神墓。接着大家又爬出了洞口，把那个石头对上，把铁芯插了进去，恢复了原样，走出了寺庙。大伙儿出来的时候，是傍晚时分，太阳还没有落山。几个人又把那墙砌上了，把土回填了。金强点了一支烟，心中很高兴。毕竟没有的线索，接上了。几个人慢悠悠地向阿宝表舅的竹楼走去。刚转过小山来到山崖壁的前面，就看见了很多的村民，都聚集在那里，看着他们。大家一愣，不知道发生了什么。阿宝的表舅走了出来，对着几个人说了一通。阿宝翻译道："我表舅说，我们进了那墓里，也就遭受了诅咒，不能走出这里。"大家看着表情严肃的表舅，一时间倒不知道怎么办才好了。林红慢慢走了出来，对表舅说："我们已经找到了诅咒的根源，并且已经破解了。这个箱子里的东西被我们拿走，你们就永远地解除诅咒了。"阿宝知道林红在骗他们，可是也照着翻译了过去。表舅脸上的表情阴晴不定，想了很久，才问了阿宝一句什么，阿宝表情认真地点点头，也说了一句什么。阿宝的表舅这才乐了，脸像绽开的花朵，咧开了嘴，露出了已经缺失的牙齿，每个皱纹都带着笑意，转过身去，对后面的村民们喊了几句。村民们也跟着一起欢呼起来。

金强小声地问阿宝："怎么回事，阿宝哥？"阿宝小声地说："我把林红说的话翻译给他们了，表舅问我，相信你们吗？我说我相信。表舅也相信了，并且告诉村民们，瓦毒山寨已经解除了诅咒，他们从此自由了，摆脱了噩梦。"阿宝的话还没有说完，已经被兴奋的表舅拉了起来，向表舅的家跑去。众人没有办法，只好穿过欢呼的村民，跟着跑去。大家又回到表舅的家里，表舅很兴奋，安排大家坐好，又跑了出去。看着表舅兴奋的样子，金强有点不好意思，对林红说："林红，你这样骗他们好吗？"林红白了金强一眼说："谁说我骗他们，别的我不知道，只知道他们畸形的问题是可以解决的。那里的辐射那么大，他们长时间在这辐射下，不变异才怪。我看他们畸形就是因为那个有辐射的东西。"金强想了想，林红说得很有道理，不过现在这个烫手的山芋来到自己的手里也是不好办。这个核动力系统应该怎么处理好呢？正想着，表舅回来了，现在这个老人像一个上满了发条的陀螺，又拉着大伙儿向竹楼下走去。不知道什么时候，瓦毒山寨里面摆起了一条桌子长龙。在桌子摆成的长龙上面已经摆满了热气腾腾的菜肴。阿宝对大家说："这是羌人过节才会举行的会餐，家家都做菜，在一起吃。"瓦毒山寨的村民们真的把这天当作节日了，大家在一起尽情地吃，尽情地喝，尽情地跳舞，尽情地唱歌。村民们那种压抑已久的情绪都迸发出来了。小分队的人也都被感染了，大家都喝了不少酒，尽管大家语言不通，还是开心地聊着。终于都喝得迷迷糊糊了，大家又回到了竹楼上。为了让大家能休息好，阿宝的表舅去别的人家里了，这里只剩下小分队的人。马青拿出雷达和笔记本，进行定位。金强微醺着靠在墙边，点燃了一支烟，说道："我看了那个亚特兰蒂斯人的金腰带，上面记录着他的整个历程，可是那上面不是一个人，而是两个人。"林红很清醒，坐到了金强的身边，问道："那另一个呢？"金强摇了摇头说："不知道，没说。也许继任当神了，后来被杀死了。也许自己走了，不知去向。"魏大海坐在金强的对面，金强扔给魏大海一支烟。魏大海平时不怎么抽烟，今天心情很好，也点着了，吸了一口说道："可是为什么三星堆的那些古蜀人突然消失了呢？"金强笑了，说道："谁知道呢？也许另外一个亚特兰蒂斯人当了神，向古蜀人描述了亚特兰蒂斯大陆的样子，后来古蜀人就和他一起去找亚特兰蒂斯大陆了。哈哈。"林红也笑了笑说："看来亚特兰蒂斯人不是突然带走了当地的文明，就是融合到当地的文明中去了。"金强点了点头。这时候马青说话了："二少，地点核对了。那个钥匙在三星堆附近。真有意思。"金强一听点了点头说："呵呵，看来我的第一感觉是对的。另外一个亚特兰蒂斯人还是把钥匙带了出来，好，很好，早点休息。明天早点出发。"几个人睡了，外面还有村民在狂欢。突然，瓦毒山寨边的树林里有三个人影晃动，那三个人动作飞快地在树林里穿行，然后分别找到了一个地方隐蔽身体，在黑暗中紧紧地盯着小分队所在的大竹楼。

天亮了，大家都睡了一个好觉。魏大海第一次忘记了值班的事情。羌人劝酒都用唱歌的，尽管不知道唱的什么，可是那真挚的眼神，你就不能不喝。而且那酒后劲极大，一躺下就什么都不知道了。现在起来却也没有难受的感觉。不过魏大海还是有点后怕，可是听听，寨子里的村民竟然还在庆祝。大家都觉得有意思。阿宝说："碰上大的节日，要狂欢三天三夜呢。"大家匆匆地洗漱，吃了点东西，就上路了。还是走来时的路。很快太阳挂到了中天，热辣

四川广汉三星堆

辣的。多亏有树荫和树林里回荡的新鲜空气，大家并不觉得憋闷。出门的时候，魏大海把钥匙雷达装进了自己的背包里，马青把经卷也装进了自己的背包里。两个人合力抬着的那个箱子里面只有那个核动力系统。大家在树林里走了很久，金强提议休息一下，大家靠着一棵大树坐了下来，都在喝着水。魏大海举着水壶正喝水，突然感到九点钟方向有动静，一片草晃动得很异常。可是魏大海没有声张，依然利用余光观察着。大家休息了一会儿，又上路了。魏大海可以很清楚地感觉到，后面有人跟着。跟踪的方式是交替的，有三个人，很专业，很像一个战斗队。魏大海隐隐地感到担心——这三个人不好对付。魏大海加快了脚步，和在前面的金强并行了，笑嘻嘻地对金强说："金大哥，给我跟烟抽。"金强有点意外，魏大海从来没有主动向他要过烟。金强疑惑地掏出烟，帮魏大海点上。魏大海借着这个机会小声说："有人跟踪，别声张。"金强心中一动，却装作什么也没有听到。点过烟以后，他俩继续走着，不过还是小心地感受着后面的情况。可是金强不得不承认，他什么也没有察觉到，看来跟踪的人是高手。大家很快又来到堰塞湖前，水位比上回来的时候又下降了不少。大家刚要准备渡湖，魏大海说道："我们能不能绕着走？"阿宝点了点头说："可以，不过要多走些时间。"魏大海说道："我们绕道走吧，这湖太脏了，这么长时间里面死掉的动物都腐烂了，有病菌。"听了魏大海的话，大家看着金强，金强对大家笑了笑说："听班长的，我们绕着走。"阿宝看了看方向，带着大家绕着湖走。湖边都是坡路，很不好走。一直走到傍晚，才绕了一小半。找到了一个相对平坦的地方，大家决定休息。

　　随便吃了点东西，搭了两个帐篷。阿宝依旧不喜欢睡帐篷，找了一棵大树，爬了上去。魏大海很满意，不管阿宝睡不睡觉，在树上都和下面的宿营地形成立体防御。今晚那三个人必然有所行动。第一班岗是魏大海和金强。两个人找了些枯树枝，点了一堆火。在篝火边上两个人谈着。金强小声地说："我没看到那些跟着我们的人，可见是高手。"魏大海声音压得更低："嗯，是特种战斗队，美式训练。今晚一定会动手，不过现在不会动手，会等到下半夜。"金强有点担心地说："那他们一定有武器，会不会？"魏大海摇了摇头说："不会杀人的，看来是来抢东西的。应该是不知道我们还没拿到钥匙。我们只能静观其变了。万事小心。"金强不说话了。两个人默默地看着篝火。时间飞快地到了下半夜，魏大海把马青和阿宝都叫醒了，值下一班。两个人钻进了帐篷。魏大海和金强的帐篷靠着树林，一钻进帐篷，魏大海看着金强，指了指地下，意思是让他留下，又指了指自己，指了指外面，意思是自己出去。金强轻轻地拍了拍魏大海的肩膀，示意他自己小心。魏大海点了点头，从帐篷靠着树林的那一边出去了，消失在茫茫的夜色里。帐篷里只剩下金强了，金强轻轻地躺下，透过帐篷上的纱窗向外面看着。金强调整了一下角度，正好可以看见马青对着自己，拿着电脑在干着什么。马青的后面就是无边的黑夜。慢慢的，篝火的火光暗淡下来，马青好像没有注意这一点，依旧在玩着手里的电脑。突然，从阿宝所在的树的那边传来一声鸟鸣。金强还没有反应过来，一双有力的大手从黑暗中伸出，在马青的脖根底下一砍，马青被砍晕了。那人敏捷地接住将要掉到地上的电脑，无声地放到一边，也把马青轻轻地放到了地上，向金强的帐篷窜了过来。

其实那边的鸟叫声不是他的同伙发出来的，这种所谓立体防御，要想破掉，必须先干掉高处的防御。魏大海知道他们一定会分出一个人去对付在高处的阿宝。魏大海没有办法一下子对付三个敌人，只能各个击破。所以魏大海趁着夜色快速地潜伏到阿宝所在的树下。果然，其中的一个人悄悄地摸了过来。正所谓螳螂捕蝉，黄雀在后。还没等那人对阿宝动手，魏大海已经先把他拿下了。这时候阿宝才弄清楚怎么回事，溜下大树，绑上了那个人。魏大海也向那人的同伙发出信号。同伙自然以为得手，所以摸进了宿营地。

此时的金强已经做好了战斗准备，可是那人并没有摸进来，估计以为帐篷里是两个人。只见他掏出一根很细的管子，伸进了帐篷里，一阵细细的白烟吹进了帐篷里。金强一看，赶紧屏住呼吸，金强的水性极好，可以在水里闭气几分钟，现在闭个两三分钟也是没有问题的。那人似乎对自己的烟很有信心，转身要离去。可是他刚一转身，一只有力的大手捏住了他的肩膀，接着脚下一绊，手臂被反扣在背后，蹲在地上动弹不得了。金强快速地钻出帐篷，只见魏大海按住了那个吹烟的人，阿宝也押着那个被绑上的人。金强赶紧跑到马青身边，晃了晃马青的身体，马青这才幽幽地醒来，摸着被打痛的脖子说："谁啊，开什么玩笑。"可是当他看到魏大海和阿宝抓住的两个人，就不说话了。魏大海在吹烟的人的手臂上加了一把劲，那人痛得直咧嘴。魏大海问道："还有一个呢？"那人很是硬气，忍着痛就是不说话。金强刚把马青扶起来，林红的帐篷传来一阵响动，一个光头一手搂住林红的脖子，一手持刀对着林红，从里面站了起来，恶狠狠地对魏大海说："放了我的战友，把那个箱子拿过来。不然我宰了这个小娘们。"魏大海心中一阵后悔，忘记林红了。虽然魏大海觉得这三个人不会杀人，可是他是不能拿林红的生命来赌的。魏大海没有急于放手，和那个光头对视着。林红倒是不怎么慌张，就那样让光头搂着，看着魏大海不说话。光头见魏大海没有按他的话做，那刀尖指着魏大海："你他妈快点。"就在这一刻，林红一条腿蹬地，另一条腿高高抬起，竟迎面踢在了光头的脸上。那光头猝不及防，被踢得向后仰去。林红动作更快，一腿见效，接着又一哈腰，抱起了身体向后仰去的光头的左腿，用力向上一拉。光头结结实实地摔在了地上，手里的刀也摔出去老远。这还没完，林红又一翻动光头的左腿，光头的身体也跟着反转过来，变成面朝下。林红再往后一拉，向前一跳，一手反关节扣住了光头的左臂，一条腿以跪姿紧紧地顶住了光头的脖子。这一连串的动作，不仅那受害的光头没想到，金强、魏大海他们也没想到，都愣在那。只有马青，不顾脖子上的痛，拍起手来说："林红可真厉害。"三个人都被抓住了，只有光头受伤最严重。魏大海把三个人捆了起来。金强惊奇地看着林红，说："林红，不简单啊！"林红甩了甩头发说："这算什么，我可是空手道黑带。打扰本小姐睡觉，罪有应得。"马青摇了摇头说："这个女人不寻常啊。"

魏大海在三个人的身上仔细地搜查了一下，搜出了三把短枪和两把美式军刀，接着进行了简单的审问。那三个人见全部落网，也就实话实说了：他们是泰缅一带的雇佣兵，受一个外号叫"毒蛇"的人的雇佣来到这里，来抢他们手里的箱子。其他就什么都不知道了。"毒蛇"这个人金强知道，还打过交道。毒蛇是受雇于德克森的。那么就是说，这些人就是德克森派来的。这个德克森又出动了。金强看着三个人一时间犯难了。带上还是放了？金强看了看魏大海，显然，魏大海也没有主意。魏大海又对三个人说道："除了你们，还有别的人吗？"三个人一起摇了摇头说："不知道，我们只知道我们自己的事情。"魏大海点了点头，转身对金强小声说："还不知道有没有别的人，带着恐怕很麻烦，还要分精力看着他们。我们还是用老办法吧。"金强想起了上次是怎么处置的毒蛇一伙，点了点头。魏大海把三把手枪熟练地拆卸开来，扔到了堰塞湖里，慢慢地走到三个人的后面，一人一下，干净利落。三个人全部昏倒了。这时候天也蒙蒙亮了，五个人收拾东西又踏上了回去的路。

一路上大家对林红的表现惊叹不已，可是林红倒没有说什么。由于怕再有人跟踪，所以没有休息，大家一路强行军，直到晚上，终于回到了停在河滩上的越野车上。大家都松了一口气，决定连夜开着越野车上路。越野车开上公路向茂县开去。是魏大海在驾车，夜里走这样的盘山公路是很危险的，魏大海的精神高度集中。当天亮的时候，车开进了茂县的范围，路边开始有很多的商家。魏大海的神经也放松了不少。马青和阿宝已经睡着了，金强和林红一直陪着魏大海不敢睡去。突然，越野车的前轮一阵摇摆，魏大海低声说："不好，爆胎了。"他沉着地握住方向盘，慢慢地把车停到了路边。这一折腾，马青和阿宝也醒了。大家跳下车，可以看到不远的茂县县城，都来帮着魏大海换轮胎。魏大海熟练地把轮胎换完，还没有放下千斤顶，突然发现，一个小个子不知道什么时候已经从越野车上把那个箱子拎走了，此时已经跑到马路对面，正在上一辆黑色的吉普车。魏大海扔下手里的工具，向对面跑去。其他人这才发现箱子没有了。可是对面的黑色吉普车已经一溜烟地跑掉了。魏大海看着跑远的吉普车，也只能望车兴叹了。金强看了看说："他们把那个核动力系统拿走了。没想到他们抢不到，又来偷。"魏大海有点不忿，快速地收起千斤顶，就要驾车去追，却被林红拦住了，林红说："追不上了，还好关键的东西没丢。以后注意吧。"魏大海也知道追不上了。金强也说："走吧，去茂县吧。"魏大海叹了口气，开车走了。

车很快到达了茂县，一直开进了酒店。阿宝向大家告别，他的家离这里不远。大家送走了阿宝，连早饭都没吃，就回房间休息了。这回林红安排了个套房，她睡在外间，金强、马青和魏大海睡在里面。魏大海点了点头，这样的安排很好，很安全。

魏大海检查了一遍房间，收好了东西，大家就休息了。这一夜的折腾大家都累了，一觉睡到了中午才起来。四个人研究了一下，直接向三星堆开去。金强给老梅打了个电话，老梅和尕娃也考察完了，现在也在向三星堆走去。下午的时候，小分队在三星堆博物馆的会议室会合了。虽然分开没有几天，大家都感到很想念对方。尤其是马青和老梅。大家亲近了一会儿，金强问老梅："你们那边怎么样？"老梅说道："那边的情况和三星堆差不多，差的就是规模。我到金沙遗址的当天，他们还出土了很多的象牙和黄金制品。还有很多的青铜人像，模式和三星堆的基本一样，不过都很小。很多更像是原来挂在那两个神树上的装饰。不过看那个样子,也是被抛弃在那里的。物品的堆放没有规律,而且也都存在被烧过的痕迹。良渚那里正在发掘良渚古城,这可是个中国考古界的重大发现。其年代不晚于良渚文化晚期,具体的建筑年代,有待进一步考古确定。这是长江中下游地区首次发现的良渚文化时期的城址,也是目前所发现的同时代中国最大的城址。当时良渚势力占据了半个中国,新发现的这座古城,相当于良渚时的首都。有专家认为中国朝代的断代应从此改写:由现在认为的最早朝代为夏,改成良渚。良渚和三星堆同属于长江流域的文明,可是我个人觉得和三星堆的关联不是很大,最多是影响而已。在那里没有三星堆的影子。所以,金沙遗址应该和三星堆有着莫大的关系。"老梅说完了看了看金强,又拿出很多照片。大家翻看着。确实像老梅所说的一样。马青也把他们照的照片拿给老梅看,老梅看了以后,连呼过瘾,可惜自己没去。金强对马青说:"赶紧上报材料吧。"马青点点头:"报告我都写好了,我这就找楚环去。"说着马青出去了。金强说道:"我们找到了雷达和经卷。雷达显示,这把钥匙就在三星堆的附近,应该是没有开发的地方。我们准备,等马青回来,就开始寻找。"

马青很快回来了,对金强一笑,说:"交代完了,他们正在请示,准备发掘。"金强点了点头说:"马青,你说说地点。"马青拿过笔记本,说道:"这次定位得很精确,就在这三星望月堆东面五公里的地方。"金强站了起来,看着窗外,透过窗户就可以远远地看见那突兀于成都平原的三个黄土堆。这里的命名,正是因为这三个土堆。可是眼前这三个土堆并不是以前的三个土堆了,以前的三个土堆在烧砖热的时候已经被人们挖没了,只剩下半个。现在这三个土堆,是后来堆起来的。金强看过发掘日志,那边有夯土层,应该是城墙,大家都很希望在那里发掘出古蜀国的宫殿,可是一直都没有发现。现在这个三星望月堆东面五公里,就是原来的三个堆的原址。都说那三个土堆是城墙的残壁,看来和亚特兰蒂斯人有着莫大的关系。金强猛地转回身,对大家说:"带上设备,走。"

大家刚走出门口,碰上了迎面而来的楚环。楚环一把拉住金强的手说:"金博士,您的发现上级很重视,已经派领导过来,明天一早能到。我们已经准备发掘工作了。"金强笑了笑说:"好,一定要保护好,这些石棺葬破损都很严重,需要尽早保护起来。我们还有别的事情,要出去一下。"楚环赶紧点点头说:"您忙,我就是来感谢您的。"金强没再说什么,对着楚环笑了笑,带着大伙儿走出去。

　　大伙儿上了车,根据马青的GPS定位的位置,向那里开去。直线距离不到五公里,可是要绕过鸭子河,所以实际的距离有十几公里。终于来到一片开阔地,中间就有一个不高的黄土堆。这里已经被划定为遗址范围,所以没有住家和耕地。马青定准位置,就在这个黄土台的下面。大家围着黄土台转了几圈。这里是很普通的黄土地,可是金强还是看出来,这里确实有夯土台。那个钥匙在这下面,可是到底有多深,还不知道,上面也没有显示。老梅看了看说道:"金强,先下几个探杆吧,看看怎么回事。"金强点了点头说:"也好。"金强设计了一下,几个人分头开始下探杆。金强的探杆下去很深,可是没有什么异常。老梅却大叫起来:"打不动了。金强你来看看。"金强赶快跑到老梅的身边,说:"是不是石头啊?"老梅摇了摇头说:"绝对不是,太硬了。应该是金属。"老梅拿起探杆,上面的泥土上还沾着金属的碎屑。金强和老梅仔细地看了看,那些碎屑是铜,这下面应该有青铜器。老梅不敢在这里再打了,换了一个位置。金强没走,看着老梅又下了一个探杆。一直打,一直打,直到打进去有七八米深的时候,老梅又拿出了洛阳铲,看里面的土样。突然,金强和老梅感到那个探杆打出的洞口有点异样。两个人向洞口里面看去,一阵金光从洞里闪过,只是一闪就没了。两个人都觉得奇怪,再往里面看去,却再没有金光闪过。两个人对视一眼,才确信不是自己看错了。老梅不敢再下探杆了,打算就此挖下去。这时候,那边马青又惊叫了起来。金强和老梅赶紧放下手里的东西,跑到马青那边,马青、孖娃、魏大海和林红都是一脸惊异的表情。刚要问马青,却看见马青打的探洞里面正往外冒着红色的液体。那液体又黏又稠,好像人的血液,现在正汩汩地冒出,流得到处都是。老梅一见大叫起来:"我说马猴子,你这探杆打到哪里去了?"马青已经惊愕得说不出来话来。魏大海皱着眉头看着。孖娃躲在魏大海的身后。林红说道:"这不会真的是血吧?"没有人能够给她答案。金强想了想,沉着地说:"就这两个点,分头开挖。"金强的沉着影响了大伙儿,大家拿起设备在两个地方开始挖起来。林红又拿出那个仪器,在地上勘测起来,可是林红却一直皱着眉头看着那小小的屏幕,金强关切地问:"怎么样?"好半天林红才抬起头:"这里全是乱码。不知道为什么。"金强越来越感到这里的神奇,不再问了,默默地和大伙儿一起挖着。

土地不是很硬,大家挖得很快。很快老梅和魏大海已经挖到了下面,为了方便,老梅和魏大海挖了一个直上直下一米五长、一米宽的坑。在坑达到五米深的时候,老梅看见了探杆触及的东西。确实是一件青铜器,而且是一件很大的青铜器。手电很快被递了下来,几道手电光,照向那件青铜器。让大家吃惊的是,那是一个和人一般高的青铜美人鱼。那个美人鱼的造型,和在神墓里的鼎上的美人鱼造型是一样的。那个青铜制成的美人鱼的头微微转向左边,好像在向左边看着什么。金强又看了看土层,果断地说道:"向左边挖。"左边,也就是马青那边。马青那边的探洞里也不再冒出红色的液体,可是已经冒出来的红色液体,已经把周围的那些土地都染红了。马青和尕娃也挖到了有四米深的样子,听到金强的喊话,也向魏大海和老梅的方向开始掘进。两个坑距离有十五六米。又过了一阵子,天黑了下来。可是几个人都不愿意休息,林红架起了几盏野营灯,也加入挖掘的行列里了。再横向挖出去六米左右,一排向下的台阶出现在大家的面前。马青和尕娃也跑了过来。大家一起清理那向下的台阶。只清理出三级,一个青铜的大门就出现在眼前。那大门厚重而坚实,上面满是斑驳的铜锈,可是还是可以隐隐地看出上面的花纹,上面是一棵树,和在三星堆出土的神树的样子差不多,竟有十层,每一层上面有一只鸟,最上面的树尖上也落着一只鸟,在树干上面盘着一条龙。金强看着这个花纹很高兴,那三星堆出土的神树是残缺的,一株树尖已经没有了,而另一株破损得更加严重。有了这个花纹浮雕,就可以复原三星堆里面的那个神树了。大伙儿赶紧在大门前做着清理工作,很快把整个大门前面清理出来。大门是两扇的,可是紧紧地闭合着,连中间那一丝缝隙都不易察觉。不仔细看会以为就是一整块的青铜板。金强推了推,纹丝不动,就好像在里面拴死了。几个人又仔细地在上面寻找起来。马青在门上边的角上找到了一个淡淡的手印状的浮雕花纹,笑了笑说道:"又是指纹锁,来吧,尕娃,开门。"尕娃走了过去,把自己的手和上面的花纹重合。可是等了很久,什么动静都没有。大家有点奇怪,怎么不好用了,是不是时间太久坏了?马青想了想说:"二少,你试一试吧。"金强想想也没有别的办法,就把手伸了上去。金强的手刚往上面一放,一道金光从门的两边闪过。这厚重的青铜大门,竟然无声地弹开了。金强惊异地看着自己的手,大家也都看着金强。半响马青才说话:"我说二少,你是亚特兰蒂斯人吧,这回可是证据确凿了。"金强虽然心里如翻江倒海一般,可是还是岔开了话题:"别废话了,快进去看看吧。"

大家戴上头灯走了进去。几道头灯的光亮,向里面照去。这里面是一个四四方方的空间。大家跺了跺脚,地面竟然也是青铜的。再往上面照了照,棚顶也是青铜的。难道这里整个都是青铜制作的?而且里面的青铜都没有生锈,还闪着青铜的光辉。马青情不自禁地摸了摸墙壁,没错,墙壁也是青铜制作的,摸上去滑滑的。突然,尕娃惊奇地看着马青,因为摸着墙壁的马青的头发都立了起来。可是马青自己并不知道。金强一回头也看到了。金强知道这是一种放电现象,也伸手摸了摸墙壁,金强的头发也立了起来。他们的鞋都不是绝缘橡胶的。林红说道:"这里一定有个放电的能量场,不然不会有这样的放电现象,也不会令我的设备什么也探测不到。"大家触摸的青铜墙面上也有着浮雕,都是一些类似于文字的符号。虽然和亚特兰蒂斯文字有所不同,但是可以看出来出自同源。大家一边看着,一边慢慢地向里面走去。突然身后的门自己关上了。大家还来不及多想,一道光柱从门对面的墙上射到了关上的门上。一个坐着的人,出现在大家面前。他的脸上带着一个两眼细长的金黄色的面具,身上穿着白色的袍子,坐在一个青铜的台子上。尽管坐在那里也可以看出来,这个人是十分高大的。除了林红和尕娃都知道这是什么,在三亚的时候,他们都看过了奥古德根的影像,这就是全息影像。那坐着的人说话了:"我的肉体就要离开这个世界了,在这个世界我存在了两百年,但是我的精神将不朽。神族的族人,既然你们来到这里,我请你们把我的灵魂带回亚特兰蒂斯,我的故乡。我会在那里得到永生。"说完那个人不见了。林红已经惊得说不出话来,好久才说:"这,这是不是全息影像技术,这是来自古蜀时代的全息影像技术?"金强点了点头。林红小声地说:"可是这技术现在美国也只是研究出了个皮毛,没想到……"林红没有再往下说。

马青走到发出全息影像的地方。那边也是一面青铜墙,墙上有一个小孔,全息影像就是从这个小孔里面发出来的。马青知道那个全息摄像机就在墙壁的里面,可是这是一面墙,连缝隙都没有。马青用手指轻轻地敲了两下,传来了"当当"的声音,看来里面一定是空的。马青又推了推,那墙纹丝不动,不管怎么用力,就是没有办法打开。马青叫道:"这墙那边是空的,那个全息摄像机就在里面。"金强走了过来,也在墙上敲了敲,确实有空空的声音,又用手推推。金强的手掌一触及那面青铜墙面,青铜墙面竟向后退去,退了两米左右，然后墙面一左一右地分开了。里面依旧是青铜的世界。金强看了看墙的后面，那个全息摄像机果然在那里。这时候金强想起了奥古德根也提到过灵魂的问题，他说他的灵魂就在那个全息摄像机里。那么这个亚特兰蒂斯人的灵魂也应该在这里。想到这里金强把那个全息摄像机拿了下来，收了起来。大家都跟着走了进去。看着里面的墙面，这堵青铜墙上却什么都没有，十分光滑。突然，原本放着全息摄影机的那堵青铜墙竟然自己闭合了，却一点声音没有。等到大家发现的时候，已经关死了。所有人被关在这个小小的空间里了。大家一阵焦急，想是不是中了亚特兰蒂斯人的机关。金强却摇摇头说："不会的。他是神，不会用这些手段的。何况能进来的一定是自己人。"马青笑着看着金强说："二少，你终于承认了？"马青的话音还没落，大家猛地感到脚下一震，所有人连这青铜的空间一起向下掉去。林红一把抓住金强，其他人也相互扶着。一种踩空的感觉在大家的心里生成。心脏好像悬在半空中，十分难受，不知道什么时候才会停下来。其实只有五秒钟，可是大家都好像过了五个世纪。终于停下来了，悬着的心脏也落回了原来的地方。心刚刚平稳，前面的铜墙壁又打开了。一个通道出现在大家的面前。

大家这才明白，这个就像电梯，可是却不知道身在何处。既来之，则安之，金强带头走出了青铜"电梯"，向通道里面走去。大家也都跟在了后面，向这个通道里面走去。通道里面一点也不憋闷，应该是有通风系统。通道悠长而又蜿蜒，却修建得十分齐整。在手电的照耀下，可以看见通道边的墙面上，挂着很多的木板，上面有画。大家看着木板上的画，前面几幅竟然是一个被解剖过的人体，而且绘制得十分精细。每一个脏腑的位置都画得清清楚楚。马青有点搞不明白，说道："这个人在研究人体？"没有人说话，金强却在一幅画的前面站住了。大家也过来看着。画上还是一个被解剖过的人体，可是这个人却与众不同。在胸腔有一处明显的不同，就是肺叶不是两片，而是六片。还有就是在颌骨下面，有几道细密的开裂，不知道是什么。老梅看了一会儿说道："金强，你记得我们在吴哥看到的那些亚特兰蒂斯人的遗体吗？"金强没有说话，只是点了点头。老梅接着说："那些人的颌骨下面，就和我们不一样，似乎就有这样的开裂。"金强努力地回忆着，确实是这样。那么这幅解剖图上的人就是一个亚特兰蒂斯人。金强更加仔细地看着，这个人有六个肺，说明他需要储存大量的空气。那么他生活的地方就应该是一个缺乏空气的地方。那是哪里呢？水里。金强的大脑里一个闪念，亚特兰蒂斯人是生活在水里的。在吴哥的艾萨尔族就是生活在水里的，那带尖的脑袋，和长着蹼的手脚，都说明了这点。而这个亚特兰蒂斯人说自己是神族，而且看样子也和艾萨尔族不一样。那么颌骨下面的开裂会不会是腮？金强的这个念头一升起，就占据了整个大脑。如果是这样，那么亚特兰蒂斯人就是来自大海的。原本他们都生活在水中，所以会有两套呼吸系统。可是自己是不是亚特兰蒂斯人的后裔呢？我为什么没有腮？金强的脑子混乱一片，正在他胡思乱想的时候，感到有人拍了自己一下。金强回头一看，是林红。林红轻轻地对金强说："想什么呢？走吧。"金强这才拉回自己的思绪，继续向里面走去。

通道还有很长，不少的木板挂在墙上。木板上面都是画。里面涉及的内容很多，包括冶炼、农耕、建筑、医疗等很多很多。老梅边看边说："这家伙是个学者啊。什么都接触。"金强点了点头说："他是个智者。"老梅也跟着点头，旋即又说道："可是他的很多研究，好像并没有被古蜀人利用啊？"金强想了想说："可能是古蜀人不能理解吧，有些东西是无法飞越的。"老梅笑了笑说："看样子，这个亚特兰蒂斯人好像也是郁郁不得志，那些古蜀人更崇尚他的神力和思想。"金强淡淡地笑了一下说："从来圣者和神都是孤独的。"这时候脚下又出现了青铜的地面，大家才感受到，一个很大的空间出现在面前。

大家慢慢地走了进去。里面很高。马青的手电照到了顶上，目测了一下，足有十米高，上面还是青铜制成的。老梅啧啧赞叹："这得多少青铜啊？真嚣张。"林红在看脚下，脚下也一样是青铜制成的，可是上面有凹凸不平的花纹，有的像字，有的又像指示方向的符号。魏大海还注意到，墙边有扶手，就像学习舞蹈的把杆。空间很大，大家分头寻找起来。金强在一个青铜的桌子上面看到很多的小瓶子，轻轻地打开了一个，一股酸味扑鼻而来。金强盖上了小瓶，又打开了一个，一股氨气的臭味从瓶子里面传了出来。桌子上面一个架子，在架子下面，有一个小碗，碗里还有一个很粗的芯。金强想了半天，突然感到，这些东西是做试验用的，那个小碗应该类似于酒精灯，是用来加热的。看来这个亚特兰蒂斯人还研究化学。金强佩服地暗自点头。老梅蹲在一个矮桌旁边，看着矮桌上的东西。上面都是一些小巧的工具，有些能看出来作用。有些也不知道是用来干什么。还有很多的木头块，一个未完成的宫殿的模型摆在旁边。老梅笑着摇了摇头说："这家伙还真是什么都玩。"老梅拿手电照着那个模型。模型做得很细致，很是符合建筑力学和美学。只是个未完成的模型，就已经有那种磅礴的气势了。老梅看了很久，点了点头，自言自语道："看来这就是古蜀国的宫殿了，看样子也只是在设计阶段，应该是找不到这个宫殿了，因为它根本就不曾存在过。"林红始终蹲在地上，看着地面上的浮雕图案。有些地方，图案过大，上面还有密密的麻点。林红很是疑惑，为什么要这样呢？难道是用来触摸的？林红索性脱了鞋，光脚踩在上面。脚下的图案立刻在脑子里面形成了。林红又走了几步，脑子里的图案清清楚楚的。魏大海和孖娃也找到一张青铜制作的桌子，上面有很多植物的种子，分种类堆放着。可能是时间太久远了，很多种子已经发霉，或者碳化了。孖娃问魏大海："大海哥，这些是做什么用的？"魏大海摇了摇头说："我也不太清楚，可能是用来研究的吧。也可能是在选种。"马青跑到了最里面，里面的墙上，有一个青铜制作的方框。在方框的旁边有一张小桌子，上面有七块几何图形的青铜板，看来是要放到那个方框里面的。可是马青放了半天，就是不能把那七块板子都放进去。终于，马青没了耐心，放下了板子，回到后面。

　　此时大家都聚在了一起，说着各自的发现。只有金强不说话。马青说道："我那后面有个七巧板，我以前玩过的，可是不太一样。我怎么也摆不上，看样子那是一个锁。"金强终于说话了："我想这个亚特兰蒂斯人是个盲人。"金强的话一说出来，大家都震惊了。老梅难以置信地说："不会吧，那个模型做得相当不错，盲人哪里做得出来？"魏大海也说："桌子上的种子，分得清清楚楚的，盲人很难做得到啊！"只有林红觉得金强的说法有道理，因为那脚下的浮雕图案确实很像是给一个看不见的人做的。金强继续说："你们在这里发现照明工具了吗？"众人摇摇头。金强说道："对了，这个亚特兰蒂斯人这么厉害，什么都研究，不会连个照明工具都研究不出来吧？所以没有的原因就是，他用不到。而且，在地上面做了浮雕图案，可以指引自己到想去的地方。"林红点了点头说："我试过，很有意思，踩在上面大脑里就会形成一个明确的路径。"马青笑了，说："看来也是个身残志坚的好青年。来吧，把那个'七巧板'拼上，说不定会有奖品。"大家跟着马青来到里面的墙上，看着那个"七巧板"。只是简单的七个板子，简单的七个图形，可是真的要正好地摆到那个方框里，却很难。老梅比画了一阵，也是不行。金强只是站在那里考虑着，他也不知道怎样才能摆上。因为这七块板子，和平时见到的七巧板还是有区别的。就在大家都一筹莫展的时候，林红走了出来，没有说什么，很快地把那七块板子摆到了方框里，可是不是满满的，而是中间有一个正方形的缺口。马青一拍手："对了，就是这样子。"话音还没有落，一阵震动传来，在青铜墙的一角，出现了一道小门。

金强带着大伙儿走到了那个小门，里面空间不大。几道头灯的光亮就把里面照得很亮了。大家赫然发现在里面一个青铜的台子上面，坐着一个高大的人，戴着黄金的面具。和刚才那个全息影像里面的人是一模一样的，场景也是一样的，就是那个亚特兰蒂斯人。这个人已经变成干尸了，就那样坐在那里，还保持着死时的姿态。在他的身边有一个椭圆形的东西，好像一个巨大的蛋。金强慢慢走近，看着这个蛋，那个蛋形物体发出柔柔的金属光，上面还有花纹，花纹很深，好像一个导入的轨迹。金强颤抖着抚摸着那个蛋，找到了，就是它，这就是钥匙。钥匙突然间呈现在眼前，不仅仅是金强，每个人都很激动。大家围着钥匙，都激动地看着。金强小声说："马青，收起来。"马青小心地捧起钥匙，可是钥匙一离开，青铜的台子下面传来了"咔"的一声。这声音在这小小的空间里，很是清脆。金强一皱眉头，暗叫不好。果然，大家进来的门一下子关上了。众人正不知所措，在那个坐着的亚特兰蒂斯人的两边，有两个管子喷出了蓝色的火焰。那火焰温度极高，直接烧在了那人的身上，瞬间，那人的身体就烧没了，化成了一堆灰烬。这时候整个空间也热得不得了，大家的汗水已经流了出来。马青一边擦着脸上的汗水，一边说："这家伙要我们陪葬啊。怎么办，二少？"金强也是满头大汗，心中也是一样的焦急，可是却很快地冷静下来。不会的，他不会害人的，金强坚信。可是那两根管子喷出的火焰没有一点熄灭的意思，而且好像越来越猛。实在太热了，大家向后靠去，尽量离那团火远一点。所有人都靠在了原来有门的那堵青铜墙上。热气扑面而来，好像要把人烤熟。这时，又是一阵震动，一个厚厚的青铜板子从天而降，居然把人和火隔离开了。热气一被隔断，大家感到舒服不少。可是还没来得及缓口气，一阵震动又传来。这个小小的空间又向上升去，速度极快。每个人的耳膜都承受着巨大的压力，好像飞机起飞时候的那种感觉。大家紧紧地贴着墙壁，相互搀扶着。终于又是一阵震动，"哐啷"一声，停住了。大家紧紧靠着的墙，一下子打开了。外面竟是入口处的台阶，几个人没有犹豫，快步走了出来。

　　此时由于震动，整个青铜的屋子已经脱离开土层了，可以看见在美人鱼的左面十米处，还是一个青铜的美人鱼，和那个美人鱼是一对。而现在那个美人鱼的嘴里向外喷射着红色的黏稠的液体。而且，这边的美人鱼也开始喷着红色的黏稠的液体。大家赶紧向上面爬去。等到都跑到上面，下面已经被红色的液体浸满了。每个人的身上也沾了不少液体。整个青铜建筑还在剧烈地晃动着。魏大海看着晃动的青铜建筑说道："这是在干什么？哪里来的力量，能晃动这青铜的建筑？"金强皱了皱眉头，拉着大家向后面又退了退，说："看样子，恐怕这里要毁灭了，它已经完成了它的使命，不会再留着这些东西了。"金强说得没错，一阵晃动之中，蓝色的火苗冲天而起，那温度极高的火焰，吞没了整个青铜建筑。大家只能眼看着青铜建筑慢慢地熔化，化成液体，慢慢地向地下流去。足足一个多小时，什么都没有了。蓝色的火苗没有了，青铜建筑也没有了。只剩下一个偌大的黄土坑，好像一个对天张着的大嘴，黑洞洞的。

　　大家看着这一切好像做了一场梦，有点恍惚。只有马青背包里的蛋形钥匙，是真真正正存在的。一个个不知道说什么好。最后还是金强说了一句："收工了，回去休息吧。"可是大家都没动，好像还意犹未尽，脑袋里还在回放着刚才的一切。金强摇了摇头，自己向越野车走去。直到金强走上车，剩下的人才反应过来。魏大海和马青收拾了东西，大家才都上了车，一溜烟，开回了博物馆安排的休息处。大家各自回了房间。马青和魏大海一个房间，这样是为了保护那个钥匙。金强洗了个澡，看了看手表，已经凌晨三点多了。尽管他很是疲惫，还是睡不着。金强没有开灯，坐在沙发上，看着外面的三星堆博物馆，想着刚才的一幕一幕，不自觉地点了一支烟，烟头在黑暗中一明一灭。这时候外面传来一阵敲门声，金强收起思绪，开了门。林红站在门口。金强让了一下，林红走了进去。金强依旧没有开灯，林红坐在了旁边的沙发上，也拿起茶几上的香烟，点了一支，吸了起来。黑暗中，金强还是能看见林红那几近完美的吸烟姿势。林红开口了："怎么还不睡？"正在欣赏林红的金强被问得一愣，可是马上就反应过来了，答道："哦，睡不着，脑子老是想着那些事情。"林红幽幽地问道："有点可惜？"林红这句话问得没头没尾，很难让人知道她在说什么，可是金强觉得她说的是那个青铜的建筑，微微地点了点头说："嗯，很可惜。可是还是没有了。"林红突然转过了头，看着金强，说：

"那个动力系统被偷了,你好像并不在意,甚至有点如释重负。"金强惊愕地看着林红,因为林红说的是对的,在知道动力系统丢失的那一刻,自己确实有一种如释重负的感觉。金强想了想说道:"对,我确实有那种感觉。说实话,我真的不知道要怎么处理那个动力系统。"金强的坦率,林红没有想到,又吸了两口烟,把烟在烟灰缸中熄灭,说道:"其实,在很多人看来,那才是最重要的。那种能源甚至可以影响世界。金强,作为一个学者,你没有错。可是……唉!你相信你自己是亚特兰蒂斯人吗?"这也是困扰金强的问题,可是现在好像不得不相信。黑暗中金强看着林红,林红也目光炯炯地看着金强。金强笑了笑说:"相信,我越来越相信,所以我更要找到亚特兰蒂斯大陆,这是我的使命。"听了金强的话,林红的眼中闪烁着光芒,可是那光芒很快被林红压制了下去。林红说道:"你的做法是对的,我们的寻找只能停留在科学层面上,一旦涉及政治,会变得非常麻烦。世界上在寻找这块大陆的人有很多,可是目的却不尽相同。很多人不仅仅是出于好奇和学术性的。所以你要想继续寻找,千万不要涉及政治。"林红站了起来,看样子要离开,又转回身去,说道:"明天下午董事长到成都来,要见你。"说完林红走了出去,在外面把门轻轻地关上了。金强琢磨着林红的话,想着明天就会看到自己的父亲金怀山,心中又是一阵混乱。在金强的印象里,父亲永远是严肃的。而且印象中的父亲总是很忙,很难见到。但是不管金强做什么,金怀山都是很支持的。想想能见到父亲,金强又十分高兴。混乱加上兴奋,在金强的脑子里面搅和着,让金强有点烦躁。可是很快他又把这种情绪抛掉了。想着既然想不明白,就不去想了,睡觉。

一阵急切的电话铃声把金强惊醒。金强揉了揉眼睛,从床上坐了起来,看了看手表,已经是早上九点了。金强拿起电话,那端传来楚环的声音:"金博士,中科院的领导来了,请您过来一下。"金强还有点迷迷糊糊的,说:"哦,好,我马上过去。"金强走到卫生间,用凉水洗了洗脸,让自己清醒一下,洗漱完以后,来到了三星堆的管理办公室。办公室里,张馆长、楚环陪着一个人在聊天,看见金强进来,三个人都站了起来。那人伸出手来,紧紧地握住了金强的手。金强仔细一看,这人他认识,就是上次在三亚交接工作的那个叫郑千里的人。郑千里哈哈一笑,说:"金博士,恭喜你,又建新功,你的发现上级很重视,决定由三星堆管理委员会负责发掘。张馆长挑头,由你带队啊。"金强一愣,慢慢地坐在了沙发上,一脸的茫然,说道:"可是,我这边的事情还没有处理完。"听金强这么一说,郑千里不高兴了,说:"这可是组织上的决定,你怎么可以推托呢?金强同志,你可要考虑清楚。"金强有点着急,刚要说什么,却被张馆长的眼神阻止了。金强只好闭嘴,不再出声。看见金强不再分辩,郑千里很满意,继续长篇大论,甚至把国内国外的形势都分析了一遍。楚环和张馆长赔着笑,一边听着,一边点头,金强却听得一个头有两个大,脑袋里面嗡嗡作响。一直到楚环带着郑千里出去视察工作了,金强才平静下来。张馆长对金强笑了笑说:"金强,你别着急。不管怎么说主管是我,抓实际工作的也是我。我知道你还有很多的事情,这里不用你带队,你忙你的,挂个名就行了。本来我也是不答应的,可是没办法,那涉及一笔费用。只好用这个权宜之计了。"金强这才明白,对着张馆长嘿嘿一笑,对付郑千里这样的人张馆长可比自己有经验得多。

　　回到宾馆,大家都起来了。看见金强回来,马青问道:"听说上面来人了,怎么样?"金强摇了摇头,把事情说了一遍。马青撇了撇嘴道:"又是那个老官僚。"金强皱了皱眉头:"别胡说了。我们收拾东西,准备回成都。"广汉离成都只有二十几公里。大伙儿很快就回到在成都的别墅,刚一进到别墅里,林红接了个电话,放下电话,她对金强说:"董事长五分钟后就到。"金强点了点头,这是他父亲的风格,做事、见人都是以分钟计算的。果然,五分钟之后,金怀山信步走了进来。金怀山也是高高的个子,头发有些花白。从背影看父子俩极为相似,而且面部轮廓也很像,只是气质截然不同。金强很阳光,尽管高大魁梧,却有一丝书卷气。可是金怀山却有一种王者之气,那种眼神,深邃而极具杀伤力,让人看到会不寒而栗,好像可以看透任何人和事。金强对父亲是崇拜和敬畏的,看见父亲进来,马上站了起来,和林红一起迎了上去。其他人知道金强的父亲来了,也都出来打招呼。金怀山对他们亲切地打过招呼后,和金强、林红一起来到书房。金怀山看着金强,很久,什么也没说,只是那样看着,金强被看得有点紧张,有点惴惴不安。终于金怀山打破了这难受的沉默说话了,那声音铿锵有力,掷地有声:"金强,最近怎么样?"金强没想到父亲看了自己半天,说了这样一句话,一时间倒不知道怎么回答了,支吾了半天才说道:"挺好的。"金怀山笑了,说:"你怎么像做了亏心事一样?"金强笑了笑说:"不知道为什么,每次看见您就这样。"金怀山又笑了笑说:"我这次来是特意来看你的。你现在是个学者,一个挺成功的学者。怎么还那么不自信?"金强有点尴尬,自己的不自信,只是在父亲的面前,连他自己也不知道为什么。金怀山接着说:"我听了林红的汇报,知道你的事情,我有点担心。我不想你出什么危险,所以现在想和你谈谈,你可不可以不再去寻找那个所谓的亚特兰蒂斯?"金强一听很惊愕,两只眼睛瞪得大大的,说道:"为什么,父亲?这是我的工作,也是我想做的事情,你一向都不干涉我的事情的,为什么这次会……"金怀山保持着笑容,说道:"我不是来阻止你的,只是和你商量。"金强倔强地摇摇头,说道:"如果是商量的话,我不会放弃的。"金怀山又看了看金强,金强的表情是坚定的。金怀山欣赏地点了点头说道:"有坚持,有担当,这才是男子汉。既然你决定这样做,就一定要做好。我会支持你的。你要把林红带在身边,她会给你很大帮助。"金强看了看林红,此时林红也在看着他。金强知道父亲是对的,林红确实可以给自己很大帮助。可是到现在金强也没搞明白父亲的来意,一切都让金强莫名其妙。金怀山对金强说:"我一会儿就要走了,要去美国。你先出去吧,我和林红说几句话。"金强退了出来,还是想不通。马青看到金强出来了,对着金强伸了伸舌头,说:"老爷子来干什么?"金强耸了耸肩膀答道:"不知道,有点莫名其妙。"马青笑了笑说:"我看就是想你了,来看看你。"金强摇了摇头说:"不像啊,这不只把林红留下,不知道在说什么。"马青撇了撇嘴说:"嗯,说到林红,她可真是不简单。她那两下子我看不比班长差。"金强点了点头,还没来得及说话,金怀山和林红走了出来。金怀山对金强说:"强子,等你回来,你要陪爸爸吃饭啊。"金强用力地点点头。金怀山拍了拍金强的肩膀,用充满父爱的眼神看着金强,说:"公司的资源你随时可以调配,林红可以全部安排。爸爸全力支持你。"说完,金怀山拒绝了大家的送行,一个人走到外面,上了一辆车,绝尘而去。

别墅里又剩下小分队了,大家在客厅的沙发上面面相觑。金强对林红说:"刚才,我爸和你说什么了?"林红笑眯眯地看着金强说:"保密,不告诉你。"金强毫无办法,无奈地叹了一口气道:"我总觉得,我爸这次来得很奇怪,说的话也很奇怪。"林红白了金强一眼道:"有什么奇怪的,董事长可是高人。他的智慧可是深不可测的。"说着眼中露出了崇敬的目光。金强也默默地点头,能够经营那么大的一家上市公司当然很厉害,金强觉得自己望尘莫及。马青却把金强的话岔开了:"昨天很累,有些事情没想明白。二少,你说那些好像血一样的液体是什么?"马青这一问,大家都来了兴趣。不仅是马青,大家都想知道。金强发现大家都在看着自己,说道:"我猜想,那应该是增压或者减压所用的液体。"马青还是不明白,问道:"那为什么会漏出来了呢?"金强笑了笑说:"我想,因为它只用一次,只要有什么行动,不管是增压还是减压,以后都不可能再用了。也就是说,那个青铜建筑在那个亚特兰蒂斯人活着的时候,就是他的工作室、研究间。他死以后,就为他陪葬了。"老梅摇了摇头说:"唉,还真是浪费得很。"马青接着问:"二少,你说你是不是也是亚特兰蒂斯人?"这是金强回避的问题,可是现在金强也不得不承认自己很有可能是亚特兰蒂斯人的后裔。按照在青铜建筑里的亚特兰蒂斯人的说法,自己应该是神族的人。马青又追问了一遍。金强笑了笑说:"谁知道,是吧。那也没什么。如果我真是亚特兰蒂斯人的后裔。那我就更应该完成这个任务,找到我们的家乡。"尕娃立刻跑了过来:"金大哥,那我们真的是兄弟。"金强笑了笑:"是兄弟,是兄弟。"大家都笑了。

谈笑了一阵后,林红突然严肃起来,说道:"我们应该谈谈怎么回去的问题。"林红这么一说,大家都安静下来。金强有点莫名其妙,说道:"怎么回去?当然是坐飞机回去。要不然还怎样?"林红笑了一下说:"金强,你把问题考虑得太简单了。那三个人只是个先头部队。而那个拎走我们箱子的,是个补充。接下来还会有连环计的。德克森可不简单!""唔?你和德克森打过交道?"金强听了林红的分析有点惊讶。林红摇了摇头说:"这些都是推测出来的。德克森可以雇用东亚的雇佣兵,也可以在欧洲组织人到埃及寻找,当然不简单。如果和国内的某些势力相勾结,我看我们很危险,我们的东西更危险。"金强没有说话,他突然发现,不仅父亲很奇怪,林红也很奇怪。他们思考问题都喜欢站在敌我的角度上。不管是进攻还是防守,都那么地强悍。恐怕是强将手下无弱兵吧?可是看林红的样子和父亲又不是简单的雇佣关系。金强疑惑地看着林红,林红却没有看金强,继续说道:"我们必须要有方案来应对。我感觉他们发现那个箱子里面不是钥匙的时候,一定会继续有所行动的。"魏大海直点头,装动力系统的箱子的丢失,让他很是懊恼。他自己暗暗发誓,一定不让小分队再出任何问题了,他接着林红的话说道:"我同意林红的说法,我也感觉,这次德克森是来者不善。我们必须要有所防备。林红,你有什么方案?"林红点了点头说:"我的方案就是多管齐下。我们分成多队回北京,这样对方的计划就会被临时打破。而我们只有一队人,带着钥匙。"大家都被林红的说法吸引了,等她说出详细的计划。

几个人出发了,由魏大海开车,先把林红和金强送到了成都的双流国际机场,又把老梅和马青送到了火车站。然后魏大海和孖娃开着车上了高速公路。这就是林红的计划。可是现在谁也不知道,雷达和钥匙在谁的手里。甚至连金强都不知道。金强和林红带着两个大箱子走进候机大厅。候机大厅里面人流如潮,每个人都显得很忙碌或者很焦急。可是金强和林红却很悠闲,飞机起飞的时间还早,两个人在机场商场里面逛了一会儿,接着就在咖啡厅里面悠闲地喝着咖啡。人潮中有两个人鬼鬼祟祟地看着他们。两个人看了看手表,又看了看喝着咖啡的金强和林红及他们身边的两个大箱子。可是金强、林红却好像茫然不觉,依旧开心地聊着天,喝着咖啡。监视着金强和林红的两个人中的一个高个子,打了一个电话:"喂,他们是几点的飞机?"电话那端说道:"十一点五十。直飞北京。"高个子看了看手表,放下电话,对身边的另一个人说:"这些人搞什么,突然间变成三路回北京,是不是知道我们的计划了?"那个人摇了摇头,说道:"不可能。我看是他们自己有事。东西就在这两个人的身上,他俩才是首脑。我们只管见机行事,拿到东西就可以立一功了。"高个子点了头,眼睛一刻也没有离开金强和林红。那个人对高个子说:"可是他俩都有大箱子,到底是哪一个呢?"高个子冷笑一声道:"哼,全都拿下。"这时候,金强和林红拉着箱子走出咖啡厅。两个人又来到商场,好像金强要买烟和酒带回北京去。那两个人,远远地跟在后面。金强挑了一会儿,和林红打了个招呼自己向洗手间走去。林红把两个箱子放在身边,继续在挑选着东西。高个子向身边的同伙使了个眼神,一齐向林红走去。两个人很快走到林红的身边,高个子很有风度地对林红一笑,用英语说道:"你好女士,我也想带回几瓶四川的酒,不知道哪种比较好?"林红对高个子笑了笑,也用英语回答:"哦,四川的酒都很好,您可以挑一点度数低的。"高个子成功地吸引了林红的注意力,有点得意,身后的同伙,悄悄地靠近林红身边的箱子。可是还没有动手,一个声音响了起来:"这个酒我要两瓶。"高个子和同伙吓了一跳。金强不知道什么时候回来了。

高个子的同伙很快地收了手,溜走了。高个子强装笑脸,礼貌地和林红道了谢，也走了。金强和林红对视了一下，笑着拉着箱子走了。高个子和他的同伙在不远的一个转角处，又会合了。高个子看着他的同伙说："你手脚怎么那么慢？"他的同伙有点委屈，说："还得多快啊，谁知道那男的神出鬼没的。怎么一下子突然就出来了。不行就来硬的？"高个子摇了摇头说："这里是机场，要是来硬的，我们也跑不了。得想办法，让他们上不了飞机。"两个人继个跟着金强和林红。金强和林红一路说笑，向行李托运处走去。高个子冷笑了一下，如果行李托运上了，他们就可以拿到行李了。因为在行李房他们早已经安插了内线。看着金强和林红，高个子笑了，看来是得来全不费工夫。终于排到金强和林红了，可是不知道林红和金强说了些什么，两个人只换了登机牌，没有托运箱子，两人又拉着箱子走开了，直奔安检通道走去。高个子和他的同伙气得直攥拳头，可是又毫无办法。那个同伙小心地对高个子说："他们要是进了安检口可就不好办了。"高个子咬着牙说："就是追到北京，我们也要过去。"可是说是这样说，高个子也知道，进了安检口真的就不好办了。高个子一挥手，他的同伙和另一个瘦小的人一起跟了过去。那个瘦小的人拉着两个和金强他们一样的箱子，和高个子的同伙快步跟了上去。就在两个人与金强并排的时候，瘦小的人伸出脚绊了高个子同伙一下，那小子猝不及防，一个大马趴，摔倒在金强的面前。金强赶紧放下手里的箱子过去伸手搀扶，那个瘦小的人也假模假式过来搀扶，可是却把自己的箱子和金强、林红的箱子放到了一起。高个子的同伙满脸通红地爬了起来，对大家表示着感谢，心中却是暗骂：妈的，让老子出丑。要不是为了完成任务，老子要你好看，并且狠狠地瞪了那个瘦小的人一眼。可是那个瘦小的人，却不以为意，好像没看见一样，扶起摔倒的人，嘴里还说着："我说这位先生，你可要小心。别这么着急嘛。"摔倒的不好意思地拍了拍身上的灰尘，看了看围观的人，走了。瘦小的那个拉起林红和金强的箱子，趁着人多眼杂，悄悄地走了出去。那个高个子在远处看着，一阵激动，嘿嘿，得手了。

可是那个瘦小的人还没有走出多远，被林红拦住了。林红对他说："先生，你好像拿错箱子了。"瘦小的人佯装不知，说："不会吧，这就是我的箱子呀！"林红笑了，把那个瘦小的人带着的两个箱子，推到了他的面前："这才是您的，请您把我们的箱子还给我们。"瘦小的人没有办法，只好把箱子还给了林红。远处的高个子看见到嘴的鸭子又飞了，气得头发都立起来了，只能眼看着金强和林红走过安检通道。那瘦小的人拉着箱子回到高个子的身边，刚想解释什么，被高个子瞪了一眼，只好把要说的话咽了回去，灰溜溜地拉着箱子走了。

正在抓狂的高个子的电话突然响了起来。高个子接起电话，说了几句，笑着点了点头。金强和林红已经通过安检，走进里面的候机厅。突然，一群机场的安全员跑了进来，开始疏散这几个登机口的乘客。大家都莫名其妙地被请了出去，却不知道该说点什么好。金强和林红对视了一眼，也一样被请了出去。被疏散的旅客都被请到了外面的一个停车场。金强和林红当然也在其中。大家七嘴八舌地议论着。林红听了个大概，说是有人在登机口放置了炸弹，所以把这边的乘客疏散了。突然，人群中两个人快速地靠近了金强和林红。金强和林红还没有反应过来，两个硬物顶在了各自的腰间。是高个子和他的那个同伙，谁也没注意到他们手里拿的是什么，不过金强和林红可以感觉到那是两把手枪。金强说道："干什么，朋友？用不着这样吧。有什么话好好说。"高个子小声地说："少废话。让你做什么就做什么。"林红冷笑了一声说："哼，你开枪好了。看枪响了你们是不是能跑得了？"高个子低声说道："女士，我们不要你们的性命，只要这两个箱子。"林红看了看金强，说道："只要这两个箱子？"高个子点了点头。突然，林红一个撤步，手肘往后重重地一撞，正撞在高个子的胃部。高个子痛得闷哼一声，身体向后倒去。可是被林红撤步的腿挡住了。林红一反手夺下了高个子手里的手枪，可是那哪里是手枪，而是一个手机。高个子的同伙一见高个子受伤，也冲了上来，却被金强扣住了手腕。金强的大手好像钳子一样，紧紧地抓住了那小子的手。那小子根本就动不得，只是瞪着眼睛看着金强。突然，林红想起了箱子，那箱子已经不知道什么时候被人拿走了。林红和金强不由得放开高个子和他的同伙，去寻找箱子。可是停车场里很是混乱，哪里有箱子的影子。等两个人看了一圈，再回头找高个子和他的同伙，人也不见了。

老梅和马青被魏大海送到火车站，时间刚刚好。两个人立刻就登上了火车。两个人坐在一个软卧车厢里。火车很快就开动了。马青问老梅："老梅，这火车得多长时间到北京？"老梅想了想说："大约要二十五个小时吧，切，你不会看车票啊？"马青靠在下铺的墙壁上，懒洋洋地说："我懒得看，问你不是省很多事情？这两天都没休息好，你看好箱子，我先睡一会儿。"老梅无奈地摇摇头。这时候,包厢的门开了,又进来两个人,一男一女,年龄都不大。两个人看了看老梅和马青,礼貌地点了点头。老梅和马青都是下铺,那一男一女,分别爬上了老梅和马青的上铺。老梅看了看昏昏欲睡的马青,说:"等会儿再睡,我出去一趟。回来再睡。"马青点了点头。老梅走了出去,一会儿,老梅拎着两瓶白酒、一只烧鸡和花生回来了。马青看了看,摇了摇头说:"我看你还是自己注意点,别喝多了。"老梅哼了一声道:"睡你的吧。"说完自斟自饮起来。现在对于老梅来说,是绝对放松的。因为他压根不相信林红会把雷达和钥匙放在自己和马青这里。而且这是一个相对封闭的空间,看看后来的两个人,好像是两口子,现在才中午,两个人却没说什么话,一人一张床睡觉了。老梅正在自得其乐,睡在他上面的男的把头伸了下来,看了看对面的女人,确认她睡着了,小声地对老梅说:"大哥,一起喝点?"老梅看了看他,点了点头。那人下了床,从自己的包里拿出来一个大瓶的饮料和很多下酒的小菜。老梅指了指那大瓶的饮料说:"你就喝这个?"那个男人一笑,打开了饮料的盖子,一股清冽的酒香从瓶子里面飘了出来。老梅忍不住赞道:"好酒啊!"那男人自豪地一笑:"那是,我们四川的酒当然好,我就是开酒厂的。大哥你尝尝?"老梅对那酒香很是着迷,可是还是告诫自己不可以轻信别人,于是对那男人笑了笑说:"呵呵,我这就挺好的,还是喝自己的吧!"那男人无所谓地笑了笑,自己喝了起来。那个男人喝酒很快,一会儿,他和老梅已带了酒意,不觉两个人聊了起来。老梅才知道那个男人叫田胜,女人是他的老婆。两个人要去北京为自己生产的酒打开销路。老梅尽管在喝着,可是心中始终保持着一分清醒。火车在枯燥的声音中行进着,直到天色将黑,马青才醒了过来。看着老梅和那个男人在边喝边聊,有点诧异,可是没说什么。一会儿,那个女人也起来了。田胜收起了酒,那女人白了他一眼,出去了。田胜伸了伸舌头小声地说:"嘿嘿,我老婆厉害得很,我是个耙耳朵。"老梅和马青都笑了。马青也走了出去,买了两个盒饭。老梅吃过盒饭,也睡觉了。天渐渐黑了下去。四个人好像都睡着了。突然,车厢的门被打开了一道缝。一个人无声地挤了进来,看了看四个人,在黑暗中向马青的床下摸去。对面下铺的老梅翻了身,摸进来的人一惊,以极快的速度转到了床底下。老梅只是翻了身,又无声无息地睡了过去。躲在床下面的人看了看没什么事,摸到了身边的两个大包。这两个包就是老梅和马青带的,包是锁着的。那个人看了看锁，笑了笑，拿出一个别针在锁上弄了几下，锁就开了。那人一阵高兴，突然上面又传来声音，不知道什么时候马青上铺上的女人下来了，可能是要去厕所。床下的人赶紧静止不动。那女人下了床，向门口走去。就在她要出去的时候，那个被床下那人打开的锁从包上滑落下来，掉在了地上。那声音在这静谧的只有火车开动声音的夜里显得很刺耳。那女人也听见了，猛地回头，看着声音传来的地方。

  床下的人惊出了一头的冷汗，下意识地往里面缩了缩身体。可是那个女人已经走了过去，疑惑地弯下腰向里面看去。当那女人看到一个人躲在里面，刚想叫，一股浓烟喷在了她脸上，接着她就什么也不知道了。床下的人扶住了要倒下的女人，悄悄地把她拖出了包厢，一直拖到另一个包厢。这个包厢里面有一个人，听见门响，立即站了起来。一见那个人拖着一个女人进来了，问道："怎么样？让你拿两个包，你怎么弄个女人回来？"拖着女人的人叹了一口气说："别废话了，快帮忙。这女人起夜，我差点被发现。只好弄晕了，带回来。让乘警看到就麻烦了。"两个人把女人拖了进去，又商量了一阵，这才走出了自己的包厢，向老梅和马青所在的包厢摸去。那包厢门还是虚掩着，因为刚才已经被那人撬开了。两个人，一个挤了进去，另一个在门口把风。进去的人原本想钻到床下，去拿那两个大包。可是一想起来，刚才那女的突然起来的事情，干脆一不做二不休，他决定给这里面的三个人都来上一口烟。他含着烟，刚要对老梅床上喷上一口。突然，老梅一翻身，伸出手来捂住了他的口鼻，一口烟没喷出来，都咽了回去。那人呛得直咳嗽。那根本就不是老梅，而是一个穿着警服的人。那迷烟对释放者也是一样有效的，那人只咳嗽了一声就晕倒了。躺在马青床上的人也跳了起来，也是一个穿着警服的人。他站到门口，把手伸了出去，对着外面的人招了招手。外面望风的不明就里，还以为同伙得手了，要求帮忙，赶紧拉开房门走了进来，也被两个警察擒住了。

  魏大海和尕娃开着车上了高速公路，一路向北京奔去。一直开到晚上，尕娃看着魏大海说道："大海哥，你不累吗？歇一歇吧。"魏大海笑了笑说："我受过训练的，可以连续开车三十六个小时，你要是累就睡会儿吧。"尕娃摇了摇头，从口袋里掏出一盒烟，点了一支给魏大海。魏大海抽了一口，奇怪地问尕娃："你怎么有烟？"尕娃笑了笑说："林红姐姐下车的时候给我的，她说你一定不肯休息。要是困了可以提提神。她还给我一大袋子吃的。"魏大海呵呵地笑了，说："林红是高人。"魏大海一边笑，一边看着后视镜。出了成都以后，后面就一直有一辆没有牌子的车不远不近地跟着。魏大海没有告诉尕娃，只是平静地开着车。魏大海这辆吉普车上有备用的油箱，到达北京根本不用加油。魏大海看着后面跟踪的车辆，冷笑了一下，心中说道：来吧，我们比比耐力。跟踪的是一辆轿车，一直像吊靴鬼一样地跟着。车上是三个人，开始还悠闲地跟着，可是到了现在，开车的有点儿挺不住了，别的都还好说，大小便的问题解决不了，又不敢停车，怕把魏大海跟丢了。开车的一边跟着，一边骂："妈的，那家伙是什么做的，都不用停下。难道不用上厕所，也不用加油？"魏大海在一开始就注意到这点。不怎么喝水，也不怎么吃东西。如果尕娃有需要，可以在车的后面用塑料袋解决。终于在半夜时分跟踪的车里面的人再也受不了了，慢慢地退了出去。魏大海在后视镜看到，不禁松了一口气。可是没有多久，另一辆车从后面跟了上来。显然是来接替第一辆车的。魏大海咬了咬牙，没想到这帮伙人还挺专业。不想了，小车不倒只管推。尕娃注意到了魏大海表情的变化，问道："怎么了，大海哥？"魏大海想了想，应该让尕娃知道所面临的危险，说道："有人跟踪我们，已经出动两组人了，出了成都就跟着我们。第一组已经让我拖垮了，现在是第二组。"没想到尕娃并不害怕，也笑了笑说："我知道，就是那辆没有牌子的轿车。现在换了一辆，就是后面那辆黄色的轿车。"魏大海看了看身边的尕娃说："好小子，长大了，越来越像男子汉了。"尕娃却没有因为魏大海的称赞而激动，很平静地看了看后面的车说："大海哥，我在想，如果他们把我们别停，来硬的怎么办？"这件事魏大海也有想过，他最担心的还是尕娃，至于那两个箱子，如果保护不了给他们就算了。但是一定要保护好尕娃，不能让他出任何的问题。

尕娃在手套里变戏法一样地拿出了两个甩鞭，递给魏大海一个说："这也是林红姐姐留下的。说近战这个对付刀和枪都很好用。"魏大海越来越佩服林红，这个女人想得太周到了。尕娃接着说："我就是想告诉你，大海哥，到时候不用管我，我可以照顾自己。你放心吧。"魏大海又看了一眼尕娃，深深地点了头。尕娃真的长大了，敢于担当了，是个男子汉了。魏大海决定和后面这些跟踪的玩玩，猛然加快了速度，后面的车也跟着加快了速度。魏大海前面有一辆大货车，魏大海紧贴着大货车的后面一下子超了过去。只听着后面响起了一声很大的刹车声。那辆黄色的轿车堪堪躲过，差点和大货车追了尾。魏大海看着后视镜笑了笑说："吓死这帮孙子。"尕娃也跟着笑了起来。这时候，后面又快速冲上来一辆轿车，就是一开始跟踪的那辆无牌子的轿车，以很快的速度超了过去，在魏大海的前面晃动着，不让魏大海超过去。而后面那辆黄色的轿车依旧在后面跟着。这样两辆轿车就夹着魏大海的车子。魏大海知道，对方已经失去了耐心，准备来硬的了。魏大海开始慢慢减速，向公路的边上靠。那两辆车也很有经验，一个在前，一个在魏大海的左面，和魏大海一起靠向公路的边上。魏大海对尕娃说了一声："抓住了。我得给他们点变化。"尕娃赶紧抓住了上面的把手。魏大海一个急刹车，马上又挂上空挡，吉普车发出难听的吱吱声快速地向后退去。吉普车的轮胎猛烈地和地面摩擦，竟然冒出了黑烟。那两辆车很显然没有想到魏大海会这样，也都急停了下来，旋即跟着魏大海倒车。可是这时已经有点晚了。魏大海看准了空隙，加速冲了过去。等两辆车反应过来，已经来不及了。魏大海的车已经冲了出去。魏大海再加速，后面两辆车狂追。三辆车在半夜时分的高速公路上飞奔着。

　　吉普车毕竟没有轿车快，很快两辆车就追上了魏大海。硬把魏大海的车别停在这高速公路的边上。两辆车上下来了六个人，六个黑洞洞的枪口，对着魏大海和尕娃。一个满脸络腮胡子的人用沙哑的声音恶狠狠地说道："下车，把手放到车顶上。"魏大海和尕娃慢慢地走下车，把手放到了车顶上。那六个人慢慢向两个人靠拢。两个人过来在魏大海和尕娃的身上搜了搜。络腮胡子说道："你们两个不要害怕，我们不会伤害你的。把你们的箱子交出来。"魏大海冲着后备厢努了努嘴。有两个人转到了吉普车的后面，刚要伸手开后备厢，没想到后备厢的盖子竟然自己弹开了，而且弹出的力道很大，那两个人一下子被打倒在地上。另外两个人赶紧过去查看。魏大海向尕娃使了个眼色，快速地在驾驶座上拿出了甩鞭，向后甩去。说时迟那时快，后面的络腮胡子还没有反应过来，甩鞭已经打飞了他手里的枪。那边的尕娃，两脚一蹬吉普车，整个身体腾空向后压去。拿枪对着尕娃的人被尕娃重重地压在了身下。尕娃刚一倒地，被魏大海打飞的络腮胡子的手枪掉了下来。尕娃稳稳地接住，一翻身，对准了身下人的脑袋。那人正疼得咧嘴，发现枪口已经顶在脑袋上了，只好乖乖地把手举了起来。尕娃抢过他的手枪，向车的另一端扔去。在另一端，魏大海打飞了络腮胡子的手枪。络腮胡子又是一愣。可是这个络腮胡子也不是白给的，一脚踢向魏大海的头部。魏大海身子一矮，下面来了个扫堂腿。络腮胡子

"扑通"一声摔倒了,可是一个鲤鱼打挺又跳起来了,一个虚步亮掌,和魏大海对峙着。这时候魏大海听到上面有声音传来,用眼角余光一看,是一把枪,就是那把尕娃丢过来的枪。魏大海一鞭向络腮胡子打去,另一只手接住了手枪,看着手枪,络腮胡子不再抵抗了。魏大海和尕娃分别押着两个人来到车尾处,那两个人还在晃动着被打晕的同伙。突然看到魏大海和尕娃拿着枪对着他们,两个人只好搁下同伙,放下手里的枪,慢慢地站起来。尕娃和魏大海让六个人上了一辆车,收走了他们身上的通信设备,并且开枪打爆了他们所有的轮胎。连备胎都打爆了,然后把几把手枪拆成零件,散乱地丢弃了。魏大海和尕娃才又开上吉普车上路了。

华灯初上的时候,金强和林红才走出首都国际机场。两个人面无表情地直接钻进了来接他们的汽车,回到了嘉华大厦三十六层。两个人坐在会议室里,没有开灯,也没有说话,两个人都只是默默地抽着烟。他们在等待,等待剩下的同伴回来。

火车准点到达了北京,下了车老梅和马青还在和乘警还有田胜两口子道别。那两个偷包的被关押了起来。现在不仅偷了包,还偷了人,恐怕不会好过。其实乘警早就注意到那两个人了,他们把田胜的老婆抬了出去,乘警就准备行动了。而那时候马青和老梅都没有睡觉,等那人抬着田胜的老婆出去,马青和老梅马上出去找乘警。而乘警就隐藏在隔壁的包厢里面,看见马青和老梅就把他俩拉到了包厢里。于是两个乘警躺在了马青和老梅的位置上,见机行事。这一切,只有田胜一直被蒙在鼓里。直到第二天,他的老婆醒来了,才知道这一切。马青和老梅协助乘警抓住了那两个犯罪分子,受到了表扬。老梅高兴得很。直到走出火车站台两个人还沉浸在被表扬的幸福中。他们在火车站叫了一辆出租车,司机看到两个人拿着大箱子,热情地下了车,帮两个人打开后备厢,并且把箱子放进去。放好箱子,司机一盖后备厢的盖子,那出租车竟然一溜烟地跑了。老梅、马青和司机都愣在了当场。三个人看着出租车消失在庞大的车流里才明白过来怎么回事,赶紧报警。不一会儿,车就找到了,被遗弃在不远的地方。可是马青和老梅的包却不见了。老梅叹了口气说:"唉,功亏一篑,眼看到家了,还是弄丢了。"马青也点点头说:"是啊,敌人还是很狡猾的。回去吧,看看他们怎么样。"两个人只好又打了一辆车,回到嘉华大厦。推开会议室的大门,四个人相互看了看,金强先说话了:"怎么样?"老梅一摊手："丢了，你们呢？"金强也摇了摇头说："也丢了。"老梅和马青也坐了下来，四个人，八目相对，谁也不说话。

魏大海和夵娃是最后回来的，也是唯一一队完成任务的。两个人拉着两个箱子一走进会议室，其他四个人都站了起来。看着两个人手里的箱子，马青摇了摇头说："还得说班长，只有你们完成任务回来了。"魏大海和夵娃把箱子放到了会议室的桌子上。金强拿出了钥匙，打开了两个箱子，里面很丰富，有四川的好酒、好烟、好辣椒等等特产，可是就是没有钥匙和雷达的踪影。大家看了，一阵失望。

这时候，外面的工作人员敲敲门走了进来，对林红说道："林小姐，刚才有快递公司送来一个包裹。你看……"林红说道："拿进来吧！"工作人员把一个大包裹拿了进来，放在了桌子上。林红缓慢地打开包裹，从里面拿出来了两样东西，正是雷达和那个蛋形的钥匙。众人一看，哈哈大笑。原来每一队的都不是，真正的钥匙和雷达已经通过快递公司快递过来了。林红对着大家笑了笑说："对不起各位，这个计划没有说出来，不是对各位不放心，而是我感觉我们的对头和中国的某些势力很熟悉。这次我们分开成三组以后，战线拉长，他们势必要增派人手。这样也让他们的组织都亮亮相，我也好知道这些魑魅魍魉都是谁。对我和金强下手的两个人的照片我都拍了下来。对付老梅和马青的更倒霉，已经落网了。大海和夵娃可以画一个画像，我想看看到底是谁在和那些人合作。"魏大海点了点头笑着说："我们对你的做法很满意。确实一直以来我为了保障安全做了些事情，可是都是防御性质的，有了这次的资料收集，我们就可以变被动为主动。你的计划真的不错，最大程度地保障了钥匙和雷达的安全。"老梅笑了笑说："还好，班长还带回来两个箱子，还给我们剩了点土特产，只是不知道那些人拿了我们的箱子会是什么样的表情呢？"马青接口道："当然是很高兴的表情，白拿了我们那么多的土特产，还不高兴啊。"金强对着林红笑了笑说："这下我可以休息了，我现在突然感觉好累。"大家都笑了，也都有同感。

这一觉，难得的安稳，难得的平静，所以就难得的香甜。大伙儿直睡了一天一宿，才陆续起来。大家又在会议室中相聚。金强对魏大海和夵娃说："还是你们把钥匙送到银行的保险箱里面去吧。你们是最彪悍的一组了，我们放心你俩。"魏大海笑了笑，带着夵娃走了。金强看了看马青，刚要说话。马青

四川广汉三星堆

倒抢先说了:"不用说了,我去研究下一个雷达,看看下一把钥匙在哪里。"马青也走了。金强笑了笑,林红对他说:"我去整理照片,看看那些打我们主意的都是什么人。"说完林红也走了。现在会议室里只剩下老梅和金强了。老梅管金强要了一支烟,笑嘻嘻地点上了,说:"就剩咱哥俩了,人家都忙去了。"金强也点上了一支。老梅继续说:"唉,你说这许美琳在干什么呢?"老梅这一说,金强的心一阵颤抖。这几天他一直连轴转地忙,没有时间想许美琳。现在暂时闲下来,老梅这一提,许美琳自然又涌上了金强的心头。金强对老梅笑了笑说:"我回办公室了。"老梅也不以为意,跑去找马青了。

金强一个人坐在办公室里,想着许美琳,想了一阵子有点心情不好,不想去想了,于是随手拿起了放在办公室的新拿回来的全息摄影机。金强上上下下地仔细看了起来,这里面真的会有亚特兰蒂斯人的灵魂吗?金强看着全息摄像机的那个小小的镜头,慢慢把镜头靠近了自己的眼睛,直到眼睛紧紧地贴到了镜头上。突然,金强感觉眼前闪过一道光,面前出现了一个人,一个戴着黄金面具的高大的人。金强很奇怪,问道:"你是谁?"那个戴着黄金面具的人笑了,说:"你问得好,你见过我两次了,都不知道我是谁。我的名字叫阿普丁,我是亚特兰蒂斯人中的神族。"金强问道:"什么是神族?"阿普丁又笑了,说:"神族就是神族,是亚特兰蒂斯人里面智慧最高的人。你和我一样,你也是神族的人。"金强有点疑惑,问道:"我真的是亚特兰蒂斯人,真的是神族的人?"阿普丁很肯定地点了点头说:"我们现在就是精神层面上的交流,你在和我灵魂对话。只有神族的人才可以有这样的交流。"金强点了点头说:"我想问你,亚特兰蒂斯是什么样子的?"阿普丁声音有些颤抖。尽管由于有黄金面具挡着,看不见阿普丁的表情,可是金强却可以清楚地感受到他那向往的眼神。他说道:"那是一片美丽富饶的大陆。我们来自海洋里,我们的资源也来自海洋。我们有着黄金的宫殿、黄金的城堡、黄金的道路、黄金的雕塑。我们有伟大的艺术、高超的科技,我们可以在空中和海洋里自由地行走,我们也可以远隔百里自由通信,我们有用之不绝的能源。我们甚至可以改变天气,创造生物的种类。而且我们的生活奢靡无比。"说到这里,阿普丁的声音有点激动,金强可以清楚地感受到他的情绪变化,由神往和充满激情变成了伤感。他又说道:"可是这些也是我们要覆灭的原因。神族的领导者已经认识到这样的生活只会带来我们的退步,只会给我们带来惩罚。果然,我们的神对我们进行了惩罚，我们的能源发生了爆炸，漫天的乌云笼罩在我们的大陆。水源几近枯竭，空气也变得稀薄起来。海水更加不能进入，变成黑色和红色。再后来发生了战争，只是为了食物和水源。大家打得一团混乱。神族的领袖已经绝望了，可是我们的真神还给我们留了一条路。于是我们用神庙里的十二艘船载着十二队勇士，冲进大海，找到了波塞冬之眼，用十二把钥匙打开波塞冬之眼。我们的十二艘船冲出波塞冬之眼，出了那里，就只剩下我们一艘船了，别的船在哪里我们找不到了。我们的船在茫茫的大海上航行，终于到达了陆地。我和我的父亲，只有我们两个人，走了很长时间，终于来到蜀人的地方，我们就在那里安家了。"说到这里阿普丁的声音平静了，好像在讲述一个故事。

"蜀人很落后，连文字都没有。可是那里的人们勤劳、勇敢。我和父亲都很喜欢这个地方，于是就教给他们很多东西。他们也把我和父亲当作了神。蜀人青铜的冶炼技术十分厉害，加上我父亲的点拨，更加厉害。那时候那里成了圣地，很多人从很远的地方赶到那里朝圣。蜀人也把他们的青铜工艺发挥到了极致。他们制造的青铜器真美。直到后来我父亲死去了，父亲把这个灵魂回归的机会给了我。他非常希望我能重回亚特兰蒂斯，即使身体不行，灵魂也要回去。可是我们用自己的力量已经回不去了。但是蜀人却坚信父亲的说法，很向往那个大陆。再后来蜀人的领袖带着大部分的蜀人去寻找亚特兰蒂斯大陆去了，而我却没有去，只是在我的工作室里进行我的研究。再后来又发生了讨厌的战争。蜀人当然战败了。我的工作室被我沉入地下，再也没有出来过。"金强听阿普丁讲完，很高兴，他为可以和一个亚特兰蒂斯人进行交流感到高兴。可是他还是不明白，于是问道："我们的交流是精神层面上的交流，可是你现在又是以什么形式存在的？"阿普丁笑了，说："能量。不管任何形式的存在都是能量，只是能量的量场不同罢了。"阿普丁顿了顿，接着说："我只能和你说这么多了，说实话，我和我父亲冲出亚特兰蒂斯的时候我才六岁，很多事情我都不记得了。不过我知道，你可以拥有强大的精神力量。"金强很感兴趣，问道："是吗？我真的可以？那么我怎么样才会有强大的精神力量呢？拥有了强大的精神力量又是什么样子的呢？"阿普丁呵呵地笑了，说："强大的精神力量就是有强大的思想，可以有超级的感知力，甚至可以预测将要发生和以后要发生的事情，就像一个先知。不过要怎么得到这样的精神力量，我也不知道。"金强还要再说什么，可是眼前的阿普丁不见了。

一阵敲门声，金强一下子坐了起来，看了看手里的全息摄像机，想着刚才发生的事情。是梦吗？不像。那么难道说自己真的在和一个亚特兰蒂斯人的灵魂在对话，或者说是精神层面上的交流？敲门声更急切了。金强这才意识到，对着外面喊了一声："进来。"马青走了进来，一进来就抱怨："我说二少，才起来，怎么又睡了？"金强尴尬地笑了笑说："没有，刚才想事情，有点走神。"马青笑嘻嘻地说："想许美琳呢？小心林红吃醋，扁你呦！"金强哼了一声道："去你的，少胡说。你找我什么事？"马青这才想起来找金强还有别的事情，说道："对了，找你就是那另一把钥匙的事情。"金强看了看马青，问道："怎么样，那把钥匙在哪里？"马青皱了皱眉头："大概的位置在欧洲。"金强听了马青的话有点奇怪，又问道："什么叫大概在欧洲？难道用NASA的地图也不能准确定位吗？"马青摇了摇头说："不能，因为那把钥匙始终在运动当中。"金强没有听明白，说："什么？"马青说道："那把钥匙在运动，而且是不规则的运动。也就是说有人带着这把钥匙在到处走动。我观察了一下，一开始的时候在梵蒂冈，后来就到了意大利，现在还在往北走。"金强嘀咕着："欧洲，移动着。真的有人带着它？"马青问道："怎么样？我们是不是要到欧洲去啊？"金强想了想，说："去，是一定要去的。可是这事情要从长计议。你再观察着吧，等人全了，我们大家研究一下。"马青点了点头，出去了。

金强现在更乱了。去欧洲，金强很喜欢，也许可以看到许美琳了。可是看来这把钥匙并不好找。如果这就是德克森的那把钥匙就更加麻烦了。金强越想越混乱，在办公室里转来转去。想了一会儿，想不明白，金强索性不想了，走出了办公室。林红也回来了，刚想对金强说什么，却被金强制止了。金强说："什么也别说，现在出去好好吃一顿，有什么事，明天再说。"林红莫名其妙地看着金强。金强没有解释，招呼大伙儿一起出去了。

在后海的一个云南菜馆里，大家坐在靠着什刹海边的位置上。看着一道道的云南菜摆满了桌子，每个人都倒上了酒。金强说道："四川回来，还没有一起吃过饭，都以为是优差，没想到更加累。这里特别感谢大海和尕娃。好，总结完事。现在开始，不谈公事，只谈风月。来，大家喝。"众人轰然干了杯子里面的酒。林红总觉得金强有什么心事，可是看着金强的情绪这么高，也不愿意提出来，高兴地一起喝酒。天黑了下来，阵阵晚风吹过，每家店的前面都挂起了大红灯笼，映照着什刹海里面的荷花，显得朦胧而颇有诗意。后海的街道上更是人头攒动。人流从身边流过，反衬得这里更加静谧。大家都很尽兴，尤其是金强，少有的主动，和每个人都推杯换盏，尤其是和林红更是一杯又一杯。一直喝到了夜半时分，几个人才回到嘉华大厦。

大家都休息了，可是金强却睡不着，自己坐在办公室里，想着和阿普丁的谈话。他还是有很多的疑问，禁不住又把眼睛贴到了镜头上。可是这次却什么也没有发生，一时间连自己也恍惚了。那是不是一个梦？金强点了一根烟，慢慢地理顺着思想。没想到一个巧合，竟然去寻找亚特兰蒂斯大陆，现在把自己搭了进去，自己也莫名其妙地变成了亚特兰蒂斯人，还是什么神族。又莫名其妙地树了个难缠的敌人——德克森，也莫名其妙地碰到了许美琳。金强想到这里笑着摇摇头，想起了那句话：造化弄人。起身慢慢地踱回了自己的房间休息了。

早上，天气很好，外面的阳光很充足，可是会议室里却拉上了厚厚的窗帘，一片黑暗。大家围坐在桌子旁，中间是一台投影机。一个画面打在投影机对面的墙上。那是一张照片，就是在机场跟着金强和林红的高个子。林红在一边讲解道："这个人叫高水，是成都一个盗窃团伙的老大。"墙上的画面又换了一张，出现了两个人的照片。林红继续解说："这两个人，叫魏易和纪明亮。"老梅和马青立刻认了出来，这就是在火车上被他们抓到的两个人。林红说道："这两个人是搭档，不属于任何团伙，是专门在火车上进行盗窃活动的，也就是他们所说的'吃火轮的'。被捕后，已经供认了，是受高水的雇佣，特意来偷老梅和马青的包的。"接着投影出来的照片又换了，上面是一个满脸络腮胡子的人。魏大海和尕娃都认出来这就是带人在高速公路上抢劫他们的那个人。林红说道："这个人叫王强，是一个暴力犯罪团伙的成员，而且是一个小头目。这个团伙与境外的贩毒集团和偷渡集团都有勾结，警方也一直在收集他们的证据。这就是根据大海做的拼图找到的照片。大海，是他吗？"魏大海点了点头。林红说："这些犯罪分子看似毫无关系，可是都有着千丝万缕的内在联系。我看是德克森通过毒蛇对境外的犯罪分子下命令，而境内的犯罪分子在配合境外的犯罪分子。现在各地的公安部门已经下发了通缉令。而且，我们公司也悬赏缉拿这些人。"金强点了点头。林红拉开了窗帘，又说道："我看现在他们应该没有什么时间顾及我们了，警察会让他们忙起来的。"

金强让马青把昨天的发现说了一遍，大家听了很是奇怪。魏大海说道："是欧洲，我们就不得不防备着点，不管怎么说那里是德克森的地盘。在中国尚且如此嚣张，到了那里就更不好说了。"金强点了点头道："这正是我担心的。"林红却说："我看那个钥匙不是德克森的，而是在一个德克森不知道的人手里。或者那个人也不知道那钥匙是什么东西，只是很喜欢，就带着。梵蒂冈是教廷的所在地，教皇也在那里。这个人很可能是个神职人员。现在的问题是，我们的行动无法躲开德克森的监视。最好就是……"金强有点着急："是什么？"林红笑了笑："是有个更加贴切的身份，这件事我来安排。"大伙儿都没太明白，可是看林红的样子也不会再说下去，也就没人追问了。魏大海笑了笑说："我们有没有可能利用这个机会，把德克森手中的那把钥匙夺来呢？"魏大海这样一说，大家的眼睛都露出了光芒。林红点点头说："对，我不是那种被动的人，现在被人家欺负到这样的地步，我看我们也该反击了。"说完目光炯炯地看着金强。金强可以感受到林红那已经燃起的斗志，这股斗志也一样影响着金强。金强一字一顿地说："对，反击。"

大家开始忙碌起来。马青负责监视钥匙的行踪。魏大海除了和做国际刑警的朋友联系以外，就是培训大家"一招制敌术"和"自卫防身术"。老梅却对三星堆十分感兴趣，一有时间就研究三星堆的问题。只有林红每天神出鬼没的，也不知道她在忙什么。金强一直在担心，这次去欧洲找钥匙，无异于一次战斗。而且还要带上雷达，这是最麻烦的，不过也没有别的办法，只能让马青背着。

时间就这样飞快地过去，一晃就是一周。这天大家在一起聊天，听老梅白话三星堆的事情，林红一脸喜气地跑了进来。金强一见说道："这几天都忙什么呢？整天神龙见首不见尾的？"林红笑呵呵地说道："当然是忙我们的事情了。我说了你要有一个身份，现在就争取到了。"说着她扬了扬手中的一份文件说："这是商务介绍信，我们现在是以一个公派的考察团的身份去往欧洲各国进行文化、宗教方面的考察和交流。你就是团长。"金强笑了，说："原来这两天林红就在忙活这些事情。"林红坐下来，马青给她倒了一杯水。林红一口喝掉了杯子里面的水，继续说："我已经和公司在欧洲的办事处联系好了，以我们在那边的力量保证我们的安全应该是没有问题的。至少我们不是孤军奋战。"金强笑了，这样一来，成功的机会又有所增加了。魏大海现在很信服林红,对林红说道:"有你的安排,我就感到很有信心。"林红笑了笑说:"好了,大家准备一下吧,过几天我们就出发。"

金强又是一个人回到了办公室里,想了很久,才拿起电话拨通了许美琳的号码。他听着电话里的嘟嘟声,竟有点紧张。可是电话并没有人接,金强悻悻地放下电话,心中的感觉很奇怪。不知道为什么,这个时候很是想念许美琳。金强烦躁地打开窗户,让新鲜的空气吹进办公室。他又点了一支烟,站在窗口。金强突然想起阿普丁的话,可是到底什么是强大的思想力量呢?金强不觉又拿起了那个全息摄像机,眼睛向那个镜头贴去。这时候金强的脑袋里什么杂念都没有,只想再和阿普丁说说话。突然,眼前一道白光,阿普丁又出现在金强的面前,还是那个样子。他对着金强笑了笑说:"你小子进步了。"这句话说得金强莫名其妙。金强问道:"为什么呢?你怎么这样说?"阿普丁笑了,说:"你能把我召唤出来,就说明你进步了。说明你已经拥有了一定的精神力量。"金强说道:"我就是想问你这件事情,我怎样才能拥有强大的精神力量?"阿普丁笑了,说:"我不可能常常出来,我的能量也不多,要留着回到亚特兰蒂斯。我只能和你说一点,剩下的就要你自己领悟了。我要说的就是专注。这是入门,以后就要靠你自己了。"说完,不等金强说话,阿普丁就消失了。金强身体一晃好像从一个泥泞的地方拔出来自己一样。金强这才明白,什么是精神上的交流。金强小声地嘀咕着:"专注,专注,怎样才叫专注呢?"金强是第一次接触有关精神和思想力量的研究。以前像催眠、特异功能这些玄而又玄的东西,他都是不相信的。他认为只要是科学就应该有证据来证明,有道理,有根据。可是现在这一系列的奇遇,让金强的想法有些转变。不管怎么说,专注地做一件事是没有错的。

在泰缅边境的一个别墅里。毒蛇坐在一个巨大的藤椅上,手里玩着一把美国的军刀。他的身边坐着一个三十来岁、黄头发、高大英俊的欧洲人。两个人正在喝茶、聊天。这时候一个士兵模样的人走了进来,对这两个人行了一个军礼说:"报告,高水先生求见。"毒蛇和那个欧洲人抬头看了看那个士兵,又相互看了一眼。欧洲人站了起来,走到了另一个房间。毒蛇对士兵说:"请他进来。"高水,也就是在机场对金强和林红下手的高个子。高水走了进来,后面跟着他的那个同伙,拎着两个大箱子。高水进来看到了毒蛇,赶紧行了一个礼说:"毒蛇先生,您要我办的事情已经办好了。"毒蛇看着箱子,满意地点点头说："谢谢你，高先生。"说着拿出一大摞子钱，递给高水说："这是你的酬劳。不过另两个方面怎么样了？"高水摇了摇头，叹了一口气说："老魏和老纪在火车上被抓了。王强那帮人也没有得手，被那两个小子跑了。"毒蛇皱了皱眉头："那就是说，只有这两个了？"高水点了点头。毒蛇喝了一口茶，对着高水挥了挥手，示意高水出去。可是高水没有动，说道："还有件事。"毒蛇看着高水等他说下去。高水咽了一口唾沫，说道："老魏和老纪折了，不过火车上的那两个到了北京后包还是被人弄走了。不过不是我们的人。我派人出去打听了很久也没有打听到到底是谁做的。"毒蛇用眼白翻了高水一眼，没说话。高水擦了擦头上的汗水说："现在公安在通缉我们，连那个跨国公司也贴出五十万的花红要抓我们。我想在您这里避避风头，您看？"毒蛇笑了，说："没问题，高先生，你先去休息，我马上安排。"高水这才千恩万谢地走了。毒蛇把那个士兵叫了过来："王强回来了吗？"那个士兵点了点头说："刚刚回来。"毒蛇说道："叫他来见我。""是。"士兵转身出去了。一会儿，王强走了进来，满脸的络腮胡子剃掉了。毒蛇莫名其妙地看着王强问："你的胡子？"王强有点不好意思，说道："中国那边查得紧，我只好把胡子剃掉了。"毒蛇站了起来，和王强面对面，双眼紧盯着王强，问道："你的任务为什么失败？你们六个人六把枪，对付不了两个小子？"王强满脸通红说道："那个开车的很是厉害，是受过专业训练的。我们也没办法。"王强的话还没有说完，就被毒蛇一拳打了一个踉跄。毒蛇叫道："滚，都是废物！"王强慢慢地爬起来，向外面走去。他刚走到门口，又被毒蛇叫住了。毒蛇说"这一段时间你不要去中国了，还有那个高水，你处理了吧，一定要干净。"王强点了点头，捂着脸，出去了。看着走出去的王强，毒蛇想起来自己是怎么栽在魏大海手里的，暗暗地咬了咬牙。

王强出去了，那个黄头发的欧洲人回来了。他和毒蛇两个人急切地打开了两个箱子。可是看着箱子里面的腊肉、腊肠、烟、酒、辣椒等一应的土特产，不知说什么才好。突然发现一个箱子里面还有一个字条，上面用中英文对照地写着一段话：从你们看到这个字条开始，就是我们反击的时刻。那个黄头发的欧洲人气得把纸条"啪"的一声拍在了桌子上，对毒蛇说道："毒蛇先生，这算什么？我们花了那么多的钱，只看到这些吗？"毒蛇赔着笑脸说道："梅尔先生，这也不是我想看到的。而且我们也损失巨大。现在我们是一家人，应该互相体谅吧。"梅尔的怒气也平息了不少,说道:"对,可是您找的这些人很没用。不光没用,可能还会给我们带来麻烦。"毒蛇点了点头道:"这件事我会处理的。您放心。"梅尔显然信不过毒蛇,问道:"你要怎么处理他们?"毒蛇用手在脖子处比画了一个杀的动作,梅尔这才满意地点点头。毒蛇接着说:"在北京弄走箱子的,是不是我们的人?"梅尔想了想摇了摇头道:"不,不会是我们的人。"毒蛇看了看梅尔道:"那会是谁呢?"梅尔也皱起了眉头道:"不知道,难道会有别的人也打那些东西的主意?"两个人都不说话了,各怀心事,明显都不太相信对方。

林红的电话响了,电话里传来一个男人的声音:"你好,林红小姐。您让我查的那几个人,都已经销声匿迹了,不知道跑到哪里去了。我也查过出入境记录,也没有,警方那边也没什么线索。"林红没说什么,挂了电话。金强看着林红皱着眉头的样子,问道:"怎么了?"林红看了看金强说道:"那些坏人都失踪了。"魏大海说道:"那就麻烦了,不是跑路了,就是被灭口了。"林红点了点头说:"这些人是够狠了。看来我们要更加小心了。"尕娃对林红说:"林红姐姐,我们都准备好了,什么时候去欧洲啊?"林红笑着看着金强:"那要等金团长发话了。"金强耸了耸肩膀说:"我看还是等林大小姐发话吧。我这个团长可就是个傀儡。"大家都笑了。